北京市科学技术委员会
科普专项资助
北京科普创作出版专项资金资助

藏缘斋札记

感悟人文

周立伟 著

北京理工大学出版社
BEIJING INSTITUTE OF TECHNOLOGY PRESS

内 容 简 介

收集在《藏绿斋札记·感悟人文》中的一些随笔、访谈、怀念和通信，大都是作者有感而发的言论。在随笔篇中，“什么样的聪明最可贵”，“愿科学与人文比翼齐飞”等文章，期望青年学人奋发图强，提高品德修养，做一个具有建设性的聪明人，将不可能变为可能。在访谈篇中，作者主要谈了对教育振兴、人才培养、青少年成长的思考，认为在这变革的年代，“我们依然需要坚强，需要激情和理想，需要骨气，坚持信念，坚守良知”。在怀念篇中，作者怀念了父母亲山高水深的恩情以及学术前辈们的高风亮节，回顾了他青年时代在国立上海高机读书的如歌岁月，在华通电机厂创造发明“扁平线圈绕线车”的成长经历，以及1957年反右时北京工业学院8531班同学的悲惨遭遇。此外，作者还公开了20世纪60年代初写给他爱人的一束信件。在通信篇中，主要是答复北京理工大学和武警警官学院同学，勉励他们一心向学，希望他们成为具有大志气的人、敢于担当的人。

本札记可以作为青年学人励志的参考书。

图书在版编目（CIP）数据

感悟人文／周立伟著．—北京：北京理工大学出版社，2016.6
（藏绿斋札记）
ISBN 978－7－5682－2066－8

Ⅰ.①感…　Ⅱ.①周…　Ⅲ.①中国文学－当代文学－作品综合集
Ⅳ.①I217.2

中国版本图书馆CIP数据核字（2016）第059686号

出版发行／北京理工大学出版社有限责任公司
社　　址／北京市海淀区中关村南大街5号
邮　　编／100081
电　　话／（010）68914775（总编室）
（010）82562903（教材售后服务热线）
（010）68948351（其他图书服务热线）
网　　址／http://www.bitpress.com.cn
经　　销／全国各地新华书店
印　　刷／保定市中画美凯印刷有限公司
开　　本／710毫米×1000毫米　1/16
印　　张／19.25
字　　数／291千字
版　　次／2016年6月第1版　2016年6月第1次印刷
定　　价／48.00元

责任编辑／李慧智
王佳蕾
文案编辑／李慧智
责任校对／周瑞红
责任印制／王美丽

献给已故的双亲

——智慧、勇气和力量的源泉

总序

2007年，当我的《科学研究的途径—— 一个指导教师的札记》问世时，无论是出版社，或是我个人，都没有想到它会在两年间加印到10 000册，而且不到3年，书库里的这本书都被售罄了，一本也找不到了。出版社一直催着我加印，但我总是不愿意，因为回过头来看自己的作品，总是觉得这也没有写透，那也令我不满意。我答应出版社和读者们尽快修订后出版，哪知我一拖再拖，直到今天。对此，我要向读者诚恳道歉。

在我着手修改增订时，友人和学生们都希望我把一些文稿补充进去，于是，我着手收集整理自己的讲话和笔记，以及发表的稿件等，没想到材料还不少。于是我把它们分了类，挑选了一些尚有发表价值的材料，便有了今天的三册书，它们分别为：《情系科研》《感悟人文》《心驰科普》，总名为《藏绿斋札记》。

“藏绿斋”是我给自己家中读书、写作的斗室所起的名字。之所以取名藏绿斋，乃是为纪念故乡的村落——诸暨藏绿。

据会稽外史王思任（1572—1646）撰写之传赞中云：明正德年间（1505—1521）宋周敦颐（濂溪）第24世孙周廷琮（号景胡，世称清三公）偕友人游浙江诸暨五泄、苎萝，行至五泄某地，发现了一处美丽的村落，后全家遂由余姚迁居于此，乃名为藏绿。居数年，家人欲迁回原地，廷琮公乃口吟止之曰：“何处来春色？烟霞此地多；相携入海去，孰与听樵歌？”于是，周氏家族世代繁衍于诸暨藏绿——这个“万绿藏一坞”的山村，至今已500年矣。

藏绿真是一个美丽的地方，位于五泄山之一侧，山林泉石，峰回势接。我曾数次徘徊于藏绿的村落，为它美丽的景色而流连神往。藏绿的地势是周围高而中央凹，故亦称藏绿坞。村落的民居虽经数百年的变迁，却依然保留明、清两代戗角飞檐的建筑及风俗。漫步藏绿，远望高耸的山峰，近见清澈的小溪，一条石板路，小桥流水人家，沿着村落与山溪并行，贴着草木的气息，向深处蜿蜒，耕牛在悠闲吃草，村民在躬身插秧，鸟儿在飞翔歌唱，鱼儿在嬉水觅食，呈现出一片田园牧歌的景象。

我爱藏绿这个诗意的名字，我真佩服先人丰富的想象力。绿，不但是景色之绿，更是心田之绿，它代表美好、淡泊和宁静。藏绿，就是把美好希望的梦想、淡泊坚毅的努力、宁静致远的志向深深地埋藏在心田中，永远不放弃梦想，不放弃努力，不放弃志向。这正是我毕生所追求的，也是先祖廷琮公对他的子孙们的期望。

我从小喜欢阅读，无论是哲学、历史（包括野史），还是武侠小说、诗歌和杂文，都喜欢，读得也很杂。青年时，俄罗斯及苏联的文学书读得很多。年少的时候也曾妄想写作，但后来发现自己形象思维能力实在太差，确实不是学文的材料，就放弃了当作家的幻想。及年长时，见到文化人在我国动辄得咎的狼狈困境和以言获罪的悲剧，特别庆幸自己当年选择学习理工之正确，因为科学的世界任我驰骋，天马行空，不会有碍于政治。1957 年的教训，让我彻底断了写日记、随笔和评论的念头，专心致志于科学研究与教学。这样的境况一直持续到 1988 年。

促进我写作科普的有两位先生，我要说一下。一是关于写作随笔和札记的事，那是受诗人、作家邵燕祥先生启发的。1988 年，中央组织部组织国内 31 位专家学者去烟台芝罘休养，我有幸是其中之一。在芝罘，我很高兴与邵燕祥先生相识。20 世纪 50 年代初，当我读到他的诗作《歌唱北京城》时，心潮澎湃，激动不已。大概是因为我们俩是同龄人，经历有些相似的缘故，他的诗作对新社会的歌颂，对人民的热爱，对未来的向往，正是代表我们那一代青年共同的心声。读他的诗作，我一下子就成为他的崇拜者了。后来，我又读了他写的杂文，他对事物的分析，鞭辟入里，丝丝入扣，极有说服力；鞭挞社会的丑恶现象，毫不留情，颇有鲁迅的风范。最主要的是，他的文字充满了对祖国和人民的热爱。他的文章写得多么透彻啊！我为什么不能学一学啊！我向他请教写作的真谛，他建议我顺着自己的思路，写一些熟悉的事物。是啊！在那时，我从事教学科研已 30 年，完全可以把自己教学和科学研究的心得体会写出来，告诉青年学人们，让他们少走弯路。于是，从芝罘归来后，我学习写作，试着写一些自己熟悉的东西，给学生讲，甚至在报刊上发表出来，好像还受到欢迎。于是有了1998年《一个指导教师的札记》的问世。

二是关于参与青少年俱乐部及科学普及事，是听了王大珩先生劝告的。1997年我协助他起草建议设立光学工程一级学科时，他要我不要每天在书房里推导公式了，要我开阔视野，投身到社会，关心青少年成长，热心科学普及等。他认为这是年长一辈科技工作者的神圣责任。于是，我参加了北京青少年俱乐部、中国光学学会和北京光学学会的科普活动，给大、中、小学学生讲课。有时，还应报刊要求写一些文章，当然写的都是自己熟悉的东西。

自21世纪以来，我自问对于这些活动是积极的。尽管有人传言：周教授科学上不行了，“江郎才尽了”，只能搞搞科普，哄哄孩子了，我也无动于衷，依然我行我素！我的看法是，一个科学人，在科技上作出一些贡献——在某一领域有一些发现和创造，做一个科学专门家并不是很难的。但他的为人必须有两条：一是科学良心；二是人文情怀。前者当然是在科学研究中必须坚守科学道德与操守，后者关系到对青年学人的培养、对少年儿童的关爱、对弱势群体的关怀。作为一个科学人，他绝不应该是一个自私自利，只考虑自己的人，而应是一个有崇高价值观的人。而且，科学人也应该具有科学普及的心怀和能力。因之，我觉得我做的都是一个科学人应该做的，而且做得很不够，也就没有什么遗憾或后悔的。

读者千万不要认为，写科普著作比写学术专著容易。对我来说，两者都是挺难的，我有时甚至觉得写通俗的科普文章和著作更难些。因为，撰写研究型的学术论文或著作，只需要把自己的研究过程、前人的研究、自己的假说、推导的公式、实验的结果、得到的结论按部就班写出来就可以了。学术论文最主要是要合乎逻辑、推理清楚、条理清晰、结论明确，不需要太考虑读者接受的程度。我曾尝试写一些科普文章和科学随笔，但有时写着写着就写不下去了。我的思维来得特别慢，人文修养和底蕴不够；长期从事科学研究工作，抽象思维有一定能力，形象思维就差多了。尽管我对自己从事的科学领域的来龙去脉和科学概念还是清楚的，但有时再怎么苦思冥想，也找不到合适的语言、生动的比喻，以及通俗的例子来表达和描述。这时，我真是佩服那些写科学随笔和科学散文的科普大家，能把一个复杂的科学问题写得那样透彻清晰、通俗明白，语言又那么丰富、优美。小时候，读白居易，不太明白他何以要把自己的诗读给普通老妪听，看她的反应。现在我才感悟到，一个真正懂得科学问题的人，是自己明白又能通俗地说得让别人明白的人。我希望自己向这个方向努力。

《藏绿斋札记》的一些材料，大都是给学生们讲话的内容，或发表于报刊上的文章。《情系科研》主要讲科学研究方法，虽然这类书籍很多，但我是从讲科学研究的途径入手，来讲述科学研究方法上的一些特点和自己的体会。《感悟人文》主要是谈自己对人生的一些心得体会，包括与记者的访谈以及一些怀念前辈老师们的文章。《心驰科普》汇集了自己这些年写的有关光电成像领域的科普报告与评论，其中也有关于科技创新的探讨等。

我承认，我是科学某一个很狭窄的领域的一个专门家，但我并不是作家，也不是科普作家，更不是科学哲学家。这三本书仅是我把自己熟悉的东西、心得和体会、爱憎和感情、思考和认识真实地写出来，如果读者从我的几本小书中能有所体会和收获，我就非常高兴了。

回想自己的一生，除了父母亲给了我许多的爱，很多学术前辈、老师、友人、领导和同志们，包括外国朋友们，也给了我许多爱护、鼓励、关怀和帮助；在《藏绿斋札记》成文和出版过程中，他们给我提出了不少宝贵的意见和建议，我谨在此一并向他们表示衷心的感谢。我还要特别感谢北京市科学技术协会科普部，北京理工大学出版社，以及策划编辑王佳蕾，执行编辑靳媛，责任编辑梁铜华、李慧智、施胜娟等同志，是他们的支持和帮助，才使《藏绿斋札记》得以顺利出版。

是为序。

目录

⊙ 前　言／001

① 第一篇 随笔篇

◎ 什么样的聪明最可贵／002
◎ 愿科学与人文两翼齐飞
　——写在北京理工大学开设“科学与人文”论坛之际／007
◎ 天才是训练出来的／014
◎ 知识、智慧、能力与科学精神及其创新气质／020
◎ 珍爱生命／024
◎ 莫把冒人签名当儿戏／032
◎ 感染、感动和感悟
　——祝北京青少年科技俱乐部成立 15 周年／037
◎ 科学探索与侦破学／040

② 第二篇 访谈篇

◎ 上帝的使者——阿尔伯特·爱因斯坦

——院士访谈/046
◎科学与人文要和谐发展
——与院士对话/049
◎科学之门为爱它的人打开
——答中国科学报问/054
◎愿中华大地永远是“科学的春天”
——纪念我国建立研究生院30周年/056
◎民族的振兴在教育/061
◎学习王选兼谈拔尖人才的培养/067
◎把“付出”和“奉献”作为人生坐标
——在庆贺当选为中国工程院院士座谈会上的讲话/078
◎学为人师，行为世范/083
◎志存高远，笃学诚行
——与青少年同学谈成长、成才、成功/094
◎坚持信念，坚守良知
——1979级校友毕业30周年聚会的致辞/110
◎对现代科学教育的思考
——中美现代教育特点的比较分析/114
◎中国的科技，从李约瑟难题说起
——在“回顾与展望”国际学术讨论会上的发言/134

③ 第三篇 怀念篇

◎高山仰止，心向往之
——在清华大学纪念孟昭英院士百年华诞的讲话/144
◎微波先驱，中华脊梁
——纪念孟昭英院士诞生一百周年/147
◎先生之风，山高水长
——纪念王大珩院士逝世一周年/153
◎大爱无疆，人文情怀
——忆大珩先生的博大胸襟/165
◎献身科学，杰出人生
——纪念我国电子光学的先行者西门纪业教授/169
◎缅怀马老，学习马老

——在光电学院纪念马士修教授半身塑像前的讲话／173
◎ 父母之恩，山高水深
——怀念亲爱的父母亲／177
附录：我心爱的爸爸　周莉／189
◎ 难忘国立上海高机的如歌岁月
——纪念国立上海高机60周年华诞／211
◎ 一台扁平线圈绕线车的诞生
——创新钟情热烈追求的人／216
◎ 为了50年未曾忘却的纪念
——献给8531班1957年受难的同学／223
◎ 侠义仁心，桃李天下
——恭贺杨振寰教授八十华诞／242
◎ 诗三首
——献给光电工程系、北京奥林匹克等／247
◎ 怀念爱情
——50年前一束写给素芹的信／252

④ 第四篇 通信篇

◎ 愿梦想成真
——给北京理工大学同学的一封信／278
◎ 愿现代青年个个成为敢于担当的人
——给武警警官学院同学的一封信／280
◎ 自尊尊人，自爱爱人
——致《现代光学进展》学位课的同学的一封信／284

⊙ 后记／287

前言

2004年，我曾在学校的“科学与人文”论坛上做了“愿科学与人文两翼齐飞”的演讲，其结语是：“缺失科学精神是可悲的，而缺失人文精神是可怕的。愿科学与人文两翼齐飞。”那时，我深感高校内急功近利盛行，人文精神缺失是高等教育的一个重大问题。

我们研究科学的人常谈科学精神，大珩先生曾与我一起把科学精神表述为“求真、务实、探索、创新”八字。求真是敢于攀登、追求真理，这是科学精神的核心；务实是崇尚事实、实事求是，这是科学精神的基础；探索是大胆怀疑、不避艰险，这是科学精神的前提；创新是传承拓新、寻优勇进，这是科学精神的目的。我们也常谈人文精神。人文精神的核心是“以人为本”，重视人的价值，尊重人的尊严和权利，关怀人的现实生活，追求人的自由、平等和解放。人文精神的内涵是对人的幸福和尊严的追求、对真理的追求、对生活意义的追求。其核心是尊重人的价值，尊重精神的价值。人文精神也体现在不久前提出的社会主义核心价值观的“富强、民主、文明、和谐，自由、平等、公正、法治，爱国、敬业、诚信、友善”24个字上，愿它在中华大地上传播和发扬光大。

科学与人文，在精神上是相通的和密不可分的，特别是二者对真理的追求和探索是完全一致的。科学精神中体现了一种求真、至善、臻美的人文素养，也反映了一种独立、诚实、无私、实事求是的人文品质。我有时对某些人文修养和品德很差的人产生怀疑，心中想：“人都不会做，科学研究能做好吗？”

每当我们谈起学有所成的科学家成功之路时，就会发现，除了他们对自己所从事领域的专业知识的深刻理解及具有识别异常事物的能力外，支持他们前进的是追求真理的“锲而不舍，金石可镂”的精神，从而激发出超乎寻常的努力。他们都明白，要使自己变得强大，有所成就，就得有长时间超负荷工作的毅力。我常讲，毅力和耐心是科学家最需要的个人品质，而非凡的成就乃是奉献和汗水的结果。科学家之成就与其说是他的科学智慧，毋宁说是他的人文品质。

我有时思考，为什么人文精神与一个人所受教育的程度并不成正比？我见过太多的反面的例子。我们培养的最高学位层次的博士及教授和博导中，没有建立完整的人格品位、没有崇高的价值观、缺乏基本教养和礼貌礼节，甚至越过道德和法律的底线的人并不少见。更可耻的是，有的人毫无国家利益的概念，出卖国家科技机密，连自己的良心都拍卖了。看看现在被揭发出来的贪污腐败丑行和学术不端行为，哪一个不是受过高等教育，取得高学历、谋得高学位的人，但他们是一群自私自利、寡廉鲜耻、口是心非的人。当然不能把这一切都归罪于教育。但如果我们的教育是虚伪的，不是培养有健全人格的人，而是有意识或是无意识培养了那些“精致的利己主义者”和心口不一的“两面人”，实在是难辞其咎啊！

我们理工科大学的教育应该时时刻刻贯穿“以人为本”的思想，永远不要忘记我们培养的是“人”，而不是“工具”。学生要在大学阶段锻炼自己，使自己的思想与言行有坚定的理想信仰、崇高的价值取向、高尚的审美情趣、美好的价值追求，不断完善自己、拓展自己、提升自己，成为一个有理想、有追求的人。高校不应仅是传授科学专业知识的场所，而应是人文社会教育、人文精神熏陶的园地，潜移默化地教育学生做一个真正的人，一个全面发展、德才兼备的人，一个对祖国、人民和社会有益的人。

除了人文精神外，我们学理工的人包括我在内，还有一个人文素养亟待提高的问题。这固然与理工科大学一贯的重理轻文有关，学生早早地放弃了这方面的学习和锻炼，以至于写的文章，干瘪瘪地难有文采。当然，近年来学校开了一系列人文课程以加强这方面的学习，这当然是好事。但要提高自己写作的能力，除了多读、多记、多写、多练外，没有其他的方法。我衷心希望青年学人加强自己的文学修养，多读一些经典之作，使自己精神上得到升华，写作上得到进步。我深深感到，文史哲知识的积累，无论对做学问或是做人都是有好处的，而且影响到自己的一生。

收集在本书中的一些随笔、杂文、回忆和评论，大都是有感而发的。我知道我的文章的缺点：激情不足，文笔不优美，辞藻不丰富，但写在纸上的文字是我真实思想和感情的流露。

在《感悟人文》中，我回顾并记录了1957年“反右”时8531班同学划了11个右派、12个受到党团籍处分的经过，写下了《为了50年未曾忘却的纪念》一文。发生在20世纪50年代大学中的这一悲剧，是我一生中最感痛苦的一件事。对灾难的记忆是痛苦的，但放弃记忆，说不定类似的灾难会再次降临到自己或者同胞的头上，所以我选择反思。我觉得，我的一生是幸福的，我受到许多许多的关爱。在这本札记中，我深切怀念我的父母亲，他们是我智慧、勇气和力量的源泉；我也怀念孟昭英、王大珩两位前辈科学家对我的关爱，他们是我精神上的导师。此外，札记中我还公开了个人一束私密的材料：写给素芹的一首诗和50年前的信件，这是听从了友人的建议，让当代青年了解20世纪60年代一个知识青年的真实思想和感情。不管我们那时是多么幼稚可笑，但感情是朴实和真诚的。

做一个像我父母亲这样的好人，做一个像孟昭英和王大珩那样把一生献给祖国和人民的科学家，是我一生的目标，我将努力鞭策自己朝这个方向前进。

藏绿斋札记 ■ 感悟人文

第一篇

随笔篇

什么样的聪明最可贵*

"败坏性的聪明"不知不觉在侵蚀着人和科学共同体，并使社会公共道德的底线一步步地下降。

中国人和犹太人被公认为世界上最聪明的人。古代伟大的"四大发明"是中国人创造的，公元3世纪到16世纪，中国的科技遥遥领先于世界；而20世纪最伟大的科学家爱因斯坦正是犹太人，诺贝尔奖获得者犹太人独占鳌头，世界第一。我曾多次讲过，在对科学问题的整体把握上，我们中国科学家丝毫不逊于西方科学家。但我有时想起有位哲人说过的话："中国人太聪明，太善于综合，是'天生的辩证法家'，因而不肯像希腊人那样去建立文法学、逻辑学、几何学之类的笨功夫，对事物分门别类，深钻细研，因而发展不出现代科学来。"想想过去，看看现在，他的话真是有点道理。

中学时代（新中国成立前后）我在上海，我也和同学们一起，把"犹太人"作为讥笑、耻笑一个人"吝啬、抠门、死脑筋"的代名词，相互取笑。那时，同学间谈论的"聪明"是指"脑筋急转弯快，占了便宜卖乖，做什么事不吃亏，读书不花什么气力可老得高分"的那类人。这样的学生在同学中很吃得开，很受同学的崇拜。几十年下来，我慢慢地明白了，犹太人的诚实才是真正的聪明，是大聪明，"大智若愚"：做生意讲诚信，不蒙不骗；做事情一板一眼，铁板钉钉；做学问舍得下苦功夫、笨功夫，穷极究竟。而我们的不少同胞实在是太聪明，聪明过头了，视诚实为傻瓜，视智慧为狡猾，要的是小聪明，"小智若猾"：做生意靠狡猾欺骗，不讲诚信；做事情不扎扎实实，做表面文章；做学问急功近利，走取巧捷径。我曾为我们民族的聪明自豪，但我不禁想起，当今国人的聪明是否像俄罗斯谚语所说的那样："够狡猾的了，像中国人一样"。今日，无论人在何地，

---

* 本文载于2013年4月22日北京理工大学校刊。

国人同胞们的耍弄聪明与狡猾实在是表现得淋漓尽致，我真的怀疑起我们中国人是否真的聪明了。

十几年前，美籍华裔科学家、著名的光学信息处理专家杨振寰 Francis T. S. Yu 教授来华讲学，我与他相识后，经常通信闲聊。我向他请教如何看待学界内蔓延的学术不端行为。在国内学术界，科学态度和求实精神被一些人弃而远之，为了弄虚作假获取名利，“抄袭者”有之，“伪造数据者”有之，“剽窃者”有之，失去了做学问的人起码的科学道德。尽管学术界出笼了一些学术规范和守则，但这些年来很多学者依然故我，不良之风屡禁不绝，并未见到明显效果。杨振寰教授说，这些情况美国也有，但在美国，一旦发现，学术骗子便成为过街老鼠。由于公众舆论强烈，加之处罚严厉，一般人不敢以身试法。在谈到青年学人学习和研究中急功近利与浮躁之风时，我们两人都在大学里执教，所接触的青年学人、所指导的研究生大都是有知识、很聪明的人，其头脑灵活的程度是我们当年所不能及。但可惜的是，有些人聪明过头了，走向反面了。于是，我们便讨论起“聪明”的问题了，当然是针对科教界的人和事了。

他对我说，聪明的人有两种：一种是建设性的聪明，另一种是败坏性的聪明。我把他的意见抄在下面：

建设性的聪明才是聪明	败坏性的聪明不是聪明
什么叫建设性的聪明？	什么叫败坏性的聪明？
心胸宽广	心胸狭隘
互相信任	不信任别人
互相合作	不合作
互相帮助	不愿意帮助别人
富于同情心	没有同情心
……	狡猾
	自私
	……

实际上，我们主要是从道德和价值观的层面而不是从智力的角度上来评论聪明的。我们深深感到，在人的性格中支配其行为的情感、意志等以情绪为特征的非智力因素及由此所表现的“聪明”，往往会决定一个人的成败。我们俩都有这样的体会，在一个科研团队中，宽容大度、善于合作、富有团队精神的人往往更能够充分体现个人的价值，取得成就的机会

就更大些；而见利忘义只想个人争利、不善与人合作的人，总想多占些便宜的人，在科学的道路上不会走得太远。

从道德层面上来看，某些业务能力强通常被称为聪明的人，仅为有利于自己而玩弄的种种聪明，是聪明过头了或“太聪明”了。他们已不是上面我说的“脑筋急转弯快，占了便宜卖乖，做什么事不吃亏，读书不花什么力气可老得高分”的那种耍弄小聪明了；已经有点属于杨振寰先生所说的“败坏性的聪明”了，虽然还没有达到害人和危害社会的程度。但这样的例子在校园内并不少见。学生中有一些议论我听了都很寒心：“不要太傻了，千万别（在学习上）帮助别人，他（她）若成功就是使自己多了一个竞争对手”“吃亏的事、无利的事一定不干”“千万不要那么犯傻，去做公益事情，服务了别人，影响了自己”“不要相信任何人，人都是自私的”，等等。这样的人，心胸狭隘、自私忌妒、利己哲学到这样的地步——“拔一毛而利天下，不为也”；无论他（她）多么聪明，能被人民和社会接受吗？能真正为国家做贡献吗？但愿他们能早点醒悟。

我认为，杨振寰先生所列举的“败坏性的聪明”的一些表现，仅是利己而没有达到害人的地步，主要是在认识上或人品上的一些缺陷，或者说，是在道德和价值观层面上出了一些问题。他们中不少人通过学校和社会的教育及现实的教训，会认识并改正之，从而走上正确的道路。但如果不觉悟、不加以控制，为了利己而去牺牲别人，甚至触犯社会公共道德的底线，“败坏性的聪明”是很容易走向“毁灭性的聪明”的。请看当今学界，一些人利欲熏心，把自己的所谓“聪明”的手段用到邪门歪道上：考试中作弊，科研中捏造、伪造数据，论文中抄袭剽窃，为了名利而不择手段，甚至以身试法。实际上，这样的“聪明”已经突破了传统观念和道德框架，甚至破坏了社会公共道德底线，变成了阴谋诡计，以至触犯法律，危害社会，最后“毁灭”了自己。

杨振寰先生和我都是一生献身于教育和科学事业的人，在我们看来，从事科学研究的人或以科学为职业的人，最主要的品质是诚实和正直及专注于学术，聪明并不是最主要的。诚实和正直是保障知识可靠性的前提和基础。诚实的人才是一个真正聪明的人，正直的人是实事求是、不畏艰险在科学道路上攀登的人。首先，科学需要绝对的诚实和格外的正直，科学不能容忍任何不诚实和不正直的行为；科学追求的是客观真理，有一说一。诚实和正直是一种高贵的品行，这样的人，心地是纯洁的、沉静的，人格是高尚的、无私的；诚实和正直的人最接近科学和大自然的真实，科学的大门永远向诚实和正直的人敞开。其次，对科学人来说，专注于学术是获得科学成就最重要的一个前提。只有专心致志、如痴如醉投入研究，一旦确立了自己的志向终生追求而无悔的人，才能有所成就。我深深感到，当今我国的青年学人并非缺乏创新的才能、聪明和智慧，也并非缺少科学研究的条件，当前主要的问题是潜心学术的专注程度不够。我们天天大呼创新和创造，却不问创新和创造从何而来。其实，人的创造能力和创新才能是研究学问非常专注、非常投入而积累的一种效益。只有把思维强烈聚焦到所研究的事物上，才有可能激发出创新的火花。古今中外，凡在学问上有所成就，无一不是心无旁骛、专注于学术的结果。这就是我们为什么常说研究学问的人应该耐得住冷清和寂寞，浮躁和急功近利是研究学问的大敌的缘故。

让我们再看看犹太人。从 1900 年到 2006 年，270 位诺贝尔奖获得者中有 121 名犹太科学家，这绝不是偶然的。犹太人的诚实和正直，以及他们的专心致志为世人所不及。犹太传统文化鼓励争辩、发表看法与冒险挑战，但性格上“温恭谦退”，专注学术，孜孜追求，悉心钻研，淡泊名利。我深深感到，在做学问方面，我们和犹太人之间最大的差距是，他们把聪明用到做学问上，为奉献而学术，心地单纯；我们把聪明用到人际关系和谋取私利上，为名利而学术，心地复杂。由此可见，在科学长河的竞赛中，犹太人的胜出，获得如此众多的诺贝尔奖，绝不是偶然的。

在当前中国社会的高度竞争中，人们施展的各种各样的所谓“聪明”的手段已不是杨振寰先生和我这一代人所能想象和理解的了。看看现在的高等学校和科研院所，无论教学科研以及单位和个人的前程，都有各种各样的利益在诱惑着、驱动着。真是，天下攘攘，皆为利往。利益驱动的动力，使本是公平的竞赛和竞争，也不按游戏规则出牌了，学术不端乃至学术腐败的各种现象出现了。“败坏性的聪明”不知不觉在侵蚀着人和科学共同体，并使社会公共道德的底线一步一步地下降。于是，在学界，一些遵守道德与规则的人，具有“建设性聪明”的人，很有才华而不知社会潜规则的人，往往吃亏和失败，从而失去社会竞争力，还有可能被视为“傻子”。在一个讲究和谐社会的环境中，公共道德与公平竞争如果沦落到这个地步，真是非常可怕。

不过，我还是相信，到头来，这种王熙凤式的“聪明”——“败坏性的聪明”和“毁灭性的聪明”兼而有之的人，大都是“机关算尽太聪明，反误了卿卿性命”。正如培根在“谈利己之聪明”一文所说：“为利己而玩弄的诸多聪明，说到底是一种败坏的聪明。它是老鼠的聪明，因大屋将倾，鼠必先逃之；它是狐狸的聪明，因獾掘洞穴，狐占而居之；它是鳄鱼的聪明，因其欲食之，必先哭之。但值得指出的是，那些（如西塞罗笔下之庞培）除自己之外谁也不爱的人，到头来往往都可叹可悲；尽管他们总是为自己而牺牲他人，并自以为已用其聪明缚住了命运的翅翼，但他们终归也会变成无常命运的祭品。”①

几十年来，我见到不少所谓“聪明人”，他们玩弄所谓的“聪明”，总是为利己而不惜牺牲他人，尽管有时一时得逞，扬扬自得，但其结局总不是那么美妙。而那些被认为“不那么聪明的老实人”，或被所谓“聪明人”看成是“傻子”的人，他们踏踏实实，坦荡真诚，埋头苦干，一丝不苟地努力学习和工作着，尽管便宜似乎被所谓“聪明人”捷足先占了，但成功者的行列最终不乏他们的身影。两者就像童话中的“龟兔赛跑”一样。

我衷心希望我们的青年学人做一个像杨振寰先生所说的具有“建设性聪明”的人。

---

① 见［英］培根．培根随笔集．曹明伦译．北京：燕山出版社，2000：91－92.

愿科学与人文两翼齐飞*

——写在北京理工大学开设
“科学与人文”论坛之际

缺失科学精神是可悲的，而缺失人文精神是可怕的。愿科学与人文两翼齐飞。

校科学技术协会、校学术委员会最近共同发起开设北京理工大学“科学与人文”论坛，准备从今年（2004年）4月初开始邀请校内外著名专家学者进行高层次、宽视野、大覆盖面的科学技术、社会人文讲座，使特色鲜明、切合实际、吸引力强的论坛成为提高广大师生综合素质的学术园地。校党政领导对这一活动十分关心，给予很大的支持，并与我多次交换了意见。“科学与人文”论坛由校科学技术协会、校学术委员会主办，学校各职能处和各学院给予了积极的响应和支持。

作为校科协主席，我想谈谈对举办北京理工大学“科学与人文”论坛的认识。

我认为，高校教师和青年学子一定要成为一个科学与人文和谐发展的人。对于我们学习理工科的人来说，仅仅具有理工专业知识是不够的，应当同时具备“对美和道德上有鲜明的辨别力”（爱因斯坦语），学会尊重和珍惜他人的劳动，有高尚的理想情操，才能在从事默默无闻的工作时自持、镇静和心安理得；还要具有批评性的独立思考精神，保持对研究对象诚挚的兴趣和追求真理的渴望。

对于我们教师和青年学子来说，人文知识（文史哲和社会科学知识）的积累和人文修养的提高是至关重要的。因为做学问，第一步，就要应用语言、文字将自己的思想，自己思考、发现、研究的事物简单、清晰、明

* 本文是2004年4月为开设“科学与人文”论坛的讲话，文章摘要曾在校刊、《科学时报》2004年11月26日第4版，以及《科技导报·卷首寄语》2004年第11期第1页发表。

确地表达出来，且在表达的同时厘清自己头脑中的概念及研究对象；而含混不清、不知所云的语言和文字正说明思维和逻辑上的混乱。因为，文字是美的一种表达，好的文字能将心中美好的东西展现出来，不仅是看问题的深度和广度，而且具有鲜明的个人风格。一个人的审美观念是他的整个生命的经历、思考的总积累。因此，人文知识的积累，无论对做学问或是做人都是有好处的，而且影响到自己的一生。

人文知识重要，但更为重要的是一个人应具备的人文精神和人文气质。人之所以能称为人，是他（她）懂得善恶美丑、懂得日常生活和为人的一些基本准则：爱什么、同情什么、追求什么？保卫什么、反对什么？什么是高尚的？什么是卑鄙的？等等。

具有丰富人文知识和人文气质的人，在他身上积淀了祖国优秀文化的底蕴，汲取了本民族和人类精神之精华。他具有很强的判断力、美的欣赏力、适应变化的灵活性和自信心。他具有丰富的历史知识，理解人类文化和价值体系，并把这种知识与其很强的判断力结合起来，批判地思考科学、道德、伦理和社会等问题。他的敬业、勤奋、团队精神及善于交流的能力使他能与周围的人很好地合作共事，为祖国、人民和社会做出积极贡献。我想，我们的大学教育就是要把学生培养成为这样的具有良好的科学精神和人文精神的人。

一般来说，经过优良的学校教育、有完好的价值取向、文化知识高的人，他们的人文气质好，文化修养高，人品道德好。可悲的是，在日常生活中，具有高学历而文化修养很低、人文精神极差的人却不少见。他们没有培养良好的价值标准，没有建立完整的人格品位，没有基本教养和礼貌礼节，甚至只顾自己、自私自利、毫无社会公益和国家利益的概念，对弱势群体遭受迫害和欺辱也无丝毫怜悯和同情之心。有的见利忘义，寡廉鲜耻，甚至出卖国家机密，连自己的良心都拍卖了。而在一般老百姓中，不少人学历不高，没有很多的文化知识，也不曾听说科学精神、人文精神等。但是，他们的身上具有中华民族的传统美德，知道尊老爱幼、诚信待人，懂得善恶美丑、爱憎分明；在祖国危难时，“国家兴亡，匹夫有责”，不惜牺牲自己的生命。为什么我们培养的人文化学历高而人文素质反而很差？值得我们认真思考。

我们理工科大学的教育应该时时刻刻贯穿“以人为本”的思想，永远不要忘记我们培养的是“人”，而不是“工具”。高校不应仅是传授科学专业知识的场所，而且应是人文社会教育、人文精神熏陶的园地，潜移默化地教育学生做一个真正的人，一个全面发展、德才兼备的人，一个对祖国、人民和社会有益的人；要使学生们懂得，学会做人是立身之本，而学习知识是服务祖国、人民和社会的重要手段。

大学教育的一个重要任务当然是培养学生成才，使他们在一个选择的领域内具有扎实的基础，具有独立工作能力、批判和推理的能力；并使他们学会一些科学方法，能够获取、评价和利用信息来提出问题和解决问题；还使他们能将自己获得的知识和科学、技术和社会问题联系起来，并能鉴赏科学、技术和社会之间的交互作用，具有知识上的好奇心和继续学习的动机。所有这些才能的培养，无不与他们的审视事物的观念和角度、审美的能力和品位及人文素养密切相关。

现在我们看一个人，除了知识和能力之外，就是看他的人品（实际是科学精神与人文精神的综合）怎样，为人如何。同样，看一所大学，除了看她所拥有的教授、博导、大师、良好的现代化实验室、精密的仪器设备和美丽的校园环境之外，就是看这所学校的校风怎样、学风如何。一个学校的校风和学风，我认为，就是她的学术与文化视野、学术与文化氛围、学术气度与人文气质、学术胸怀与人文情怀，也就是这所学校的科学精神和人文精神。因此，自然科学与人文社会科学如同“车之两轮、鸟之两翼”，即“人类历史前进的两个车轮、人类文明发展的两个翅膀”，二者相辅相成，缺一不可。学校在传授学生科学知识的同时，必须注重对学生人文精神的培育，才能培养出全面发展、德才兼备的高素质人才。

关于学校科学精神和人文精神的培育和发扬，我有两点看法：一是要思想开放。一所学校要有活力和创新的能力，就必须有开放的精神、开阔的视野以及与外界交流的能力。当今的时代，学术与文化的交流至为重要，尤其要重视学科的交叉渗透，重视国内外的学科前沿的发展。二是要活跃学术空气，促进学术自由和学术民主。学校要有兼容并蓄的精神，要创造一个宽松的学术氛围和环境。这有赖于两个方面：首先是鼓励探索，允许失误。其次是学术讨论中要有科学的、坦率的、平等的、宽容的态度。争辩双方严肃认真，心平气和。讨论时开门见山，没有顾忌和做作，恪守摆事实讲道理的原则。总之，我们要在北理工的校园内倡导和营造一个健康向上的人文学术环境。

不少学理工的青年学人总觉得自己是搞科技的，需要的就是专业知识，文化素养可能对自己的学位论文的文字表达有一些影响而已，与科学研究的水平无关，因而并不是非常重要的。这是一种极为狭隘的看法。科学发现是创造性思维的结果，除了专业基础外，必然与科技工作者本人的人文素质、文化修养、知识水平、心理结构、性格特征密切相关。我们知道，在科学研究中，首先要能够找对方向，发现好的、重大的问题，从而提出问题、解决问题，而要找到好的、重大的问题，不仅需要丰富的学识，更关系到一个人的心态、信念、观念和文化的品位。科学研究中遇到的许多问题如果没有坚定的信念和坚韧不拔的意志，便会在前进道路的中途退却。我还记得自己在“光学工程”重点学科评估总结会（2001 年“光学工程”重点学科全国评估，清华和北理工并列第一）上讲过一番话：“我们这一代搞光学工程的人与清华打了个平手，现在，这一代人年岁大了，大都退下来了。那么再过若干年后的评估会是什么样的结果呢？我并不怀疑系里的青年一代、青年教授们的学术水平和能力，你们的学问和水平比我高得多，也不见得比清华的同辈人差。我所不放心的或者说我所怀疑的是你们的思想和精神。未来的较量并不完全在专业知识和能力上，而在于毅力和精神的拼搏。”我这番话指的是，我们光电工程系的青年教师们极为需要的是求实的、孜孜以求的、献身于学术的精神。只有不急功近利、力戒浮躁、脚踏实地、坚韧不拔、勇于攀登的人才有希望到达科学的高峰。因为研究学问没有捷径可走，只有耐得住清冷和寂寞，一步一个脚印走下去，才有可能有所成就。这就涉及是否有宁静的心态的问题。还有，科学研究中遇到困难时退却，往往不是一个理性问题，也不是专业知识或能力不够的问题，而往往是一个信念问题。所谓心态、信念、自信心和责任感实际就是人文精神的问题，与研究者的人文修养和人文气质密切相关。

另外，我们搞科学研究的人，都谈要有科学精神。科学精神与人文精神实质上是相通的。如果我们从哲学的角度看，科学精神是一种辩证的、求实的、追求真理的哲学沉思；从社会人文的角度看，科学精神是体现人类在对自然的认识和改造过程中体现出来的求真、至善、臻美的文化精神；从道德的角度看，科学精神是一种独立、诚实、无私、实事求是的品质。因此，科学精神中很大部分反映的是个人的人文素养。很难想象，一个人文精神和素质很差的人会有良好的科学精神，使科学研究能沿着正确的道路前进；反之亦然。

我觉得，接受知识需要理性，理性是可以培育的，老师是可以教的；而科学创造的灵感很大程度上有赖于悟性，悟性是属于非理性的范畴，老师是教不来的，悟性依靠文化的积淀。只有具有深厚的科学人文底蕴的人，才能激发出科学创造的灵感，从而有异乎寻常的大思路、大智慧、大视野。爱因斯坦以其深刻的哲学思想和深厚的人文素养提出了狭义相对论和广义相对论，就是一个光辉的例子。

在我一生的科学活动中，我曾经和国内外很多杰出科学家包括多名诺贝尔奖金获得者有过交往，或相识相谈，或有长期来往。他们不但有精深的学术造诣，在科学上做出了杰出的成就和伟大的贡献，而且有很强的人格魅力和浓厚的人文气质。他们的文章记载了他们的科学成就，也反映了他们的道德风范和人文情怀。我从他们身上得到很多启发，学到很多东西。例如，我国的两弹一星元勋、著名光学家王大珩院士；支援“二战”的雷达“微波双工器”和世上最小电子管的发明人、著名电子学家孟昭英院士。我与他们经常交谈，海阔天空，聆听他们的教诲，真是受益匪浅。他们两位留学英美，中西精通，文理交融，具有博大精专、高深造诣的学术素养。他们撰写的文稿，文字精准优美，思维活跃致密，具有很高的文学修养。他们的言谈举止，温文尔雅，彬彬有礼，宽容谦让，具有高尚的人文教养。多年的交往中，我深深感到他们的科学精神、人文气质和人文情怀。他们的学术成就与他们的人文精神密切相关。正如伟大的爱因斯坦评价居里夫人那样：“第一流人物对于时代和历史进程的意义，在其道德方面，也许比单纯的才智成就方面还要大。即使是后者，它们取决于品格的程度，也远远超过通常认为的那样。”这番话既说明了科学家学术创造的人格特征，也说明了科学家极为需要人文精神。

我们现在进入了 21 世纪。在新世纪中，认识世界的重大发现和改造世界的重大成果，都将是自然科学与人文科学的结合。这就要求创新人才必须形成较为完备的知识结构：科学知识是客观世界的知识，人文知识是精神领域的知识。高校培养创新人才，需要从人的综合素质和社会文化进步的高度，促进科学教育与人文教育的融合，人文气质与科学精神的合璧，促进人的全面发展。

在我们理工科院校里，人文素质教育需要开设一些课程，使理工科的学生有一些语言学、文学、历史学、哲学和社会学方面的知识，这是很有必要的。但我总觉得，人文精神和人文气质的培育，重点并不是课程，而是氛围；不光是知识的传授，而是校园文化氛围的熏陶；不仅是简单的说教和灌输，而是潜移默化，耳濡目染，感悟科学文化精神，沐浴科学文化传统。

“科学与人文”论坛将在这样的指导思想下精心组织，邀请校内外的名家到我校做报告，内容是从不同的视角，讲述科学、技术、哲学、文化艺术、历史和社会学等大家共同关心的科学人文问题。我相信，通过坚持不懈的学术文化活动，能使我们的思想得到启发，情感得以陶冶，心灵得到升华，形成对创造的欲望、创新的渴求以及正确的人生追求。

活跃学术空气、参加学术会议、与国内外学者进行学术交流是一个很重要的方面，但在北理工的校园内创造一个宽松的学术氛围和环境更加重要。不是仅依靠外面，而是靠我们自己，不追求形式，而要讲究实效。十分重要的是，院系、研究所、教研室的领导要对此加以重视，关心并精心组织好一些专题讨论会，讨论一些共同感兴趣的学术问题，交流心得体会，真正使大家感到有收获。

我认为，学校的校风、学风建设特别是学术氛围的形成、人文精神的传播最需要我们的院士、首席专家、长江学者、学术带头人、学科带头人、教授、研究员、博士生导师带头。这一层次的人是学校的顶尖人物，他们是最有水平和最有能力为学校的校风、学风建设做出贡献的人，理所当然应该走在前面。我坦率地说，在我校，这一层次的人普遍带头不够，都推说自己“忙啊！忙啊！”一方面说，我自己的事情都做不完，哪有时间开讲座啊！另一方面又埋怨学校学术空气不浓等。这些人中有我一个，我在这里先做自我批评。但我在去年就任新一届校科协主席时，就表态一定在2004年春天带头做有关科学人文的报告，我一定会实现自己的诺言。

校内有一位教授曾经给我建议：应该有一个规定，每一位教授、研究员以上职称的教师，每人每年必须在校园内（全校、学院、研究所、系或教研室）做一次报告，报告的内容不限，能讲什么就讲什么，每年年终要进行考评。说实话，这不是很高的要求，是作为一个具有正高级职称的教师应尽的义务，而且是能够做到的。我对她说，我无法这样做，我不是校、院一级领导，没有这样的权力。但我确实希望支撑我校最高的学术阶层的教授、研究员们，支持这一活动，为学校，为学生，也为自己的学术荣誉。这是我向各位老师呼吁的。

一个学校的好校风和好学风的形成包括科学与人文氛围的形成和科学

与人文精神的传播，需要长时间不懈的努力，一步一步踏实去做，一代一代传下去，才能形成一个好的传统。延安精神是我校的光荣传统，是学校的宝贵财富，也需要世世代代传下去。

在去年一次校外的讲演中，我给那里的科技人员赠送了这样四句话：

“做人中学做学问，做学问中学做人。做人做真正的人，做学问做大学问。”

做人需要人文精神，做学问需要科学精神，而人文精神与科学精神又是贯通的。我衷心希望我校每一位青年学人，能成为一个真正的人，大写的人，并有志气做大学问。

最后，我的结束语是：“缺失科学精神是可悲的，而缺失人文精神是可怕的。愿科学与人文两翼齐飞。”

天才是训练出来的*

成功的关键不完全取决于智商，而在于对待困难的态度和坚持的毅力。

杨振寰先生在《神经网络与教育——学习的艺术》一书中开宗明义就说："如果你不知道自己是鸟而去学游泳，那么，无论你怎么努力也是白费力气；如果你不知道自己是鱼而去学飞翔，那么，无论你付出了多少也是一无所获。因此，想教一头亚洲水牛赛跑显然是不正确的，而教阿拉伯马在泥泞的水稻田里干农活将会是一个严重的错误！这是显而易见的。因为它们各有天生的长处和短处。"

杨先生说得很对，人的天赋不一样，各有自己的长处和短处，才能的发挥要因人而异。什么是天赋？顾名思义，就是指上天赋予你的才能，这种才能是未经后天学习、与生俱来的，而且还是与众不同的。天赋与生俱来，是上天的恩惠，发挥和利用你的天赋是你的优势，就如同大自然赋予鱼儿游泳的天赋，赋予鸟儿飞翔的本领一样。天赋也好比眼睛的颜色，你既无法选择也无力创造。

应当承认，这个世界上确有天才。科学家牛顿、爱因斯坦是天才，文学家托尔斯泰、曹雪芹是天才，音乐家莫扎特、贝多芬是天才，企业家比尔·盖茨、乔布斯是天才，运动员梅西、姚明是天才。他们取得了骄人的成就。

我对天才的理解是，所谓天才就是上天给予的天赋和后天艰苦努力获得的才能，并创造了可称为奇迹的成就。但我常说，天才不是天生的，主要是后天培养锻炼成长的。光有早慧的天赋，若没有后天的努力，断不会有大成就，也不可能被后人称颂为天才。想一想我上面所列举的这些"天才"们，哪一个不是经过千锤百炼、艰苦卓绝的努力（训练），才获得了

* 本文作于2014年1月，是为浙江平湖黄姑中学的学生而写的。

超人的成功。不过我们往往惊异于他们的才能，羡慕他们被套上的光环，而忽视了他们所经历的异常艰苦的奋斗历程。

以大音乐家莫扎特而言，莫扎特是举世罕见的天才，这到今天也并没有疑问。莫扎特就是一个早慧的孩子，对音乐有异常的灵感。他的父亲在莫扎特 3 岁时，就对他进行严格的作曲和演奏训练。莫扎特 4 岁时就创作了不止一首无与伦比的协奏曲。这使他的父亲感到，上帝把培养史无前例的音乐天才的责任寄托在自己身上。于是，他放弃了自己作为作曲家、演奏家和音乐教育家的职业生涯，全心全意投入对儿子的教育。可以说，莫扎特从小享受着当时最优秀的音乐教师全天候的教育和严格的训练。莫扎特到 6 岁时，就已经和父亲一起训练了 3 500 小时。学者们经过仔细检视其生平事迹后，得出的结论是，上帝给了莫扎特以非凡的天赋、气质和聪慧，但他的成就是学出来的、练出来的。我在上面列举的科学界、文学界、音乐界、企业界和体育界各位天才，也无一例外。我同意这样的结论："天才是 1% 的灵感加上 99% 的汗水"，天才是训练出来的，天才是努力超越人的极限的人。

我先讲两个极端的例子，但都是真实的故事。第一个是古代的故事叫《伤仲永》，是宋代大政治家、文学家王安石写的，全文如下：

伤仲永

王安石（宋）

金溪民方仲永，世隶耕。仲永生五年，未尝识书具，忽啼求之。父异焉，借旁近与之，即书诗四句，并自为其名。其诗以养父母、收族为意，传一乡秀才观之。自是指物作诗立就，其文理皆有可观者。邑人奇之，稍稍宾客其父，或以钱币乞之。父利其然也，日扳仲永环谒于邑人，不使学。余闻之也久。

明道中，从先人还家，于舅家见之，十二三矣。令作诗，不能称前时之闻。又七年，还自扬州，复到舅家问焉，曰："泯然众人矣。"

王子曰：仲永之通悟，受之天也。其受之天也，贤于材人远矣。卒之为众人，则其受于人者不至也。彼其受之天也，如此其贤也，不受之人，且为众人；今夫不受之天，固众人，又不受之人，得为众人而已耶？

宋朝王安石这篇短文说的是，有一个叫方仲永的孩子，5 岁便能写诗作文，而且颇有文采，他的父亲以此来炫耀，到处挣钱，不让他学习。到十二三岁时，仲永的文采已平平矣，达不到幼年时的水平了。再过7年，到20岁时，他的才能已全部消失，完全如同常人一般了。王安石为之评论说：仲永的通达聪慧是先天得到的。他先天的才能，远胜于一般有才能的人。他最终成为一个平常人，是因为他后天没有受到应有的教育。他那样天生聪明，如此有才智的人，没有受到后天的教育，尚且要成为一个普通人；现在那些天生就不聪明，本来就是普通的人，又不接受后天的教育，能够成为普通人就为止了吗？我小时候读这篇文章时，就感悟到，一个天资异常聪明的孩子由于不努力学习变成了一个笨孩子，多么可悲啊！它给我的印象特别深刻。

第二个是现代的真实的故事。主人公是华罗庚教授，国际数学大师，中国科学院院士，他为中国数学的发展做出了无与伦比的贡献，被誉为“中国现代数学之父”，被列为“芝加哥科学技术博物馆中当今世界88位数学伟人之一”。

华罗庚1910年11月出生于江苏省常州市金坛市，父亲拥有一间卖杂货的小铺。他幼时爱动脑筋，因思考问题过于专心常被同伴们戏称为“罗呆子”。1925年华罗庚初中毕业后曾入上海中华职业学校就读，因家庭贫穷拿不出学费而被迫退学，只好回到金坛市帮助父亲料理杂货铺。在单调的站柜台生活中，他顽强自学了《代数》《几何》和一本缺页的《微积分》，打下了扎实的数学基础。1929年冬天，他得了严重的伤寒症，经过近半年的治疗，病虽好了，但左腿的关节却受到严重损害，落下了终身残疾，走路要借助手杖。

1930年春，华罗庚的论文《苏家驹之代数的五次方程式解法不能成立之理由》发表，轰动了中国数学界。那时，著名数学家熊庆来在清华大学当数学系主任，从学术杂志上发现了华罗庚的名字，了解到华罗庚的自学经历和数学方面的才华后，毅然打破常规，让只有初中文化程度的华罗庚进入清华大学。华罗庚一开始在图书馆担任馆员，后在数学系担任助理，并破格被任用为助教，1934年9月被提升为讲师。

1936年华罗庚前往英国剑桥大学留学，他在那里度过了关键性的两年，发表了15篇文章，其中一篇关于高斯的论文给他在世界上赢得了声誉。1937年他回到清华大学担任正教授，抗日战争爆发后他随校迁至云南昆明的国立西南联合大学，直至1945年。在昆明的一个吊脚楼上，他写出了举世闻名的《堆垒素数论》。

1985 年 6 月 12 日下午，他在东京大学数理学部讲演厅向日本数学界做讲演结束后，在接受献花的一刹那，突然倒下，晚 10 时因患急性心肌梗死而逝世。

华罗庚一生硕果累累，他是中国解析数论、矩阵几何学、典型群、自守函数论等多方面研究的创始人和开拓者，其著作《堆垒素数论》更成为 20 世纪数学论著的经典。

其实华罗庚读初中时，一度功课并不好，有时数学还考不及格。他的数学老师王维克（后来成为著名翻译家）发现华罗庚虽然贪玩，但思维敏捷，数学习题往往改了又改，解题方法异常独特别致。他认定华罗庚具有异常的数学天赋，勉励华罗庚钻研数学。

在逆境中，华罗庚顽强地与命运抗争，他说“我要用健全的头脑，代替不健全的双腿”。凭着这种精神，有志者事竟成，他终于从一个只有初中毕业文凭的青年成长为世界一流的大数学家，而他一生所付出的勤奋努力，才是他最重要的资历。

这两个故事，前一个，上苍给予了仲永非凡的天赋，但由于不学习，使可能变为不可能；后一个，上苍并没有优待华罗庚。他自幼家庭贫穷，被迫早早休学，且患有残障，但由于努力奋斗，使不可能变为可能。需要指出的是，即使聪明且努力奋斗如华罗庚者，若没有遇到熊庆来教授这样的伯乐，以及赴英国剑桥留学深造的机遇，成为一个世界级的数学家也是极困难的。

下面我讲一位我熟悉的人，他也是将不可能变为可能的杰出榜样。他是我的好友杨振寰（Francis T. S. Yu）教授，美籍华裔科学家、美国宾夕法尼亚州立大学电子工程 Evan Pugh 名誉教授，国际著名的光学信息处理专家。他长期从事光学信号处理、全息术、信息光学、光学计算、神经网络、光折射光学、光纤传感器与光子器件等领域的研究，出版了 10 本著作、4 本专著、300 余篇期刊论文、250 余篇会议论文、2 套国际光学工程学会（SPIE）里程碑丛书，其中 6 部专著已被译为中、俄、日和韩文。我特别敬佩的是，他十分热爱自己的民族，关爱祖国的同胞，亲自指导了 37 位从中国赴美留学的博士，其中 32 位是从大陆去的，5 位是从香港、台湾去的。他的成就可谓是著作等身，桃李满天下。

杨振寰出生于中国福建的一个中下层的家庭，在一个相对劣势的环境下成长。少年时随父母到菲律宾，在读高中的时候，他是班上学得最差的学生之一。毕业的时候在全年级65个学生中位列倒数第三。他是一个典型的无家教辅导的高中生，父母家人没有对他进行监督，他也未得到过高中老师的鼓励和激励，一些老师甚至打击他上大学的信心，不相信他能考上大学，也不相信他未来能有出息，更不相信他会成为一个人才。在既没有老师的鼓励又没有父母的监督下，他完全丧失自信，对学业毫无兴趣。但那时他是一个相当棒的足球和篮球运动员，他的梦想是继续踢球和打球。他并不知道缺少良好的教育会给人生带来什么样的后果。

然而，他的征途走到了终点。在距高中毕业还有几个星期的时候，在一次篮球比赛中伤到了左臂，而且伤得很重。这件事成了他人生的一个转折点。这个体育事故最终让他在大学中学得更加努力。

大学的第一个学期里他遇到一个十分尴尬的问题：他要怎样弥补高中时期所欠下的一大笔“学习债”。他慢慢地养成了一些学习的技巧来应对它。他学习十分努力，克服了大学里所遇到的大多数困难，最终成了一个好学生。更令人想不到的是，毕业的时候他获得了学院的最高荣誉，并且同时他在大学里也是一个很不错的足球运动员。

因为他年轻时学习很差，没有人看好他将来会有所作为，但是他努力了，一步一步往前走，从菲律宾到美国后，读大学，考上研究生，通过博士学位论文答辩，成为美国一所重点大学的教授，写出很多书和学术论文，成为国际光学界知名的教育家和学者，把不可能变为可能，他最后成功了。

杨振寰由自己的例子坚信学习过程的艺术是可以找到的，更好的教育（或学习）过程是能够实现的。他的例子告诉我们，学生的机会和心理因素对于其是否能成功是十分重要和必要的。如同将足球或者篮球选手训练成优秀运动员，你需要给他们参加比赛和犯错的机会。杨振寰常常告诉学生不要怕犯错，从错误中我们能获得教训，怕犯错的人永远不会学到东西！

杨振寰是把不可能变为可能的一个典型例子。在我的一生中，我目睹了许许多多类似的令人鼓舞的例子。不少有志气的青少年，立志高远，在异常艰苦的环境下努力奋斗，最后成为优秀的人才。当然，我也目睹一些天资聪明、家境良好的青年非常可惜地把可能变为不可能的反面例子。

我认为，每一个正常的人都有各自的天赋，也就是每个人身上都有一种主导特质，总有这样那样的特点或潜在的优势。即使是智商很低的人也不例外。有的人逻辑思维占优势，有的人形象思维占优势；有的人长于理论，有的人精于实验；有的人博闻强记，但不善于融会贯通；有的人拙于言辞，但精于思考；有的人智力平平，但意志顽强，目标远大，百折不挠；有的人反应不快，但很有毅力和耐心；有的人貌不惊人，但满腹经纶，谈吐不凡。因此，找准属于自己的道路，踏踏实实干适合自己的事，充分发挥自己的优势，这就是许许多多杰出人士给我们的启示。如果一个人看不到自己的优势，甚至对自己失去信心，这是今生最大的缺憾。自尊和自信来源于对自己优势的确认，以及随之而来的对自我价值的肯定。

讲到这里，读者会问我，你是属于什么样类型的人，你为什么能成功？我是一个仅有中等智商的普通人，智力平平。除了热爱学习外，我没有什么特别的长处和优势，但我自问是一个在科学道路上意志坚强，百折不挠的人。当我步入耄耋之年时，我反思自己的一生，我发现，我的成功实在是多亏了我的父母亲，是他们遗传给我善良、感恩、诚信、敬业的基因，使我有较好的品德，能在社会上立足，并有所成就。

我最近给一些中学生题了两段话，写下了我的体会："我的一切成就都是勤奋和钻研得来的，舍此一途，别无他法"，"成功的关键不完全取决于智商，关键在于对待困难的态度和坚持的毅力"。杰出人士无一不是处变不惊，面对成功不骄不躁，面对失败决不气馁，他们有着坚强的意志和永不言败的勇气。

我的结论是：天才是训练出来的。因此，我相信学习的力量，也就是学校和老师的力量，更相信努力奋斗的力量。

知识、智慧、能力与科学精神及其创新气质*

科学精神及其创新气质之有或无，强或弱，在某种程度上决定了创新之可能或不可能，创新成就之大或小。

前一时期，国内对科技创新的讨论十分热烈，这些讨论使我增长了许多见识。这里我想谈谈知识—智慧—能力—科学精神与创新之间的关系。

一、世界上最美妙的是知识

中西谚语云："知书达理"、"知识就是力量"。说的是，有了知识，便明白了事物的道理，感到了自己的力量。这两句话都很简短，但很实在。欧洲文艺复兴时代的巨人弗兰西斯·培根（Francis Bacon，1561—1626）高度评价知识的作用。"知识就是力量"这句话就是他讲的。培根认为，知识通过发明创造、技术革新，间接地、不自觉地对社会的发展起着巨大作用。他明确指出，野蛮人、文明人的分野是以对知识掌握、运用的程度为标志的。显然，培根把知识看作人类文明的基本要素和社会发展的基本标志。

书本上的科学文化知识，大都是前人经验的客观表述，有的甚至是人类千百年来积累的科学文化遗产。学习和继承前人的知识，使自己有一个扎实的基础向上攀登。学习知识使我们每个人都变得聪明起来，懂得了学问的道理，也懂得做人的道理。知识给人以力量，人们把知识服务于社会，社会就能进步发展。

人类要发展，继承前人的知识是必然的。没有继承，就没有发展。因此，所有的老师要求学生们好好地学习，这是很自然的。我们大学中的基

* 本文是根据与博士生座谈的讲稿整理的，时间是2002年，2015年修改。

础课——数学、物理学、化学和各门学科的专业课等，都是有系统、有组织的知识。这些基础和专业知识是我们未来服务社会的基石，但在学习时，有一个学习方法的问题。学习中，不是死记教条，硬背定义、定律、方程式；更主要是掌握或明了“概念”和它的来源。学习时，每一步都要求实；自己向自己提问题，从各个不同角度的观点去了解一些现象或定理。因此，在继承前人的知识时要勤于思考，多问几个为什么，而不要被动地、填鸭式地学习，这是十分重要的。有一个很好的方法可以测验自己是否已了解或已消化了某一个问题，这便是做教科书中的习题。这是训练思考的一个很好的方法。

我认为，大学阶段是获得基础知识和训练的最好的时期，以后可能再也找不到机会像大学时代这样进行系统的学习了。我至今还十分留恋学生时代背着书包上学的日子，学生们应该安下心来努力求学。当前，社会上对大学生放弃学习去办公司“炒”得很热，总是把比尔·盖茨、斯蒂夫·乔布斯放弃学习去创业作为范例，但你可曾了解他们的家庭背景和社会背景吗？我觉得这样的导向是不利于青年学人成长的，我总是劝阻我的学生们，希望他们珍惜短暂的学习机会，不管他们如何看我。

结论是：世界上最美妙的是知识，书籍是知识的海洋，好好读书吧！

二、比知识更美妙的是智慧，重要的是把智慧转化为能力

信息时代的到来，有一个十分重要的现象：“知识爆炸”，它是每个从事教育的人不能回避的。“知识爆炸”使知识陈旧的周期缩短加剧，18 世纪为 80 ~ 90 年，19 世纪到 20 世纪初为 50 年，20 世纪中又缩短为 15 年，20 世纪末，为 3 ~ 5 年，21 世纪，人类进入信息时代，知识陈旧周期更要加快缩短，这就要求高等教育加强基础理论教育，不断更新课程，更新教材内容，更新教学方式，重视终身教育。

“知识爆炸”现象对教育学上的“仓库理论”提出了严重的挑战。“仓库理论”认为“脑子是储存事实的仓库”，教学就是用知识去填“仓库”。知识收集的越多，表明学问就越大。“仓库理论”十分重视记忆的作用。但大脑真是储存的仓库吗？非也！

美籍华裔光学信息处理大家杨振寰教授在他所著的一本袖珍读物《神经网络与教育——学习的艺术》中告诉我们，人的大脑的运行十分高效节能，可以进行足以挑战世界上最大的超级计算机的运算，尽管它所依赖的

组件并不完美：大脑由数十亿的神经元组成，这些神经元通过突触相互连接。神经元是缓慢、多变且混乱的。在理解语言、抽象推理、形象思维、善于思考上，大脑远远超过计算机，但在记忆能力、计算能力上，它远不及计算机。因此，学习者应该正确利用大脑，使我们的神经网络变得聪明和智慧。研究表明，储存功能仅是大脑功能的一部分，不能把大脑看成“储存事实的仓库”，要充分利用大脑善于思考的最大优点，发挥大脑形象思维和抽象推理的优势。要知道，一个缺乏判断能力和想象力的人，是不可能在科学技术方面做出突出贡献的。

“知识爆炸”的发生，要求高等教育在传授基本知识的前提下，重点应放在学生智能特别是思维能力的培养上。教育的目的不仅仅是向学生提供“知识－黄金”，而是教学生以“点金术”，“授人以鱼，不如授人以渔”。

我觉得，知识若没有转化为智慧，对创新并没有大的帮助。知识少的人，灵活运用了，他可能大大强于知识多而不运用的人。知识有时是一把双刃剑。如果大量积累了前人的知识，全面继承了旧的知识体系，思想却非常可能被束缚在旧的知识体系内，只熟悉掌握已经被规范化的技巧，进而制约创造力的发展，甚至可能成为创造力的“杀手”。

由此可见，比知识重要的是智慧，与智慧同等重要的是能力（思维能力、动手能力和决断能力等）。培养学生的智慧和能力，重要的是培养健康的思维方式，培养自学能力、思考能力、表达能力和组织管理能力。智慧和能力是平衡发展的结果，教育所要达到的目的是个性的平衡和全面的发展。

结论是：比知识更重要的是智慧，智慧借助于知识，使知识转化为能力，这才是真正的力量。

三、创新需要知识、智慧和能力，更需要创新气质

有知识不一定有智慧有能力，有智慧有能力不一定有创新。当然智慧、能力和创新的基础是知识，还有经验，这就是人们需要不断学习、不断实践的原因。但知识、智慧、能力和创新之间并不能简单地画等号：即认为有知识必定有智慧有能力，有智慧有能力必定有创新。

我的认识是，创新最重要的或起决定性作用的是创新者是否拥有与知识、智慧、能力相关的创新气质。

创新的内涵是指人类在深化对事物本质、规律认识的基础上不断地有所发现、有所发明、有所创造、有所前进。创新可以说是由已知向未知领

域的进军，是由已知的知识运用智慧探索未知，用能力解决问题的过程。具体而言，创新可以有理论的创新、技术的创新、方法的创新、工程的创新，等等。但从本质上而言，所有这些都取决于创新者的科学精神及其本人的创新气质。

科学精神的内涵是十分丰富的，我们通常讲的“科学精神”实际谈的是科学研究的精神。科学精神是科学家科学活动时灵魂深处高度抽象和凝练的治学理念，是科学家从事科技活动应具有的精神导引和最深层次的科学文化素养，也是科学家在不断探索真理的过程中所体现出的价值追求和精神本质。科学精神的内核在一定意义上说就是创新，发现真理的过程，提出创见的过程，也就是创新的过程。

王大珩先生与我多次讨论科学精神的表述，我们把它表为“求真、务实、探索、创新”八字。求真是穷根究底、锲而不舍、敢于攀登、追求真理，它是科学精神的核心；务实是崇尚事实、实事求是、坚持真理、修正错误，它是科学精神的基础；探索是大胆怀疑、自由批判、勇于质疑、敢于挑战，它是科学精神的前提；创新是传承拓新、寻优勇进、有所发现、有所前进，这是科学精神的目的。科学精神表现在创新者本人散发出来的创新气质主要有：强烈的好奇心，异常的想象力，执着的专注和进取心，大胆的怀疑精神、勇敢的批判精神以及跳出传统框框的创造性思维。

科技创新通常是一个累积渐进的过程，因此我们说，科学知识的学习是必不可少的重要环节。但掌握了理论知识、技能、方法，甚至积累了经验并不等于就是创新，也不意味着必定能创新。关键是运用自己的智慧和能力时是否具备以创新为内核的科学精神以及创新的精神气质。但我们也不可贸然下结论说，只要具备或贯彻了科学精神和创新气质，就必定会有创新的成就；不过我们可以断言，若缺乏科学精神和创新气质，就必定不会有创新。科学精神及创新气质之有或无、强或弱，在某种程度上决定了创新之可能或不可能，创新成就之大或小，这是毫无疑义的。

综上所述，关于创新，似乎可以用一个简单的公式表示：知识 + 智慧 + 能力 + 精神（创新气质）→创新。在这公式里，没有用等号，而是用一个箭头，表明知识、智慧、能力、精神的某种集合是通向创新之路。但有时，创新可能还需要有一点机遇，而机遇永远垂青追求它的人。

结论是：与知识、智慧、能力同等重要的是创新气质。只有这四者的结合才能有科技创新。

珍爱生命*

人绝不是只为自己活着，生命并非完全属于个人。

近年来，北京中关村一带的高校，青年学生自杀已不是极个别的现象。每当这样的消息传来，我的心头就隐隐作痛。电视上播放失去孩子的父母亲泪流满面地亲着照片和手机上孩子生前欢笑的图片，他们在孩子的墓前诉说自己的痛苦和思念、透骨彻心地呼唤着孩子的名字希望他们重生的画面，屡屡在我眼前回闪。多少次我早晨醒来，想起这些失独（失去独生子女）者的家庭，他们将一辈子以泪洗面回忆自己亲爱的孩子，真不能想象他们的余生将如何度过！我为这些学生感到惋惜，为他们的家长感到难过。我感到十分悲哀，我们的社会和学校竟然如此无能为力，眼睁睁看着这样的悲剧屡屡发生。

有一次，当有人告诉我又一个学生跳楼自杀时，在为他感到惋惜的同时，我的心中产生一连串的疑问：为什么？到底是什么原因啊！有什么理由轻生啊！人们告诉我大概原因是，恋爱失败；学习压力大，考试多门不及格，拿不到毕业证书和学位证书，前途无望；感到社会不公平正义，对未来没有信心；等等。就为了这些挫折去跳楼，心理防线太脆弱了！人哪能这样不珍惜自己的生命啊！当我在思考前因后果时，我的脑海中涌现出4个字：愚蠢，自私。有人会说：人已经死了，你何必如此无情责怪他呢！我自问自己绝非是一个冷酷无情的人，我热爱青年学生，因为民族复兴的希望和强国的伟业寄托在青年一代身上，总希望现在的青年人能比我们这一代更有作为，更加幸福。但我必须批评这样没有理智的同学：轻易把自己宝贵的生命消灭，亲手把自己未来的前途毁灭，岂不是太“愚蠢”了吗！丝毫不考虑自己的父母亲和亲人们失去自己的悲哀及所经受的悲痛，

* 本文尚未正式发表过。

仅为个人的痛苦解脱而飞身一跃，岂不是太“自私”了吗！

我特别希望教育部和各高校领导想想办法制止大学校园内这种轻生现象的蔓延。作为一个耄耋老人，我只能给青年学生特别是在生死面前彷徨的青年学生几个忠告。

1. “绝不死在父母亲等老人的前面”是为人子女必须做到的一条原则

“绝不死在父母亲等老人的前面。”这是我给现代青年同学的第一个忠告和要求，是为人子女必须做到的一条原则。

2008 年 10 月，当我班同学返校庆祝毕业 50 周年时，曾经谈起过“生与死”这个话题。20 世纪 50 年代，我们 8531 班曾是全校最优秀的班级之一，但在反右时，有 1/4 同学被划了右派，很快被赶出了课堂，接着又有 1/4 同学受到党团籍处分。所谓“右派”，其罪名完全是莫须有的，但到任何地方是被作为无产阶级专政的敌人对待的。从 1957 年受冤到 1979 年被改正经历了 22 年漫长的岁月，他们所受的打击和迫害是现在的青年人所不能想象的。但这些受冤屈的同学都坚强地活了下来，在工作岗位上做出了自己的贡献，他们无愧于祖国和人民。

在人生艰难的时刻，生或死总是会提到一个人的面前。就像哈姆雷特问自己一样：“活着还是死去，这是个问题。”8531 班受冤的同学们十分坚强，他们相信自己对祖国的忠诚，相信有平反昭雪的一天，他们坚毅地活着、工作着、奋斗着，并创造了光辉的业绩。在座谈时，有的同学坦言自己曾在生与死的面前徘徊，是家庭的亲情、责任和信念使自己坚强地活下去。有人问我，如果你也被打成右派，你会怎样？我说，我绝不会自杀，无论如何，我不能死在父母亲的前面。一个最简单的道理是，如果我死了，爱我的父母亲会很快死亡的，因为他们爱我，受不了这样沉重的打击。我感到，20 世纪五六十年代的学生好像比较成熟，绝不会轻易倒下的，最主要是他们有自信心、责任心和感恩心，热爱自己的双亲和家庭。爱父母是人的天性，我们这些远离家门的儿女们尽不了自己的孝心，最起码是不让父母亲为自己担忧。因此，不愿给父母增添痛苦和烦恼，报喜不报忧，把一切担当下来，扛着困苦，吞着冤屈，与命运搏斗，是当年那一代青年学人的写照，他们就是这样热爱、孝顺和报答自己父母亲的。

我认为，绝不死在父母亲等老人的前面，更不用说自杀了，这是人活在当今世上最起码的原则。要珍爱自己，包括上街过马路、开车、游泳等一定要注意安全，不做无谓的牺牲。埃及“二战”盟军阵亡将士墓碑上有一句话：“对于世界，你只是一个士兵；对于家庭，你是整个世界！”每个人不管多么渺小，地位多么卑微，对于父母亲都是最珍贵的、难以割舍的存在。在这个世界上，父母的爱，亘古绵长，无私无求，不因季节更替，不因名利浮沉。特别是现在，你是父母亲唯一的子女。好好想一想，如果没有你，父母亲将会多么孤苦伶仃，天都变得黑暗了。你活下去，天也变得光亮了，希望总在。好好工作，努力奋斗，父母亲将为你自豪。

2. 人绝不是只为自己活着，生命并非完全属于个人

“人绝不只是为自己活着，生命并非完全属于个人。”这是我给青年同学的第二个忠告，也是人作为社会人生活在这个世界上必须树立的一个观念。

每个人的生命都是父母所赐予的，从十月怀胎到生下来，父母亲的爱哺育孩子成长，不知道付出了多少辛苦。只有当自己身为父母时，才能体会父母亲的伟大。因此，要珍爱自己，“身体发肤，受之父母，不敢毁伤，孝之始也。”这是圣人的教诲。要敬畏生命，因为生命并非完全属于个人，每条生命都是宝贵的、神圣的。任何轻蔑生命、践踏生命的行为都要受到谴责。

尊重生命，敬畏生命，珍爱生命，包括自己的生命。我们对生命，只有保护的权利，使它更加强壮，更有智慧，更有力量，也使家族得以绵延。生命对每一个人都是最可贵的，人没有“消灭”自己生命的权利。消灭自己与杀害他人一样，都是在毁灭一个活生生的生命，从道德上说，也是不可饶恕和不能原谅的。

人来到世上，绝不是为自己活着。而且，每一个人都有父母、亲友、同学或同事，绝不是孤立的存在，一个人不能仅为自己负责任，还应该为自己的亲友和社会负责。因此，人活着，对社会，要感恩，把自己奉献于社会；对父母，是责任，把生命延续下去。伟大的物理学家爱因斯坦说：“人是为了别人而生存的——我每天上百次地提醒自己：我的精神生活和物质生活都依靠着别人（包括生者和死者）的劳动，我必须尽力以同样的分量来报偿我所领受了的和至今还在领受着的东西。”这是他一贯的人生理念：活着要感恩社会，报答社会。

写到这里，我不禁想告诉大家。伟大的爱因斯坦在年轻时有一段时间

（1898—1902）也是很倒霉狼狈的，可以说是穷困潦倒，饱受挫折。他大学毕业时想留校当物理学助教，但经验、知识都不丰富，一些人看不起他，老师不愿接受他；父母亲不承认他与米列娃的婚姻，不让米列娃进门，他和米列娃同居时生下的女儿莉莎又不幸夭折；他大学毕业后即失业，没有正式工作，生活贫困，只好贴小广告，干一些代课辅导的事；他的关于热动力学的博士学位论文因为思想太激进也被教授婉言回绝了。一连串倒霉事即使在今天看来都是不小的打击，但他都挺住了。幸好后来他的好友格罗斯曼的父亲介绍爱因斯坦到瑞士伯尔尼专利局工作，才使他有了一份稳定的职业。

现在的青年也许会想，那时的爱因斯坦一定很沮丧吧，也许也会有轻生的念头吧！我可以告诉大家，据传记记载，爱因斯坦那时一点也没有灰心丧气，谋职的压力并没有击垮他，他依然很乐观，每天一有空就推导公式，买不起稿纸，就随便拿一张纸，密密麻麻，正反面写。他还继续和他发起的名为“奥林匹亚科学院”的好友索罗文、哈比希特一起讨论科学问题，争论不休，完全忘记了贫困和不幸。当然，1902 年他到伯尔尼专利局工作后经济情况缓和了一些。就在这样的艰难动荡的环境中，爱因斯坦没有退缩，他的科学思想光芒四射。1905 年他发表了 5 篇物理学论文，其中 3 篇论文后来科学界一致公认每一篇都应该被授予诺贝尔物理学奖。依我看来，造就爱因斯坦伟大的，并不完全是他超人的智慧，而是他健全完美的心智、高尚正直的品格和豁达开朗的人生观。

试想一下，如果那时爱因斯坦缺乏高尚的理想，顶不住社会、家庭和生活的压力；如果他颓唐灰心、沉沦下去得过且过；更不用说他索性也把自己彻底解脱了，那么今天的世界，就不会像现在这个样子，我们也无法享受他的科学思想带给我们灿烂缤纷的世界。因此，我真为这些自尽的孩子惋惜，不仅是为他自己和他们的家庭，也是为社会，因为很可能是一个天才轻易地被他自己愚蠢和自私的念头亲手毁灭了。

因此，要学会感恩，像爱因斯坦一样，以乐观积极的人生态度，迎接命运给我们的每一个挑战。

3. 人生就是奋斗，活着是有意义的

“人生就是奋斗，活着是有意义的。”这是我给青年同学的第三个忠告。

有人认为自杀是勇者，因为自杀需要极大的勇气，但我认为自杀是懦夫，因为他（她）害怕困难而选择了逃避，自杀绝不是勇者的行为。真正的勇者是一个直面人生勇敢奋斗的人，是一个面对困难活下去并且努力克服困难的人。

工作是美丽的，困难与成功相伴；生活是美好的，烦恼与欢乐相伴。这就是多彩的人生。人的一生有意义就在于苦乐相伴，苦和乐相互参照，显示出人生的绚丽多彩。一个人，只有经过艰辛的努力、苦难的磨炼，才能发展自己，贡献自己，造就自己，展现出人生的精彩。工作给人带来的不仅是劳累和辛苦，也有愉悦和欢乐。因此，工作着是美丽的。生活也是一样，多么美好，享受着爱情、友情和亲情，美味佳肴，春花秋月和良辰美景，当然也伴随着家长里短，柴米油盐，烦恼、痛苦和不幸。有人说：生命的完整架构犹如一座高山，若是努力攀登，将会不断发现新奇的景观、体验美妙的境界。确实是这样。一个人，只有经历了各种磨难、挫折甚至失败，努力攀登达到目标后，才能真正体会成功的欢乐，明白人生的真谛。

人活着，还是要有理想和信念的。20 世纪 50 年代的青年，心目中的标杆和榜样，有两位英雄人物，他们是小说《钢铁是怎样炼成的》和《牛虻》的主人公——保尔·柯察金和牛虻。保尔和牛虻的英雄主义，不怕牺牲，为了正义的事业献身的精神，鼓舞着大学里每一个青年学生，甚至他们两人的爱情观也影响着当时的青年，包括我在内。可以这样说，他们是同学们心中的楷模，人活着要有意义，要做一个像保尔、像牛虻那样的人，把自己献给祖国和神圣的事业，只要需要，哪怕牺牲自己也行。

因之，当你觉得活着是有意义的，就会感觉为人民奉献是有意义的。人，就应该像保尔一样，用自己的劳动和战斗，书写光辉的人生。

4. 青年学人要把培养“心智健全的完整人格”放在首位

“把培养‘心智健全的完整人格’放在首位。”这是我给青年同学的第四个忠告。

一个活生生的青年，被自己的手无端地毁灭了，走这样极端的路，问题当然出在他自己身上。社会、家庭和学校自然各有各的责任，但细究起来，可能还是我们的教育没有真正到位，或者不够到位。

这些走上绝路的青年学生，能考上北京中关村一带的高校，从智商角度，或者是对书本知识掌握的程度，都可以说是大学生中的佼佼者。但是，问题出在什么地方呢？他们的身上缺些什么呢？依我看来，问题很可能是目前的教育（社会、学校和家庭）还是没有真正到位。在中国，自古以来，总是勉励孩子们从小上进努力学习，更不用说生活在当今变革的年代、竞争的时代了。但我总觉得，“不能输在起跑线上”实际是各式各样的教育开发商们“忽悠”家长们掏钱而提出的蛊惑人心的口号，那种把人的一生解释为一场从小开始的比赛是悲哀的，因为根本就不存在统一的起跑线。可悲的是，它似乎成为当今家长和老师培养教育孩子的一个理念和原则。这样，“急功近利”从孩提时代就开始了。于是乎，从幼儿园和小学开始，到中学、上大学，都是把学知识，好成绩放在第一位，十分重视智商的发挥，而把“做人（做一个诚信正直的人，做一个有信心、有担当、有责任心的人）”的情商的教育放在次要的位置，不顾及学生的心理健康。一些家长热衷于超前的知识灌输，使孩子得不到全面的教育。因为孩子很小，各方面都不成熟，没有思辨能力。本来读书可使人获得知识，身心愉悦，但却成为孩子的负担，使孩子变成了背书和读书的机器。过度的、强制的教育使孩子产生厌恶和逆反心理，身心健康受到了伤害。于是，不少青年学生，缺乏强健的心理状态，知识多但教养差，只爱自己而无“爱人”之心，有学习的能力但没有担当的责任心，一旦发生问题，便不敢承担责任。

于是，在当前一部分学生身上，见不到敬畏生命的天性，“天生我才必有用”的自信，“自尊自爱”“仁者爱人”的爱心，以及坚韧不拔、永不言败的意志。他们没有梦想，不感到快乐，而且缺少对生命的认知，心理特别脆弱，心态被扭曲了，一旦不能如他所愿时，他总感觉是别人（或者社会）对不起他，别人辜负了他，别人阻挡了他，而不会在自己身上找找原因。他不知道自己要奋起，要改变形象，要从头再来，要与命运搏斗，而是责怪别人，把自己的一切过错和不幸都推给别人或社会，甚至报复别人或社会，最后毁灭自己。

这确实是现实存在的问题，但根子在教育身上。我们的文化教育要思考的是，为什么现代青年人如此漠视和轻视他人的生命，也不珍爱自己的生命。教育若没有把青年学生培养成为“心智健全、人格完整”的人，很难说是成功的。从社会和学校教育来说，要对以功利目标为中心的教育体系和人生哲学进行反思。从小学、中学直到大学，把学生培养成为有爱心、有教养、有责任心、敢于担当的人，是一个亟须解决的根本问题。

结束语

中国社会经过30多年的改革开放是大大进步了，国力增强了，人民生活有很大的改善。但贫富差距扩大了，社会盛行“丛林法则”，两极分化、贪污腐败、滥用职权的现象变本加厉了，不公平和不正义的现象触目惊心。令人特别痛心的是，不少人丧失了善恶观念和区分是非的能力，假恶丑滋生起来了，真善美却被颠倒了。每当我看到这些，再回想自己青年时代对美好社会的向往，心中有说不出的滋味。建立一个公平正义的法制社会，是何等艰巨啊！

每一个社会，大抵都是：“一边是严肃的工作，一边是荒淫与无耻。”真善美与假恶丑并行。我们不要仅看到社会上灰暗的一面，灰暗与光明总是相对存在的，没有灰暗，也就无所谓光明。要坚信，无论到哪里，好人和善人是大多数，他们会尽可能帮助你、爱护你、支持你，如果你上进的话。我总觉得，在大学阶段，生活的苦难、不公正和不公平的压力主要压在自己的父兄身上，青年学生并不是主要承受者。校园生活毕竟单纯一些，它是潜心向学、增长知识、锻炼才干的好地方。青年学生在大学期间应该明白肩上的责任，努力奋起，而不是消极、沮丧、灰心，对前途丧失信心，更不能以“自杀”进行抗争。生活确实是不容易的。我有时想，一个青年人进入社会，奋斗人生，要经历多少风风雨雨啊！人的一生，什么事都可能发生：被冤枉、暗算、背叛、欺骗、出卖、诬蔑，等等，要经受多少磨难才能有所成就。当然，人间还有亲情、友爱、温暖、关怀在。学生在大学时期，要做好思想准备，但首先要坚强，要自尊、自爱、自强、自信。自己行正了，什么都不用怕。

最后，我还想指出，我在文中批评了自杀的青年学生的“愚蠢、自私”，因为他们只是在爱情、学习与生活的道路上受到一些坎坷和不顺，一时想不通而走上不归路。我绝不是笼统泛指社会上自杀的现象，它远比我想象的复杂，其原因多种多样，有因贫困而自杀、因畏罪而自杀、因羞耻而自杀、因不堪凌辱而自杀，等等，我没有资格和能力评论这些事。“文化大革命”期间，我国千百学者和社会精英，尽管他们没有做丝毫危害社会，反对无产阶级政权的事，但还是遭到了侮辱和迫害，其中一些人为了维护自己的尊严，毅然自杀了。他们的死是绝望中的谴责，以身殉难的抗议，证明了“文化大革命”是中华民族历史的一场巨大浩劫和灾难。他们的死是我们民族的耻辱，引起了广大人民的思考。难道我们能够批评他们“愚蠢和自私”吗！

另外，有人告诉我，统计数字表明，在自杀的学生中，有部分是患有抑郁症的人。他们的心理特征是孤独，认为谁也理解不了自己，谁也帮不了自己，在这个世界上唯有自己最不幸、最痛苦，从而焦虑、悲观及缺乏生命意志感，想以死来解脱困境。我绝不想批评患有抑郁症的同学，因为这是一种疾病，需要给予药物治疗和心理上的关怀和帮助。家庭、学校和社会都要担负起教育这一类青年学生“珍爱生命”的责任，帮助他们摆脱困境。

我写这篇文章，是想告诉青年同学们一些做人最简单的道理，是想阻止那些想走上绝路解脱自己的青年学生。我想对那些在生死面前徘徊的学生说，你一定要有理智，你一定要给学校的心理健康咨询中心，或者亲人，或者学校和院系领导、尊敬的师长和挚爱的好友，打一个电话，发一个短信，告诉他们你的痛苦和不幸，请求他们的援助。我相信他们会像你的家长一样，一定会关怀你的，而且会帮你解决困难的。等你过了这道关口时，你将会庆幸自己及时的醒悟，将会感到自己如此可笑和幼稚，居然会有这样荒唐的轻生的念头。

青年同学们，珍爱生命，努力奋斗吧！人生是美好的，前途是光明的。

莫把冒人签名当儿戏*

失掉了诚信，失去了良知，社会就无可救药了。

2013年10月18日上午，一位挂在我名下的博士生请了一位同学到我办公室要求我在她申请延期的表上签字，但表上除了她的名字外，应填的内容都是空白。我告诉这位代为办事的博士生同学，一是要把申请延期的理由写一下，二是要找她的实际指导教师给我写一个同意延期及理由的条子，我才能在这张申请表上签字。这位办事的同学明白了我的意思后就拿着这张表离开了。

过了5~10分钟，我上厕所，当途经院研究生干事的办公室时，见到她的桌上有一张延期申请表，也就是刚才这位代人办事的同学要我签字的表，上面居然有我的签名，但不是我签的，而是他代我签的。我大吃一惊，问研究生干事怎么回事，她说是刚交上来的，也觉得这不是你的签名。事情很清楚，我要这位代人办事的同学回去找这位博士生的实际指导教师写一个意见给我，他却一转身代签了我的名字并把表交了上去，就这样，他把别人委托他办的事算是完成了。

我简直不敢相信眼前发生的事，居然这样荒唐，简直匪夷所思。当时我很气愤，脑袋都晕了，说话发抖了。光电学院办公室的同志们都来劝慰我，把我扶到我的办公室，给我倒水，让我安定下来，怕我出事。我立刻给这位博士生同学的实际指导教师打电话，狠狠地批评了他，他答应一定要严肃处理这件事。

自1978年以来，我对所带的博士生和硕士生要求是严格的，学生们的表现也是不错的，师生之间互尊互爱，他们也没有做过什么错误的事。记得曾经有一位研究生没有经过同意，在星期五晚上把教研室电脑的一些鼠标拿出去，不知干什么事，但星期一早晨又还回来了。后来，我要他写一

* 本文写于2013年10月22日，曾在光电学院的老师和博士生同学中传阅过。

份书面检查。这在当时就算严重的事了。

还有一件与上面相仿的事，我顺便说一下。七八年前，国外一所大学给我发来一信，问我，他们收到的一封推荐信的签名是否真是我本人签的字。这封信的被推荐人是我认识的一位校外青年教师，我曾为他出国写过推荐信。但这一封推荐信是冒充我签的名，而且信中一些语句比我原先写的拔高了。我当时对他冒我签名很生气，但转而一想，也许这位青年教师当时没有找着我，而事情很急，就冒我的名签了字，发出去了。故我没有急于答复，想等一等，等着这位青年教师给我一个道歉和解释。我想帮助他圆场，但我等了又等，一直等了 4 个星期，他没有给我电话。我便答复这所大学，说签名是冒充我写的。结果是可想而知的，这所大学立即把他除名了。当这位青年教师得知被这所大学除名时，他给我打电话，想挽救这件事。我说，我是留有余地的，等了你 4 个星期，你不给我电话，我只能实话实说，告诉人家，推荐信上不是我的亲笔签名。自己种下的苦果，只能自己咽下了，这是没有办法的。

与这件事相比较，10 月 18 日上午发生的事更为离奇，我久久不能理解。身为博士生——国家最高层次学位的学习者，虽然是刚入科学殿堂不久，但在老百姓眼中是受过高等教育具有高深学问和科学知识文化的人，当然也应该是懂得法律知识和具有社会道德责任感的人。但这位代人办事的博士生同学居然连冒人签名是触犯道德或法律底线的最起码的法制观念都没有，真是我没有想到的。

现在回想这件事，我感到十分不解的是，这位代人办事的同学一出我办公室的门，丝毫没有犹豫，或者说，一点没有思想斗争，就签上了我的名字把表上交了。他似乎不觉得自己是在侵犯老师的姓名权，不觉得自己已越过了道德的底线，不觉得这是对老师的不尊重，不觉得自己在做一件错误的事，也不觉得事情一旦败露自己的名誉将要受到伤害。做这样十分出格的事，居然这样随便和心安理得，一点也不感觉疑惑和犹豫，我真的不能想象有这样的做事方式，更不能理解这样的心理状态。人非圣贤，孰能无过。但人犯过失或错误，总是有个原因，或有个理由和借口为自己辩护。有人给我解释，这位代人办事的同学冒我签名的原因很可能是“懒”，他不愿为这件事再走一趟，也许是吧！但像这位同学这样随意和无所谓去做错事，真是第一次见到。说实话，我对这位具有高学历但行事如此幼稚和糊涂的博士生同学，非常非常失望，但愿这是一个绝无仅有的个例。

自 1995 年以来，我一直主持光电学院博士生的一门学位课。每年讲课，我总是提醒博士生同学：你们是被社会大众尊重为有文化、有知识的人，要明白自己身上肩负的责任和人民的期望。我希望博士生严格要求自己，在学习期间经受严格的科班训练，杜绝任何形式的学术不端行为，做人要讲道德、有原则，诚实正直，特别在言谈举止上，要处处体现一个受过高等教育未来学者的风范、中国博士生优秀的气质和形象。

近几年的“现代光学进展”讲座这门学位课的教学，我是满意的，因为无论是出勤率，课外作业的完成及最后考核综述报告的质量都大有提高，这说明了博士生同学们学习上的自觉性，解决了“我要学”而不是“要我学”的问题。我和博士生同学之间的交流也日益密切，班长每周向我报告出勤率，同学们认真完成我要求的课外作业。我把我收集到的相关资料，自己写的随笔发给他们，并把我对一位同学上课时玩弄电脑的意见都坦诚告诉他们，还给两位博士生同学特意布置了额外的课题任务（翻译和整理材料），他们也很好地完成了。博士生许晨同学和我一起译校的杨振寰教授写的两本小册子也印出来了，准备正式出版。我深深感到博士生同学们对我的敬重，也很快乐。另外，当我每年结束讲课时，博士生同学都起立鼓掌，感谢我这个耄耋老翁给他们上课，表示他们对老师的敬意和尊重，使我很受感动。

我认为，师生之间的关系就应该是互尊互爱。老师把知识传授给学生，尊重和爱护学生，把学生看成是自己的子弟；学生接受老师的传承，努力学习去报答老师的培养，把老师看成自己的父兄来敬重。“互尊互爱”实际就是“自尊尊人，自爱爱人”，它是健康人格、健康社会的基石。自尊就是尊重自己、从身体仪表到行为、心灵，维护自己作为个人的尊严，自尊是对自己人格的重视和肯定。自爱就是爱护自己，爱我名誉，不做有损人格的事。“自尊尊人，自爱爱人”是关联的，尊重他人，实际就是对自己的尊重；珍爱他人，也就是对自己的珍爱。反之也一样。我们常常可以看到，许多学问大家和身居高位的长者，待人接物礼貌谦逊，言谈举止尊重对方，从而赢得了人们的敬重。

因此，当这位博士生同学一转身就在表上签上老师的名字时，完全无视老师几分钟前对他的嘱咐，这就是说，他已经毫不考虑对老师应有的礼貌和尊重了。实际，他的行为是对自己人格的不尊重和不珍惜，损害了他自己的名誉。当然，在学校里，这种事被发现了，以教育为主，检讨一下保证以后不再重犯就完事；而到社会上，做出这样一件事，由于触犯了社会道德或法律的底线，严重损害自己的名声，甚至有可能断送自己一生的前程。在现代社会，每一个人以诚信立足于世，失去了诚信将寸步难行。因此，我衷心希望同学们提高警惕，切莫把冒人签名当儿戏，切莫触犯道德和法律的底线！

日前，我在早晨锻炼时，向晨练团队的老教授们讲起这件事。他们认为，这种触犯底线的事，如冒充签名等，在大学校园内，绝不是个别现象，更不用说社会上了。遗憾的是，冒人签名是触犯道德或法律的底线，它远比考试作弊等违反校规更为严重，而在某些人眼中，认为不算什么大事，小事一桩而已！这种看法助长了这类错事的蔓延。若对这样触犯道德或法律底线的事不以为耻，不引以为戒，而视为“小事一桩”，此风一长，对于我们建造和谐社会是十分可怕的。因此，我们作为大学教师，要为人师表，切实承担起教书育人的责任来，并要加强团队遵纪守法和学术道德的教育。

晨练团队的老教授们鼓励我把这件事写出来，对事不对人，以警戒后来的犯者。我觉得他们说得很对，故写了这篇短文，供大家参考。

附记一：我写这篇短文，对事不对人，现发给学位课的同学们，想提醒同学们注意自己的言行，莫触犯道德和法律的底线。请同学们阅后，不要打听这位博士生同学是谁。虽然这位同学做了一件傻事、错事，使我很难过，但我既不知道，也不想去打听他叫什么名字。

附记二：我想进一步谈谈对这件事引发的思考。当这件事发生后，我觉得，我不能再当挂名的博士生导师了。我到研究生院要求把挂在我名下的14位博士生返回给这些实际的指导教师，要他们切实负起责任来。并声明，我再也不当挂名的博士生导师了。当初，我出于好意，同意把我多余的招生名额让给一些教授们。但我告诉他们，我绝不会在这些博士生发表的学术论文上挂名，也不在该博士生的学位答辩论文的封面上的指导教师一栏签上我的名字。总之，最后这位博士生的指导教师不是我，而是他的实际指导教师。这是我的原则。

问题在于，在校研究生院，这些博士生是以我的名义招的，挂在研究生院名册里的指导教师不是别人，而是我，他们的学习状况要在我那里登记，研究生院只认我签字；如果学生出了问题我是要首先负责的。而我，这么多挂名博士生，有的甚至都不认识，他们的学习情况和思想状况我一概不了解。这次要我签字和找我签字的两位同学，就是挂在我名下的博士生，而我并不认识和了解他们。这种既挂空名又须负责的矛盾一直使我很苦恼，而发生冒我签名这件事就是促使我向校研究生院坚辞挂名博导的起因。

关于这位冒我签名的博士生同学，我只是要这位博士生的实际指导教师批评教育他，今后不能犯类似的错误，没有想到要给他处分，没有要求他写检讨书，也没有公布他的姓名。我的思想是，作为一个老师，对待学生的错误（我的心中认为这是一个初犯的、偶然的错误），还是以批评教育为主，不能太严厉了，更不想有碍他的名誉和前程。

但是，我听到了另一种声音：周老师这样处理，对吗？正确吗？符合程序吗？现在学校处理学生或教师的事，都是大事化小，小事化了，这种宽容实际上是在纵容学生或教师：犯点错误不要紧。冒人签名以及抄袭剽窃等学术不端行为为什么在大学校园内屡禁不止，其根本原因就是不少教师特别是校院一些领导都像周老师那样原谅和包庇犯错误者。

也有人告诉我，这位博士生冒周老师的名签字，一方面是对周老师的不敬，另一方面，他的行为已经触犯了社会公共道德规范的底线，不应由周老师本人来处理，周老师的意见可以考虑，但所谓初犯或偶然不是可以免责的理由。类似这样的事情应该严肃处理，如提交校或院道德委员会来调查、听证、裁定，提出处理意见，最后由学校行政部门进行处理，这才有利于歪风的刹止。

当然，对于本文中这位博士生的处理，事情都已过去了，大家都不会再去深究了。问题在于，以后碰到同样的事情，像我这样宽容的态度和处理方式确是值得商榷的，上述对我的批评和责难的意见是有道理的。的确，如果大家都像我这样处理，没有制度上的约束以及共同遵循的原则，我们如何在大学校园内建立普遍的诚信和维护诚信的机制呢？我希望引起大家重视和讨论。

2015 年 9 月

感染、感动和感悟*

——祝北京青少年科技俱乐部成立15周年

少年强则中国强，少年智则中国智。

我参加北京青少年科技俱乐部的一些活动，主要是受到两位师长的感染，一位是王大珩院士，另一位是王绶琯院士。两位先生德高望重，贡献卓著。中国科学界为庆贺他们的学术成就和对祖国科学事业的贡献。将我国近期发现的天上星星命名为“王绶琯星”和“王大珩星”，使他们的英名万世永传。更使我敬重的是，两位前辈对我国青少年深深的爱使我十分感动，也是我终身学习的榜样。

记得在1997年，在我协助大珩先生向国务院学位委员会建议光学工程为一级学科起草信件时，大珩先生就要我“不要埋头于公式推导了，不能只管自己学科的事了”。他要我“投身到科学普及和支持青少年科学实践的活动中去，把自己的科学研究的心得告诉青年学人们，把培养青少年和青年学人的成长看作是自己的神圣责任”。他认为，真正的科学家都热爱青少年，都希望把自己的知识传承给青少年，“少年强则中国强，少年智则中国智”，青少年是祖国的未来和希望，关怀和培育下一代成长是科学家的责任，也是义务。大珩先生自己就是身体力行，他无微不至关心青少年和青年学人的成长，为他们取得的进步和成就高兴。他在我校曾做“光学老又新，前程端似锦”的科普报告，勉励同学们专心向学。记得在2003年时，大珩先生找我，要我代表他出席在成都召开的国际先进光学制造与检测学术会议，因为医生和家属都不同意他到成都开会。我告诉他我也不能出席，因为北京青少年科技俱乐部在我校光电基地的科学实践活动正好结束，我要主持这一活动结束的典礼。大珩先生说，那么你代表我去成

* 本文作于2013年3月，为纪念祝北京青少年科技俱乐部成立15周年。

都，我代表你到北理工。后来大珩先生出席我校的会议并做了热情洋溢的讲话，使孩子们无比感动。

王绶琯院士是我参加北京青少年科技俱乐部的活动后认识的。王老为了引导有志于科学的优秀高中学生进入“科学社会”，以利于孩子们“走进科学”和“求师交友”，于1999年和一些院士专家一起倡导成立了“北京青少年科技俱乐部”。由于王绶琯院士的崇高威望，高校和科研院所及院士教授专家们纷纷响应，俱乐部的活动蓬蓬勃勃开展起来了。在王老领导下，俱乐部针对北京市有志于科学且已显露科学禀赋的优秀高中学生，先后成功开展了“科研实践”和“大手拉小手”等多项活动并举办各种各样的科学普及讲座，活动开展得有声有色，在社会上产生广泛的影响。我参加俱乐部的活动后，每次都看到王老出席会议亲临指导。看到他如此关爱青少年，他的精神深深感染了我，也鼓舞我积极参加青少年科技俱乐部的活动。

北京青少年科技俱乐部开展的这些活动在大学、科研院所和中学之间，在科学家和中学生之间搭起了“走进科学”和“求师交友”的桥梁。俱乐部一方面为中学生们在真实的科学环境中创造了求学求师的机遇，让他们亲身参与科学实践，体验到科学研究的艰辛，也得到科学创造的乐趣；另一方面，高校的教师和科学工作者，特别希望看到科学事业后继有人，人才辈出，使我国的科学研究进入国际先进的行列，渴望青少年走上科学的道路。因此，青少年科技俱乐部组织的活动不仅引导了优秀的中学生走上了科学的道路，也为祖国的科教事业发现了优秀的科技后备人才。每当看到北京市的中学生在“科学实践”和“大手拉小手”的活动中取得优异的成绩，我们的高兴程度并不亚于孩子们。北京市中学生在以往12届选拔“明日小小科学家”的活动中，总是名列前茅，人才辈出，这是和北京青少年科技俱乐部的辛勤工作和不懈努力分不开的。

在参加俱乐部的活动后，有许多事使我深深感动。一是北京市接纳学生的科研第一线团组从一开始的几个增加到了50多个。北京市不少高等院校和科研院所的实验室和创新基地愿意开放，并接受中学生参加科学实践活动，数十位院士、教授和研究员也投入俱乐部的活动中，或指导，或当评委，或做报告，等等，人们已把这件事看成是自己的责任和义务，社会各界也对青少年的活动大力支持，不少大学和科研院所把支持俱乐部的活动认为是自己应该做的，成为一种社会风尚，这是北京青少年俱乐部多年辛勤劳动的结果。二是我每次参加中学生科研实践的考核及“明日小小科学家”的评选，看到孩子们的优秀作品时，都会深深感叹：“后生可畏，后生可喜”。我是十分惊喜的，我想不到这些中学生在这样小的年纪，居然能做出堪称优秀的成果。更主要的是，孩子们在思维上有大进步，他们已初步学会独立思考，提出问题和解决问题。故我每次参加俱乐部的评选考核等活动，给我的感觉是，我不是去当评委的，而是去受教育的。三是，我多次看到一些经受北京青少年科技俱乐部培育的学生们，他们成长后从高校和研究所或国外学习或休假回来，有的甚至获得了博士学位，他们并没有忘记俱乐部的培养，对俱乐部怀有深厚的感情。他们把俱乐部当作自己的“家”一样，到俱乐部汇报他们的工作和学习成绩，或当志愿者，或出席各种活动。孩子们深深感谢教过他们的老师和俱乐部的老师，感谢周琳老师，感谢王绶琯院士。这些孩子们永远不会忘记，是北京青少年科技俱乐部给了他科学人生的第一次启蒙，使他们热爱科学，热爱人生，坚定地踏上了科学之路。当我听到孩子们满怀深情的发言时，我深深地被感动了，我的眼眶不禁湿润了。我想，这是王绶琯院士、周琳老师和俱乐部的老师们及众多关心孩子们成长的老师们最感欣慰的时刻，一切辛劳似乎都烟消云散了。

我曾经说过，一个科学家，在自己的研究领域做出一些较为出色的成就，这样的人是不少的，也是不难做到的；难得的是他对人类、对祖国和人民、对青少年一代的人文情怀。如果全社会把关爱青少年的成长作为自己的本分和责任，我们的祖国将会变得更加美丽和强大。

感染、感动和感悟，是我参加北京青少年科技俱乐部活动的感受和体会。虽然我已步入耄耋之年，但我还想参加俱乐部一些力所能及的活动，因为我从中得到思想上的收获和教育，远远大于我为孩子们的付出。祝北京青少年科技俱乐部事业永远长青。

科学探索与侦破学*

“物理学家的工作必须像侦探那样用纯粹的思维来进行。”——爱因斯坦

我从小时候起就喜欢看侦探小说，几乎能借到的侦探小说一本也不放过。少年时，福尔摩斯、亚森·罗平、鲁平、陈查礼等大侦探都是自己心目中的英雄。随着年岁的增长，没有更多的时间看侦探小说了。但有关侦探、间谍、破案方面的电影、电视的兴趣更是有增无减。我特别喜欢阅读阿加莎·克里斯蒂的侦探小说，我也不止一次看她的作品《尼罗河上的惨案》《阳光下的罪恶》和《东方快车谋杀案》。而且，在看描写侦探、间谍、破案的电影、电视时，或是在读推理小说（阿加莎·克里斯蒂、松本清张等人作品）时，随着情节的开展，心中始终有一个疑问或悬念。谁是凶手？侦探是怎样破的案？自己有时就妄加猜测起来。这已成了自己的爱好和习惯。

我在考察科学研究方法时，忽有感想，科学是对未知的探索，对侦探来说，未知就是罪案，侦破学不但是一门科学，而且是一门综合性很强的科学。既然是一门科学，无论是科学方法（侦破方法、研究方法），或是从事科学的人（侦探科学家、自然科学家），便应有共性和共同的特点。

在所有的侦探小说中，柯南道尔创造的歇洛克·福尔摩斯的大侦探形象最令人难忘。福尔摩斯作为一名私人侦探，实际是一名侦探科学家，他知识渊博，经验丰富，具有高超的侦探才能。他利用一切机会和资料研究有关侦探的经验和科学，养成了善于思考的习惯，掌握了正确的思维方法。因此，他所进行的各种案件的解释和判断，合乎逻辑，入情入理，对案件的分析头头是道，使人容易接受和相信。

在柯南·道尔的笔下，福尔摩斯于优雅谈笑间将一切线索收诸脑海，

* 本文写于 1997 年，在研究生的科学研究方法学位课上曾以此题做了讲演。

以出众的逻辑推理能力架起细节之网，让真凶最终束手就擒，实是令读者过足了瘾。那么，福尔摩斯的侦破学究竟有什么特点，我们从事自然科学和技术科学研究的人又可从他身上学到些什么呢？在福尔摩斯探案集中，有许多精辟的介绍。我这里概括总结一下：

（1）福尔摩斯非常重视调查研究。他对自己承办的案件身体力行，几乎毫无例外要到现场进行仔细的勘查，即使是一个未烧完的纸团、灯花的形状，一丝也不肯放过。他善于从各方面对案例进行分析，“很镇静地运用思绪，正像一名弈棋的高手，深谋远虑地搬动他的棋子一般”。在分析研究的基础上，给出自己的设想或假想，提出矛盾和问题。带着这些矛盾和问题，进一步深入调查，然后仔细研究，剖析案情，解决问题，使疑案水落日出。

（2）福尔摩斯对待案子非常热情，极端认真。他常常不避艰险，废寝忘食，深入虎穴，侦查案情。他脚踏实地、一丝不苟地对待各种证据，甚至在自己身上进行毒气实验。他认真观察人物的言谈举止、面部表情，对周围的环境、人们的反应、报纸的新闻广告都进行仔细的了解。他善于联想，哪怕是家具的摆设、家禽家畜的鸣叫，也与案情联系起来考虑。正因为如此，他对案情的剖析合情合理，丝丝入扣，使人心服口服。

（3）福尔摩斯十分注意搜集和积累资料，从各种案例到报刊杂志，只要案情需要，他都可以信手拈来，查阅参考。他学识渊博，熟悉那个时代正在兴起的一切科学知识。他不仅是一个犯罪学、法医学等方面的专家，而且是一个了解社会问题、经济问题、历史问题和科学问题的大杂家。他对物理学、化学、动物学、植物学（毒物学）及天文学等各门自然科学（只要它们与破案有关）有广泛的兴趣和爱好，并孜孜不倦地学习，不断扩充自己的知识面。所有这些广泛的知识，对他的破案活动也起了十分有益的作用。

（4）福尔摩斯善于在案情中运用心理学和逻辑学进行分析。他观察人们的心理活动，把心理活动与证据材料密切联系起来，进行周密的逻辑推理，梳理案情的脉络，抓住要领进行深入的研究，然后做出决断。在福尔摩斯探案集《归来记》中“跳舞的人”一案中，福尔摩斯根据 6 张纸条上许多跳舞人形，层层剖析，一步一步地译出了每个跳舞人形所代表的英文字母，最后机智地写了一张跳舞人形的纸条。凶手误认为是旧时情妇送来，终于乖乖地自投罗网。

（5）福尔摩斯是一位推理大师，在福尔摩斯探案集中处处表现了福尔摩斯在观察和推理两方面具有特殊的才能。在“血字的研究”一案中，当华生医生第一次会见福尔摩斯时，福尔摩斯第一句话是："看得出来，你到过阿富汗。"使华生大为惊讶。福尔摩斯后来向华生说明推理过程是这样的："这一位先生，具有医务工作者的风度，但却是一副军人气概。那么，显然他是个军医。他是刚从热带回来，因为他脸色黝黑；但是，从他手腕的皮肤黑白分明看来，这并不是他原来的肤色。他面容憔悴，这就清楚地说明他是久病初愈而又历经艰苦。他左臂受过伤，现在动作起来还有些僵硬不便。试问，一个英国的军医在热带地方历经艰苦，并且臂部负过伤，这能在什么地方呢？自然只有在阿富汗了。"这一连串思索和推理，历时不到一秒钟，使福尔摩斯脱口而出华生是从阿富汗来的结论。

从上面的叙述可以看出，一个优秀的大侦探和一个优秀的科学家有很多共同点：专业精通、知识渊博、学习勤奋、勤于观察、善于联想、脚踏实地和献身精神。我有时把科学家比喻为侦探兼法官，科学研究活动比喻为侦破和审判。

我深深感到，侦破案件和科学研究有许多许多相通之处。一个侦探在侦破调查案件时，无论得到什么事实、什么信息，特别是现场的细节，就像漂浮的碎片，表面上看不出什么，与罪案有什么联系，都一一记录下来，这就是他的公理，他的线索。接着他对事实进行推理，以期对案子能做出一些判断。他很可能做出矛盾的推论，因为他所做的一些假设，尽管尽可能地基于已发生的事情，却仍然可能超出事实或只是接近事实，虽然在实际中并不存在矛盾。例如，的确存在犯罪和罪犯，但推理会得出这样的结论：罪犯是女的，身高 1.6 米；但实际上，罪犯是男的，身高 1.7 米。这个侦探总是在想：谁是罪犯？犯罪的经过和细节如何？突破口在哪里？推理与事实的矛盾在哪里？所有这些都需要通过侦察、通过思维来解决。

侦探最后抓住了一个罪犯，他把罪犯和犯罪的证据提供给法官，他的任务就完成了，但案件并没有结束。法官要对各项证据进行核实，并允许辩护，最后确定是"证据充分"、"有罪"判决或"证据不足"、"无罪"判决。由此可见，对于一个案件，前期是侦探的事，从罪案的发生，犯罪证据的收集和线索，突破口的提出，假设、推理与侦破，直到抓住罪犯。这相当于我在《科学研究的途径》一文中所说的问题的提出、文献信息的收集、突破口的选定、前验评价的过程。而后期是法官的事，法官进行审判所做的事实际是"消除错误"，肯定或否定侦探或检察部门所获得的证据；这相当于"科学研究的途径"中的后验评价。

对于科学研究活动，理论科学家大都用纯粹的思维，但大多数科学家是通过实验再加上思维去寻找正确答案。爱因斯坦说：“物理学家的工作必须像侦探那样用纯粹的思维来进行。”科学家不仅要用创造性的想象力把他搜集到的漫无秩序的已经出现的事件理解和连贯起来，找出各个事件之间的联系，而且还要把跟它有关的已经发生或可能发生的现象相联系做出解释。在这个过程中，科学家需要自己想象“犯罪”，然后自己去侦破它。这一切都需要科学研究工作者有良好的思维能力和高超的侦破（实验和观察）技术。否则，你就找不到正确的线索。我常想，一个从事工程技术或自然科学的专家，他面临的问题是“物”，“物”是隐藏得很深的，它等待着被发现、被发掘，但它基本上是静止的。而作为一个侦探，面临的问题有时要复杂得多：不仅是“物”，而主要是“人”。罪犯要运用一切反侦察的手段抵制侦破。侦探与罪犯的斗争实际上是智力的较量，难度有时要大得多。当然，科学研究与侦破罪案这是两个不同的领域，不可同日而语。但一个从事科学工作的人，确实能从福尔摩斯、波洛等大侦探（虽然他们都是虚构的）身上学到不少东西。

最后，我想着重指出，科学家光具备侦探的功能是不够的，他（她）还必须兼有法官的功能。不少从事科学研究的人（特别是研究生）往往忘了后一种功能，他们认为自己的假设和推理是合乎逻辑的，结论就会是正确的，不想用（或懒于用）更多的事实来检验它，来“消除错误”，而急于向公众宣告自己的成就，发表出来。这有时相当于奉献出来一个尚未成熟的果实，甚至是一个酸涩的果实。

要科学家做自己研究工作的首审法官实在是一件为难的事，因为无论是谁（科学家也不例外），总是偏爱自己，钟爱自己千辛万苦获得的结论，总不愿意否定自己的成果，就像侦探总觉得自己的侦破是可靠的，要他做自我审查，甚至“否定”自己，是一件十分困难的事。就好像要检察官身兼法官，司法实在是很难公正的一样。但一个科学家还必须要求做到这一点。从这个意义上来说，一个科学家除了要求十分诚实外，还必须十分公正，不袒护自己，严格地进行“消除错误”（后验评价）的工作。

因此，作为一个科学人，应该像福尔摩斯那样，对自己要求严格和苛刻，对自己的研究和发现，不仅是追求逻辑上的严密，更要使它能经得住实践、经得起历史的考验。从这个意义上说来，福尔摩斯这个典型人物对我们是有教育和启发意义的。

第二篇 访谈篇

上帝的使者——阿尔伯特·爱因斯坦*

——院士访谈

"想象力比知识更重要。"

——爱因斯坦

"作为一个唯物论者，与其相信上帝派了他的儿子基督来到人间拯救世界，不如相信上帝先后派了两位使者，使人们认识世界，从迷雾中走出。第一位使者是牛顿，第二位使者就是爱因斯坦。"在接受《科学时报》记者采访时，中国工程院院士、我国著名电子光学与夜视技术专家周立伟说道。

爱因斯坦奇迹

20 世纪，物理学经历了两次重大革命：第一次革命推翻了人们一直认为空间和时间是彼此独立的时空观，明确了时空是相关的新观念。这第一次革命就是相对论。第二次革命改变了我们理解物质和辐射本性的方式，描绘出一幅实在的图像。其中，粒子的行为像是波，波的行为像粒子。而且，微观世界的量子具有本质上的不确定性。第二次革命就是量子论。

在谈到爱因斯坦在整个科学史上的地位时，周立伟院士表示："二十世纪的两次革命都与一个人有关——阿尔伯特·爱因斯坦，只有他兼有从宏观宇宙到微观世界两方面的杰出贡献。终其一生所成，足以获得五次诺贝尔物理学奖。"

1905 年被称为"爱因斯坦奇迹年"，单单在这一年，爱因斯坦就有五篇论文发表，且每一篇都对近代物理学的发展都起到了重要作用。

"爱因斯坦的研究结果不是从大量实验数据的计算中得出的，他没有时间也没有条件做这种实验，他采取的是最难能可贵的一种思维方式——

* 这是科学时报记者张晶晶 2002 年 3 月所做的访谈。

‘思想实验’的结果”，周院士介绍说，“在创建相对论的过程中，他娴熟地运用了思想实验的方法，天才地设计了‘爱因斯坦火车’‘爱因斯坦升降机’等著名的思想实验。”周立伟院士介绍说。

好奇心是求知的源动力

“我本人不是学物理的，也不是物理学家。我是爱因斯坦的粉丝，读爱因斯坦的书，做相对论笔记，写自己的学习心得，我想知道到底是什么原因使爱因斯坦成为20世纪最伟大的科学家。他是人，我们也是人，为什么他能这么伟大，他有何非凡之处，我们可以向他学习些什么呢?”周立伟院士这样解释他喜爱研究爱因斯坦的原因。

5岁时发明家叔叔雅各布送给小爱因斯坦一个中国罗盘。爱因斯坦对其中自然力的奥秘充满好奇：罗盘为什么始终知道北方是哪个方位?爱因斯坦老年时回忆说：“罗盘给我了深刻而永恒的印象。”他相信，正是幼年对罗盘的着迷激励了他的科学热情。

好奇心是求知的源动力。“爱因斯坦曾经说：‘提出一个问题比解决一个问题更为重要。’因为解决一个问题也许是一个数学上或实验上的技巧，而提出新的问题、新的可能性，从新的方向看旧问题，则需要创造性的想象力，而且标志着科学的真正进步。从这个角度看，爱因斯坦是一位科学家，又是一位思想家，既改造了科学中的思维，又改造了哲学。”周立伟院士指出。

科学没有绝对权威

“中国学者由于历史的传统，向来尊重长者、尊重权威，一般不敢或不想提出自己的见解，更不用说革命性的见解了。许多学者不敢提出自己大胆的设想，因为设想大胆就会犯上，就会与旧的思想和公认的观点相抵触，引起不满和纠纷，甚至破坏当前的秩序。三十几年前，学术问题往往变为政治问题，这也是科学家不敢大胆设想的原因之一。”在谈到目前学术界存在的问题时，周院士分析说。

好奇、自由和戒急是著名的爱因斯坦“三定律”，自由之心成就了爱因斯坦批判、怀疑的精神气质。在其《自述》中，他饶有趣味地写道：“牛顿啊，请原谅我！你所发现的道路，在你那个时代，是具有最高思维能力和创造力的人所能发现的唯一的道路。你所创造的概念，甚至今天仍然指导着我们的物理学思想，虽然我们现在知道，如果要更加深入地理解各种联系，那就必须用另外一些离直接经验领域较远的概念来代替这些概念。”

创造性活动在任何科学文化领域都是人类进步的保障。在科学文化活动中，特别在高校和研究院所，如果不流行强烈的怀疑风气和质疑气氛，是不可能有创造性的成就的。

周立伟院士认为，学术界若不愿提倡和支持各种不同的学派和体系，对不同意见持抵制或否定的态度，而不是容忍的态度，大家都会走相同的、重复的道路。舍弃竞争和交锋，科学是不会有重大突破的。

“与此同时，社会也要容忍不同意见的表达，宽容强烈的个性甚至是恃才傲物和叛逆的性格，允许不同意见的争鸣，科学文化才能真正兴旺发达。”周院士强调。

科学与人文要和谐发展*

——与院士对话

未来的较量并不完全在专业知识和能力上，而取决于毅力和精神的拼搏。

对话人物：

周立伟，电子光学和光电子成像专家。北京理工大学教授、博士生导师；中国工程院院士，俄罗斯联邦工程科学院外籍院士。曾被授予国家级有突出贡献的中青年专家称号和俄罗斯萨玛拉国立航天大学名誉博士称号。专著《宽束电子光学》曾获国家图书奖提名奖、中国图书奖、全国优秀科技图书一等奖。科研成果曾多次获部和国家科技进步奖励。其宽束电子光学研究被誉为开创了自己的科学学派。

自然科学与人文社会科学如同“车之两轮、鸟之两翼”

记者：今年全国科技奖励大会最大的新闻应该是国家最高科技奖空缺。回顾以往的4届，我们可以发现，7位获奖科学家的平均年龄约为76岁，他们最辉煌的成果大都是在其青壮年时期取得的。您能分析一下，为什么我国现在这些正处于青壮年时期的科学家鲜有取得重大成果的原因吗?

周立伟：客观原因是科技成果评价需要时间的考验，有一个滞后效应。但从科学家本身来说，我认为有一个原因应引起重视，那就是现在的青年科技工作者人文素养缺乏。自然科学与人文社会科学如同“车之两轮、鸟之两翼”，即“人类历史前进的两个车轮、人类文明发展的两个翅膀”，二者相辅相成，缺一不可。对于学理工科的人来说，仅仅具有理工专业知识是不够的，应当同时具备“对美和道德上的善有鲜明的辨别力”，这是科学大师爱因斯坦人生经验的总结。同样，他在评价居里夫人时也认为：“第一流人物对于时代和历史进程的意义，在其道德方面，也许比单

* 本文是2004年与《科学时报》记者张晶晶同志的谈话整理稿。

纯的才智成就方面还要大。即使是后者，它们取决于品格的程度，也远远超过通常认为的那样。”这番话既说明了科学家学术创造的人格特征，也说明了科学家极为需要人文精神。

记者：您把人文素养提到这样的高度，大多数青年科技工作者可能很难认同。

周立伟：这不仅是青年科技工作者个体的误区，更是我国教育的误区，应该引起全社会的高度重视。人文素养包括人文知识和人文精神两个方面。人文知识的缺乏导致的直接后果就是，科研人员学习能力和独立思考能力很差，写出来的科技论文条理不清，不知所云。而人文精神的缺乏所带来的影响则更可怕。那些人文素养极差的人自私自利、毫无社会公益和国家利益的概念，对弱势群体毫无怜悯和同情之心，见利忘义，甚至可以出卖祖国机密，连自己的良心也可以拍卖。设想一下，这样的人能取得重大成果吗？

更重要的一点是，目前，科技界已取得共识，在21世纪中，认识世界的重大发现和改造世界的重大成果，都将是自然科学与人文科学的结合，这也要求创新人才必须形成较为完备的知识基础。

灵感依赖人文知识的积累

记者：您能再具体谈谈人文素养对科研工作的影响吗？

周立伟：首先谈谈人文知识的影响吧。人文知识包括文史哲和社会学知识，这些知识的积累无论对做学问或是做人都是有好处的，而且影响到人的一生。不少学理工的青年学人总觉得自己是搞科技的，需要的就是专业知识，文化素养可能对自己学位论文的文字表达有一些影响而已，与科学研究的水平无关。这实际是一种极为狭隘的看法。做学问，第一步就要应用语言、文字将自己所思考、所发现、所研究的事物简单、清晰、明确地表达出来，且在表达的同时理清自己头脑中的概念及研究对象。而含混不清、不知所云的语言、文字正说明思维和逻辑上的混乱。文字是美的一种表达，好的文字能将心中美好的东西启发出来。更重要的是人文知识可以使人看问题有深度，而且有自己的风格，从而激发出科学创造的灵感。

记者：您是说科学创造的灵感依赖人文知识的积累？

周立伟：是的。我觉得，接受知识需要理性，理性是可以培育的，老师是可以教的。而科学创造的灵感很大程度上有赖于悟性，悟性是属于非理性的范畴，老师是教不来的，悟性依靠文化的积淀。只有具有深厚的科学和人文底蕴的人，才能激发出科学创造的灵感，从而有异乎寻常的大思路、大智慧、大视野。爱因斯坦以其深刻的哲学思想和深厚的人文素养提出了狭义相对论和广义相对论，就是一个光辉的例子。广义相对论的一个极重要的结论：地球绕太阳转动不是什么引力，而是因为太阳巨大的质量使周围时空弯曲，地球只能按曲线运动。相对论是一个让许多人无法理解的理论，但正是这一理论的提出，人们发现了时间旅行的奥秘、原子裂变的巨大能量、宇宙的起源和终结、黑洞和暗能量等奇妙现象。著名物理学家波恩称广义相对论是“认识自然的人类思维最伟大的成就，哲学的深奥、物理学的洞察力和数学的技巧最惊人的结合”。

缺失人文精神将是可怕的

记者：人文知识重要好理解，那人文精神呢？

周立伟：人文知识重要，但更为重要的是一个人应具备的人文精神。人之所以能称为人，是因为他懂得善恶美丑，懂得日常生活和为人的一些基本准则。一个人文知识丰富和人文精神高尚的人，应该具有坚定的信仰和远大的抱负，因此，能够在从事默默无闻的工作时自恃、镇静和心安理得，不至于在遇到困难时中途退却；应该具有很强的判断力、美的欣赏力、适应变化的灵活性和自信心，还具有批评性的独立思考精神，因此，能够保持对研究对象长久不变的浓厚兴趣和追求真理的渴望；还应该具有敬业、勤奋、团队精神及善于交流的能力，因此，能与周围的人很好地合作共事，为祖国、人民和社会做出积极贡献。

记者：人们常说搞科研的人要具有科学精神，它和人文精神有什么关系？

周立伟：搞科学研究的人，都谈要有科学精神。科学精神与人文精神实质上是相通的。如果我们从哲学的角度看，科学精神是一种辩证的、求实的、追求真理的哲学沉思；从社会人文的角度看，科学精神是体现人类在对自然的认识和改造过程中体现出来的求真、至善、至美的文化精神；从道德的角度看，科学精神是一种独立、诚实、无私、实事求是的品质。因此，科学精神中很大部分反映的是个人的人文素养。很难想象，一个人文素养很差的人会有良好的科学精神。缺失科学精神是可悲的，而缺失人文精神是可怕的。

记者：人文精神好像是一种形而上的说教，您能结合实际谈谈吗？

周立伟：新中国成立前后，从西方回国的那批科学家，为了祖国的强盛，放弃国外远比国内优越得多的生活和工作条件，冲破重重阻挠回国，在极其困难的条件下研制成功“两弹一星”；还有在市场经济条件下，航天领域的科学家们只要走出航天城就可以挣大钱，但他们毅然选择了清贫，却成功地把中国航天员送上了太空。这些科学家之所以能抵御一般人难以抵御的诱惑，克服一般人无法克服的科研难题，达到科学的高峰，决不能用有成名成家的所谓“理想”来解释，而是因为他们有坚定的信仰和远大的抱负，他们有强烈的爱祖国、爱人类的社会责任感，这就是崇高的人文素养的内核。

说老实话，我并不怀疑现在年轻人的智力水平，我所担心的或者说我所怀疑的是他们的人文素养，未来的较量并不完全取决于专业知识和能力，而取决于毅力和精神的拼搏。

反思忽视人文素养的教育

记者：请您分析一下为什么现在的青年科技人员缺乏人文素养？

周立伟：我认为这需要对我国的教育制度进行反思。中华民族历来重视教育，但现在的教育似乎更重视功利性的技能教育，忽视了人文素养的教育，教育的目的不再是突出“成人”，而是突出专业技能，训练行业专家。学生在中小学的目标就是考大学，如果选择学理科，文史哲课程就是副科，意味着基本不学，到高二就不再开了。更别提课外广泛阅读文史哲书籍了。理工科学生进校后主要学专业知识，专业知识深但面窄，而对专业领域之外的知识或常识了解太少。“文理分驶”“重理轻文”造成理工科学生的文化底蕴不深。

记者：您认为应如何解决目前科技人员人文素养缺乏的问题？

周立伟：我们的教育应该时时刻刻贯穿“以人为本”的思想，永远不要忘记我们培养的是“人”，而不是“工具”，更不是“驯服工具”。学校不应仅是传授科学专业知识的场所，而应是人文社会教育、人文精神熏陶的园地，潜移默化地教育学生做一个正直的人，一个全面发展、德才兼备的人，一个对祖国、人民和社会有益的人。在理工科院校里，人文素质教育需要开设一些课程，使理工科的学生有一些语言学、文学、历史学、哲学和社会学方面的知识，这是很有必要的。但我总觉得，人文精神和人文气质的培育，重点不是简单的说教和灌输，而是要形成潜移默化、耳濡目染中感悟科学文化精神、沐浴科学文化传统的校园文化氛围，促进科学和人文的和谐发展。

记者：是不是基于这一原因，您倡导在北京理工大学开设了“科学与人文”论坛？

周立伟：是的。北京理工大学开设的“科学与人文”论坛邀请校内外的名家做报告，内容是从不同的视角，讲述科学、技术、哲学、文化艺术、历史和社会学等共同关心的科学人文问题。我相信，通过坚持不懈的学术文化活动，能使学生的思想得到启发，情感得以陶冶，心灵得到升华，形成对创造的欲望、创新的渴求以及正确的人生追求。最后我送给科技人员四句话：“做人中学做学问，做学问中学做人。做人做真正的人，做学问做大学问。”

科学之门为爱它的人打开*

——答中国科学报问

只有真心热爱科学的人，才能进入科学的殿堂。

中国工程院院士周立伟说，在他的心目中科学是神圣的、不容亵渎的。科学代表着真善美，它让世界变得更美好。只有真心热爱科学的人，才能进入科学的殿堂。

《中国科学报》：您如何看待科学家这个职业？

周立伟：科学家这个职业，就像人民教师一样。因为传承和创新是一件很崇高、很有意义的事。从为人民服务的角度来说，科研人员与其他职业没有什么区别，也没有高人一等或异样之处。任何人，只要他是敬业的、遵守职业道德规范的、用自己的劳动为社会做出贡献的，他就应该受到人们的尊敬。

《中国科学报》：在您的心目中，科学意味着什么？

周立伟：在我的心目中，科学是神圣的、不容亵渎的。学术不端行为是绝不容许的。科学代表着真善美，它让世界变得更美好，使人们得到更好的享受。

《中国科学报》：您对于科研的感悟有哪些？

周立伟：科学这条道路，虽然很艰苦，但探索的过程是快乐的。特别是我发现前人没有发现的规律时，当我的假设被证明成立时，当我的理论和设计能应用于实践时，这种快乐是不可言表的，旁人是难以体会的。

在科学研究中，最重要的在于有自己的思想，不人云亦云，不随波逐流，有自己的独立思考。能否提出问题是最主要的。只有提出了问题、千方百计去解决问题，才有可能得到原创性的结果。思考问题时，思维方式和方法很重要。其次是要坚持，坚持自己的信念，相信自己的思想是正确

---

* 本文是周立伟答《中国科学报》记者王剑问，载于《中国科学报》2012年12月29日。

的，千方百计证明自己的思想和理念，永不退缩。当然，有些问题并不是一下子能解决的，但总在自己脑海中悬挂着，直到有一天，豁然开朗，原来症结在这儿呢！

《中国科学报》：*您是否认为，在科研中兴趣很重要？*

周立伟：我认为，兴趣是最好的老师，兴趣是感情的体现，兴趣是创新思维的营养，兴趣是学习的内在因素。只有感兴趣才能自觉地、主动地、竭尽全力去观察它、思考它、探究它，才能最大限度地发挥学习的主观能动性，容易在学习中产生新的联想，或进行知识的移植，做出新的比较，综合出新的成果。

但兴趣是可以培养的。我的专长本来是机械，我的制图能力很强，在工厂工作和在大学学习时我的兴趣是搞机械设计。后来我毕业时被要求转向研究电子光学，搞夜视，我起先一点都不懂，但我想，不懂就学吧。等我钻进去后，对电子光学产生兴趣了，随着钻研的深入，就爱上它了。

因此，搞科学研究的人，一般都会对所研究的对象发生兴趣；愁眉苦脸、感到枯燥乏味的人是不会有成就的。因为科学的大门是为爱它的人而打开的。

《中国科学报》：*如果有人选择放弃科研，对此您怎么看？*

周立伟：我觉得，不论是谁，做出这样的选择时，他是听从自己内心的呼唤，因此其他人不应用世俗的眼光去看待这样的事。只要他本人觉得好，就不要阻拦，而是给予祝福和理解。

《中国科学报》：*怎样才能让有志于科研的人能够安心于科研？*

周立伟：有志于科学研究的人，绝大多数不是想发财的人，也不是企图有优越生活的人。我所遇到的科技工作者或教师，大多都是想把自己的知识贡献给社会的人。我们在学校工作的教师，都是靠吃食堂过日子，过的生活就是平常人的生活，也非常开心和满足。

现在科学研究的环境比以前好多了，我不大担忧。我认为，不要让科研人员为生活发愁是最重要的。要保证他们基本的生活条件，特别是解决青年研究人员或青年教师的住房问题、孩子上学问题，使他们能安心科研。

愿中华大地永远是“科学的春天”*

——纪念我国建立研究生院30周年

难忘的1978年，“科学的春天”的到来，迎来了吹响中国改革开放的号角的第一年。

《学位与研究生教育》编辑部的同志给我打电话要我写一篇文章纪念研究生院建立30周年。接到电话后，才觉得时间过得好快呀！这么一晃30年了。当我回顾这一段时光，真是各种滋味都上心头。现在我把它写出来，使青年学人知道今日国家科技教育迅猛发展之不易，万千莘莘学子求学之不易。

提起1978年，多少激动人心的事涌上心头。1978年元旦那天，人民日报发表了作家徐迟写的《哥德巴赫猜想》的报告文学，报告激情满怀地歌颂了数学研究所陈景润同志在“文化大革命”风暴旋涡中在一个小小斗室里研究世界科学难题“哥德巴赫猜想”的拼搏精神。这是宣示中国知识分子即将全面解放的一个信号。知识分子不再被视为“臭老九”，而是建设社会主义强国的一支重要力量了。我们奔走相告，欢呼这篇优秀作品的发表。

就在那年3月，全国科学大会在北京召开。我的合作伙伴方二伦同志出席了这次大会，我们三人——方二伦、冯炽焘和我共同获得了全国科学大会奖。我现在还清楚记得邓小平同志当时讲话的一些片断：“四个现代化，关键是科学技术的现代化”，“科学技术是生产力”，“脑力劳动者是劳动人民的一部分”。这些在今天已成为经典论断的朴素语言，当时是鼓舞成千上万知识分子投身祖国社会主义建设的重要精神力量。他的讲话，令人如沐春风，激励着中国知识分子奋发前进一直持续到今天。而郭沫若先生在大会上“科学的春天”的讲话，以诗一般的语言，歌颂新时代的到

---

* 本文载《学位与研究生教育》2008（10）：7－9。

来："这是革命的春天，这是人民的春天，这是科学的春天！让我们张开双臂，热烈地拥抱这个春天吧！"这次大会是中国新时期科技教育事业发展的一个里程碑。党中央以明确的信号宣告了从事科技教育的人的解放，大大地释放了当时中国知识分子长期积压的热情。从此，中国知识分子的地位和命运开始改变了。

中国的知识分子，一直继承着我们民族的优秀传统，无论自己身处的境遇如何（当时，普遍情况人们都很穷，有不少人连温饱还有问题，而且相当数量的人受过运动各种各样的冲击），都把个人的荣辱视为小事，而把祖国的兴衰放在心上，始终想的是：我希望、我愿意、如果我可能，一定要尽自己的能力报效自己的祖国。1977 年 8 月，邓小平同志第二次复出后不久，立刻把高考制度恢复了，把"两个估计"推翻了。现在的年轻人大都不知道"两个估计"的含义是什么，它对当时知识分子的伤害有多大！所谓"两个估计"，是极左路线的产物，一是指"文革"前 17 年科技教育战线执行的是"修正主义路线"；二是知识分子的大多数"世界观基本上是资产阶级的"，是"资产阶级知识分子"。这两顶帽子套在知识分子头上，成了随时整治他们的"紧箍咒"。高考制度的恢复大大地鼓舞了亿万中国青年，使他们看到公平公正的竞技机会和光明前程的希望；而推翻"两个估计"则解开了广大知识分子的思想镣铐，推倒了压在科技教育界知识分子头上的两座大山。这是春天来临前的惊雷，震撼着每个知识分子的心灵，它迎来了全国科学大会的召开。1978 年，"科学的春天"来临了。

在全国科学大会召开后，那年的春夏之交，中国科技大学研究生院（后更名为中国科学院研究生院）首先诞生了，我国研究生教育在中断了 12 年之后得以恢复，这是教育战线上继恢复高考后的又一件大事。不久，一些重点高校包括我校（北京理工大学，当时叫北京工业学院）也相继建立研究生院。1980 年，国务院学位委员会公布了学位条例。自 1978 年开始，我的第一批弟子——潘顺臣、艾克聪和倪国强相继被我招为研究生，再一次进入大学深造了。我在 1983 年被国务院学位委员会批准为博士生指导教师。20 世纪 80 年代中期，我便开始招收博士生，指导研究生学习从此便成为我生活的一部分。

恢复高考和建立研究生院的制度使一大批有为的青年进入了高等学府。每一个人都欢欣鼓舞，国家的科技兴旺发达有望了，祖国的教育事业有望了。"我们每个人都觉得有劲可以使了"——这大概是知识分子在那时共同的心态。我当时是教研室主任，亲眼看到教研室的老师们满怀热情，努力工作，钻研业务。大家都是“一门心思奔四化”，每个人心中想的是，要把失去的时间抢回来，要把业务搞上去，要把学生教好、带好。那时上学的大学生和研究生，大都是“文化大革命”中上山下乡上来的。他们有丰富的社会阅历，经历过人生的冷暖忧患，深知进入大学学习之不易。由于基础差、底子薄，他们要花费更多的时间和更大的精力来理解老师讲课的内容，来进行课题的科学研究。那时的生活艰苦，也没有什么奖金，但学习风气很好，师生关系似师似友，十分融洽，学风严谨端正。我和潘、艾、倪三位研究生可以说是朝夕相处，共同探讨和解决科学研究中的难题。无论老师和学生，都是日以继夜地学习和工作，时间都在 12 小时以上，而且根本没有星期天。看到我的学生们不少面黄肌瘦，很憔悴的样子，我不禁很心痛。我经常劝他们不要太用功了，早点休息，要注意身体。

20 世纪 70 年代末和 80 年代初入学的大学生和研究生，是我最喜欢的一批学生之一。他们学习勤奋，有远大的理想和抱负，到毕业时，成绩大都很优秀，这是对他们努力学习的报答。潘顺臣、艾克聪在研究生毕业后，分别当上了研究员、所长、副总工程师等，在工作岗位上取得了突出的成就。倪国强毕业后留校，后来又在我这里取得了博士学位，当上了系主任、首席教授、国家有突出贡献的中青年专家、校学位委员会副主任、研究所所长等。他带的一名博士生，是全国百篇优秀博士学位论文的获得者。我指导数十名的博士生、硕士生在毕业后，绝大多数都很优秀，我为他们感到骄傲。

1978 年对我个人来说也是难以忘怀的。那年秋天，我奉命率队赴伦敦参加英国帝国理工学院和兰克集团召开的光电子成像器件和电子成像两个国际学术会议。我在会议上宣读的《电磁聚焦同心球系统的电子光学》一文，被选登在《电子学和电子物理学的进展》第 52 卷的刊物上。这是我人生中的一个重大机遇，也是我学术生涯的一个转折点。我在这里就不细述了。

当然，1978 年载入中国党和国家史册的最大的事，是年末党的十一届三中全会的召开。中国共产党的历史掀开了新的一页，在邓小平同志带领下，一个新的时代——改革开放的时代由此开始了。但在当时，我并没有想到，这次会议对中国的现代史会产生如此巨大的影响。

我经常与学生们讲我们这一代在“文化大革命”中的经历。我总觉得“忘记过去，就等于背叛”。1966 年“文化大革命”开始时，我刚从苏联留学回国，正好经历了国家动荡不安的十年：知识分子被称为臭老九，有点学问的老师被称为资产阶级反动学术权威；一大批学有成就的知识分子作为资产阶级知识分子被打入社会底层，对他们的羞辱是登峰造极的，真可谓斯文扫地；我们与西方发达国家在科技上的差距越来越大了，更不用说在经济生活领域了，国民经济面临崩溃的境地。科技界广大知识分子忧心忡忡，虽然身处逆境，依然想着国家的科技和教育，都觉得国家再也不能折腾下去了，该抓科学和教育了。他们热切地盼望国家有朝一日恢复高考和建立研究生制度。现在的青年学生很难理解，为何培养研究生这样利国利民的好事，人们只是盼望而不敢提呢？我对他们讲，招收研究生，建立研究生学位制度就像恢复高考招生一样，肯定有人提过，因为教育是一国之本，振兴教育是知识分子的共同心声。但当时广大知识分子丧失了话语权。那时只要一提，无论你动机多好，为国为民的理由多么充分，都会挨批，扣上各种大帽子：“你还想资产阶级知识分子来统治学校吗！”“你想转移当前斗争大方向吗！”“你想以技术代替政治，走资产阶级、修正主义的老路吗！”等等。其后果是，轻则批判，重则进学习班，作为专政的对象。但希望恢复高考招生和对研究生学位制度的期盼，在“文化大革命”的后期，就像厚厚冰层下的潺潺水流，在人民群众的心田中，静静地流淌着。

科技和教育对于中国这样一个大国的重要性是不言而喻的。邓小平同志讲“尊重知识、尊重人才”，就是要振兴我国的科技和教育。“文化大革命”中的 1973 年他第一次复出后，派胡耀邦和李昌抓科学院、周荣鑫抓教育部、万里抓铁路，等等，努力使国家的科技教育和国民经济走到正确的轨道上来。当时一系列的整顿措施，使国家各方面的面貌大有起色。但反击右倾翻案风一来，胡耀邦、李昌、周荣鑫、万里等竭力支持邓小平纠正错误路线的革命家们都受到了批判和打击，当然矛头是针对邓小平。但这已是“文化大革命”的后期，绝大多数知识分子觉醒了，再也不会受骗了，他们看似沉默，但知道谁是谁非，谁忠谁奸，内心充满着报效祖国的激情。他们等待着，积蓄着自己的热情，期盼着“革命的春天”的到来。

这就是难忘的 1978 年，值得怀念的 1978 年。它是“科学的春天”到来的第一年，吹响了中国迈向改革开放的号角。

因此，研究生院的建立，和恢复高考一样，看似一件很简单、很普通的事，但它经历了何等艰辛的历程啊！经受了“文化大革命”浩劫的科技教育界的广大知识分子看到我国研究生院的相继建立，当然从内心欢呼，并愿意为它的成长贡献自己的一切。我认为，这是20世纪80年代科技教育界到处“热气腾腾”，一片“欣欣向荣”的原因。

30多年过去了，在“科学的春天”的东风下，中国的教育和科技得到了大发展，特别是研究生的数目、高等教育经费和科研的投入，比起30年前成立研究生院的年代，增长了成百上千倍。2007年，我国博士人数已超过5万人，具有博士学位授予权的高校已超过310所，已超过美国，成为世界上最大的博士学位授予国。培养研究生的物质条件（实验室和大楼），也是今非昔比，大有天壤之别，不少高校的实验室可与国外著名大学媲美了。据统计，现在发表在期刊上的论文，研究生的论文占了70%，研究生已成为高校和科研院所从事科学研究的主力。

在我欢呼我国研究生院建立30年取得辉煌成就和巨大进步的时刻，我毫不怀疑，新一代研究生和年轻指导教师们的总体水平和学术能力，比我们这一代强了不少。但将他们与当年20世纪七八十年代的学长和前辈们比较，我不禁隐隐感到，在学术探索与追求中，现在的一些青年学人，似乎多了些浮躁与急功近利的心态，少了些执着与纯真的激情。学风建设依然是我国高校和科研院所面临的一个重大问题。毕竟大楼可建，设备可买，人才可聘，唯有学风难以用金钱买到的。因此，我们目前极为需要的是，要在新一代青年学者中倡导严谨踏实、力戒浮躁、不急功近利、坚韧不拔的学风及追求真理、实事求是、大胆探索、传承拓新的科学精神。这需要长期不懈的努力和踏实细致的工作，潜移默化，耳濡目染，熏陶感悟，开创优良的学风，并一代一代地传承下去。

今天我们纪念我国研究生院建立30周年，我希望我国的青年学者了解老一辈革命家为青年一代争取求学的权利，使祖国的科技赶上技术先进国家所经历的艰苦卓绝的战斗历程，缅怀老一辈知识分子热切盼望祖国“科学春天”的到来和早日实现四化的强国梦想，从中汲取前进的力量。同样，我衷心希望他们学习前辈学长们热爱祖国的情怀和献身科学的热忱，珍惜大好的青春年华，满怀奋斗激情及对祖国和人民的爱，努力学习和工作，把自己献给伟大的时代。

民族的振兴在教育*

教师应是为教育事业九死而无悔的人，希望学生超过自己而不期望报答的人。

九月初，我从外地出差回来，党委宣传部通知我，说我被评上学校的“师德标兵”，并要我在大会上发言，我听了后，心中很惶恐。第二天就到系里找了书记、主任和学校领导，“师德标兵”实在不敢当，这个荣誉对我来说实在太高了，我觉得这个称号把我捧得这么高，有些放在炉上被火烤的感觉。说实话，比起我的前辈老师，比起学校里许多老师，我有很大的差距。荣誉应该归于我校无数为教育事业献身的教师们。

如果考察我40余年的教师生涯，我只能说，我所做的都是一个教师应该做的，尽了一个教师的职责而已，许多地方做得不够，尚有不足之处，没有值得夸耀的地方。学校里绝大多数五六十年代毕业的老师们，献身于兵工教育事业，勤勤恳恳、默默无闻地工作着，大家都是这样干的，我只不过是其中的一分子。我在学校已经有46个年头了，我是在学校里上学、留校，出国，当教授，许多老师教过我，许多领导关心过我，我是在学校里许许多多老师和领导们的关怀、熏陶下成长的，他们的言传身教，使我知道作为一个人民教师的责任，并立志要继承我校的光荣传统。

今天是教师节。我向大家祝贺节日好。我很高兴有机会在这个大会上发言，一方面，我向我校的教师们、职工们致以节日的问候，向所有曾经教育、关心、帮助我的老师和前辈们表示衷心的感谢，他们之中有些已经故去了，我深深地怀念他们。另一方面，借此机会，我想谈谈对“教师”的一些理解和体会，谈谈一个教师的责任，与各位老师切磋，请大家指正。

第一个问题我想讲一下对“教师”的理解。这几年来，我深切地感

---

* 本文是1999年9月10日作者在全校纪念教师节大会上的讲话。

到，我校有很多青年教师表现很突出，在教书育人中做出了卓越的成绩，有的已经成了新一代的学术带头人。但是，也还是有一些青年教师（甚至当了教授了），不知道或者不太清楚自己作为教师的重大责任，不知道他（她）的学风、精神面貌对学生有多大的影响，有的甚至敬业精神很差，误人子弟。我听到不少例子，为他们感到难过。今天，我不想抽象地谈我国教师的优秀传统或教师的责任及今天我国教师地位的提高。我的青年时代，无论在上学时或是在工作时，都看到老教师诲人不倦的敬业精神、严谨的学风，我是以他们作为自己的榜样工作和学习的。

我想举两个例子。第一件事发生于 1966 年 5 月我自苏联回到学校，"文化大革命"开始时。我的老师马士修教授被批斗、戴高帽。我一方面很害怕，害怕自己也被批斗；另一方面很悲哀，悲哀的是全无师道尊严了，斯文扫地。世界怎么会是这样？马士修先生是我校工程光学系系主任，是系的创始人。在我成长的过程中，我曾经是他的学生和助教，他给了我很多帮助和鼓励。他在法国留学九年，获得了博士学位和工程师学位。回国后，在我校的前身——中法大学当教授。北平沦陷时，他坚决不出来为日本人做事，生活非常艰苦，表现了一个中国知识分子的民族气节。北平解放前，法国方面专门来函要他到母校当教授，但他留下了。50 年代院校调整时，他留在北京工业学院物理教研室，因为专业需要，他转向研究光学，为我系开设了一些新课，如"光学仪器理论""电子光学"等。1958 年他光荣地加入中国共产党。这样的爱国者，热爱祖国和忠诚党的教育事业的知识分子，却被认为是反动学术权威被批判斗争，而且非常残酷。当时我想，二三十年后，我学术上可能也会有所成就，会不会也像马先生一样挨斗？但我不能离开学校啊！马先生是一位很高学术造诣和师德高尚的人，他生活非常俭朴，但被造反派污蔑为"守财奴"，1986 年他逝世后，他的夫人按照他的遗愿，把他一生积蓄的 2 万元钱捐了出来，在我系设立了马士修工程光学奖学金。他的一生贡献给了我国的教育事业，根本没有想到要得到报答和回报，他真正是我们学习的榜样。因此，我对教师的第一个理解是，教师是为祖国和人民的教育事业九死而无悔的人。

今天我得到这样高的荣誉，对比我们两代师生的例子，说明今天党的"科教兴国"的战略和"尊师重教"的政策深入人心，也说明教师在全社会的地位有很大的提高。

第二件事发生在 20 世纪 60 年代初，我在苏联列宁格勒乌里扬诺夫

(列宁）电工学院当研究生时。那时中苏关系达到最低潮，“九评”的发表，使双方论战趋于白热化。学校知道我的中国共产党党员身份，我倒没有什么害怕。我们的留学生立场都很坚定，坚信“真理”是在我们这一边。我当时所在的教研室和我有过几次争论，当然各有各的观点，后来就不争论了，和平共处了。教研室主任茹里叶教授是苏联电子学界学术权威，功勋科学活动家，是苏联籍犹太人，苏共党员，为人非常正直，但很严厉（在一次教研室研究生报告会上，他一下子开除了 2 名苏联研究生）。他对我非常友好，每次来教研室见到我就会握手，问我有什么新的想法，从不与我谈政治问题。我在教研室做了一次学术报告，并且代因病请假的老师给学生讲了一次电子光学基础课，都得到了他的表扬。1966 年初，我的论文工作基本结束了，我认为我的研究有新的发现和新的结论，可以进行副博士学位论文答辩了。但时间非常紧，我必须在 5 月 13 日前离开苏联，即学习时间三年半，一天也不能延长。但论文要打印，所有的图表要拍成照片，论文摘要要送到印刷厂印刷，100 份寄到个院校和研究所，一篇论文要发表，另一篇要在学术会议上宣读。答辩论文的时间、地点要在一个月前在列宁格勒晚报上登出来，还要找两位同行专家评议；我的论文答辩的挂图有 16 张，要找描图员描。我找了我的指导教师，他是副教授，非党员，胆子很小，中苏论战使他不知所措，他说我没有权，很难帮你，要我直接找茹里叶教授。找茹里叶教授之前，我心中很惶惑，只要其中有一个环节过不去，我只能放弃学位论文答辩了。我找了他，向他汇报我的学位论文的主要内容，以及我在答辩前有这么多的困难。他立即说，现在我们一个一个来解决吧。他一口气给我写了六七张便条和申请单，给学术委员会秘书，给印刷厂，给外办叫他们找打字员、描图员、摄影技师帮我干事。最后我说，要发表论文和学术会议宣读论文。他说，这有何难，立即给一杂志编委写了一便条，要他们立刻登出来，至于宣读论文，他说他正在主持以波波夫命名的学术会议，就到他的分会上做报告吧。我说，我讲的题目与您主持的分会的内容不一致。他说，怎么不一致，他拿了我的论文摘要，就在前言上加了一段，就把我的论文内容与他的会议主题联系起来了。一个小时不到，我希望做的、要求做的全都解决了。那天晚上我想的很多，核心有两条。第一条，像是启示。我觉得茹里叶教授帮了我大忙，而他给我的感觉，这一切都是他应该做的，帮助一个上进有为的青年是他的职责，不管他是什么人（当时中苏两党争论得似同仇敌一样，他居然这样帮助一个中国共产党员的学生)，也根本没有期待什么报答。第二条，像是誓言。我想：“如果我将来像他那样，到了教研室主任或更高的学术地位，我一定要像他那样工作，像他那样帮助有为的青年，善待学生。”很遗憾，1990 年中苏关系解冻时，我研究生毕业后第一次访问苏联，但他已经过世了。因此，我对教师的第二个理解是，教师是帮助学生，希望学生超过自己而不期望报答的人。

我想，这几十年来，我是一直想着这两个人，以他们为榜样去做的。当然我也有没有做好的时候。有一次，一个上午，一会儿一个同学找签字，一会儿另一个同学找签字，有三四次，而且申请论文答辩的表填得不规范。我当他们面发火了，说：“你们这样，我要不要工作了?”把学生吓走了。我老伴立刻提醒我：“你怎么能这样，这可不像你。”我当时就给系里打电话，把学生找回来，向他们道歉。

毕业后，除了给马士修先生当助教外，我还在连铜淑、李德熊、李振沂等老师领导下工作过，我得到过学校里许许多多教师的指点和帮助。我现在回想起来，他们严谨的学风，他们的敬业精神，他们爱惜人才、爱护后辈的精神都是我学习的榜样。从 1978 年到 1984 年，我出国宣读的论文和国外通信，有许多是请我校前副校长严沛然先生过目并修改的。1978 年我赴英国参加国际会议，宣读的论文是陈鑫武老师帮我打的字，若没有她的帮助，我根本完成不了出国的任务。有些教我的老师，他们退休了，但仍然关心我。如已故的陈棣华老师，他教过我材料力学，见到我就鼓励我好好干。在学校里，我见到许多老教师、老同志对人才培养非常重视，有的向我推荐青年人，对一些杰出的青年教师赞不绝口，并为他们创造条件，希望他们能超过自己。他们有的已经退休了，仍然关心着学校的发展、学校的教学质量和人才培养，为学校出谋献策，为学校的未来忧心忡忡。

我校的教师是中国的教师的一个缩影。中国的教师最大的一个特点，就是忧国忧民，希望培养的新一代超过自己，国家富强，在世界强国之林有中国的一席之地。这是我国教育的优秀传统。我们从老一代知识分子的身上，可以看到教育事业的神圣性。无论生活多么艰苦，条件多么恶劣，我们都能够看到我国老一代知识分子的人格力量。我们随着新中国成长起来的这一辈，是踩着他们忧国忧民的有力背脊走过来的，教师的精神就是这样一代一代往下传，这就是教师的责任、教师的天职。我衷心希望我们的青年教师能继承并且发扬这种传统。

现在讲第二个问题——怎么做好一个称职的教师的问题。

我不知道今天的青年当上教师的心情。1958 年我大学毕业留校，系里要我转行搞新专业——夜视技术和电子光学，虽然在这以前连名字也没有听说过，但我一点也不害怕，当时想到的是，好好干，努力学，哪怕比别人多化一倍的力气。等到 1980 年我被升为副教授，离我大学毕业已经 22 年了，也是在我取得国外的博士学位 14 年之后，我已经 48 岁了，但我非常激动，立刻写信告诉我的父母亲：儿子当了副教授了。当时，立刻意识到自己肩上责任的重大，心中想的最重要的一条是："可不要误人子弟啊！"这句话我一直告诫自己。我想，这就是一个教师的最起码的责任。

从那时起到现在，我带出了 28 名研究生，其中，有 13 位是博士。我的学生们都很争气，他们中的不少人已晋升为教授、副教授、研究员、高级工程师等，挑起了博士生导师、研究所所长、系主任和室主任的重任。他们在各自的实际工作中显露出良好的素质和优秀的才华，得到了很多的赞扬和荣誉。我作为他们的导师，感到很自豪。

我们在北京理工大学教书，培养的是高层次的人才——本科生、硕士生、博士生，他们是祖国未来的栋梁之材。因此，在大学阶段，我们不仅要在学术上培养他们，而且要使他们通过在校的学习，在思想作风、精神道德面貌上，在价值观、人生观上有很大的提高。我的观点是，一个博士生通过了论文答辩，只是表示他受过了某门专业的训练，在这方面有较多的知识和较高的才能，如此而已，他不一定是个人才。只有他具备积极向上的人生观和正确的价值观，把祖国的需要和自己的前途结合起来，把自己的青春奉献给人民，才能真正成为一个人才。

做教师，一个首要的任务就是培养人，你拿什么去培养人，光有热情是不够的。所以，教师首先要钻研业务，使自己成为这一领域的专家、教授，在科学研究中做出世界级水平的成果来。但是，当教师，例如当一个教授，除了把具体的知识传授给学生，也就是我们古代所说的"传道、授业、解惑"，还必须把自己的治学之道告诉学生们。每一位教师的治学之道，都不是空洞的教条，而是贯穿在整个教学和指导的过程中。身教重于言教，使后学者知道做学问之不易。使学生对学识有一融会性的认识，逐步养成分析鉴别的态度和独立进行科学研究的能力。重要的是，使学生养成研究的正确态度和习惯。

因此，我是很看重教师的身教模范作用的。身为大学教师，一定要以自己严谨的治学态度，对祖国科教事业的献身精神，潜移默化地影响着自己的研究生。通过自己的言传身教，一方面，向学生们传授业务知识和科学研究方法，培养学生们严谨朴实的学风；另一方面，以自己对事业的追求和献身精神影响学生，以自己的人格来塑造学生的人格，激发学生为实现四化奋斗的事业心和强烈的求索精神，巨大的工作热情与百折不挠的韧劲。当然，做一个称职的教师并不是容易的，但看到我校新一代的人民教师和科技专家在成长，我也感到很欣慰。

"民族的振兴在教育，教育的振兴在教师"。我希望与大家一起努力，为祖国"科教兴国"的事业尽自己的一份力量，虽然我的年岁大了，创造性的年华已经过去了，但我还可以在"科教兴国"的道路上，做一颗铺路的石子，做一块垫脚石，使青年学者向科学高峰攀进。最后，我要说，我为自己作为一名教师感到自豪，特别是为自己是一名中国的教师感到自豪。我还认为，一个教师得到的快乐也许是任何其他职业的人员得不到的，如果还有下辈子，我希望自己还当一名大学教师。

先哲孔子曰："有朋自远方来，不亦乐乎！""学而时习之，不亦乐乎！"

今日我曰："做研究有所得之，不亦乐乎！""得天下英才而育之，不亦乐乎！"

谢谢大家。

学习王选兼谈拔尖人才的培养*

一个真正的学者，应该有像王选那样的志气，在自己的面前树立这样的奋斗目标：做前人没有做过的工作。

党委宣传部的同志给我出题目，要我在博士生导师学习班上谈谈学王选、谈谈如何培养拔尖人才和造就学术大师。我是一名教师，不是什么学术大师，我不清楚学术大师的定义是什么。大师大概就是大科学家、大学问家吧，是对人类科学文明做出杰出贡献的人物吧，至少是引领发展科学的某一方向、有杰出成就、社会公认且德高望重的人物吧。在我的心目中，在中国，我认识的电子学界的孟昭英院士、光学界的王大珩院士，可以算得上学术大师吧！但他们都拒绝“权威”“大师”“之父”的称谓。现在，高校都在谈“国内一流、国际知名”，希望学校能很快地培养出科技领域一流拔尖人才及像王选那样的科学大家，早日步入国内一流和国际知名的行列。这个心情可以理解，也是大家盼望的。今天借这个机会主要谈谈拔尖人才的培养和学习王选的一点体会。

目前，在北京理工大学，培养拔尖人才或是杰出人才，使我校在21世纪国内著名高校中有一席之地，已经成为大家的共识。不少人忧心忡忡，危机感很重，担心我校在现在和未来的激烈竞争中落伍了。从认识上来说，有这样的危机感，是一个很大的进步。我有好几次对我系的青年人说，我们光电工程系（四系）的这老一辈人在光学和光电子学领域辛勤耕耘，从20世纪50年代到90年代，在许多方面和国内一些著名的一流大学包括清华、浙大打个平手，我们有自己的特色，有的并不比人家差。例如，我们研制的天象仪就是一个杰出代表，它与长春光机所的“八大件”被评为20世纪50年代中国光学工程的标志性成就。光电工程系的将来是

* 本文是在北京理工大学博士生导师学习班上的讲话，时间是1999年1月14日。

你们接班，你们能不能与他们打平手甚至超过他们呢？我说，我们这一代也有各个方面的学术带头人或代表人物，例如，于美文的全息光学，连铜淑的反射棱镜理论，李德熊的高速摄影，袁旭沧的光学设计，严沛然和伍少昊的天像仪设计与研制，邹异松的光电子成像，唐良桂的航空摄影，苏大图的光学测量，樊大钧和何献忠的精密仪器和机械，查立豫的光学工艺，周仁忠的自适应光学，等等，还可以举出一些学有所长的教授们，我这里不一一列举了，他们在国内都是颇有影响的，但他们都退休了。没有退休的包括我在内，还有魏光辉、赵达尊、俞信、曹根瑞、高稚允、张忠廉①等一群人，也都是在光学某一个领域中做出成绩有影响的人物，受到国内学术界承认。但可惜的是，都是上了60岁，快退休的人了。光电工程系的老师在光学、光电子学等领域的成就，国内的一些名牌大学如清华、浙大、南开、天大、哈工大、上海交大等院校也都认可，大家互相切磋和交流。可以这样说，光电工程系成立自1953年成立到今天，这一代人在开创和发展光电工程系是做出了贡献的，我们不能说自己的贡献是杰出或者重大，但可以说完成了自己的历史使命，无愧于祖国和人民。

回顾一下我们的成长，我们这一代人是在一种十分复杂——希望和困惑交织的环境中成长的，我们是随着共和国成长起来的一代，是新中国培养的第一代知识分子。当时的青年大都像我一样，是从旧社会过来的，亲身经历日本帝国主义的侵略，受过国耻教育，学习的动力就是科学救国，以自己能在祖国神圣的事业中有一份贡献为最大的光荣。因此，五六十年代成长的一代人怀着报国的心情上学，默默无闻地奉献自己的青春，勤奋、刻苦、老实、听话，工作是叫干什么就做什么，愿意做一颗永不生锈的“螺丝钉”。故后人以“经久耐用，价廉物美”称呼这一代人。不管后人怎么看我们这一代，甚至讽刺我们“驯服”“顺从”。而无怨无悔、愿意把自己的一生真诚地奉献给祖国和人民，确实是这一代人的共同特点（我现在想问一下，你能做到吗!）。但是，那时的政策有许多矛盾和失误，从20世纪50年代到70年代，我的心情很迷惘，一方面，国家培养我们，教育我们，希望我们成长，成为人民教师和科技专家、共和国四化的建设者。另一方面，一连串的运动和“左”的政策，矛头直对着包括新中国成

① 张忠廉教授退休后，在校内创建了一个学生课外学习光电科技的实验基地，成绩卓著。

立后成长起来的所有知识分子，多读点书是白专道路，学习优秀就是白专。从国外回来的人，不是洋奴，就是“修正主义苗子”。对老知识分子批判打击更大，一个个凡是学有成就的都被扣上资产阶级知识分子或反动学术权威的帽子，动辄得咎，实质上是不要他们为国家做贡献。我们这一代，以我来说，原来在工厂打工，算是工人阶级；上大学时，我是调干生，是工农出身的知识分子，读了书后到大学毕业时，就变成小资产阶级知识分子，也就是，知识一多，人就“转会”到资产阶级方面去了，等我从苏联留学回来有一点学问时，就变成资产阶级知识分子了，而且还被认为，将来一定会和党两条心，“反党反人民”了。这就是当年流行的逻辑，“知识越多越反动”。这是一个很奇怪的思维逻辑，违反一般的常识，但现实就是这样。我那时感到不知所措，内心十分矛盾，有点报国无门的感觉。祖国和人民培养我，我理应努力工作，把自己的知识献给祖国和人民，但政治和思想上的压力很大。在这样的政治气候下，大家只能默默地凭良心工作，要想有创造性的成就是很难的。除此之外，我们那时候，物质条件也很匮乏，生活很艰苦，家中上有老，下有小。1979 年，我大学毕业已 21 年了，虽然吃过洋面包，得过国外的学位，但收入比我 1953 年上大学前在工厂打工时还低。1966 年 5 月，我从苏联学成归国，学校算是照顾我，分配我和一系的王元有老师两家合住一个单元，每家 16 平方米，厕所、厨房公用。因为是一家三代 6 口人（父母亲、两个孩子和我们夫妇），便在房间里放 4 张床，其中 2 张是上下铺，椅子板凳都是学校的。我花了 20 元买来一个矮衣柜，权当书桌兼饭桌用了。1979 年初，一位英国专家访问我校，一下飞机就向严沛然副院长提一个要求，就是要和夫人一起到我家做客，学校和我都没有办法推辞，只好借邻居（工人）的家权当自己的家接待了他们。那时晚上孩子们做功课占了书桌，我在家只好把床当写字台读书写字，脚都伸不开。1979 年，我父亲把乡下的老房子卖了，给了我 500 元钱，我用 400 元买了一台西湖牌黑白电视机，另 100 元买了一台飞歌牌收音机。这两个物件，是我家的奢侈品，如果要我自己买，就不知道要到何年何月了。到了 1984 年，两个孩子上大学，日子更艰苦，真是“入不敷出”，那时我大学毕业已有 26 年了，但还没有使自己的家庭过上温饱的生活。即使这样，我在我校绝对算不上生活很差的，还是中等偏上的。因为我还多次出国，得到一些经济上的补助。在这样艰苦的环境下，我们教师还是想着祖国和事业，努力地工作和学习着，从早忙到晚。中国的知识分子就是这样，不管自己的境况如何，还是想要报效祖国和人民。

一个人的成就是受着时代和环境限制的，我觉得我们这一代不容易，50 年代，“向科学进军”的口号提出不到一年便无声无息了，后来就反右了，我们 8531 班是全校学习成绩最优秀的班，1/4 的同学被打成右派，另有 1/4 以上的同学受到党团籍处分；接着“红专大辩论”，所谓“插红旗，拔白旗”，实质上把努力钻研和学习优秀的人批倒、批臭。我们班两位被公认成绩最突出、学习最优秀的同学，成为批判的对象，被打成走白专道路和走粉红色道路的典型。一系列的政策，使劲把那些优秀的人往“反动”的方向推。说实话，有时候我真怀疑那些“极左”的人的真面目。我因家庭出身好，个人成分好，仅受到很轻的处分，幸运地过了关，才有今天。

“文化大革命”就更不用说了，知识分子斯文扫地。我大学毕业后，在国内写文章、写教材、写报告，都不署真名，署假名、署单位名，主要是怕被人批判，说成走白专道路、追求名利等。1966 年 5 月，“文化大革命”刚开始，我从苏联回国，看到我的老师、系的创始人马士修教授被批判，戴高帽，非常痛心，心想，将来我也会这样的下场吗？可是我能离开培养教育自己成长的母校吗？我感到十分悲哀。试想，在这样的土壤和气候下能培养出杰出的学者吗？这样的反复折腾能出拔尖人才吗？我有时想，在我们社会，竟然会这样，不干事（不学习、不研究）或者少干事，混日子，反而落得清闲自在，太太平平；某些人甚至专挑干事的人差错，整人者官运亨通。因此，出现这样的现象：不干事、不冒尖，没有人会说你，日子还是过得好好的，大锅饭吃得不太好，但平安无事，没有风险。但问题是我们这些人不甘心，总想为生我养我的祖国干一点事。是党的十一届三中全会“拨乱反正”的政策，是中国知识分子的良知和责任感，使我在上面列举的系里卓有成就的老先生们振作了起来。虽然年岁大了，人生最好的年华已经过去了，工作、学习和生活条件都很差，但他们都在自己的领域辛勤地耕耘着，出了不少成果。我不敢说我们这一代人做得很好，很完美，毕竟是受到了许多约束，限制了我们的成就，但我敢说我们尽力了，无愧于祖国和人民。

党的十一届三中全会挽救了党，挽救了我们的国家和人民。邓小平同志提出“解放思想，实事求是”的思想，“改革开放”的政策，以及“科学技术是第一生产力”的倡导使知识分子感到大为振奋，觉得有了用武之地了，大家更加勤奋了。我们的大部分成就是在十一届三中全会后取得的，我的成果主要也是在这20年内做的，现在又提出“科教兴国”的口号，重视科学与教育，重视知识和人才，这无疑是很正确的政策。我们坚持这样走下去，国家会更加兴旺发达的。

我常常对青年人说，你们太幸福了，能在这样的平和安定的环境下学习，学校和社会对有志向、努力上进的青年人是鼓励的，为你们创造条件并给予种种奖励和荣誉，你们要珍惜啊！我们系的老一辈人，马士修、李振沂、于美文、严沛然、连铜淑、李德熊等老教师带领我们，在提携新人上做出了榜样。系里的老教师和领导对青年学者（如王涌天教授等）的成长和上进是十分高兴的，一谈起他们，喜悦之情，溢于言表。不是“后生可畏”，怕后生超过我们，而是“后生可喜”，喜后生超过我们，将把年轻人推上去看成是我们这一代的责任，在光电工程系里形成了一个很好的风气，有一个很好的环境和氛围。

我讲这些，是要说明，要创造一个环境和氛围，尊师重教、关爱教师，营造良好的学术氛围。对于一个青年人的成长太重要了。我们要创造一个良好的环境，使优秀的青年学人的才华得以充分发挥。环境有大环境和小环境，目前的大环境总的说来是好的，科教兴国作为国策，有才华的人得到尊重和提拔，再也不会像过去的极左路线把知识分子当作异己分子和批判对象了；国家对教育和青年教师的培养十分重视，出台了相关的政策。对于从事科学研究的人来说，思想的自由、创造的自由是最重要的；我们从事自然科学的研究，这方面的禁区也比较少。当然大环境还有不少问题有待解决，我就不多谈了。

小环境就是在学校和系内，首先，是安居。“安居乐业”这句话一点不错，有一个较好的住房和待遇，才能安心工作；留在学校的青年人，我觉得他们还是比较实际的，因为做教师就是意味着不能发大财，要过相对说来不很富裕的日子，他们看到自己的老师目前的住房和待遇，不会无限地追求高报酬，更不会要求向外资或私人企业的职工看齐。在基本的生活条件满足后，我想他们更看重的是自己的学术和成就。目前在“安居乐业”方面我们与外面差距太大，年轻人工作几年还没房子，工资又低，当然留不下，稳不住。当前，我校的青年教师（博士学位）的工资条上的收入不到1 000元，要维持一个家，孩子要上学，生活是很艰苦的。这样的工资收入迫使一些青年教师在45岁前走两条路：一条路是干几年出国，或调动工作，到外面高工资的单位工作；另一条路是找第二职业或打工，挣点外快，补点家用。我曾在系里多次讲，一个学者有第二职业是不可想象的。这样做，他能专心致志研究学问吗？但我现在对他们有些宽容和同情了，因为这里确实有实际问题。不过，我还是认为，在科学研究上不专心致志，不一心一意，是很难有大成就的。因此，如何使青年学人安心学术，不流失，倒是今天最迫切的问题，这个问题不解决，人都流失了，或者有才华的人留不下，还谈什么拔尖人才的培养呢？

其次，是工作条件和学术氛围，能否发挥自己的专长，做出学问和成绩来。工作条件很重要，但可以慢慢创造；学术氛围主要是单位的学术带头人和领导是否真正重视学术，重视人才建设，而不是放在口头上。特别是单位的领导，信任和爱护知识分子对于这个院系的发展是十分重要的；光电工程系曾经比较红火，心比较齐，这与当时的李振沂系主任的领导分不开的。他退休后，我们许多人至今一提起他，都赞颂他，我个人是以他为学习榜样的。我说不出李振沂主任在学术上有多大成就，因为他主要是从事行政管理工作，但他是熟悉系里业务的，而且光学领域的知识面也比较宽，更主要的是他了解系内每个人的特长。他的最大优点是爱惜人才，我亲眼看到，有些人对他不尊敬，有的与他吵得脸红脖子粗，但他并不放在心上，依然关心他们，爱护他们，推荐他们，这是很不容易的。我有时想，也和同事和家人讲，如果不是李振沂主任当年向兵器工业部里保荐我，我能有今天吗？1978 年初，从英国发来了两封邀请信，邀请我参加两个国际会议并宣读论文，李振沂主任竭力推荐我，不同意找另外的人代替我出国。当时，党的十一届三中全会还未召开，组团出国手续非常麻烦，最后由王震同志签发，中央政治局五位常委画圈，批准由兵器工业部和电子工业部联合组团，由我率团出国。非常凑巧，在会议上，我和美国的一位教授的研究工作非常接近，我们两人先后做了报告，但会议论文集选入了我的论文，而他的论文落选了。这位美国教授还来函邀请我赴美讲学。这本来没有什么了不起，但国内当时看得很重。回国后，兵器工业部负责组团的同志很高兴，因为我平安地回来了，而且为国家争得了一点荣誉。他才告诉我实话：说你们的李主任对你真好，当时有人怕你“跑了”，是李振沂主任为你打保票，你才出了国。后来 1980 年升副教授，1982 年由我领衔申报军用光学博士点并获得成功，1983 年评上博士生导师，1984 年人事部和国家科委选我为国家级有突出贡献的中青年专家，国家教委破格晋升我为教授，都是与李振沂主任竭力推荐分不开的。我非常感激李主任，但我想，最好的报答是学习他的精神，以他为榜样，帮助青年人成长。当然我的一生受到了很多前辈和老师的帮助，在这里我不一一细谈了。现在，有不少受到我培养或帮助的青年人感谢我，我对他们说，这是我作为老师应该做的，我也是在前辈老师及领导的帮助下成长起来的。其次，在我们系的小环境里，主要老教师的认识比较一致，在系内倡导团结合作、互相支持、互相帮助的学风，反对拉帮结派，钩心斗角。我认为，一个学风正派的人不会去打击别人，抬高自己，即使意见不合也不会拆人家的台，既然“道不同不相为谋”，就各搞各的学问吧。我劝年轻人不要介入老教师之间的矛盾，做自己的学问是首要的事。因此，一个学校和系院内要倡导好的学风：比勤奋，比团结，比贡献，向在教育战线上敬业的人、有奉献精神的人、有成就的人学习。在这样的氛围下，拔尖的人才会留下来。我想，若是一个院系领导或是学术带头人像“武大郎开店”那样，嫉妒比他更出众的人，怎么可能把优秀的人才留住呢？若是一个单位老是“窝里斗”，大量时间花在内耗上，这不可能出成绩，也不可能留住人。

上面讲的是外部条件（外因），我想，更主要是内部因素（内因），是作为一个学者和学术带头人的素质和品格，即学术素质和思想品格（精神气质）。因为研究科学是在未知领域进行探索和开拓，学术素质和才华、专业知识和聪明的资质当然是必要的。一般来说，经过研究生阶段学习及实际教学与科研的磨炼，我们的青年学人还是有一定的学术水平和能力的。虽然有的青年学人自视甚高，觉得自己了不起，我想还是应该清醒估计自己为好。另外一个很重要的方面是作为一个学者的精神气质和思想品格：事业心——对祖国科学教育事业的热爱和敬业精神；进取心——永不满足已经取得的成就；精神状态——朝气蓬勃，随时准备以自己的才智迎接并战胜困难；批判精神——对现有知识和流行观念的不满足，以及急于试验自己判断力的迫切心情。我认为，一个优秀的科学家（学者），最基本的品格有两条：对科学的热爱和难以满足的好奇心。当然，内在的干劲、勤奋的态度、坚韧不拔的精神和丰富的想象力也是十分重要的。这主要是对科学专门家而言。对于一个科学组织家，既要求他（她）具有博大精深的科学才能，又要求他（她）有卓越的领导和组织才能，更要求他（她）思想品德高尚，具有宽广的胸怀。三者缺一，就很难把事情办好。

实际上，我们现在要求团队的带头人，科学专门家和科学组织家兼而有之，既要自己从事科学研究，又要带领一支队伍去完成科研任务，确实是担子很重，学术素质和思想品德的要求是很高的。

总的说来，对于青年一代学者的能力和水平，我并不担心和怀疑，当然学术素质是需要不断磨炼提高的。我担心和怀疑的是我们的青年一代学者的思想品格或精神气质即他们的心态，他们的精神和他们的意志。目前，社会上的急功近利、虚假浮夸等不良风气，对青年教师产生了潜移默化的影响，埋下了学术不端的隐患。而急功近利的心态、浮躁而不踏实的作风、缺乏敬业的精神将使他们失去锲而不舍的意志，从而不能专心致志、如痴如醉地投入自己的研究。这是要使他们知道并逐步解决的。可惜的是，我们现在的思想工作很薄弱，过去还有一些批评或自我批评，现在有个别青年教师，听不进善意的批评，而且缺乏最起码的“自尊尊人”的品德。既然不听，谁愿意再向你提意见呢？这样也妨碍了他的进步。我觉得，学校的老一代的教师们，都是有“自知之明”的，对年轻人是很平和的，很愿意帮助的，很愿意把“道”让出来，让年轻人上去。

还有一件事也很重要，就是要倡导合作精神。现在世界进入“大科学”的时代，即科学活动的规模大、耗资多、集合了各种各样的人才，形成一个强有力的团队，为了一个共同的目标一起进行研究。这是现代科学的一个重要特点和趋势。特别是我们从事工程科学，任务不是一个人——孤家寡人能完成的，而是要带领一支队伍，团结合作，去攻克难关。这就对他在学术作风上、组织领导能力上和思想品德上有较高的要求。如果外部条件创造好了，而内因也比较好，再加上一点机遇，我想，是能出一些拔尖人才的；如果从事的课题很前沿和项目科学价值很大，对国家和社会贡献很大，也许能出杰出人才的。

从我上面所讲的可以看出，要造就新一代具有世界一流水平的杰出人才，并不是件容易的事。这需要有环境、条件和土壤；还需要有内因，真正成功者还可能要一点机遇。但是，像目前的体制和政策，出点论文，小打小闹，还可以；但普遍状况是，升教授打短平快，快出文章；得大奖太难了，拿个小奖，写些论文，评个教授，就满足了。学校里像毛二可教授、马宝华教授等有一支真正的团队，为一个大目标共同奋斗，那还是不多的。此外，学校在升职称上，在一类、二类人员的评估上都对论文规定了一些要求，来督促大家努力工作，各种奖励制度也鼓励多出成果快出成果，其积极面是毋庸置疑的。但发展到如西方“no publish or perish”（不发表，就出局），以论文来计算成绩也加速了“急功近利”的趋向，不追求深入的、高水平的工作，不踏踏实实干，而求表面文章，这也是难于出高水平大成果的一个原因。我讲这些，并不是批评当前学校的制度和政策，制定制度和政策总有一定道理，而是说这里有不少矛盾需要注意，不要光看一面。另外，我希望不要一刀切，人才是各种各样的，有人长于分析，有人长于理论，有人长于实验，有人长于工程，有人长于管理，还有人长于开发……不要有人拿得到大项目，就是香饽饽；拿不到的人（搞理论拿大项目很困难），就是不能干。我想，不能这么说，是否应该采取一些宽容的态度和政策。

因此，我们口口声声说要出大成果，要出第一流水平的人才，我觉得实在很难，这确实不是靠个人努力拼命可以做到的。当年搞两弹，是中央抓的，集中了我国物理学界一大批优秀人才——物理学界的精英，大家团结奋斗，为了一个共同目标，为国争光，不计名利，不惜牺牲个人的一切，把个人的努力汇合到集体的洪流中。后来出了7位院士，其中确实有个人的作用，但主要是时代造就的。我国目前的“神光”计划，即发展激光核聚变计划，即将开始第三期工程，每期工程投资几亿元，也出了好几位院士。我说这些话，不是泄气，而是讲实际情况，真正出拔尖人才需要做扎扎实实的工作。我想，在体制和政策上还需要进行一些改革，以利于拔尖人才的培养和学术大师的造就。

关于学习王选，王选院士的事迹很动人，值得我们学习。但我想，最主要的是学习他的精神，为国争光、为民族争气的精神：一定要使自己的方正出版系统在中文排版领域保持领先地位，而且在彩色图像处理和彩色出版方面进入世界先进行列。但我觉得，人是有差异的，不要一学王选，都去搞开发了；不搞开发，就是不认真学习王选。我认为，重要的是，一个真正的学者，应该有像王选那样的志气，在自己的面前树立这样的奋斗目标：做前人没有做过的工作。

王选提出，要制定挑战性的目标，这个目标既是国家经济建设和国防建设急需的，又是在科学上具有重大价值的，我认为是很正确的。这里，我想谈谈自己的体会。我在大学毕业后，一留校就转到搞夜视上，一些专业名词如电子光学、光阴极等都是从来没有听到过的。那时并没有感到害怕，反正不懂就学吧。夜视技术的核心是变像管和像增强器，是把光子变为电子，电子又变为光子，从而使不可见的光变为可见、极微弱的光增强。变像管和像增强器的设计涉及电子光学理论和系统设计，是当时的热点。国内许多单位和学校都研究，但难度很大。我出国时把攻克这个难关作为我的任务，后来导师要我改方向，搞超高频电子光学，当时这是很时髦的课题，而与导师合作也可以较为轻松拿到学位。我不愿意，因为这不是我出国的目标，而我的心眼很死，学成了回去没有用；若回不了母校，我这个人也太没有情义了。后来，我在苏联提出研究同心球电子光学模型，从理论上把宽束电子光学的一些特殊问题弄清楚了，得到了苏联物理数学副博士学位。到 20 世纪 70 年代初我国解剖越南战场上缴获的美军夜视仪器，才发现它的电子光学系统正是我在苏联提出研究的模型。“文化大革命”中，我还是偷偷地研究，借“学校武斗”和“复课闹革命”的机会整理我的博士学位论文和写教材。当时国家正组织夜视“二四会战”，兵器工业部便要我带着一些人挑起像管电子光学系统的设计与计算的任务，理论模型是我、程序是方二伦、计算是冯炽焘，三人通力合作，这一工作完成得不错，有我们自己的特色，填补了国家的空白，专家们的评价也很高。后来我国从国外引进了第一代微光技术，所有的都引进了，就是电子光学设计软件人家不让引进。至今兵器工业搞夜视的工厂和研究所，都是用我们的程序，当然这 20 年经过了 6 次改进。80 年代，我们一方面完善了计算软件包，另一方面在这一领域建立起我们的一套理论体系。1993 年出版了我的《宽束电子光学》专著，这是世界上第一部系统地研究大物面宽电子束聚焦和成像的著作，得到了很高的评价和三个国家图书大奖。1994 年又出版了《宽电子束聚焦与成像——周立伟电子光学学术论文选》。如果总结我自己，我想，一是自己还是有点志气的，一定要攻下这个碉堡来，要建立我们自己的体系。二是我研究的正是国家迫切需要的，也具有较大的科学价值。今天总结起来，我能做出一点成绩，是自己一直有这样的信念，要在电子光学上走出自己的一条路来，这个目标始终鼓舞着我，努力地、锲而不舍地去实现这个目标，并且把个人的理想、志愿、兴趣及爱好与祖国的需要结合起来。

王选院士还有一条经验：“取得重大成果后，使参加的人员，尤其是主要人员得到荣誉和物质方面应有的回报。”这无疑是正确的用人之道。如果我们青年学人的工资每月能达到 2 000 元，奖金每月能发到 2 000 ~ 3 000 元，加上有住房，有基本的生活条件，年轻人也能留得住；可是我们做不到。据说，王选的方正公司的主要研究人员年薪不会少于十万吧，有的可能更高，而且奖惩分明，形成良性循环，优秀人才自然不会缺乏。如果我们能把收入和住房解决了，我不相信我们留不住人。我还是一开始的说法，先研究如何把人留下来，使从教的老师能过上较为体面且有尊严的生活，并创造培育优异人才的氛围和环境，才谈得上培养拔尖人才、造就杰出人才或学术大师的事。

当然，我们都希望学校能出几位学术大师。我们从事科学研究的知识分子，有一条很重要，是希望自己的研究和成果，汇入科学的海洋，得到社会和学术界的承认。发表学术论文、培养拔尖人才、造就学术大师，过去都被批判为名利思想，事实上，这是推动科技发展的重要部分，把这当作名利思想来批判，来扼杀，是违反历史发展的潮流的。当然，对于名和利，不能看得太重；我们要正确引导，使我们的青年学人面前有个大目标，向好的榜样——品德高尚、有杰出成就的学术大师学习。

我心目中的学术大师，前辈们如爱因斯坦、居里夫人和玻尔等，在中国就是像钱学森、邓稼先、王大珩、孟昭英、王淦昌那样的学者，既有博大精深的科学素养，又有卓越的领导和组织才能，而且思想品德高尚，具有宽广的胸怀。他们是经过多年的实践自然而然形成的学术大师，当然不是轻而易举可以达到的。但“高山仰止，景行行止，虽不能至，心向往之。”努力向他们学习，朝这个方向前进还是可以的。

我讲了很多，讲的都是心里话，不妥当的地方，请予批评指正。

把“付出”和“奉献”作为人生坐标*

——在庆贺当选为中国工程院院士座谈会上的讲话

我最大的心愿是希望学校年轻一代超过我。

今天学校为我专门组织庆贺当选为中国工程院院士座谈会，我感到非常激动。我衷心感谢校系领导和同志们对我当选中国工程院院士的祝贺。刚才匡镜明校长代表学校致辞说的赞美的话，实在不敢当，我做的都是我应该做的，并不值得如此赞扬。但今天正是一个最好机会来表达我对校领导、老师和同志们的感谢。

大家知道，我是在北京理工大学上学成长的。1953 年我考入北京工业学院，毕业后留校当助教，到今天有 47 年了。在北京理工大学，我度过了我的中青年时代，从一个普通的青年学生成长为一名人民教师和科技专家。在我校，有许多老师教过我，指导过我，我是在前辈老师们的关怀下成长的。大学毕业后，我留校工作，一直在四系，我当过马士修教授的助教，在连铜淑教授的指导下工作过。马先生、连先生都给我很大的关怀，他们的治学方法给我很大的启迪。后来我又被派往苏联留学。回国后，四系李振沂老主任一直在各方面对我关心和鼓励，支持和帮助我。我在一次会上曾经说过，如果不是当年李主任保荐我，1978 年我就出不了国，就不会有今天。因为那次出国使我在国内外小有名气。改革开放以后，系里的一些老先生，如于美文、连铜淑、李德熊教授，把我推到第一线，也把许多荣誉推让给我。还有，我早年出国宣读和在国外发表的论文，很多次麻烦严沛然先生修改。我们系里的老教师，许多是我的师兄弟，他们之中有的已经退休了，也都给我很大的支持。我还要说，在我的成果中，也包含了我的合作者方二伦高级工程师以及冯炽焘研究员的心血，特别是方二伦高工，20 余年来他一直与我在一起，成果的软件部分主要是他完成的。当

* 本文是 1999 年 12 月在北京理工大学庆贺周立伟当选为工程院院士的座谈会上的讲话。

然，还有我的学生们的辛勤劳动，其中，有倪国强、金伟其、张智诠教授，潘顺臣、艾克聪、张翎、陈金岳、仇伯仓研究员等，他们都是非常优秀的人才。今天，我得此殊荣，得到社会和学术界的承认，也得到国外学术界的承认，对我个人固然是一件光荣和高兴的事，但我认为，这个荣誉不仅属于我，也属于培养我的母校——北京理工大学和光电工程系，属于我的老师、同事和学生们。

我还应该指出，给我以很大关怀和支持的还有学校和各级领导，校领导和院士们为我的申报出谋划策，给我很大的精神上的支持和鼓励。国防科工委、兵器工业集团总公司、中国兵工学会、中国光学学会以及中国科协也都支持我申报。在此时刻，我特别怀念已故的中国科学院院士、我国电子学的奠基人孟昭英先生，是他一开始就一直鼓励我申报中科院院士和工程院院士，直到他临终前一星期，还打电话叮嘱我填表申报，愿意做推荐人。此外，还有许多校外的老师和科学家们，他们给我许多鼓励和帮助，我不一一列举了。如果没有他们的支持、关怀和帮助，绝不可能有我今日的成就，我对他们满怀深深的感激之情。多少年来，当我一想起前辈老师、亲人、同志和组织领导对我的关怀和期望，不敢有所怠惰，这是我前进的一个巨大动力。

在这一时刻，我深深怀念自己的父母亲，当我当上副教授、教授时，他们不知有多么高兴，总是要我不要忘记帮助我的师长们，总是告诉我要更加努力、不能偷懒！我经常想，我的成功实是多亏了我的父母亲，是他们遗传给我善良、感恩、诚信、敬业的基因，使我有较好的品德，能在社会上立足，并有所成就。我永远不会辜负他们对我的期望。

我走过的路实际是代表了20世纪50年代成长起来的这一代知识分子的历程。解放以前，我家中很穷。我虽然喜欢念书，但上不起大学，那时没有什么理想，我只想早些工作，帮父亲养家糊口。当时，国民党政权非常腐败，使我十分痛恨旧社会。上海解放后，发生了翻天覆地的变化。抗美援朝的时候，我在上海国立高机读高三，新旧社会的对比，使我非常愿意为人民政权献出自己的一切。我积极报名参军，但是由于身体不合格，主要是鼻子大出血，没有被录取，我感到非常遗憾。中专毕业后，我在上海华通电机厂当了一名助理技术员，在技术革新时我在工程师指导下，工人师傅支持下研制成功了一台扁平线圈绕线车，工效提高7.5倍，但我深深感到自己的知识太贫乏了，萌发了上大学的愿望，于是要求上大学进一步充实自己。1953 年北京工业学院到上海招生，动员我报考京工。北京工业学院是一所国防工业性质的院校，上这所大学，为祖国的兵器工业服务，造最好的武器给我们的战士，我认为这是我最好的选择，虽然父母亲希望我留在上海，但他们尊重我的选择。1953 年，我长期的愿望实现了，我作为调干生进入了北京工业学院。

20 世纪 50 年代的青年，思想都很单纯，想法都差不多，主要是努力学习，学好本领为祖国服务，祖国的需要就是我的志愿。我学的专业是军用光学仪器，毕业后转到搞夜视，虽然在这以前连名词也没有听说过，但我一点也不害怕。我想到的是，好好干，努力学，哪怕比别人多花几倍的力气。夜视器件的核心是像增强器，它的设计就涉及电子光学理论和计算方法。马士修教授对我抱很大的期望，希望我能掌握它，为国家的夜视事业做出贡献。后来学校派我到苏联留学，我下决心不辜负老师和领导的期望，走出自己的路来。

今天当我回顾自己走过的路，取得了一点小小的成就。从我个人来说，我自问自己不是天资十分聪明的人，也不是能力十分强的人；但我是一个勤奋努力的人，在科学探索上孜孜不倦、永不满足的人。在科学研究方面，在我从事的领域——成像器件的电子光学，我给自己树立的目标是高的——闯出自己的一条路子来，在这一领域做出国际先进水平的贡献来。认定了这条道路，不管多少困难，哪怕经过 5 年、10 年，最终我一定要解决它，这个信念我从来没有动摇过。也许是这一点，我才能有今天的一点成就。

从环境来说，党的十一届三中全会的路线和改革开放的方针、政策，使我国的教育科学事业迎来科学的春天，开始了中国知识分子多少年梦寐以求把知识和才能献给祖国的新时期。这也是我的最大机遇。从 1958 年到 1978 年，我毕业 20 年间，其中 10 年是“文化大革命”，斯文扫地，我们这些新中国培养成长的青年知识分子是被作为修正主义苗子被批判的。中国知识分子和历代仁人志士的传统就是报效祖国，希望祖国强大，不受列强的欺负，但当时报国无门，动辄得咎，心中十分苦闷。十一届三中全会以来，我们党所制定的改革开放、解放思想和实事求是的路线、科教兴国的国策、人民幸福的政策，使我们的国家一天天强大，我是亲眼看到和衷心拥护的，这也是激发我前进的原动力。我 1958 年毕业，应该说 1958 年到 1978 年这前 20 年是我科学思想最活跃、精力最旺盛的时期，但除了几本教材，几篇没有署名的研究报告和在俄罗斯发表的文章外（因为发表署名论文是要作为名利思想、走白专道路批判的），成果很少。幸运的是，我还是赶上了改革开放的好时机。今年年初，由于要申报中国工程院院士，对这1978年到1998年这20年所发表的论文和科研报告做了统计，共发表了160余篇论文和研究报告，3部专著，还有教材、译著等，其中被SCI、EI等科学文献索引检索的有136篇次。我们的研究工作也为兵器工业的工厂和研究所创造了巨大的经济效益。这是一个十分明显的对比，说明，当政策对头，人的积极性被调动起来，将能产生巨大的推动力。我有时想，要是没有20世纪50年代“反右”的折腾，要是学校能留下一批学问比我强得多的同学，也许我校今天就有更多人评上院士了。应该说，我是其中最幸运的一个，我也非常珍惜和感谢国家和学校对我的培养。我常对青年人说，你们现在太幸福了，上有党和国家的科教兴国的国策，下有一整套培养人才的制度和政策、校系各级领导的支持以及老师的关怀和指导，你们完全应该超过我们这一代，完全应该比我强，你们要努力啊！

在座中有人会觉得我青少年时一定有远大的理想和志愿，但我很惭愧，我的确没有什么理想。少年时代，在旧社会，我想的是，早点工作，哪里谈得上理想呢！那时我的最大向往是到银行当一名练习生，帮助父亲养家糊口。青年时代上大学时，批判最厉害的是成名成家的思想，而且自20世纪60年代起，军衔、学衔和职称早已被取消了，故我从来没有想过要当教授。我和20世纪50年代成长起来的青年一样，只是想，人民培养我，我要对得起祖国和人民，不辜负党和人民的培养。尽管我的青年时代并没有想过我将来要成为一名教授、首席专家、工程院院士等，但我从青年时代起，报效祖国之心一直未变，在科学事业上做出一番成就来的志向一直未变，总是想做一点事，不辜负人民和老师的期望。我自问，我的人生态度还是积极的，“付出”和“奉献”是我的人生坐标。这一方面是由于我在大学所受到的理想和信念的教育，另一方面是父母亲、老师和前辈们为我树立了榜样。

我认为，一个人如果把“付出”和“奉献”作为自己的人生坐标，以这样的心态来理解人生，无论面对多大的困难，也不会畏缩，也不会在荣誉面前沾沾自喜。我认为，有一个正确的动力支持着自己的人生，将会使自己的聪明才智得到充分的发挥，做出更大的贡献来。

我在北京理工大学已经度过46个春秋，我爱自己的母校，因为它是我的人生的组成部分。我们大家都有这一分感情，学校的荣辱与自己休戚相关。我校能否在21世纪在国内和国际的一流大学中有一席之地，是我们每个理工人都关心的事。其中之一就是一流人才脱颖而出的问题。如何创造一个好的环境（生活和学术环境）和条件（工作条件）使我校新的一代超过我们，这是一个巨大的任务，需要我们努力去完成。至于我本人，对于青年学人的种种成就，总是怀着喜悦之情；对于努力上进的青年学人，只要我能帮上忙，我是非常愿意帮助的；对于人才培养和学科建设，我将尽自己的努力去做。

现在有人问我，对我校和光电工程系的青年学人们，你最大的心愿是什么？我说，是希望他们超过我；我是一个普通平凡、才智平平的人，我校有许许多多青年学人，他们的才能和智慧远远超过我，他们不但应该，而且完全可能超过我。我寄大希望于我校和光电工程系的青年一代。谢谢！

学为人师，行为世范*

“学高为师，身正为范”。

我很荣幸参加这一聚会，见到我校的教师队伍又增添了新的血液和新的力量，我的心情是很激动的。我为我校的教师队伍增添新一代接班人而高兴。校人事处要我给青年教师讲话，没有什么框框，随便我讲。我讲的题目是“学为人师，行为世范”，讲5个问题，供各位参考。

（一）大学教师——一个崇高和神圣的岗位

我先讲一个真实的故事，再谈我对教师这一岗位的理解。原工程光学系主任马士修教授是一个十分热爱祖国的学者。解放前，他是和陈毅等老革命家一起赴法勤工俭学，留法9年，获得了理学博士和电气工程师两个学位。30年代初回国，被中法大学（北京理工大学的前身）聘为教授，在物理系教书。日本人占领北平期间，中法大学停办，他与校长作为中法大学的留守人员留在北京。敌伪请他出来教书，他很有民族气节，坚决不给日本人做事，生活非常艰苦。直到抗战胜利后，中法大学复校，他才出来工作。1949年北平和平解放前，局势十分混乱，马老的法国母校寄来聘书，邀请他到法国工作。他当时是可以走的，但他还是留了下来。1952年院系调整时，因教学需要，他从物理学专业转到光学专业上。1953年仪器系正式成立，后来又分出工程光学系，他是系的创始人，系里许多课程是他开的。1958年他光荣加入了中国共产党。我是1953年入学的，是马老的学生；我1958年毕业留校后，作为他的助教，与他一起创建新专业——夜视技术。当时教师只有3~5个人，但在马老带领下干劲很大。他要我接替他开电子光学课，我一边学习，一边工作，1961年写出“电子光学理论与设计”教材，给学生讲课。就这样，我们在系内建起了夜视技术专业。

* 本文是2001年9月与北京理工大学青年教师的一次讲话，根据记录稿整理。

1962年，学校派我到苏联留学，马老和当时系的负责人推荐我，马老对我说：夜视器件的电子光学设计就交给你了。1966年5月，我在苏联列宁格勒乌里扬诺夫（列宁）电工学院获得了数学物理副博士学位后回国，就碰上了"文化大革命"。当时，学校已经开始混乱了，学生冲击教师，马老作为工程光学系的系主任，就首当其冲，作为反动学术权威，被戴高帽，批判游街。我作为一个普通青年教师，虽然没有受到冲击，但眼见马老戴高帽，心中十分悲哀。我当时想，二三十年后，我到马老的年纪，可能也会像马老一样被游街戴高帽了。今天的马老，也许就是明天的周立伟。"文化大革命"后，我仍然心有余悸，我的国外联系很多，怕被扣上里通外国的罪名。我在整理自己的信件时，把近二十年来几百封国外通信都保存下来，以便为自己解释。同志们给我开玩笑说，如果中国又来一次"文革"，你绝对是在劫难逃，任何辩解是没有用的。

新中国成立几十年，我们教师的社会地位不高，物质待遇很低，"文化大革命"中更不用说了，教师是归在臭老九一类（地富反坏右叛徒特务走资派臭老九），直到邓小平复出后把知识分子作为工人阶级一部分，教师的社会地位才有很大的改变，"尊师重教""科教兴国"的政策使教师们在物质待遇上也有很大的改善，但生活依然很艰苦。20世纪80年代初，我已经是博导、副教授了，但两个孩子只能订一瓶奶。说句笑话，有时实在是没有一分钱了，我和老伴反过来向北大上学的孩子要回给她的生活费。1984年夏初，我被评为国家级有突出贡献的中青年专家，工资升了三级，并被国家教委破格提升为教授，才脱贫了，那时我已经52岁了。生活虽依然拮据，但看到三中全会以来国家的巨大变化，内心中充满了希望。粉碎"四人帮"以来，学校的老师热情很高，关心的是学校未来的发展，想的是如何提高学校在国内外的学术地位。

我想起我在上大学时以及后来当助教那段时间，从1957年开始，教师们受到接二连三的冲击，整风、反右、红专辩论、反右倾、"教育革命"，矛头无一不是针对着当时的知识分子——无论年老的或是年轻的。教师们一边挨批，一边照样上课（除非不让他上课）。"文化大革命"对于我国的高等教育事业和教师队伍的摧残就更不用说了。等到改革开放好日子来了，教过我的老师们都老了，到了退休的年龄了，不少老师工资很低就退休了，有的甚至连副高职称也没有评上。尽管我们这些晚生后辈们待遇有所提高，生活有所改善，但他们还是过着清苦贫困的日子。

这大概是教师这一职业的传统，古今中外概莫能外。从他们身上，我们可以看到教育事业的神圣性。无论生活多么艰苦，条件多么恶劣，我们能看到我国知识分子的人格力量。我感到我老师这一代，对教育事业的忠诚可以说是“九死无悔”。我们随着新中国成长起来的这一辈，是踩着他们忧国忧民的有力背脊走过来的。但我们解放后成长起来的这一代群体，并没有辜负祖国和老师的期望。以我来说，这二十余年来，我培养了数十名博士、硕士和几百名学士，他们大都很争气。我的两个博士生当上了光电工程系的系主任，不少人当上教授、研究员，挑起了研究所所长、总工程师、室主任的重任。当年马老派我出国，现在我也派了许多青年学子出国，到美国、英国、日本、俄罗斯去学习深造。在座的曹峰梅博士就是我的硕士生，她是我派出去的，刚从俄罗斯学成归来，得了博士学位。不少学生和家长感谢我，我觉得这是我应该做的。教师就是一代、一代往下传。一个人总要死的，马老逝世了，我和系里的老同志，把马老的事业继承下来了，我们没有辜负马老的信任。我已经过了69岁了，总有一天也要死的，但光学工程的事业将会由其他教师继承下来，我衷心希望他们将比我做得更好。这就是我理解的教师的崇高责任，教师的天职。

目前在部分青年教师中似乎有一种浮躁的情绪（浮躁的问题我下面讲），有的还谈不上浮躁，只能说不敬业。他们不安心于自己的教学、科研工作，业务不钻研，备课不认真，对分给自己的本职工作没有尽心尽力去完成，有的上班时人都见不着，不知道到哪里去了。个别的甚至出教学事故：上课迟到，监考不到。我听说，甚至有人上班后锁起门来打牌。我没有去统计这一部分青年教师的百分比，但看到的和听到的使我很担忧。

我常对新来的青年教师说：我们允许犯一些错误，但不可以不敬业；不敬业什么都谈不上，更不用说创新了。我决不容忍因缺乏敬业精神、没有责任心而导致的错误；我希望他们能继承教师的优秀传统，把自己所担负的教学和科研工作搞好。我在系内曾明确表示不赞成在职的教师经商——搞传销、炒股票、倒买倒卖、当商人等，其原因很简单，若对孔方兄孜孜以求，哪有时间搞业务，想自己的教学、科研呢？教学科研任务不好好地去完成，业务能力一直提不高，在学生中的形象将荡然无存。更主要的是，如何去要求你教的学生呢？我还明确表示过不赞成教师特别是我们的优秀骨干教师出外打工；也曾经说过，像我们这样还安心在学校里做点学问的人，没有一点安于清贫、甘于寂寞的思想，是很难做出成绩的。

而作为一个真正的学者，有第二职业是不可想象的。当然，如果一个学者把自己的研究成果投入社会，尽早转化为生产力，我也是赞成的。总之，我认为一个教师提高自己的学术水平是无止境的，不把时间用在自己的业务上、科学研究和教学质量的提高上，而把宝贵的时间和青春浪费掉，实在太可惜了。

当时，大约是1997年，有人向我做了一些解释；一是青年教师的工资，学校与社会上的差距太大了。以毕业博士生为例，若留校任教，工资约600元，奖金200～300元，不到1 000元；若到公司就职，一般工资加奖金3 000～4 000元，还有其他补贴。二是小家庭中教养孩子的费用很大，学费越来越贵，仅靠两人工资，很难维持正常生活。业余时间打工（而且大部分是技术服务性质的打工，与业务也不是没有一点关系）以补充收入之不足，也是不得已的事、人之常情的事。我听了以后很难过，只能默然不语。前几年，我在一篇文章中写了一段话："……我们很大一部分大学教师还过着比较清贫的日子。他们仅仅想的是，自己和家庭有朝一日能过上衣食不愁、说得上小康体面的生活，但从来没有想过与有钱的个体户、腰缠万贯的经商者去比。他们中的绝大多数在自己的岗位上勤勤恳恳地坚持工作着，尽管离开学校到公司谋职，甚至出国，可以大大地改善处境，过上远较目前优越的生活。他们需要理解、支持和帮助，更需要有关领导采取措施改善教师们的生活待遇，不要逼得他们用牺牲尊严的办法来维持和社会上其他人的平衡。那样，将是教育事业更大的不幸。"

我曾经说过："我们当教师的总是这样想：既然当了一名教师，就要尽到自己的天职，把学生培养好，把自己的教学科研工作做好。不管你怎样想，学生总是看着我们，把教师作为自己的楷模。"为人师表，岂能自轻自贱"；我们还是要讲一讲教师的职业道德和责任心，讲一讲我们的追求。中国的高等学府，若宣扬拜金主义，置教学、科学研究于末位，我们的社会还会有什么希望？我也希望高等教育的决策者们认真考虑高校教师的状况，使教师们免去后顾之忧，让他们全身心投入到教育和科学研究事业上来。"

应该说，这几年来，教师的社会地位、工资待遇和住房在逐步改善中，科教兴国、尊师重教，已成为国策。访问我校的俄罗斯的专家教授十分赞扬我国重视知识分子的政策。最近，我向俄罗斯的专家们讲中国知识分子的收入，国家对知识分子的政策，邀请他们看了我的住房，他们都羡慕不已。

自古以来，教师传道授业，释疑解惑，帮助人们摆脱愚昧的枷锁，认识知识的力量，懂得自身的价值，从而树立信心去勇闯人生道路上各种艰难险阻，努力奋斗，去实现自己的美好愿望和理想。担负教书育人重任的园丁——教师们的责任是重大的。

今天，面对物欲横流，商品大潮席卷社会各个领域（也包括教育界），我们这一代和下一代教师怎么办？毋庸讳言，在经济浪潮冲击下的今天，的确有一些教师的思想观念特别是价值观发生了变化。其中有些教师对教育事业的热情消退了，责任感降低了，拼搏奋进的精神和敬业精神萎缩了，“师道尊严”向“金钱”折腰了，使“传道、授业、解惑”的教师形象受到很大程度的损害。我深深地感到，“教育”是一种纯洁的社会行为，一旦变成了完全的经济行为，甚至是畸形的经济行为，那么给社会带来的负面效应是不可估量的。毫无疑问，我们既然选择了教师这门职业，就应该对社会、对国家、对历史负责，并不惜为此献身。唯其如此，教师的职业才是崇高的，教师以其贡献从社会获取相应的报酬也才是应该的；见利忘义，忘掉自己的神圣责任，是绝对不可取的。试想，一个从事教学与科学研究的教师，如果完全被孔方兄迷住眼睛，还谈得上国家的脊梁和对社会的责任感吗？每一个有责任感的教师应该保持心灵的高贵，守住对科学的热爱、对教育的献身精神和对社会的责任感。任何一个教师都难以逃脱优秀的道德传统的制约。

“忧国忧民、舍己为群”，是我中华民族遗传下来的文化基因，世世代代积淀在知识分子的心灵深处，成为支配他们行为的动力。历史上和现实生活中中国的脊梁就是那种舍己为群、忧国忧民的人。教师就是其中的一个群体。我深信，不管拜金主义的浪潮有多高，总难淹没中国的脊梁这座道德的珠穆朗玛峰。

（二）“学高为师，身正为范”

当一名教师是不容易的。“学高为师，身正为范”，是对作为一名教师的要求。一名教师，一定要时刻意识到“百年树人”“民族振兴”的历史责任。要放眼长远，不能急功近利。今天，教师的社会责任是非常大的。“民族的振兴在教育，教育的关键在教师。”这就是说，一个国家的成败得失关键在于它的教育，教育的好坏直接关系到国家的前途。教学的质量就在于教师的素质。教师要肩负起神圣的历史使命，教师的人格力量是素质教育的重要保证。教师的这种人格力量来自学术水平和道德情操的完美统一。广大的教师们以崇高的价值观，高尚的道德情操和走在时代前列的学识来引导学生，既是学生的带路人，又是学生的良师益友。

在一篇文章我曾写过这样两段话："我个人是比较看重教师的身教示范作用的，我自己就是在许许多多国内外的老师们指导下成长的。我可以举出许多事例说明他们对我的影响。当我 1978 年开始带硕士生，1983 年被批准为博士生导师时，心中想到：师者，教书育人，既为人师，责任重大，切不要误人子弟啊！23 年来，我不敢有丝毫怠惰。特别是当自己步入老年之列，更寄希望于青年一代，希望他们这一代能超过我们。我不敢说我做得很好，但我敢说我是尽力去做了。"

"一个教师，特别是博士生导师，学问固然是第一要素。但是，一个教师的精神面貌和觉悟也是至关重要的。这是所说的'觉悟'和'精神'绝不是空洞玄虚的，而是有具体内涵的。这就是对祖国对人民的热爱和忠诚，对自己所从事的教育与科学事业的追求和奉献。'觉悟'和'精神'的具体反映是在事业心上，是在教书育人的态度上。很难想象，一个鄙薄教师工作的人能教导和培养学生对于事业的忠诚心；也很难想象，一个物欲横流、一切向钱看的人，能向学生传播理想、道德和精神。一个指导教师，他几乎成天（或经常）与研究生们在一起，他的人生态度、道德情操、思想方法和学术作风时时刻刻在感染、在潜移默化自己的学生们。它是无形的、无声的，而我们的大学生和青年研究生正是在这样的氛围下成长，从而逐渐形成了他们的人生观与价值观。当然，毋庸讳言，现在的学生们还受到家庭、社会大气候的影响。"

与普通的任课教师不大一样，现今的指导教师（特别是博士生导师）可以说是与研究生朝夕相处，学生学得如何？人品如何？几年下来，指导教师心中是比较清楚的；而指导教师的一举一动也处在自己所教的大学生、研究生们众目睽睽之下，他们实际明里暗里分析品评自己的导师。如果指导教师表现"双重人格"，不讲"科学道德"，忽视自己的品德与修养，忘了自己的神圣天职，不注意自身行为的示范性，就不可能有好的形象，甚至有负效果。

因之，作为一个人民教师，我们必须好好理解"为人师表""身教重于言教""学高为师，身正为范"这些话的分量。我们要求大学生和研究生们应该如何如何，首先应该想想自己的身教示范作用如何。因此，真正做好一名人民教师是不容易的，除了自己的学识、治学外，还必须努力提高自身的素质，真正成为“为人师表”，使我们的学生们专心致志，乐于其学，宁拙毋巧，力戒虚骄，严谨治学，团结互助，德业双修。让我们一起努力吧！

（三）治学与为人

我衷心希望我们的青年教师在成长路程中在治学与为人方面都有进步，成为从思想精神到科学素质全面发展的一代新人。这是时代的要求，祖国的期望。在当代社会，变革、竞争、发展已成为信息时代的主旋律。科学和技术需要个人的聪明才智，但更需要群体的力量。科研活动的方式由“个人”向“群体”的转变，比以往任何时代都迫切，这必然对科技工作者的品格、道德等素质提出新的要求。历史重任必将落到我们所培养的具有高层次学术水平的跨世纪新人身上。时代要求我国未来的科技专家认识到自己肩上的重负，以不畏劳苦的攀登精神去提高自己的素质，以自己远大的理想和坚定的信念，为建设四化做贡献，为振兴中华拼搏。

我曾在《科学研究的途径—— 一个指导教师的札记》中详细论述“治学与为人”之间的关系。这里简单谈三点：

一是“做学问中学做人，做人中学做学问”。我认为，为人与为学，实质是一致的，一个人的学问密切联系着他的为人品德。无论做人或是做学问，重要的是求真。唯有存真，才能至善、至美，“做学问中学做人，做人中学做学问”，就是希望我们教师在为人的品德和为学的学风中追求真善美，追求卓越，使自己成为一个德才兼备的人。

二是严格遵守学术规范，反对学术不端行为。在进行科学研究、撰写论文时，必须严格遵守学术规范。它的要点就是在科学研究的专论中，必须先说明前人有什么研究成果：他们的发现、他们的观点和他们的成就。在此基础上再谈自己的独到的发现、自己的想法、自己的研究成果和结论。这是一般的常识。但在当今教育界和学术界，学术不端行为比比皆是：剽窃他人成果占为己有者有之；引用他人创新见解而不注明出处者有之；伪造数据、弄虚作假、欺世盗名者有之；搞伪科学、反科学以及缺乏科学道德的人更不罕见。其结果，往往是身败名裂。我希望各位警惕啊！

三是力戒浮躁，反对急功近利。我上面说的学术不端是指在研究学问时不能洁身自好，科学精神失落和道德修养缺失。浮躁之风和急功近利是指不愿做深入的研究，浮夸，追求数量和速度。有些教师，为了快点提职称，快点出名，发表论文追求数量而不讲质量。这种急功近利的心态使研究浅尝辄止，永远停留在低水平的重复上。当然，这里有机制上的问题，但我希望我们的教师要甘于寂寞，深入钻研科研和教学。我们是从事科学研究的，科学有自身固有的规律，每一个新的发现都是艰难的，有时也许要奉献一生。

（四）人生就是奋斗

作为一个年纪比你们大的人，我趁这个机会与诸位交流一下人生的经验。

第一是勤奋。我不承认我是一个有很大学术成就的人。这绝不是谦虚之辞。因为我的成就比起前辈科学家是很渺小的。但我承认我是一个勤奋的人，一个执着的人。我曾经向青年人谈过，只要你们像我这样努力和勤奋，你们的成就便会远远超过我，因为我并没有什么天赋。几十年来，我一直坚持学习研究，没有双休日，也少有假期，“板凳要坐十年冷”，甘于寂寞，孜孜以求，钻研业务和学问。做学问是很苦的，一旦开始研究一个课题，可以说日夜都在思考问题，如何突破自己，突破前人。“衣带渐宽终不悔，为伊消得人憔悴”就是写照，追求科学的真理，百折不挠，无论多大挫折，绝不后退。当然，这样的生活很枯燥。但一旦获得科学创造的成果，到达山峰上，这是人生最难得的、最难忘的快乐。

我认为，如果一个人不勤奋，无论他多么有天赋，也是不可能有成就的，或者是昙花一现而已。因此，我最看不起的人是不勤奋的人，得过且过的人，混日子的人。

我有时非常羡慕我的研究生，一天到晚能有充足的时间学习和研究，多幸福啊！我经常告诉我的研究生们，搞学问需要一种安定、宁静的心态，准备坐长期冷板凳（板凳宁坐十年冷），一步一步、一滴一点地下功夫钻研，才能有所成就。急功近利、浅尝辄止是不可能有什么作为的。只有不浮躁的人，一旦确立了自己的志向而终生追求无悔的人才能有所成就。故每个研究学问的人应该耐得住冷清和寂寞。因此，“学案最高唯寂寞”，甘坐冷板凳，就成为古往今来万千学子的座右铭。

古往今来的学术大师们，之所以能取得丰硕的成果，固然有种种因素。但决定性因素，仍在于他们能潜心学海，苦苦思索，数十年如一日，不求闻达，视名利如草芥，“只问耕耘，不问收获”，这种崇高精神和卓越品格是值得我们学习的。

第二是环境和机遇。我是很幸运的。其一是年轻时代留学苏联，靠自己的奋斗得了学位；其二是回国后主持我国第一代夜视像增强器的设计，而它的结构正是我在苏联提出并研究的，为自己的事业奠定了基础。“文革”结束后我被邀请参加英国的两个国际学术会议，在国外获得较好的影响；我提出的关于宽束电子光学的问题在我主持下大部分完成了，科研成果和学术著作得到了国家级奖励；我与俄罗斯科学家共同研究的国际合作项目的完成，特别是我提出了一种求解时间像差的新方法，使我的学术工作得到了国际上的承认，被认为“创立了自己的科学学派”。我被国外大学授予名誉博士称号并当选俄罗斯联邦工程科学院外籍院士。

最根本的是我赶上了十一届三中全会的好时机，我国实行了全面改革开放的国策。“科学是第一生产力”，尊重知识，尊重人才，使我们知识分子有了用武之地。“文革”时，在干校，我偷偷看书，被某领导看到了，他批评我“没有钻研农业，做一辈子在农村务农的准备”，我说，我被送到苏联留学是为了将来更好地用自己的知识报效祖国。要我在农村待一辈子，那上大学、出国留学都白学了。我心中十分苦闷，后来张铁生白卷事件出来后，我更失望了，感到国家的希望和个人的前途都很渺茫。自1958大学毕业到1977年20年间（26~45岁，思想最活跃的时期），我仅发表三篇文章和报告是用自己名字的署名的，是在苏联用俄语写的。而我在那期间写的教材3部，技术报告5~6篇在国内都是用集体署名或假名的，因为怕被扣“白专道路”“成名成家”的大帽子。但1978—1998年20年间我却发表了大约160篇论文。其中有136篇次被SCI、EI等收录和检索，这就是改革开放的大气候带来的。因此，要是没有三中全会改革开放的路线和政策，便不可能有我和千千万万知识分子的今天。我们要把祖国的需要作为自己的奋斗目标，把自己的前途和祖国的需要结合起来，在实现这个目标的过程中锻炼成长。至于说机遇，每个人都会遇到，有人重视，把每一次机遇视为锻炼自己、使自己成长的好机会，努力去奋斗，得到了成功。

第三是要有正确的价值取向和健康的心理。我希望青年学人走踏实而艰难的路，不投机取巧。向一切有成就的人学习，不妒忌他人，同时也支持和帮助别人。这个世界上，没有人能打倒你，打倒你的只有你自己，成功者常常面对的是对自己人格的挑战，人们之间最后拼搏的，是各自的人格力量。人生没有两全，你得到多少，就得付出多少。天上不会掉下馅饼来。

任何一个人，一生不可能一直一帆风顺。“没有挫折的人生很难说是完美的人生”，也许是这样，但有谁希望自己倒霉、受到挫折呢？我衷心希望青年学人，遇到荣誉和赞美，淡然处之，不要被胜利冲昏头脑，飘飘然。遇到困难和挫折，不要灰心，不要被人一压就垮了！压力越大，越要争气。任何时候都保持信念和真诚，保持对祖国、对人民的爱，永远不放弃对事业的热爱和追求。一切官爵虚名都是过眼烟云，只有事业永存。

（五）两点希望

一、我希望新的一代青年人，要珍惜大好时光，不要失去时机。要利用自己年龄上的优势，充沛的精力，对周围事物的敏感，又无日常琐事缠身，趁早努力，去追求，去探索。要知道：“科学是偏爱追求它的年轻人。”我这些年一直向我的研究生们强调：一个青年人应该把自己的精力投身到学习和科学研究中去，不应该将宝贵的时光消磨在游戏式的生活之中。要严格要求自己，也要当一个严格的老师。我非常相信古训：“教不严，师之惰。”

大科学家爱因斯坦说：“现在，大家都为了电冰箱、汽车、洋房去追逐，去竞争。这是我们这个时代的特征。但是，也还有不少人不追求这些物质的东西，他们追求理想与真理，得到了内心的自由和安宁。”

我希望大家想一想，我们的前辈老师们绝大多数工资低，有的退休后过着清贫的日子。但他们一直坚持在教学与科研岗位上，兢兢业业，一丝不苟，直到退休，无论生活多么艰苦，条件多么恶劣，无怨无悔。从他们身上，我们可以看到教育事业的神圣性和中国知识分子的人格力量。我们青年教师应该继承中国知识分子的优良传统。

二、我希望你们在今天祖国进入跨世纪的历史时期时，多想想自己将以什么样的姿态来报效祖国，来回答未来的挑战。我们的国家在党的十一届三中全会的正确方针的指引下，在邓小平的“科学技术是第一生产力”的指引下，科学技术得到了前所未有的发展。知识分子得到了前所未有的尊重。祖国为青年一代特别是青年学者的成长开辟了广阔的前景。要知道，为了培养一个大学生和研究生，政府和人民在每个学生身上要花许多钱。在我上大学时，领导告诉我，培养一个大学生一年是 10 个农民的血汗，一个留学生一年是 30 个农民的血汗。当然，现在花的都是纳税人的钱。因此，不管是你，还是我，今天各位能上大学、当教师，都是祖国和人民的哺育和培养。我们的知识理所当然应该献给祖国和人民。我觉得，人民向你们和我们高要求是很自然的。因此，不论是你们或者是我们，都要对得起祖国和人民寄予的厚望。

我相信，我们的新一代青年学人——北京理工大学的青年教师们是不会辜负祖国和人民的期望的。我还坚定地相信，你们中的绝大多数一定会成为祖国优秀的人才和优秀的人民教师，我还希望在你们中间出现中国科学院院士和工程院院士，甚至诺贝尔奖金获得者。

志存高远，笃学诚行*

——与青少年同学谈成长、成才、成功

“彼人也，予人也；彼能是，而我不能是。”

前　言

我很荣幸到深圳参加“科学与中国”院士专家巡讲团暨深圳首届青少年创客教育活动，今天见到各位青少年同学，就想起我的青少年时代。首先讲一下我自己：1932 年 9 月我出生于上海市一个制药工人的家庭，我是在上海度过我的青少年时光的，亲历了上海沦陷、抗战胜利、国民党统治的年代。1937 年日本军队攻占了上海，我亲眼看到日本侵略者的劣行和暴行，心中默默地愤怒，充满着对侵略者的仇恨。幼年时代的经历使我深切感受亡国之痛苦，家庭和老师的教育使我养成了努力上进、刻苦学习、待人善良的品德。

1949 年 5 月上海解放。我对新、旧社会翻天覆地的变化有强烈感受。解放前，我没有什么理想，家中很穷，我不可能上大学。1948 年，我放弃高中学习，考入国立上海高级机械职业学校（现上海理工大学），想的是早点工作，帮助父亲养家糊口。在国立上海高机，我在地下党引导下接受进步思想，参加了当时的学生运动，但觉悟很低。1949 年上海解放，我目睹新旧社会两重天的变化，深深感到共产党好，真正为人民谋幸福。1949 年 11 月，我成为第一批新民主主义青年团团员。抗美援朝时，我觉得自己少年时觉悟太低，没有为人民革命做出一点点贡献，我应该站出来，保卫人民政权。我踊跃报名参军，后因身体瘦弱，鼻子大出血，未被录取。1951 年，我被分配到上海公私合营华通电机厂工作。1953 年，我作为调干

* 作者曾多次在北京和浙江平湖的中小学以本报告做过讲演。本文是根据 2015 年 10 月在深圳参加“科学与中国”院士专家巡讲团暨深圳首届青少年创客教育活动时的讲演稿整理的。

生考入北京工业学院（现北京理工大学），毕业后留校任教。1962 年我到苏联留学，获苏联物理数学副博士学位，1966 年回国。从 1953 年到现在，我在北京理工大学学习和工作了 62 年了。

当年，我上大学时，本可以进入上海最好的大学——上海交通大学。招生的同志知道我有参军保卫祖国的理想和志愿，便动员我报考北京工业学院，制造兵器来保卫祖国，我欣然同意。我从踏入学校大门的第一天，立志要制造最先进的武器来实现自己保卫祖国的心愿。

20 世纪 50 年代初我上大学时，国家很穷，国家为培养我们付出了相当高的代价。我永远记得，那时一个大学生上一年学是 10 名农民一年的血汗，一个留学生留一年学是 30 名农民一年的血汗，是人民的血汗培养了我们成长。当一想起这些，你能不努力，不感恩吗？

我当年的同班同学，都有远大的抱负和报效祖国的志气，学习非常用功，也很有才能。我所在的 8531 班，成绩是全校最优秀的。有一年期末考试，40% 的同学门门功课都考了 5 分，在全校是绝无仅有的。可惜的是，到了 1957 年，8531 班同学在反右中有相当大的比例被打成了右派和受到党团籍纪律处分。但是，这些同学都经受了严峻的考验。事实证明，8531 班同学都是好样的，几十年下来，都成长为某一领域的专家和人才，为祖国建设做出了自己的贡献。

我觉得，今天的青少年是非常幸福的。“天高任鸟飞”，现在是讲科学发展观、以人为本的时代，同学们只要努力上进，前程无量。我非常羡慕你们，因为在你们这一代，将实现祖祖辈辈梦想的“中国梦”，中国将由一个世界大国变成世界强国。你们将看到中华民族屹立于世界民族之林，扬眉吐气的日子了。

1. 成长：成长须立志高远

在座的同学，大概有不少高中快毕业，要上大学了。今天，我想请诸位问一下自己：“我为什么上中学、上大学？我学习目的是什么？”

对这个问题，我想告诉大家的是：“诸位同学读中学、上大学，万勿只想着只要懂了一门专门技术，学几门课，写篇毕业论文，弄个学位，将来读博士，挣大钱；万勿只想着自己和家庭过个安逸生活就满足了，而是要培养自己、锻炼自己，使自己成为振兴中华、建设四化的人才。”

当然，在今天，你们上学的动机会是多种多样，与 20 世纪 50 年代的青年不太一样，那时的青年思想很单纯，上大学想的是要学习知识，报效祖国。我在那时学习的标杆和榜样就是“保尔·柯察金”，要像他那样把自己的一生献给年轻的苏维埃共和国。

虽然时代不同了，但中国历代知识分子的优秀传统是把国家的振兴和民族的兴亡放在第一位，把报效国家和拯救民族作为自己的神圣职责。我们要继承这个光荣传统。人活着需要有信念，有理想，有抱负。你们要在青少年时代严格要求自己，锻炼自己，使自己成为振兴中华、建设四化的人才。祖国要求你们奋发有为，能独立思考，有创新精神，把振兴中华的重担压在自己身上。

我希望在座的各位同学能考虑这样一个问题：“我以什么样的姿态来迎接新的挑战呢？我为自己树立一个什么样的目标呢？”希望各位同学从青少年时代起有以“振兴中华”“建设四化”“赶超国际先进水平”为己任的雄心壮志，立志成为祖国的栋梁之材。

首先要立志高远。我先讲我的志向。解放后，我认识到，中国共产党领导下的人民政权是为了广大劳动人民走上幸福的康庄大道，我的志向是要把自己献给人民，要为祖国和人民做贡献。虽说这个志向是模糊的：怎么做贡献，做什么贡献，都是不清楚的，因为没有自己的专业，没有特长和本领。这个志向只是一个信念，但也很重要。尽管我没有以天下为己任的雄心大志，但我想的是，我一定要有所作为，做一个有为的人，不辜负自己来到这个世上，不辜负国家和人民的培养。

这个志向就是我一直前进的动力，永远没有忘记过。无论我在工厂，在大学，在留学，在学校教书，在科学研究中，不管有多大困难，我从没有退缩、放弃过。

下面我讲讲我在工厂工作和苏联留学时的情况。

1951 年 7 月中专毕业后，我被分配到上海华通电机厂。那时厂里技术员少，故什么都干。我当过工具车间和电表车间的技术员、描图员，搞过模具、电表、电机等，学习到很多东西。1952 年，工厂搞技术革新，我在电表车间，看到工人们绕扁平线圈都是人工手绕的，效率低，眼睛也受到很大伤害。在陈康德工程师的支持下，我提出一种用螺杆转动使漆包线进动绕线的原理，研制了一部绕扁平线圈的绕线车，工效提高了 7 倍半。《上海劳动报》1952 年 6 月 18 日为此专门发了一个报道。看到自己能有贡献，我感到非常自豪。因为这个发明，我的技术职称连升了 3 级，由二级助理技术员升到四级技术员，当时我不到20岁。

1962年，我被派往苏联留学当研究生，这是给我出国深造的机会，是光荣和机遇，也是责任。我当时想，我一定要努力学习，立志完成学校派我出国的任务——掌握夜视像管电子光学系统设计技术。

1962年冬，我到达苏联后，在列宁格勒乌里扬诺夫（列宁）电工学院学习。学习是寂寞和清苦的，主要不是物质，而是精神。开始时，我度日如年，特别想家。那时中苏蜜月时期已经过去，“九评”发表，中苏双方激烈论战开始了。我们留学生自然要坚持和捍卫国家的立场，不可避免要争论并受到误解、冷遇和冷漠。对我来说，中苏论战意味着要坐冷板凳，在寂寞的书案上度过近四年时光。但平心而论，苏联的老百姓和学校的老师们还是善良的，对中国留学生还是以礼相待的。

我那时最苦恼的是学不到我想学的东西，专业方向对不上，指导老师劝我改学他的方向——超高频电子光学，这在当时很时髦的一个方向。而我不愿意，因为我学成了，回到母校没有用。当时，苏方不让我转学，使馆又不让我回国，我只能留下来自己学习。我是完全靠自己研究取得学位的。谁都帮不了我，从立题、实验、计算、推导，直到撰写学位论文，都是在孤立无援的情况下完成的。我答辩时，苏联两位著名电子光学专家给了很高的评价，答辩委员会22人一致通过我的数学物理副博士学位论文答辩。我是靠自己的信念坚持下来的，无论板凳多么冷，环境多么冷漠，我一定要努力完成交给我的任务。

信念是一种毅力。没有信念，就没有干下去的力量。信念就是支持自己的精神力量，相信自己走的路是对的，就会坚持不懈地试验和探索，大脑就会不停地思考，就会产生创意和思想。

当第一次做文献摘录时，我在笔记本的封面上用俄文写下了这样几个单字：志气+耐心+方法=成功。这可以说是我在留苏时期的“座右铭”。

同学们虽然年轻，但也要为自己树立一个高的目标，立志使自己成为一个有高度文化素养和科学素质、德智体全面发展的人才，为祖国的四化事业做贡献。

我觉得，目前高等教育上的众多缺陷之一，是只注意知识的传输，不重视或少重视理想、志气的教育以及才干、能力的培养。我在上大学时，对自己的要求是比较严格的，大家可以从我当年的笔记本看出我的学习态度；在我执教50余年间，我对我教的大学生和研究生也是严格要求的，坚决反对游戏人生的态度。要知道，求学时期培养自己正确的人生观、世界观、价值观，对于自己的成长是非常重要的。

我一生成就不大，但自问对自己的要求是比较严格的，没有虚度光阴。我坚决反对游戏人生的态度。当看到部分学生颓废，不努力学习，通宵玩游戏，我非常生气和难过。希望同学们朝气蓬勃、有抱负、有理想、有志气，不甘心平平庸庸度过一生。

青年人要关心国家大事。中国知识分子的优秀传统就是把自己和国家、民族的兴亡联系在一起。陆游的《示儿》一诗："王师北定中原日，家祭毋忘告乃翁。"他到临终时想的还是何时国家强盛，恢复失地。我们的老师和前辈，为了祖国的强盛，献出了自己的才华和青春，甚至生命。我们青年人要有忧患意识，有人还在欺负我们，还在进行经济侵略，还想分裂我们的国家，原因是我们的科技还落后，经济和国防还不够强大。我们青年人应该有志气，把振兴中华、建设四化的神圣使命自觉地压到自己的肩上。

当代青年人对当今社会应该有一个正确的理解。自 1978 年党的十一届三中全会以来，中国发生了翻天覆地的变化。比起 37 年前，社会在向前发展，有很大的进步，人民的生活水平有很大的提高。这是有目共睹的。你们很幸运，生长在这个年代；没有经历我们这一代欢乐与痛苦交织、前进与彷徨交替的曲折阶段，我非常羡慕你们。但是，任何社会都是"一边是严肃的工作，一边是荒淫与无耻"。中国哪个朝代都有奸臣、汉奸、卖国贼，但也有像岳飞、文天祥、史可法、海瑞那样精忠报国、为民请命的民族英雄。当代的中国也不例外，我们有周恩来、邓小平、胡耀邦、彭德怀等中国人民的优秀儿子，但也有"四人帮"等败类以及贪官污吏。众多的消极和腐败现象把国家搞得乌烟瘴气，使我们每个热爱祖国的人非常愤慨，但消极和腐败现象不应影响我们青年人的责任感和使命感。

我们的国家现在欣欣向荣，蒸蒸日上，我们年轻时所做的强国梦，基本上都实现了。祖国会越来越强大，日子会越来越富裕，生活会越来越好。但你们要努力啊！

下面我进一步讲"立志高远"的问题。我认为，立志并不是一句空话，而是要用自己的行动去实现自己的决心和誓言。

首先，立志要有自信心，要有自强不息的精神。其次，立志要走自己的路，要创造自己的东西，最后，立志要排除万难，对从事的事业有献身精神。

信心是事业的立脚点。中华民族是伟大的民族，出了许多优秀的科技人才。如李四光、华罗庚、邓稼先、钱学森、王大珩、孟昭英、杨振宁、李振道、丁肇中等科学家，他们为世界科技的发展做出了巨大的贡献。我们年轻人要对我们的民族有信心，也要对自己有信心。为什么觉得自己不如别人呢？“彼人也，予人也；彼能是，而我不能是。”我们要有赶超世界先进水平的志气。

立志要走自己的路，要创造自己的东西，作为一个科学人，我们对待前人的宝贵遗产，既要尊重，又要发展。历来的开拓者、先驱者、创造者都是敢于创造、敢于改革的人，科学就是这样前进的。因此，我们不能跟着前人的脚印亦步亦趋地走，我们要有所创造，有所发现，有所前进。因此，希望我们的青少年不要忘记自己的志向，立志在未来的事业上做出一番成就来。

我在研究电子光学时，开始什么也不懂。我想，不懂就学，贵在坚持。一年不行，就五年、十年、廿年，我总能攻下这一难关。我到苏联留学时，指导教师要我改方向，搞超高频电子光学，改方向我就很快能拿到学位。但我想，我毕业后要回母校工作，我留学就要学夜视中的电子光学，为祖国的国防服务。我不能改这个方向，哪怕立即停止学习回国也可以。于是在苏联列宁格勒近 4 年的时间里，我是靠自己的钻研、自己的毅力以及永不言弃的决心，排除一切困难，才拿到博士学位的。

1978 年，英国伦敦召开两个国际学术会议。会议的组织委员会主席邀请我出席并宣读论文。我在会议上发表了“同心球电磁聚焦系统的电子光学”一文。恰巧美国的 Choudry 教授也发表了相近的论文，我们俩一前一后宣读。会后，会议论文集“电子学和电子物理学的进展”第 52 卷仅收入我的论文，Choudry 教授立即向我发出到美国讲学、访问的邀请。1993 年和 1994 年我出版了我的专著《宽束电子光学》和《宽电子束聚焦与成像——周立伟电子光学学术论文选》。这是我从事科学研究 30 年的结晶。我的工作得到了国内外学术界的承认，俄英法德日荷等 12 名著名学者给予很高的评价。我的科研得到了国家科技进步二等奖、三等奖、部科技进步一等奖、二等奖等荣誉。专著《宽束电子光学》荣获第 8 届中国图书奖、第 2 届国家图书奖提名奖、第 7 届国家优秀科技图书一等奖等荣誉，国内外一些院校授予我一些荣誉称号。1999 年我当选中国工程院院士。2000 年我当选为俄罗斯工程科学院外籍院士。诺贝尔奖金获得者普罗霍洛夫院士给我的贺信中说："您创立了您自己的学派。"21 世纪以来，我与俄罗斯普通物理研究所进行科学合作，2004 年我提出了直接积分法研究电子光学成像系统的时间像差理论，这个理论已被国际电子光学学术界接受。

我在成像电子光学上的成就是：把静态电子光学和动态电子光学及其像差理论用统一的理论说明：空间像差由近轴横向像差和几何横向像差组成，时间像差由近轴时间像差和几何时间像差组成，二者具有相似的形式。在成像与像差理论和系统设计上提出一整套独特的方法，得到了国内外公认。

如果总结一下，我想，我并不特别聪明，更不是天才。我所拥有的最主要的是志气，是韧性和毅力，是永不言弃的决心，是几十年坚持不懈投身到科学研究上。

我希望同学们"志存高远"，有一个远大的志向。有志则有为，要立志不庸庸碌碌度过自己的一生，一定要在祖国的四化建设中有所贡献，做出一番成绩来。而且，从现在开始就努力，严格要求自己。

2. 成才：成才须笃学诚行

笃学诚行，讲的是，在成才的途径上，为学要努力勤奋，为人要诚实笃行。我先讲为学要努力勤奋。

四书中的《中庸》第 20 章最后三段（下面我用黑体字标出），系统论述了古人的治学，表达了中国传统文化的精华。

"博学之，审问之，慎思之，明辨之，笃行之。"

我译为："博学知识，详问原由，慎密思考，辨论明理，实践笃行。"

"有弗学，学之弗能，弗措也。有弗问，问之弗知，弗措也。有弗思，思之弗得，弗措也。有弗辨，辨之弗明，弗措也。有弗行，行之弗笃，弗措也。"

我译为：要么不学，学就要学能掌握，绝不半途而废；要么不问，问就要问个清楚，绝不轻易罢休；要么不思，思就要思有创意，绝不稀里糊涂；要么不辨，辨就要辨明道理，绝不模糊马虎；要么不行，行就要行得彻底，绝不虎头蛇尾。

"人一能之，己百之，人十能之，己千之。果能此道矣，虽愚必明，虽柔必强。"

我译为：别人一遍能做好，我做它一百遍；别人十遍能做好，我做它一千遍。果真这样做了，愚蠢必会变得聪明，柔弱定会变得刚强。

从上面的文字可以看出，前两段，谈古人的治学：学—问—思—辨—行，这五步，每一步，若未“能—知—得—明—笃”，“弗措也”（绝不休废停止也）。可见古代治学，是十分严格、严密、严肃的，即今人所说的严谨。最后一段，就特别强调一个“勤”字。在治学上，“勤”最重要；人不怕笨，就怕没有克服困难的毅力。一个人只要勤勤恳恳，投入比别人更多的劳力和时间，就一定能有所创新，变愚蠢为聪明，变柔弱为刚强。

同学们可以问每一位学有所成的科学家成功的秘诀，几乎没有一个科学家不把勤奋作为自己成功的第一条。达尔文说：“我所完成的任何科学工作都是通过长期的考虑、忍耐和勤奋得来的。”爱因斯坦在 1953 年说：“我很清楚，我本人没有特殊的天才。好奇心、专心一致和顽强的耐心，结合自我批评的精神，这些给我带来了我的概念。关于特别强的思维能力（脑力），我是没有的；就是有，也只是中等的程度。有许多人的思维能力，比我强得多，但却未做出任何惊人的事业。”爱因斯坦是一位伟大的科学家，是 20 世纪的天才。尽管今天物理学上有不少发现，但还没有人像他的发现那样伟大而深刻。

我是一个中等资质的人，并不是一个很聪明的人，但我自问是一个勤奋的人。我今天向大家展示我在大学时代的学习笔记本、实习日记本以及在苏联撰写的物理数学副博士学位论文。可以看出 20 世纪 50 年代的同学学习的勤奋状况。我的这些材料大都进入学校档案馆和绍兴科技馆。此外，我还有几十本科研笔记本和几百篇论文、几百份手稿将捐出。

我们每一个人都知道“天才出于勤奋”的名言，这就是说，离开了勤奋，就不会有真正的天才。但是，并不是每一个努力勤奋的人都能有所成就，成为科学人才。这里需要注意三个问题：

一是勤奋要有正确的方向。要认准方向。这就是说，要看准时代的要求、科学发展的趋势和所从事学科领域内有重大意义的攻关目标。认准了这些，勤奋学习，刻苦工作，就有希望做出贡献，成为优秀的科技人才。盲目勤奋的人不少，他们很刻苦，书念得很多，但针对性不强。有的人越读越害怕，没有自信心；有的人越读越愚蠢，钻牛角尖，终于一无所成。

二是勤奋要讲究科学方法。我曾经说过：“科学研究没有一成不变的方法，也没有万无一失的共同模式，但它是讲究方法的。”方法对头，则事半功倍。上面讲的“中庸”提出的“学—问—思—辨—行”研究学问之道，就是科学研究应该遵循的方法。

三是勤奋要耐心加细心。当研究方向对头，目标也明确时，则攻关最需要的是耐心和细心。一个科学家要具备“板凳能坐十年冷”的韧劲，以有所发现、有所创造作为其工作的最大快乐和最大奖赏。居里夫人从400吨铀沥青矿物、200吨化学药品、800吨水中提炼一克的镭。一点一点的分离、测量、提纯，付出了多大的劳动啊！她把握了正确的方向，耐心、细心加事业心，孜孜不倦、献身科学，成为科学家的典范。

当然，并不是勤奋都会有结果，有回报。有时需要等待，积蓄力量，再多看一些书，再创造一些条件，甚至有些问题可以搁一搁。

下面我讲为人要诚实笃行。

学校历来是一个把传统的财富——知识、信念、道德力量从一代传到一代的最重要的机构。与过去相比，今天更是这样。由于现代经济的发展，家庭作为传统和教育承担者的功能，已经削弱了。人类社会的延续和健全要在更高程度上依靠学校。但人们有时把学校简单地看作一种工具，靠它来把最大量的知识传授给成长中的一代。这实在是一种误解，传授知识并不是学校的全部任务。

学校要培养科学与人文和谐发展的人。学习理工科的同学，单学理工专业知识是不够的，应当同时具备“对美和道德上的具有鲜明的辨别力”（爱因斯坦语），尊重和珍惜他人的劳动，有高尚的理想情操，在从事默默无闻的工作时自持、镇静和心安理得；有批评性的独立思考精神、对研究对象诚挚的兴趣和追求真理的渴望。

在中小学阶段，我的体会是，最重要的不是分数，而是养成读书的习惯。多读书，读好书，把读书成为自己的一种生活方式。阅读是一个人进步的基石。一个人有书读就幸福，而读到一本好书时是最快乐的事。书不仅增进了知识，而且给人以思想活力、启发智慧。为了适应时代发展的需要，要从青少年时代起就学会自学，它是提高自己才能的重要手段；还要努力扩大知识面，提高软实力。热爱学习和阅读将使自己的生活丰富多彩。

其次，要学会写作。因为做学问，第一步，就要应用语言、文字将自己的思想，所思考、所发现、所研究的事物简单、清晰、明确地表达出来。文字是美的一种表达，好的文字能将心中美好的东西启发出来。它不仅使你看问题有深度，而且有自己的风格。古人云：“言而无文，行之不远。”人文知识的积累，对做学问或做人都有好处，而且影响到自己的一生。

人文知识重要，但更为重要的是一个人应具备的人文精神和人文气质。人之所以能称为人，是他（她）活得有尊严，懂得善恶美丑，懂得日常生活和为人的一些基本准则：爱什么？同情什么？追求什么？保卫什么，反对什么？什么是高尚的？什么是卑鄙的？等等。爱因斯坦是20世纪最伟大的物理学家，但他把人文精神看得比第一流的科学发现还要重要。他说：“光有知识与科技，并不能使人类过上幸福而优裕的生活。人类有充分的理由把高尚的道德准则和价值观念置于客观真理发现上，人类从佛陀、耶稣这些伟人身上得到的教益，对我来说比所有的研究成果更为重要。”这就是说，一个人没有人文精神的涵养，即使学富五车，在精神境界上也未必远离禽犊。

作为一个知识分子，我认为，必须具备两种品质：一是知识技能，能从事脑力劳动职业，如教育、科学、技术、医学等等。二是社会良心，他应是一个有信念的人，忠诚祖国和人民，以人为本，能维护人类基本价值如自由、公正和理性等。

无论是大学还是中小学，学校的教育应时时刻刻贯穿“以人为本”的思想，永不忘记培养的是“人”，不是“工具”。学校不应仅是传授科学专业知识的场所，而应是人文社会教育、人文精神熏陶的园地。教育必须注重人文精神的培养，潜移默化地教育学生做一个真正的人，一个全面发展、德才兼备的人，一个对祖国、人民和社会有益的人。

同学们应该懂得，学习知识是服务祖国、人民和社会的重要手段，而学会做人是立身之本。有了知识和能力才能服务社会、回报社会，而人品就是人文气质与人文情怀，也是他（她）的世界观、人生观和价值观。

情商和智商均有先天因素，但情商更大程度上是青少年时代特别是大学时代培育起来的。学生时代，一方面在知识领域打下了扎实的基础；另一方面是培育人文精神。要以身作则，为别人着想；为人要大度、坦诚，要诚恳待人；做事有诚信，要与人为善；要善于学习，虚心接受各方面的批评。

我希望，我们的青少年成为一个德智体全面发展的人，一个科学与人文和谐发展的人。你们正处在成才期，希望在你们身上，能够积淀祖国优秀文化的底蕴，汲取本民族和人类精神之精华，具有很强的判断力、美的欣赏力、适应变化的灵活性和自信心。希望你们具有丰富的历史知识，理解人类文化和价值体系，并把这种知识与其很强的判断力结合起来，批判地思考科学、道德、伦理和社会等问题。希望你们具有敬业、勤奋、团队精神以及善于交流的能力，能与周围的人很好地合作共事，为祖国、人民和社会做出积极贡献。

3. 成功：成功须恒心毅力

我认为，要想成功，最重要的东西是恒心和毅力。

人生的每一个阶段，从成长、成才直到成功，都需要坚持不懈的努力，需要持之以恒的毅力。要想生存下去，实现自己的梦，最重要的也是恒心和毅力。只是聪明的人不一定能成功；但具有恒心和毅力加聪明的人才有可能成功！旁观者称之为是智慧。因为，有恒心和毅力的人就会坚持朝着自己的理想和信念去努力，而在努力的过程中，聪明的成分才能转为成功的要素。

人的一生是一个过程，有的人较多吸收这一过程中的认知，也能够较多地积累生存经验，更能够较多应用经验作为自己生存的技能。于是，这样的人生被大家总结为是智慧人生。相反，可能有些人比较晚、比较懒、比较慢的吸收、积累并不会去应用它。

我认为，人的聪明程度是相差不多的。所有人的思维与行为，包括处理事务的条件反射，都是基于自身的已知为前提的。经历不同，已知也就不同，也就形成了条件反射的差异。因此，人的智慧是积累来的。

以我来说，我个人并不比别人聪明；相反，我认为自己很笨，我仅有一般常人的智力和素质，毫无高明之处。曾经有人问过我成功的秘诀。我说我别的长处没有，但我自问是十分勤奋，研究学问锲而不舍。我有一种要做就做到底的决心和韧劲，不会轻言放弃的。我认为，成功就是当目标确定以后锲而不舍、不断追求的结果，这就是你的恒心和毅力。

我记得，当年在苏联留学期间，做研究课题时，举目无亲，遇到所有的问题都要靠自己解决。虽然很苦，但锻炼了自学、自立、自己动手的本领。实验装置自己设计，跑加工，装配调试、实验、测量；都是靠自己完成的。应该说，我青年时代在工厂做技术员的经历对我在苏联留学是有帮助的。还有，在研究电子光学时，一些德文的文献如 Ruska、Recknagel 等学者的文章，是我必须阅读和弄清楚的，但谁也帮不了我。我就自学德语，找了德俄文法教科书和字典，一点一点抠，把 Ruska 的文章从德文翻译成俄文。有人问我：这需要多大的功夫和力气啊？但我想的是，我没有其他的路可走，我必须自己走下去。

在研究宽束电子光学时，我有一系列的问题，也带来一系列的思考。当我坚信自己的思想和路径是正确的时，我便要在这一领域创造自己的理论体系，决不放弃自己的追求。我从特殊的理想模型中找出科学研究的切入点，总结了一些科学规律，把一些最基本的问题吃透了，便研究电子光学的一些普遍性问题，把静态和动态电子光学的问题用我的理论体系进行阐释，创立了自己的科学学派，得到了科学界的承认。

我认为，成功最需要的品质是坚毅。坚毅的意思是“向着长期的目标，坚持自己的激情，即便历经失败，依然能够坚持不懈地努力下去”。因此，一个人是否聪明过人并不要紧，能坚持到底，不怕吃苦，一定要弄个水落石出，这才是最重要的要求。

我还认为，为人最重要的品格是诚信。一个人本事再大（能力强、学问大），若无德行做根基，就有可能会贬值，被弃用。唯有诚实守信的人，纯正无私的人品历久弥显，不仅不会贬值. 而且还会升值。其实，很多时候，从少年时代起，人品就已经决定了结果。

4. 路在足下，踏踏实实从现在做起

这里，我想给同学们一些具体的建议。你们现在正处于成长时期，成长时期最重要的就是打下坚实的基础，立志高远要从打基础开始。否则，空谈自己远大的抱负和伟大的理想，而从不脚踏实地向前进，不会有什么结果的。

你们都是中小学生，有的是大学生和研究生，我也是这条路走过来的，我讲自己的几点体会，供你们参考。

王大珩先生有一次讲话，标题是“传承拓新，寻优勇进”。他教导我们在继承前人的基础上创新，寻找最优的道路勇敢前进。

今天，对大家来说，继承前人的知识、思想和成就，是自己的主要任务。首先要在中学和大学期间奠定基本理论和专门技术的基础。要打好基本功，使自己具备以下能力：基础理论的能力、知识的灵活运用能力、实验和基本技能的能力、计算机能力、外语能力、口笔交流能力，检索文献

能力以及利用各种先进工具（软件及编程）的能力。最重要的是自学能力。读书时想问题、找问题、提出问题，对所学的东西要持批判态度。

知识的获得，非一朝一夕之功，必须从一开始注意积累。那么，一个现代的大学生面对日新月异的科技发展应该怎样学习呢？我提出以下几点，供各位参考：第一，要学会检索文献资料；第二，要善于选好书、读好书，围绕工作进行学习；第三，要勤做笔记；第四，读书要持批判态度，要思考问题。

高校培养的专家起决定意义的，与其说是掌握大量具体的知识和技能（这是必要的），不如说培养获得这些知识和技能的能力。总的说来，在当代，作为大学所实施的教育，并不是单纯传授现成的知识，而是重在开辟知识的基本途径，获得知识的方法，培养学生思考的习惯和批判探索的精神，以求获得自动求知和不断研究的能力。学校首要的任务是教会大学生和研究生思考，培养他们进行独立研究的能力和创造性才能。

结束语

同学们，我的少年时代正处于上海沦陷时期，1937 年八一三事变后，日本侵略者占领了上海，把中国人不当人。我家住在上海郊区临青路大街的同德堂药店，正对面是码头的入口；日本兵在那里设有岗哨，对进出的行人和货物进行盘问检查。我每天可以见到这样的场面：日本兵的刺刀常常刺到老百姓所带的物品中，还强迫我们的同胞举着手靠墙跪着。我看着这一切，心中默默地愤怒。虽然我们是小孩子，但都有切身的国破家亡之痛，心中充满着对日本侵略者劣行和暴行的仇恨，都知道“汉奸”和“卖国贼”是最可耻的，“做人要有气节”深深植在我们幼小的心灵里。小学的老师们虽然并没有直接教导我们怎么去打击日本侵略者，但给我们讲民族英雄岳飞、文天祥、苏武、史可法、郑成功的故事，唱《满江红》《毕业歌》等歌曲，教导我们不要忘记自己是中国人。我至今还记得“人生自古谁无死，留取丹心照汗青”等著名诗句。记得《毕业歌》的歌词：“同学们，大家起来！担负起天下的兴亡。”“我们今天是桃李芬芳，明天要掀起民族自救的巨浪。”这首歌使我们热血沸腾，真想走出校门，去挽救危亡的祖国。我长大后，才理解教我的中小学老师们，知道了作为一个教师身上的责任：教师不仅应是科学文化知识的传授者，更重要的应是人文精神的传递者。这就是人文精神的传承力量。

人文精神是一代一代传下来的，它告诉我们爱什么、恨什么、坚持什么、反对什么。我的父母亲，像许多老百姓一样，很少文化知识甚至是文盲，也说不出什么大道理。他们勤劳诚实、正直无私、善良淳朴、乐于助人，默默地工作着。父母亲教导我，再苦再穷，不能坑蒙拐骗，要好好读书，做一个诚实的人。在学校里，中小学老师教我们要自爱爱人、热爱自己的祖国和民族，不能当“汉奸”和“卖国贼”；要有恻隐之心，对弱者有同情之心，长大后要把自己所学的献给祖国和社会，做一个对国家、对社会有用的人。学校和家庭的教育使我明白很多道理，对我的一生有很大的影响。小时候，我和父母亲到杭州拜岳庙，看到民族英雄岳飞的墓前，有秦桧夫妇等四人的跪像，老百姓十分憎恨他们，对他们吐唾沫。这是千古的判定，他们永远受到人民的唾弃。岳飞死于 1142 年，870 多年来，人们一直怀念他、学习他。人文精神是一种无形的、巨大的精神力量，而“自强不息”最能代表中华民族的一种人文精神。

现在我们的中小学教育实行素质教育，大学教育实行通才教育，我认为是很正确的。我们的教育应该时时刻刻贯穿“以人为本”的思想，永远不要忘记我们培养的是“人”，而不是“工具”。学校不应仅是传授科学文化知识的场所，而应是人文社会教育、人文精神熏陶的园地。学校要潜移默化地教育学生做一个真正的人，一个全面发展、德才兼备的人，一个对祖国、人民和社会有益的人。要使学生们懂得，学习知识是服务祖国、人民和社会的重要手段，而学会做人是立身之本。

我衷心希望青少年同学自尊、自爱、自信、自强、学会感恩。

自尊：是健康人格的基石，是一种对自己人格的重视和肯定。自尊就是尊重自己、爱护自己，从身体仪表到行为、心灵，维护自己作为个人的尊严，不做有损人格的事，也不容许别人歧视或侮辱自己。

自爱：“知者自知，仁者爱人”。学会自爱。具体讲就是遵守国家法律、行政法规，遵守校规校纪，符合社会公德要求，体现素质修养。自爱，从潜层次上讲：爱我名誉，爱我身份，爱我人格，爱我年华；扩大到爱我集体，爱我中华。

自信：心态决定命运。自信是深沉而充满智慧的人格力量。对于个人来说，信心是事业成功的动力之源，要有“天生我才必有用”的自信。有了自信，才能把握机遇，成就辉煌的事业和卓越的人生。哈佛大学一次调查：一个人胜任一件事，85% 是态度，15% 是智力，如果自信，事情便能办好。当然，自信不是夜郎自大，孤芳自赏，更不是毫无根据的自以为是的盲目乐观。

自强：当代青少年身上应该体现出一种奋发图强、勇往直前的精神和坚韧不拔永不言败的顽强意志。

感恩：感恩就是“乐于把得到好处的感激，回馈给他人和社会”。

我衷心希望新一代青年人，要珍惜大好时光，不要失去时机。你们现在有年龄上的优势，精力充沛，对周围事物敏感，又无日常琐事缠身，应趁早努力，去追求，去探索。要知道：“科学是偏爱追求它的年轻人。”我这些年一直向我的研究生们强调：一个青年人应该把自己的精力投身到学习和科学研究中去，不应该将宝贵的时光消磨在游戏式的生活之中。

大科学家爱因斯坦说：“现在，大家都为了电冰箱、汽车、洋房去追逐，去竞争。这是我们这个时代的特征。但是，也还有不少人不追求这些物质的东西，他们追求理想与真理，得到了内心的自由和安宁。”

我希望大家想一想，我们的中小学教师绝大多数工资低，有的还在过着清贫的日子。但他们坚持在教学岗位上，兢兢业业，一丝不苟，无论生活多么艰苦，条件多么恶劣。从他们身上，我们可以看到教育事业的神圣性和中国知识分子的人格力量。

各位同学，20 世纪 50 年代新中国培养起来的一代青年，他们具有远大的理想，以祖国的需要作为自己的志愿，他们没有辜负人民的期望，为人民、为祖国做出了自己的贡献。现在，这一代人（包括我在内）都老了，不可避免地要退出历史舞台。历史的重任将落到你们这一代跨世纪新人身上。跨世纪的新人应该是具有远大理想、坚定信念的一代，勤奋学习、刻苦钻研的一代，脚踏实地、艰苦创业的一代，德才兼备、求实创新的一代。中国的和平崛起要靠你们，我们做老师的，把接力棒交给你们，希望你们不要辜负老师们的期望。

我相信，我们的新一代青少年是不会辜负祖国和人民的期望的。我还坚定地相信，只要努力，你们中的绝大多数一定会成为祖国优秀的人才。

下面我把 10 年前学校开学时赠给大学生关于治学的体会送给你们，作为本文的结尾，供各位参考。

治学六字

治学之道，有六字要诀：“志、勤、识、恒、法、创”。

有志则有为，志向远大，断不甘居中下流，以献身科学、科教兴国为己任；

有勤则有才，业精于勤荒于嬉，“天才出自勤奋”，不能有一日之懈惰；

有识则有求，知学问无尽，不敢以一得自足，虚心求实，力戒浮躁与骄傲；

有恒则有成，坚韧不拔，认定方向，严苛律己，不半途而废，则断无不成之事；

有法则有能，讲究科学方法，兼容并蓄，发幽阐微，见微知著，方有能力做大学问；

有创则有新，锐意创新，敢为天下先，想别人想不到的，才能赶超世界先进水平。

此治学六字赠深圳市中小学同学们，与同学们共勉。

我的报告完了，谢谢大家。

坚持信念，坚守良知*

——1979级校友毕业30周年聚会的致辞

愿我们顶天立地屹立在人世，不受世俗潮流所裹胁，做一个君子，不做小人；做一个好人，不做坏人；做一个善人，不做恶人。

各位领导，亲爱的校友们、老师们、同学们：

上午好！与“文化大革命”后第一、二批入学的同学会面是一件很愉快的事，因为我和1978、1979年进校的学生之间有许多美好的回忆。“文化大革命”对于教育的摧残曾经使我陷于绝望，“四人帮”的被粉碎，使我感到希望的重生。当“四人帮”被抓捕的消息传来时，我深深感到：“中国有救了。”我曾三天参加游行队伍徒步到天安门庆祝粉碎“四人帮”。高考制度的恢复、学位条例的公布使我对中国教育的新生充满着希望。当1978级、1979级第一、二批学生和研究生入学时，我是非常高兴和欢迎的，寄托着巨大的希望，因为，共和国的科学研究和教育队伍断档了10年之久，祖国太需要人才了。

我是1953年进入我校学习的，可以说是新中国自己培养成长的第一代知识分子，我们这一代肩负着建设祖国的创业任务；而1978级、1979级进入大学学习的一代，是“文化大革命”后成长起来的第一代知识分子，肩负着改革开放、实现四个现代化的重任。这两代人，虽然年龄上相差近20~30岁，但经历上有很多相似之处。前者经历了1957年的反右运动，不少同学被划为右派，赶出了课堂，历尽人间沧桑。而后者，即你们这一代，到了20世纪六七十年代“文化大革命”时期，本应该是求知识、学本领的年纪，被“上山下乡运动”都赶到农村去务农了。当我们和你们走进学校大门时，都觉得学习来之不易，特别珍惜上学的机会。1978级、

* 本文发表在《京工人》No.27，40-41，2013年4月。

1979 级同学和研究生，给我最深刻的印象是，学生们太刻苦勤奋了，而生活太艰苦了。那时，我不是担心他们学得不努力、不够勤奋，而是担心他们这样日以继夜的学习把身体搞垮了，要他们保重身体，细水长流。那时的学生都很贫困，因为没有钱，吃得差，主要靠主食填饱肚子，而学习每天从早晨熬到深夜。我们作为教师也一样，也很贫穷，上有老，下有小，生活十分艰苦。有一次，一位学生到我家，16 平方米的房间，4 张床，住 6 个人，没有家具，甚至没有收音机。他说了一句：真没有想到，老师居然比我们工人家住得还差。但我在学校的生活水平还算中等的。那时的师生关系是很融洽的，我与研究生们是亦师亦兄亦友的关系。一直到现在，我指导过的学生及他们的家庭和我家都保持着亲密的友谊，学生们经常关心我和我的家庭。那时，生活虽然很清苦，但精神面貌非常好，社会风气也好，因为大家对未来满怀着希望，而且深知自己肩上的责任。

自你们毕业走出校门之后，有的成为总工程师、厂长或将军，有的主政一方，当了官员，有的功成名就，有的富有，也有的清贫淡泊。但不管职务大小，功勋大小，校友们都在自己的岗位上为人民做出了奉献，无愧于祖国和人民。校友们的贡献为学校增添了光彩，北京理工大学也以你们为荣。今天，你们返校庆祝毕业 30 周年，看到你们为国家和人民做出许多踏踏实实的贡献，我是很欣慰的。这也鞭策我们这些身为人师的教师们，更应该努力教好学生，教书育人，为人师表，行为师范，传承神圣的教育事业。

今天，我依然怀念 20 世纪 80 年代与你们在一起的时光，那时虽然生活艰苦，但风气很好，我们共同学习、探索、发现、创造。我所带的学生们，朝气蓬勃，踏实勤奋，才华横溢，现在他们都很有成就，才能和贡献都超过了我。那时，我和你们学习在一起，工作在一起，虽然艰苦，但都感到幸福和快乐，支撑着我们大家的是理想和信念。

理想和信念，对每个人来说，都是非常重要的。在我上大学的时候，同学们心目中的标杆和榜样，有两位英雄人物：保尔 · 柯察金和牛虻。他们的英雄主义、不怕牺牲、为正义的事业献身的精神，是同学们心中的楷模。人活着要有意义，要做一个像保尔、像牛虻那样的人，把自己献给祖国和神圣的事业，只要需要，哪怕牺牲自己也行。那时，我们满怀着理想和信念，那就是祖国一定会强大，屹立于世界民族之林。为祖国的强大和繁荣、为人民的幸福奋斗是无比的光荣。

今天，你们回到母校，一定感到，比起30年前，学校大变样了：高楼大厦林立，实验设备先进，各门学科人才济济，我校的教师和学生们绝大多数努力勤奋、踏踏实实地学习着、工作着、奋斗着，为祖国的科教事业做出自己的贡献。学校的各大学院，人才辈出，他们中有好些像你们一样，是在“文化大革命”后成长起来的，已经挑起了学校教学与科研的大梁了。现在，学校已涌现出一批杰出青年基金获得者、长江学者、特聘教授、跨世纪人才及创新团队等；近年来，科研经费已达到16亿元，此外，还有一批很年轻的只有三十来岁的青年教授在成长，他们是理工大学的希望和未来。时光过得真快啊！我相信，再过30年，你们到我的年纪，母校将更加辉煌。

今天，当我们相聚在一起，纪念我们1979级同学毕业30年，怀念我们逝去的青春。我衷心希望，今天在座的同学们和青年教师们，向我们的校友学习，学习他们继承北京理工大学的光荣传统和艰苦奋斗的延安精神，“学以精工，德以明理”，不畏艰险、勇攀高峰，团结协作、淡泊名利，在教学和科学研究中取得更大的成就。

中国社会经过30年的改革开放大大进步了，国力增强了，人民的生活有了很大的改善，但贫富差距扩大了，社会盛行“丛林法则”，两极分化、贪污腐败、滥用职权的现象变本加厉了，不公平和不正义的现象触目惊心。特别令人痛心的是，现在有不少人丧失了善恶观念和区分是非的能力，假恶丑滋生起来了，真善美被颠倒了，追逐权力或金钱竟然成为生活的一切。当我看到这些，再回想自己青年时代对美好社会的向往，心中有种说不出的滋味。当年我和你们在一起，虽然困苦，但感到幸福，感到有希望；而今天，虽然生活富裕，吃穿不愁，但社会上，不真实的东西太多了，不公平、不正义的事情太多了，困惑不是减少了，而是增多了；幸福的感觉减少了，幸福之路迷茫了。

依我看来，现今的人们，特别是青年学人，并不缺少聪明和智慧，但在时代的车轮下，潜规则悄悄流行，甚至被默认了；浮躁和急功近利之风盛行，争名夺利不以为耻，反以为荣；“精致的利己主义”大行其道，说得冠冕堂皇，实际处处为自己算计；学术不端和弄虚作假正腐蚀着一代青年学人，使我深深感到困惑和不安。我衷心希望他们能有所警惕，严格要求自己，做一个诚实正直、奋发有为的学者。

我已经老了，老态龙钟了，眼睛看不清了，耳朵听不清了，头脑不清晰了，但我一点也不难过，因为生老病死是自然规律。我衷心希望，当我变得很老时，当在座的你们变老时，思想并没有变老，心也没有变老，虽然我们不能像青年时代那样风华正茂、挥斥方遒，但依然奋发向上，豪情满怀。在这变革的年代，真善美与假恶丑并行，一边是严肃的工作，一边是荒淫与无耻。我们依然需要坚强，需要激情和理想，需要骨气，坚持信念，坚守良知。我认为，人的一生，无愧于祖国和人民，这比任何成功都更为重要。

愿我们顶天立地屹立在人世，不受世俗潮流所裹胁，做一个君子，不做小人；做一个好人，不做坏人；做一个善人，不做恶人。愿与大家同勉，让我们共同努力吧！

最后祝大家身体健康，快乐幸福。谢谢大家！

对现代科学教育的思考*

——中美现代教育特点的比较分析

教育是把自然人改造为“真正自由的人”，成为一个有思想的人，一个有德行的人，一个对社会有用的人。

前　言

每一民族都有自己的文化传统，它影响着人们的思维方式和思想方法，从而影响着这一民族的教育和科学的发展。科学创造、科学发现、科技创新是靠受过教育的人实现的。因此，今天的教育将在很大的程度上影响甚至决定着受教育者明天的创造才能和成就。

我们的教育，要使学生明白，“学”不仅是一种谋生的手段，“学”是要把自己的学识贡献给国家和社会，为人民服务，使国家更强盛，使社会更美好。此外，还要把“学”视为生命存在的一种方式，使自己的生命变得更为丰富，成为一个大写的人，真正的人，使民族的优秀文化得以传承延续下去。

自 1980 年起，我多次访问美英俄等国，走访了一些学校和研究所。作为一个教师，我当然关心教育问题。下面我对中国与西方（以美国为例）现代教育的一些特点进行分析和比较，看看能给我们什么启示。

一、科学与教育——目的与目标

科学是人类对客观世界（自然界、人类社会与人的思维）的规律性认识，以及由这种规律性的认识建立的知识体系。科学知识是人类认识的成果和结晶。科学不仅是一种推动社会进步的驱动力，也是代表着一种实事

* 本文是 2011 年 4 月在北京理工大学论坛的演讲，曾以“公民教育的思考”为题发表于《科学中国人》2011 年第 4 期 11—16 页。

求是、追求真理的思维方式和生活态度，新世纪公民必备的文化素质。

教育是人类维系社会、发展自身的一种公益性的社会行为，是一个国家、一个民族最根本的事业。教育是把一个“生物的人”在一定的文化、社会背景下，按照国家和民族的需求和方针，培养成一个“社会的人”。教育的基本属性决定了其为公益事业，不应以营利为目的。教育是社会平等链条上的第一环，不应将教育出让给市场。从根本上讲，教育作为一项公益事业，国家要确保教育权的落实。这种旨在提高国民素质的社会行为应该由国家统筹并实施，需要国家负担的必须由政府承担下来。

教育的目的和使命是开发人的智力，培养人的能力，影响人的思想和行为，促进人的社会化，从而推动生产的发展和社会的进步，并使人自身得到不断的提高和发展，逐步成为马克思和恩格斯所说的“真正自由的人”。

教育的重点并不仅仅是学习和传承知识，更不是把学习知识功利化而作为一种工具（或谋利，或谋财，或谋权）。学习知识是服务社会的一种手段，但知识给予人们的主要是文化的传承，人文精神的学习，使自己的思想和人格趋于完善，使社会更加进步。因此，教育不仅关系到学习技能，还涉及尊重生命和人格尊严的价值观。

我们以往的教育缺乏对人的生存和人的本体发展的重要性的认识。教育的确离不开政治和经济并要为它们服务。但教育既不是政治斗争的工具，也不是经济增长的工具。教育是人的权利和义务，只有人个体得到发展，才能为政治经济服务。

恩格斯说：“人类来源于大自然的事实注定了人永远也不可能完全摆脱兽性，所以问题永远只能在于摆脱得多些或少些，在于兽性和人性程度上的差异。”这里，恩格斯认为人的初始是“自然人”，有“兽性”，逐利、争夺、占有、逃避监督是其本性。当前，种种愚昧、落后、迷信及欺骗等恶行说明人的“兽性”没有得到抑制，教育没有到位。当然，问题不仅仅在教育身上。

恩格斯的话说明了教育的必要性、目的和本质。教育是把自然人改造为“真正自由的人”，成为一个有思想的人，一个对社会有用的人，一个有德行的人。一个人，至少要约束自己做正事，不做坏事，遵守法律和制度。

简言之，教育的目的是使受教育者“成人”，是由一个“自然人”转化为“文化人”或“社会人”，而教育的内容是“做人”，使人变得更有能力，更有理想。教育不仅仅使自己变得美好，使自己能发挥巨大的潜能，同时使整个社会变得更为美好。

科学教育的目标不仅在于传播科学知识，更在于培育创新人才，在于培育德、智、体、美、能全面发展又有个性充分发展的一代新人，帮助他们树立正确的人生观和健全的社会价值观，提高国民科学素质和国家民族的创造力和竞争力，培养适应全球化知识经济时代的产业大军、科技创新人才和社会栋梁。

二、浅谈美国的科学教育

在讲这一问题前，先讲一个小故事。2000 年 3 月，我在美国加州硅谷 San Jose 参观了一个技术创新博物馆（The Tech Museum of Innovation）。这个博物馆不仅是当代的先进科学技术与技术创新的展览馆，而且是一个科学普及的教育场所，使各种不同背景和不同年龄的人能体会到科学技术的进步，体会到科技对人类和生活的影响，引起他们对科技探索的兴趣。博物馆内几乎所有的项目都有让你亲身实践或亲自操作的机会。它的一个最主要目的，是向青少年灌输科学思想，使他们亲近科学，成为未来的科学与技术创新的专家。我回国后，中国科技馆在北京已开幕。我参观后，给我的印象是并不比美国的逊色，当然最先进的科技内容（如 San Jose 的“技术创新博物馆”展览了一条刚淘汰的芯片生产线等），让参观者动手的机会及参与博物馆创新项目的人远不如美国的多。

那天，在我离开“技术创新博物馆”时，发现博物馆内美国专利局有一个专门的场所，向公众介绍申报专利的知识。在那里，有一群人围着一个六七岁的孩子。这个孩子在参观了一个项目后，对父亲说，他也有一个想法，想报一个专利，他父亲就把他领到美国专利局的办事处那里。一位女工作人员十分认真地倾听这个孩子的想法，说她可为他代写专利申请书，并一点一点记下孩子的描述。周围的人很安静，没有一个人耻笑孩子的幼稚。这件事使我感想很多，这在我国是很难想象的。我们的思想观念是，一个六七岁的小孩子，什么知识也没有，还要想报专利，简直是胡闹。家长首先会阻止，专利局的人不可能热情接待他，周围的人也会耻笑他。在我国，至少在我这一辈，非常可能的是，只要孩子一提出来，家长就会说他胡闹，他的思想（无论成熟不成熟）立刻就被扼杀在摇篮里。

这就是我们与西方科技发达国家之间在传统文化观念上的差异。孩子的想法可能很幼稚、很可笑，但他周围的人首先是鼓励，并不认为他是幼稚可笑的。这样，从很小的年纪起，孩子的心灵上就可以感受到创新之有趣。

中西方文化传统的不同导致教育方法也不同，在家里，我们的家长什么都愿意为孩子做，多替他做一些，孩子便少辛苦一些，学习时间便可多一些。西方的家长比较鼓励孩子自立，比方说，孩子不小心，走路摔倒了，不是立马过去扶他起来，而是鼓励他自己站起来。在学校里也一样，我们的老师希望把自己懂的知识全都教给学生，把所有问题都讲到了，唯恐漏掉一点，有时甚至越俎代庖，帮学生把事情都做了。而他们的老师"少讲多练"，课程很多内容变成了课下作业，让学生自己去学，培养学生的独立能力。此外，我们两国的教育方式上也有很多差异。美国小学教师给一、二年级小学生布置的家庭作业的题目为："气泡"，要求学生回到家中和父母亲一起把气泡做出来，第二天把气泡制作过程在课堂上讲出来，还要把所见到的在空气中飞舞的气泡的样子形象地描述出来。美国十几岁的孩子写作文：《美国的过去、现在和将来》《你对第二次世界大战的看法》等，也是与社会实践紧密联系的。因此，他们从小受到的教育比较宏观，而我们的孩子从小学一年级到六年级翻来覆去写的是："难忘的一件事""最尊敬的人""我最喜欢的某某某""我的理想"等。这种不关注社会，不知道社会需要所培养的"自我"，思想是极度狭隘的。这样的人成长起来，无论做什么都很难考虑自己的责任。

2002 年我曾读了高钢著《遭遇美国教育》中的一篇文章：《域外传真：〈独立宣言〉有什么局限?》。写的是美国一位历史课老师向大学生布置作业，注意，他们是对大学生布置的一个普通作业，完成后可得到 3 个学分的作业。

请看这位历史课老师对学生布置作业的要求：

1. 到图书馆任意寻找 10 本关于美国历史的著作。

2. 用自己的语言分别写出这 10 本著作的内容概要。

3. 从每部书中选择你认为印象最为深刻的描写，做 5 张卡片，一共要做 50 张！卡片上要注明作者、书名、出版机构、年代和版本。

4. 由这些书中选择自己认为对美国历史发展进程起到过重要作用的 10 位人物，对每个人物写上一段几百字的评论。

这一作业规定四周内完成。一位年轻的华裔大学生为了回答老师的问题，在图书馆和互联网上找到《独立宣言》的原文和评价《独立宣言》的各种文章，一边阅读，一边作笔记。这位华裔大学生完成了上述的作业，并写了一篇文章，题目是《我们今天离托马斯·杰斐逊有多远》，文章充满了现实批判精神。

如果对比中美教育，自然各有特点，我就不细说了。但美国的小学、中学直到大学，一直都在培养一种非常重要的思维品质——那就是独立思考。他们的学校，经常鼓励孩子们在思考中质疑权威，鼓励他们的挑战精神。另外，学校十分重视人文教育，孩子无论将来干什么，首先应该是个思想健全的“人”，老师培养孩子们对人、对己、对事有一个明确的价值观，这是很重要的。当一个青年学人在成长的过程中，他所受到的教育就是只有理性地看待前人，才能更确切地了解前人的建树，认识前人的价值，看清前人的局限，由此生发的对前人的评价才能更加客观。美国的学生并不是我们想象的“一天到晚玩”“学习很轻松”。我在美国时，当看到一些中小学生的作业，很是吃惊。例如，一个高中学生的作业是写一篇“公民权利”研究论文。要求：在 3 到 5 页纸之间，打印出来，要双空行，至少用 3 种资料来源（如网上，书籍等），至少有 5 句引文。论文中要求对比以下四人 Booker T. Washington（布克·华盛顿），W. E. B. Du Bois（杜波依斯），Martin Luther King，Jr. （马丁·路德·金），Malcolm X（马尔科姆·X）关于黑色美国（Black America）的观点，并把贴切的材料纳入论文中。然后，讨论他们关于黑色美国的观点，要把你的想法写进去。还要把你的引文或材料的来源列出来，比如某某网页，某某书等。

可以想象，如果不好好读美国历史著作、不列颠百科全书和《美国读本》这类的原始文献，外加网络搜索，是写不出来的，工作量是不小的。

同样，也是高中学生的作业，要求写一篇关于《南北战争》的研究论文，老师的提示是：

1. 你是否同意林肯总统关于美国不能存活除非它全部解放或全部奴役的声明？请解释。

2. 为什么北方白人反对奴隶制，南方白人拥护奴隶制，但他们都感觉他们在为自由而战？请解释。

3. 自由对于黑人意味着什么？请解释。

4. 林肯总统和格兰特将军表示在内战后，南方不应被粗鲁地对待。为什么这是一个聪明的政策？请解释。

5. 在内战期间，女人开始担任很多以前男人的工作。你能对由于内战造成的社会、经济和政治冲突的问题做出怎样的概括?

6. 构造一个争论，运用历史证据来支持或反对下面的观点：美国内战是地区差别不可避免的结果。

我们从这几位老师布置的这类作业可以看出，它并没有一个“标准答案”，给学生一个可以完全自由发挥的空间。当然，发挥的只是你的思想，你的文字描写，但是对你完成作业的基本方法和投入的工作量是严格要求的。

这些老师深刻的用心还在于，让孩子们在完成这个作业的过程中锻炼阅读能力、概括能力，思考能力、写作能力，熟悉学术研究中的资料收集、归纳整理和综合分析的技术。这可能对孩子们的一生都有用。孩子们的想象力和创造力，可能就是在这样的作业中一次一次、一点一滴被开掘出来的。

由此可见，美国学生的学习也不是轻松的，这样的作业对大学生确实是不小的负担。在完成这种作业的过程中，学生要阅览比教科书上丰富得多的资料，面对图书馆浩如烟海的书籍资料，学生们会留下一个深刻的印象，教科书的内容太有限了，知识的海洋在小小的课堂之外，由此慢慢转化为乐趣，由老师“要我学”转化为“我要学”。而且，这种没有“标准答案”的作业方式也杜绝了作弊的可能性。我在美国加州“San Jose”和“Cupertino”的图书馆里经常看到一些家长带着孩子借书，不是几本书，而是几十本，有时借的书实在太多了，只能用筐载车装了。心里不禁感叹，如果我的同胞也这样爱读书有多好啊!

我认为，这种教育方式是值得我们借鉴的。西方教育在小学阶段就鼓励孩子自己上图书馆查阅资料，并发表独立见解的论文，这种思考并文字化的过程就是一个训练思维和掌握知识的过程，不仅可以训练大脑整理知识，而且可以启发智慧，随之而来的还有心灵上的滋润和精神上的激励。当老师布置这些关于“南北战争”“独立宣言”的作业时，要学生评价华盛顿、托马斯·杰斐逊、林肯等伟人的功绩和局限时，绝不是让孩子简单地肯定或否定这些先人的业绩，而是让孩子们解放思想，开动脑筋，活跃思维。在这个过程中更深刻地了解历史上的伟人们建造的宏基伟业，感受这些历史伟人的不同凡响之处，从而激发孩子们为社会、为人类进行全新创造的内心冲动。……当孩子在阅读各方专家学者对一个事物不同角度的描述与分析时，不仅会打开眼界和思路，而且会发现，对同一件事情，人们会有完全不同的看法，这个世界就是如此的复杂，每个人的观点可能都有他的道理。因此，孩子们就不会轻易相信什么“绝对权威”，同时也不会随便忽视“一家之言”的价值。

如果将它与我们的教育比较，则我们的学生们更多的时间与精力是在仰视前人、模仿前人、复制前人或者说敬畏前人，而不是俯视前人、思考前人、质疑前人，因此也就难以积蓄起超越前人的力量。我们的学生的创造能力不及他们，也许，我们之间的差距大概就在这里。

这就是不同民族之间思想观念的差异。中美文化与教育的差异都是历史形成的，是很难一下子改变的，但是，各民族都有自己的特点和优缺点，承认差异，才能互相沟通，取长补短，共同提高。

中美两国的教育工作者都在研究青少年的教育问题。美国教育界为他们的孩子成绩差、基础不扎实而苦恼：美国孩子在小学和中学阶段，考试成绩在下降，有一段时间，在世界上的排名仅在第28位或30位，落后于所有的斯堪的纳维亚国家、瑞士、法国和德国。美国教育界认为，问题是多方面的：负担过重的教师没有时间来继续学习；教材过于强调学习现成答案而不是探讨问题，学生的主要精力被用在记忆上而牺牲了敏锐的观察和思维力；重视记忆零碎的信息而不是强调理解学习的内容；重背诵轻论证等。一句话，就是认为美国现行教育制度不利于科学素养的培养。1985年，美国的教育界和科学界于哈雷彗星飞临地球之际启动了旨在面向21世纪人才培养，全面提升公民科学素养，致力于中小学课程改革的跨世纪的“2061计划”。该“计划”坚信，适应21世纪需要的科学素养是美国新生代的希望。此项计划之所以取名“2061计划”，是因为在2061年的时候，哈雷彗星将再次莅临地球上空。照美国人的意思，那是不想让再次飞临地球的彗星看美国人的笑话。言下之意，在2061年美国人在各方面特别是教育仍稳居世界头把交椅。

中国的基础教育有自己的特点和长处，但也有我们自己的问题。美国教育界苦恼的问题，我们也存在，有些更严重。我们现在还有不少孩子甚至连学都上不起，国民义务教育还没有完全普及，还存在一字不识的文盲，实在是令人悲伤。当前，我国教育界担心的问题是学生被沦为背书机器和考试机器；并认为目前这种教育体制过分注重书本知识和事实记忆，不可能培育学生的创造性。我们的教育（学校和家庭的教育）仍然有意无意地在培育和强化服从的思维方式和不能“犯上”的行为准则，以成人的思维来限制、规范孩子，不允许孩子有一点点出格的行为，使他们的自由意志和创造力难以生长。科学创造需要敏锐的观察力、丰富的想象力和冲破传统的灵感。因为敏锐的观察力是把握事物本质特征的基础，想象力则比知识更重要，它把握事物发展的内在联系，是知识进化的源泉，而具有批判精神的灵感则是冲破传统的创造。对不懂的好奇、对未知的探索，是创新的不竭动力，唯有创造力极强的人才能在科学上做出贡献。因此，在青少年时代，十分重要的是鼓励和培养想象力、观察力、探索未知的勇气和批判精神。基础教育应当以启发学生的好奇心作为重要任务，这是原始创新的直接动力。针对这一问题，我国教育界及时提出了发展“素质教育”来代替“应试教育”，以培养创造力作为素质教育的核心，这是完全正确的。

另外，我们不要忽视中美在课程设置和教学方法上的差别，正是这些差别遏制了杰出人才的成长，使青年学子在青少年时代失去迅速发展的机会。高等学校首要考虑的是学生的独立思考和创造能力的培养，当然还有健全的心态和面对困难的勇气。中国人和犹太人，被世界上公认为最聪明、最有智慧的人，从来不缺乏创造的能力，而中国学者当前极需要加强的，是自信精神、怀疑精神、批判精神、独立思考精神和敢于对权威质疑的精神。只要我们树立信心，勇于创造，自觉追求，就一定能够振兴中国的科学和文化，从深厚的传统文化沃土中生长出参天的思想之树，造就出一大批文化大师、科学大师。我深信，在21世纪50年代，即中华人民共和国成立100周年之际，中国科学技术必将全面复兴，进入世界科学技术的核心和前列地位，成为世界科学技术活动中心之一。

三、中美现代教育特点的比较分析

1. 教育传统

中方：教育传统从小鼓励服从——灌输教育；美方：教育传统从小鼓励自由——启发教育。

中方：重视教育是中国文化的特质，父母亲望子成龙，不惜牺牲自己的一切培养孩子成才。但中国长期实行的是计划经济，计划经济强调的是安排和服从，需要的是具有归属性人格的人。中国的传统教育方式，就是靠老师的“灌”和“填”加上学生的“记”和“背”进行的，教育者信奉“读书破万卷，下笔如有神”的方法，认为“巧”是来自于“熟”，没有捷径可走。“种瓜得瓜、种豆得豆”的思维传统成为家长督促学生勤学苦练的强大动力。因此，鼓励模仿重于创造。20 世纪 80 年代以来，中国已由传统的“灌输教育”逐步发展到“应试教育”，而且愈演愈烈。从中小学到大学培养的是应试能力：“贝多芬”（会背就能多得分）。孩子们以考上大学特别是重点大学作为自己的奋斗目标。判断好孩子的标准是成绩好、听话、老实，让老师、家长满意。

我国传统教育的影响是人的社会责任感强，“修身、齐家、治国、平天下”是中国知识分子的传统。社会责任感强对大多数青少年成长的影响是好的（从小有志向，要报效祖国等），也使不少人成才。但传统教育的影响对青年人思想束缚较大，在社会现实的种种怪象的影响下，在愚昧的服从意识的教育下，造成有些孩子从小就双重人格，说一套做一套。此外，我国的现行教育造就了一批高分数、低素质、应考型的孩子，他们记住大量碎片化的、零星的、死板的“知识”，毁掉了不少原本可以具有高素质的孩子。

美方：市场经济讲的是竞争和选择，需要的是具有自主性人格的人，能够在市场经济的游戏规则中生存和发展的人；进行的是“启发教育”，用“尊重”“启发”的观念来引导学生，教导学生如何提出问题、独立思考、运用知识解决问题，鼓励质疑和提问，培养学生的自信心以及分析问题的能力和方法。

美国的教育传统从小就鼓励孩子最大限度地发展自己的能力和兴趣，实现自己的目标。孩子的创新意识从小就加以培养，长大后敢于向权威质疑和挑战，孩子的脑海中没有犯上的意识。

美国教育的影响是自由度大，“自生自长”，思想束缚少。美国学生思想单纯，很少有“两面派”，说一套做一套的。以我们的“标准”来判断，美国小孩太喜欢玩，学习不那么刻苦，似乎也没有报效国家的远大理想，学习基础也不如中国孩子扎实。

2. 思维方式

中国学生：习惯顺向思维；美国学生：常做跳跃式思维。

中方：学校的严格训练培养了学生的严谨精神，线性思维是后天训练的，是中国学生的特点，但恰恰少了一点悟性。背诵是中国学生的主要学习方法，好的一面是主要的，不好的一面是次要的。不通过自己理解而

“死记硬背”固然不可取，但把一切归罪于背诵并没有找到问题的根源。事实上，大部分中国学生是理解后记忆的。

中国学生喜欢从本本中找依据，唯书唯上，极少能重新定义概念，形成自己的科学思维，也很少有人会想到去另辟蹊径。教师喜欢“标准答案”，学生照着做可得高分。学生的个性被扼杀，思维不活跃，没有自由想象的时间和空间。浅尝辄止、急功近利是当代青年学人的最大问题。

美方：思维似乎不够严谨，比较活跃，常常出格，会打破旧的格局，比较会“出题”，好自己动手。教师不强调学生“死记硬背”，常要求学生记住各种实例和案例。教师有些鼓励学生“胡思乱想”，学生喜欢乱闯乱碰，海阔天空，除非他们认为前人的思路对自己有帮助，否则会向完全不同的方向发展。

3. 思想心态

中国学生：好学谦逊，不够自信；美国学生：思想解放，自信张狂。

中方：中国学生学习刻苦，勤奋踏实，表现谦虚，依赖家庭、老师，满足于书本知识，不愿做冒风险的事情，不愿“犯上”、争论和挑战。谦逊和依赖带来了胆怯和缺乏自信的副产品。

美方：美国学生思想解放，有冒险精神，能合群。自信心强，愿干自己喜欢的事，且不畏艰难困苦，但看起来有点自高自大，好高骛远，大有“舍我其谁”的感觉。大胆和自信带来了张狂和傲慢的副产品。

4. 教学目的

中方：重基础知识扎实，读书的目的似乎仅是装知识；美方：重独立思考和创新能力培养，读书的目的主要是学能力。

中方：高等学校的教学注重学习各种基础知识与理论，循序渐进，重继承轻批判。学生的基础知识较为扎实，机械的计算能力强。学习勤奋有余，成绩不错，激情不足，面对新事物总有畏缩心理。

从教育模式上说，我国是“以知识为中心”来建构课程与教学体系，它有三个特点：“教师中心、教材中心、课堂中心”，以培养善于考试的人为目标，把基础知识与基本技能及其解题训练和考试分数作为中心，注重对“语文、数学、英语”这三门主课的系统学习与训练。

从教学方式上说，我国大学教育实际进行的是“原理教育”，似乎只要学会了原理，就能找到分析问题、解决问题的万能钥匙；对“实践教育”重视不够。老师希望把自己懂的知识都教给学生，把所有问题都讲到了，讲课便成为知识的灌输。课程通常都以一本教科书为准，讲完就没有了。教学方法“讲多练少”，以注解式、证明式为主。学生的任务主要是理解老师讲的，只要具有解释问题的能力、作题能力就行，而没有让学生思考，将学生的创造潜能发挥出来，让他们自己去解决问题。中国学生的自学能力和实践能力培养不够。中式教育培养的是抠书本的能力，读书的目的主要是装知识。其结果是，学生的基础知识虽然普遍比较扎实，但束缚了思想和思维，丧失了培养创新意识的乐趣。

美方：美国学校从中小学到大学重视教会学生学习的方法，掌握逻辑思维的方式，而不是告诉学生怎么去做。重独立思考，重创造力、想象力的培养，轻视机械式的学习方式，重视“实践教学”；给孩子们一个鱼竿，让他们自己去发现鱼，把鱼钓上来，并改良鱼饵、鱼竿以及钓鱼的方式。基础知识的积累主要靠学生自己学习，故要求学生自学多，有问题自己想办法解决，自己在深度和广度上延伸。学生阅读能力强，自主意识强，愿意在自己想做的和适合自己做的事情上投入更多的精力，干事胆子大。而设天才班的教育，则使聪明的、悟性强的孩子越来越拔尖，天资弱一些的孩子越来越落后，美国的教育部门并不回避两极分化现象的存在。

美国的“教育模式”，是一种“以能力为中心”来建构的课程与教学体系，它的三个特点：“学生中心、活动中心、经验中心”：以培养善于自我实现的人为目标，注重“独立生活能力、体育艺术能力、科学探究能力”这三大能力的训练；主张学习与教育要满足儿童的内在需要，以兴趣为中心，反对压抑学生们想象力与创造力的死记硬背，强调从做中学，强调学生多参加体育活动与实践活动，要以解决问题为中心多动手做项目，努力培养兴趣、体力、观察力与解决实际问题的各种能力。

从教学方式上说，相对中国的教育而言，讲课时间短，教师很少给学生讲解知识点，通常只在最后提纲挈领地把知识点做一总结而已，而是不断提出各种各样的问题，“少讲多练”，课堂间师生互动较多，以提问式、研讨式为主。引导学生自己得出结论。学生的阅读、思考和写作的量很大，但很少被要求去背诵什么东西。课程很多内容变成了课下作业，让学生自己去学。课程都不是以一本教科书为准，而是布置大量相关的阅读材料，有深有浅。学生需要很多时间在实验室做实验或自己查资料学习。教师注重教导学生能提问题而不是仅仅记住内容，发挥学生的创造潜能，锻炼学生的自学能力。美式教育培养的是解决问题的能力，读书的目的主要是学能力。

5. 人文教育

中方：重视不够，专业知识深，但知识面窄；美方：重视“文理交融”，知识面广。

中方：理工科学生进校后主要学专业知识。专业知识深而知识面窄，而对专业领域之外的知识或常识了解太少。“文理分驶”“重理轻文”造成理工科学生的文化底蕴不强。不少理工科学生只知道片断的事实，缺乏综合的才能，想象力不丰富。语文写作训练到大学阶段便终止了，造成思想表达和思路上的“枯竭”。

美方：无论公立或私立学校，重音、体、美，而轻数、理、化。大学前两年不分专业，重视“文理交融”，理工科学生每学年必须选修两门人文学的课程，使学生有一个较为宽广的知识面。学生的阅读面广，常识丰富。人文教育使学生不仅具有丰富的想象力，而且也有从事各类职业的综合能力及适应性，也有助于提高自身的创造性素质。

6. 创新思维

中国博士生：研究工作亦步亦趋，不敢标新立异；美国博士生：注重研究能力自我培养，敢于向权威挑战。

中国博士生：强调博士制度的研究性，博士学位论文要求有创新性。研究方法和创新思维的训练缺乏，依赖性较大，难于形成创新心理和探索精神。论文工作跟着人家亦步亦趋，东张西望看别人在干什么，好跟着去做。不愿或不信自己能向权威质疑和挑战，最希望自己研究的结论是权威结论的延伸或补充。

美国博士生：强调博士制度的研究性，博士学位论文要求有原创性（originality），注重培养学生的研究能力，特别是独立工作能力。指导教师只定方向和研究内容，其余放手让研究生自己干。美国学生敢于寻找重要问题去解决，也敢于提出问题质疑并向权威挑战，思想上没有什么负担。一般说来，美国博士生的研究条件（实验室设备与科研经费）优于中国研究生。

7. 考核、淘汰制度

中方：严进宽出，考核、淘汰制度不够健全；美方：宽进严出，有一套比较严格的考核、淘汰制度。

中方：进大学不容易，层层考试过关斩将。但只要进了大学门，拿学位容易，而且是学位程度越高似乎越容易。在我国，博士学位论文答辩不获通过而被淘汰是极其个别的现象。中期考核大都流于形式走过场；考核不规范，各行其是，没有把它视为博士生培养质量把关的手段。由于考核、淘汰制度不健全或不重视，培养质量就难于保证。中国博士学位获得者中有为数不少“充数”者，造成国外对中国博士学位的“鄙视”。此外，我国的学制缺乏弹性，往往到时间便一刀切。

美方：进大学相对容易。大学有严谨的质量控制体系，取得学士、硕士学位相对容易，但获得博士学位并不容易。在美国的较好院校，当了博士生，并不能保证都拿到博士学位。西方国家的大学包括俄罗斯在内，最后按期获得博士学位的比例约为30% ~50%。一般来说，博士生进入论文阶段前有一次2 ~3 天的综合考试，它包括候选资格考试（candidacy exam）和综合考试（comprehensive exam）。在一些名牌大学，此类综合考试的淘汰率为30% ~40%，如此之高的中期筛选和淘汰率保证了博士生的培养质量。学制弹性化，有时获得博士学位的时间长达7 ~8 年。

一般在比较中国和美国的基础教育时，普遍承认中国的传统教育的优点就在于学生掌握的知识系统、扎实，应付常规事物尤显其长。中国的基础教育讲求扎实的训练，强调规范、循序渐进，使我们的孩子有比较坚实的根底，考试成绩尤其突出。因此，中国学生的基础知识扎实，模仿能力和技能比较强。中国的教育由于文化传统重继承轻批判，最不愿冒犯先人；而早期的教育阶段对创新能力培养的薄弱，造成中国学生的科学研究基础滞后，缺乏创新意识和批判性思维以及超过前人的雄心。过于注重经验、实用与急功近利的影响至今仍然存在。

而美国的基础教育，虽然美国孩子在基础方面差一点，笔算、心算等计算方面的能力较差，但好奇心强，思想束缚少；自信心强，敢于做违反常规的事；创新意识从小得到培养和鼓励，阅读能力强，课外读物读得多，实际动手能力乃至“社会能力”等创造的欲望比较强。而良好的常识、创造的欲望（这两项美国孩子占优），勤奋的钻研、扎实的根底（这两项中国孩子占优），正是所谓“创造性思维”的基础。

如果我们认真考察西方的教育传统，就可以发现，西方的教育禀承了古希腊强调理性训练和人格塑造的理性主义教育思想传统，重视知识的内在价值，教育方式灵活，易于向新事物方向发展，鼓励独立思考和广泛的兴趣，推崇创新、勇敢、自信和大胆质疑，倡导批判性和创造性思考。在近代，这种理性主义的教育传统又在工业革命之后与功利主义的专业教育进行了反复的碰撞，形成了今天西方的高等教育体系。崇尚知识的内在价值的传统始终是大学教育的核心，这就是当代一些科技发达国家具有不断创新能力的源泉和文化底蕴。

四、关于中美两国学生的科学和人文测评

20 世纪 80 年代初，中美两国教育专家互相考察对方的中小学教育。双方的结论是一致的：中国的学生是世界上最勤奋的学生，起得最早，睡得最晚，学习成绩也是世界上最好的。他们（中美教育专家）预测，20 ~ 30 年后，中国在科技和文化方面，必将把美国远远甩在后面。事实上，专家的预言并未实现。这说明中美两国有许多不可比性，当然，原因是多方面的。但不能否认，中国学生的学习成绩就是全世界出类拔萃的，中国的教育和教学方法有其鲜明的特点。

在这里，我想讲一下 2009 年国际学生评估项目（PISA）测评。PISA 测评全球有 65 个国家和地区参加，美国有 2 万人参赛，来自 1 000 多所学校；上海有 5 000 人参赛。结果是，中国在科学、阅读、数学三项指标均排名第一，而美国科学仅排名第 23，阅读排名第 17，数学排名第 12。这一结果使美国人大呼震惊。美国教育部长大声疾呼改善美国教育，各国教育家、社会学家等讨论中国教育的问题。中国的教育和教学方法突然成为很多人关心的话题。当然，一次测评并不能说明，中国教育优于美国；而且中美参赛人数的代表性有相当的差别，但中国能培养非常优秀的学生毫无疑问。我们为中国学生的 PISA 测评取得的优异成绩高兴。但 PISA 测试主要集中于学生对知识的掌握和对别人的提问寻找正确的答案。由此可见，中国的基础教育有自己的特点和长处，尤其是教学方法并不逊于西方国家，使我们的学生在国际测评中大大领先。

2009 年，还有一个教育进展国际评估组织对全球 21 个国家进行调查，其结果是：中国孩子计算能力排名第一，想象力排名倒数第一。这说明，中国教育在知识的获取和解题的能力上确有长处；有长必有短，中国学生在创造性思维方面还有待改进。有专家认为，在中学阶段，过度强调知识的获取和解题能力，可能不利于创造能力的培养。因为创造力的培养需要独立、独特的创造性思维，不仅能解决别人提出的问题，而且自己也能发

现问题和提出问题。无论如何，丰富的知识面和解决问题的能力也是激发创造性思维不可缺少的部分。

据我参加北京青少年科技俱乐部活动的体会，北京市一些著名中学十分重视优秀高中学生的培养，如北京四中创办“道元班”，把不同兴趣的同学集合在一起，激发学生的好奇心，并以学生需求设置课程，培养对学习和所研究的事物的兴趣。它以兴趣引领发展，教以做人的规矩，敬业做事与恒心求学，倡导集体主义精神。这种给学生感兴趣的领域以成长的空间，不以高考为终极目的的学习，是一种非常积极的尝试。在课程设置上，道元班除必修 + 选修外，还开设特修课，进行“研究与交流”“自主与探究”以及课题研究，提倡主动学习。实践表明，道元班的同学，表现是十分优秀的。有的与高校老师合作科研，研究发明了一种无轨电车的转接器；有的研究“社会学”，到矿山拍摄“不能呼吸之痛”；也有一些中学生写作并出版了书名为《格外》《不能逃出的世界》《若鱼若雁》等小说。虽然“道元班”的尝试取得了很大的成功，我的感觉是，该校领导战战兢兢，不敢扩大规模，唯恐班上有一个孩子考不上一流的高校。

北京青少年科技俱乐部则把北京市一些著名中学的高中生选送到我国优秀的科研第一线团队参加“科研实践”活动，训练学生们的观察、探究、实践和表达能力，激发他们的想象力和创造性。试图通过优良科学环境的熏陶，帮助学生发挥科学禀赋，发现自我，走进科学。在大手拉小手的“科研实践”活动中，导师根据学生的基础、能力、兴趣和意向，并根据团队的工作条件，“量体裁衣”，设计出一个适于他发挥想象力和创造性的课题，进行科研实践，写出科学论文。最后，组织专家进行论文答辩和评议。学生们“科研实践”的成果使参与答辩的老师十分惊讶和欣喜。他们的科研实践论文在领悟程度和探究能力、逻辑性、资料掌握和表达能力上都有很大的进步，初步锻炼了逻辑思维能力、创造力、想象力与系统分析能力。通过这一活动，发现了一些“潜在的杰出的科学人才”，即通常所谓的“科学苗子”和“小小科学家”。

我毫不怀疑我国年轻一代的聪明和智慧，我相信，在今后的 PISA 测评中，他们仍然会遥遥领先于西方技术先进国家的青年。但令我难过和伤心的是，中国的现代青少年在价值取向方面居然远远不及美国青少年。

2014 年 3 月，中央电视台《对话》节目邀请中美两国即将进入大学的高中生参与。其中，美国的 12 名高中生都是今年美国总统奖的获得者，国内的高中生也是被北京大学、清华大学、香港大学等著名大学录取的优秀学生。在价值取向的考察中，主持人出了智慧、权力、真理、财富和美的选项。美国学生几乎惊人一致地选择了真理和智慧。而中国学生除了有一个选择了“美”外，没有一个选择真理和智慧，有的选择了财富，有的选择了权力。中国学生直奔权力和财富这样的价值取向，说明我们文化中的官本位在他们的观念中已根深蒂固，社会上对于金钱的过分热衷追逐深深地影响着他们。这才是中国教育的真正悲哀。

上面我比较了中美两国教育的差异和相同之处，应该说是各有特点。有许多方面，与其说是差异，不如说是由于两国的国情不同而造成的，这里并不存在谁强谁弱的问题。我进行比较的目的，是希望国人能从差异中找到差距，看看是否有可以改进、值得学习之处。我们一直强调“教书育人”，教书的目的是培育人的自身，培养人的素质和能力，开发人的智力，促进人的社会化，从而推动生产的发展和社会的进步，是教育的最高宗旨。分数、排名，远远比不上培养人的素质重要。但现代中国，在升学主义的压力下，教育的育人功能日渐衰退，升学率成了学校教育的最高目标。道理上都知道，但做的都是随波逐流的另一套，这是我国教育的悲哀。

我不希望不做区别，不考虑国情和实际去套用美国的一套。如果以我们投在教育上的经费与美国相比，美国在每一个中小学学生身上大约每年投入上万美元，而我们的希望工程是每年资助人民币 1 000 元就可以帮助一个失学的孩子上学。我国中小学的基础教育扎实是世界公认的；光凭这一点，应该为我们的广大中小学教师自豪。

五、中国教育：对青年学人的建议

有同学们问我，中国大学生与美国大学生的差异在哪里？我说，我们现在谈一个产品，往往比较硬件和软件。我打一个比方。如果我们将“硬”和“软”来比较人的话，那么，“硬”就是一个人的智商（书本知识、智慧、能力等），“软”就是一个人的情商（价值观、人生观以及为人处世等）。我觉得，我们的大学生在“硬”的方面做得并不差，而美国大学生在“软”的方面做得比较好些。

依我看来，在下面 8 个“软”的方面，美国大学生似乎做得比我国大学生好一些，我列出来，希望大家思考。

1. 自强不息。独立性、自主性、靠自己打天下。自尊自律自信，能严格要求自己。

2. 团队合作。合作而不是单干，团结而不是窝里斗，有团队精神。

3. 公平竞争。竞争是公平的（Fairplay），不是拆台，不是用卑劣的手段达到自己的目的，使自己取胜；竞争是一种积极的心态，努力向上，不到最后不放弃。

4. 结交朋友。有社交能力，不是出于功利目的，而是诚恳友善待人，乐于帮助别人。

5. 辩论能力。说话做事合乎逻辑，思维清楚。

6. 批判思维。有批判性思维和创造性思维，质疑权威没有思想障碍。

7. 沟通能力。学会与人沟通的能力和演讲能力。

8. 遵法守纪。知道违法乱纪最后倒霉的是自己。最重要的是“慎独”。

因此，在基础教育阶段和大学教育阶段，科学教育必须克服急功近利的倾向，应该十分注重培养学生的人文素养和人文精神。

下面我想就我国青年学人在学习与科研中遇到的问题提几点建议。

1. 重视理性思维

从我国四大发明以来的中国科技可以看出，我国传统文化中“重术轻学”“实用至上”的偏颇是显而易见的，我国古代尚缺乏严谨的理性思维体系。因此，中国人虽有绝顶的聪慧和极强的创造能力，曾有许许多多重大发明和发现，但没有去寻根究底，把它们上升为系统的理论，进一步发展创造。结果往往是中国人创造了，西方人拿去了，发展了。另外，我们的传统太重实用，不鼓励创造性思维，不愿意深入探究看起来似乎“无用或不实用”的问题。这种影响到现在仍然存在着，表现在我们的科学研究中往往是就事论事地解决问题，而不愿意做更深入的思考、总结并从实践上验证和理论上提高、升华。

在大学教育中，首先，我们不要忘记哲学在科技发展的进程中的指导作用是何等的重要。在近代，20 世纪初，世界科技中心由经济发达的英国转到经济相对落后的德国，其中一个重要原因是，德国从康德开始，一直到黑格尔、马克思、恩格斯等，在哲学上率先脱离机械论和绝对论的束缚，发展了唯物论和辩证法。爱因斯坦、普朗克、玻尔等科学家都有很高的哲学素养。例如，在发现相对论和量子力学的过程中（广义相对论和量子论都是在德国发现的）都涉及对认识论的哲学讨论。可以这样说，科技进步主要有赖于思维和观念上的创新。

青年学人要在科学思维、科学方法上下功夫，要学一些形式逻辑、科学哲学和自然辩证法，使自己的头脑变得更聪明一些。理性思维就是要求我们在科学研究中严格遵守逻辑规则，采用归纳与演绎、分析与综合等方法去进行推理。青年学人还要像我们先人的“格物致知”所教导的那样：“对事物的原理加以穷究，对事物认识得非常彻底”，有“打破砂锅问到底”的执着探索的求真精神。如果我们进一步发展“整体论”的思维方法，又掌握“还原论”的科学方法，加上我们的民族先天的聪明智慧和悟性，一定能有所发现、有所创造，一定会像我们的祖先那样，再次以其杰出的成就光耀世界。

2. 要有自信心和潜心于学术的专注

如上所述，我们的教育虽说培育了我们的学生好学谦逊的美德，但却带来了胆怯和缺乏自信两个副产品。直到目前，中国科技界似乎依然弥漫着一种缺乏自信的气氛，往往一讲到科技领域的事，既不相信自己，也不相信国人的能力，唯国外的马首是瞻。当谈到新理论、新思想、新产品、新技术和新工艺时，先问国外有吗，先查查看国外有吗。国外有，赶快跟着干，跟着干没错。听到的往往是力不从心的喟叹：“我们能跟上就不错了。”今天的中国人怎么啦？中国人怎么没有志气了？如果我们的研究方式总是沿着现有的思路和与西方相似的模式，一直跟着人家走，对自己缺乏自信，是很难赶上或超过人家的。

其次，当代我国的青年学人并非缺乏创新的才能、聪明和智慧，也并非缺少科学研究的条件，当前主要的问题是潜心学术的专注程度不够。我们天天大呼创新和创造，却不问创新和创造从何而来。其实，人的创造能力和创新才能是研究学问非常专注、非常投入而积累的一种效益。只有把思维强烈聚焦到所研究的事物上，才有可能激发出创新的火花。

青年学人要破除迷信，树立自信，积极进取，心无旁骛，专注于学术，相信自己的智慧和创造力。在科技领域，我们确实与技术先进国家有差距，但我们应该有信心和雄心，只要努力，一定会赶上并超过他们。

3. 敢于“标新立异”，敢于向权威质疑

在学术研究上，首先要崇尚理性怀疑。理性怀疑是指科学不承认绝对的权威和永恒的真理，科学家可以对科学进行自由的质疑和批判。理性怀疑促使科学家时常对经验证据（自己的或他人的）进行先行的检验，不受

经验数据的自我欺骗和被动欺骗。对科学来说，怀疑大概是通向成功最初的一步。中国传统的灌输教育使学生一直受到既不能、也不敢挑战权威的熏陶和束缚，习惯于被动接受知识，而缺乏怀疑精神。不敢怀疑的后果是，不敢提出问题，不敢提出自己的想法，更不敢“标新立异”，故很难有原始性创新。

“不愿挑战权威”的思想是科学研究的大忌。这里，权威泛指前人、长者、老师、书本、现存的理论和方法等。我国研究生论文的普遍弱点就是跟着别人脚步走，而所谓“创新”，大都是对前人有一点“修正”，有一点“补充”，有一点“改进”，十分满足于自己的结果与权威一致。而不敢提（不愿提或是提不出）自己的创造，自己的思想，自己的创见，自己的概念，自己的方法，自己的定义，等等。当然，这一弱点不仅学生有，在我国科技工作者身上包括我自己在内，都不同程度地存在着。因此，直到现在，中国科学界依然推崇“经验和正宗”的原则，不但缺少冒险性的改革和探索，甚至因为怕“犯上”，对权威错误的结论“顶礼膜拜”。2003 年 SARS 的病原体确定的过程就是一个典型的例子，其教训值得我们记取。

美国 *Science* 杂志在评论 2003 年的 SARS 之战时指出，“中国（内地）科学家失去了一次崭露头角独一无二的机遇”。SARS 最先在中国发生，但首先发现病原体——冠状病毒并公布于世的却不是中国（内地）科学家。早在三月份第一个星期，我国军事科学院的一个研究小组就有了初步的证据，冠状病毒与 SARS 有关，这一发现早于中国香港科学家几个星期。但是，当时国内统一的口径是，致病原是衣原体。这个假说是由中国最权威的专业机构——中国疾病预防控制中心和权威人士提出的。显而易见，中国人失去机会的主要原因是“小人物”不敢挑战“大人物”和权威人士。面对一种衣原体的真伪，医学界竟然有相当多的人以不能“犯上”来约束自己的真知灼见和行为，更何况这些人并非都是小人物，而是有相当地位和话语权的教授、学者。因为什么呢？因为衣原体是某院士定的，是权威机构定的，并且是领导同意对外公布的。《科学时报》的一篇评论文章中说：“科学界在权威面前的集体失语就不仅仅是科学界的悲哀，而且是对实事求是、自由、公正、平等和独立的科学精神的最大嘲弄。”批评得很深刻，但我真感到很难过。

中国自古以来就是“礼仪之邦”，有论辈分、讲礼教的社会传统，在千百年来的三纲五常的熏陶下，不能“犯上”已成为规范人们行为的准则；挑战权威、“犯上”被视为对长者、对先人、对老师的大不敬；“标新立异”被视为大逆不道；加上习俗上权威是不容挑战的，社会也不容权威被挑战。这种思想长期影响着一代又一代中国知识分子，思想负担是沉重的；因此，需要全社会努力，真正创造出“百花齐放，百家争鸣”的学术环境和氛围来。

我认为，青年学人要在学术上、科学研究上有所建树，无非就是这么几条：怀疑、批判、创造。因之，我们要在自己的研究工作中要敢于怀疑，敢于批判，敢于创造，敢于“标新立异”、向任何类型的权威提出质疑、向现存的理论和方法挑战。当然，我们要学习权威，尊重权威，但也要质疑权威，从而超越权威。在这一点上，我们的学生要向美国的学生学习，破除危惧权威的思想负担，但不要学他们的狂妄，更不要以批判为名来炫耀自己，哗众取宠。我们要在校园内，在教学和科学研究的每一个环节中，推崇创新，倡导批判性和创造性思考，树立自信和敢于大胆质疑的精神，创造培育杰出人才的氛围和环境。只有这样，才有创新和创造性的工作，科学技术和社会才能前进。

结束语

“中西交融，传承拓新”。科学创造，需要继承和发扬祖国的优秀文化，汲取先进的哲学思想，学习世界优秀文化和先进的科学技术；崇尚理性思维和怀疑态度，开拓新的领域与科学途径；需要对事物的原理寻根究底，探索和追求事物的客观真理。让我们共同努力，迎接未来更大的挑战！

中国的科技，从李约瑟难题说起*

——在“回顾与展望”国际学术讨论会上的发言

在对科学问题的整体把握上，我们中国科学家丝毫不逊于西方科学家。

一、“李约瑟难题”的提出

众所周知，中国光辉灿烂的5 000年文明造就了辉煌的成就。中国古代的四大发明，在人类科学文化史上留下了灿烂的一页，它推动了技术的进步，并且是欧洲产生近代科学的动力。欧洲文艺复兴时代的巨人、近代科学发展的奠基人弗兰西斯·培根（Francis Bacon，1561—1626）特别赞叹中国伟大的四大发明，在论及中国的指南针、印刷术、火药三大发明所产生的“力量、效果和影响”时，曾深刻地指出：“纵观现今社会，许多发明的作用和影响是显而易见的，尤其是印刷术、火药和磁铁。这些都是近代的发明，但其来源不祥（注：当时培根不知道这些发明来自中国，而说这是‘发生在近代而来源不明的三个发现’）。这三件发明，改变了全世界的整个面貌和事物的情况，头一件在文字上、第二件在军事上、第三件在航海上（印刷术使文学改观，火药使战争改观，磁铁使航海改观）。可以说，几乎没有一个帝国、没有一个教派、没有一个显赫的人物，对于人类事务曾经比这些变化在加强人类事务上以更大的力量和影响。”

公元16世纪之前，中国发展了许多卓越的技术，在世界上处于领先地位。那时，中国是技术出口大国。英国科普史家李约瑟博士的巨著《中国科学技术史》，它有7卷20册，叙述了中国古代在数学、物理学、天文学、地球科学、化学、生物学领域的成就。我曾翻阅了《中国科学技术史》的一本简写本，它是英国作家罗伯特·坦普尔写的，书名叫《中国——发现

* 本文为在中国近现代科学技术回顾与展望国际讨论会上的发言。原载《自然辩证法研究》，2002，18（8）：12－15。这次收入文集时作了修改与补充。

和发明的国度》，叙述了中国古代250项发明和发现。中国不仅贡献了四大发明，而且在农业、建筑、地理、陶瓷、冶金、医学等一系列领域有重大的发明和贡献。我实在惊异我们的祖先有许许多多的创造发明，其中包括公元11世纪苏颂擒纵器（机械钟表的核心）的发明以及公元14世纪我国有火箭的实践；春秋战国时期普遍运用的筹算完全建立在十进位制基础上，是当时世界上最为先进的记数法；中国的冶炼术和丝织技术达到了相当高的水平。由此可见，中国的发明是西方科学复兴的手段，它和中国的文化不仅为西方的近代文明提供了物质基础，而且是西方现代科学技术的源头和动力。古代中国的科技和文化是遥遥领先的，使我们每个现代中国人想起我们的祖先，既自豪，又惭愧。

中国古代曾出现过灿烂辉煌的文化、科学和技术。从公元3世纪至16世纪的1 000多年漫长岁月里，中国人在应用自然知识于满足人的需要方面，曾经胜过欧洲人；中国的科学技术远远走在西方世界的前列，有许多发明在欧洲产生过巨大影响。从近代科学在欧洲产生起，中国的科学技术出现长期的停滞，并由于科学技术的迟滞，导致中国近代以来的落后。

从1943年到1946年，李约瑟先后在中国做了11次长途考察，路程长达3万里。他的考察和研究的结果是，16世纪之前的中国是世界上科技最先进的国家，有一系列的发明创造和技术，同时他产生了疑惑："为何中国在科技发展上长期领先西方而现代科学竟出现于西方而不是中国？在最近的数百年里，中国的科技如何会停滞不前，以至于成了一个备受欺侮凌辱的衰老帝国?"于是形成了李约瑟的问题："中国作为四大发明的故乡，中国古代对人类科技发展做出了很多重要贡献，但为什么科学没有在近代的中国发生？也就是说，曾经领先世界各国几百年上千年的中国科技，中国文明在近代为什么落后于西方?"这是一个值得我们反思的问题。该问题至今无人能给出满意的答案，遂被称为"李约瑟难题"。

二、中西方科学技术创造和发展的不同方式

作为"李约瑟难题"的答案各种各样，莫衷一是。我想从理性思维的角度谈谈由于科学文化的差异导致中国的科学技术迟滞的原因，看看能否从中汲取些什么启示。让我们先看一下大科学家爱因斯坦于1953年给J. E. Switzer的信：

西方科学的发展是以两个伟大成就为基础的，即希腊哲学家发明的形式逻辑体系（在欧几里得几何学中），以及通过系统的实验有可能找出因果关系（在文艺复兴时期）。在我看来，中国的贤哲没有走上这两步，那是用不着惊奇的，令人惊奇的倒是这些发现（在中国）全都做出来了。①

这段话说明了：西方科学的两大基础是形式逻辑体系和系统的实验找因果关系；古代中西文化有不同的基础和很大的差异，而中国的科学有自己的不同于西方的基础，在自己的基础上，中国的贤哲也做出了伟大发现。思维方式的不同并不表明中国不能为近代科学的发展做贡献。

我们先来看东西方文化的源头。公元前800—200年是人类历史上一段极为特殊的时期，被称为人类文化史的“轴心时代”，在这个时代，在几个当时完全隔离的地区，几乎同时出现了异常杰出的思想家群体，产生了所有我们今天依然在思考的基本范畴，他们创建的哲学和方法论至今仍是人类文化的基础。中国（正值春秋时期）出了老子（约前604—前531）和孔子（约前551—前478）；印度出了释迦牟尼（约前565—前486）；希腊出了柏拉图（约前427—前347）。与柏拉图同时代的还有亚里士多德、欧几里得和阿基米德。古希腊从赫拉克利特、德谟克里特到亚里士多德一直存在着“公理化”知识传统。希腊的古科学是近代科学的先驱，几乎在每一领域、每一问题上，希腊人都留下了思考，他们是近代科学的老师。亚里士多德，几乎在每一个知识领域都发表了卓越的见解，是一位不折不扣的百科全书式的学者。欧几里得著的《几何原本》只用了5个公理、5个公设和23个定义证明了467个命题，是最早的完整的公理化体系。1687年牛顿发表的《自然哲学的数学原理》，就是完全采用以《几何原本》为

---

① 爱因斯坦于1953年给J. E. Switzer信为：Dear Sir, development of Western Science is based on two great achievements, the invention of the formal logical system (in Euclidean geometry) by the Greek philosophers, and the discovery of the possibility to find out causal relationships by systematic experiment (Renaissance). In my opinion one has not be astonished that the Chinese sages have not made these steps. The astonishing things is that these discoveries were made at all.

这里取朱清时引的译文。见《中西方文化的差异及其对科学发展的影响》[1]。此译文最后一句：“令人惊奇的倒是这些发现（在中国）全都做出来了”，与董光璧在《科学与中国传统文化关系的四大难题》一文（见《科学前沿与现代化》第35页）所引的译文：“若是这些发现全部做出来倒是令人惊奇”有较大的差异，该译文引自许良英等编《爱因斯坦文集》第一卷，第574页，商务印书馆1983年版。

样本的公理化体系。阿基米德是数理科学第一流的天才，在工程技术上也有很多成就。著名的浮力定律是以他命名的。

希腊哲学主要关注的是自然界的问题，研究的是自然哲学。首先，希腊人把自然作为一个独立于人的东西加以整体的看待；其次，他们把自然界看成一个有规律的，而且其规律可以为人们把握的对象；再次，他们创造了一套数学语言力图把握自然界的规律。在这三个方面，希腊人都开了科学发现之先河。

再看我们中国，在春秋战国时期，出现了孔丘、墨翟、老聃、庄周、惠施、孙武、荀卿、孟轲、韩非等一大批思想巨子，以其不拘一格、独抒己见的原创性思想，共同酿造了中国的文化精神。那时的思想家，头脑中没有固定的模式，也没有独尊的权威，思想解放，“百家争鸣”。著名的思想家、教育家孔子的思想核心是“仁”即“爱人”，“正名”。反映他的思想的《论语》对中国的政治、教育和文化起了重大的影响。老子的思想核心是“无为”，把“无为”看作是“道”的性质，以及最高的德行。老子的《道德经》是一部奇特的哲学著作，以其深邃玄妙的哲理内涵，给人以多方面的启迪。无论孔子或是老子，中国哲学主要关注的是社会与为人处世的问题，研究的是人文哲学，哲学的中心是伦理，是人与人，人与社会的关系。中国古代哲学重人伦道德、重个人修养、重实用理性的文化价值原则。表现在科学和技术上，重对认识对象的直觉体悟和整体把握。表现在为人处世上，孔子之学使人成为明哲献身的人，是“入世”的哲学；老子之学使人成为明哲保身的人，是“出世”的哲学。孔老之学构成了中国人的人生哲学。

形成古代中国哲学、科学文化是有其地理、经济背景的。冯友兰先生在《中国哲学简史》的第二章有详尽的分析[2]。从地理、经济条件上说，中国是大陆国家，古代希腊和近代工业革命的英国都是海洋国家。中国（大陆国家）靠农业立国，农业是生产的主要形式，土地是财富的根本基础。社会、经济的思想和政策的中心总是围绕着土地的利用和分配。古代希腊和近代工业革命的英国（海洋国家）是靠商业维持其繁荣的，靠战争和掠夺殖民地发展自己的国家的。

农业国家的社会、经济的理论、政策都是企图“重本轻末”，即“重农轻商”，商人受到轻视。理由是，农业关系到生产，而商业只关系到交换。在能有交换之前，必须先有生产。古代中国的哲学家断言，在经济上农业比商业重要。海洋国家社会、经济的理论、政策是发展商业、重视商业。海洋国家的商人有较多的机会见到不同民族的人，他们风俗不同，语言也不同；商人惯于变化，不怕新奇。

古代中国的哲学家认为，农很朴实，所以容易使唤；他们孩子似的天真，所以不自私；他们的财物很复杂，很难搬动，所以一旦国家有难，他们也不弃家而逃。商的心肠坏，所以不听话；他们诡计多，所以很自私；他们的财产很简单，容易转运，所以一旦国家有难，他们总是逃往国外。实际上，商人很精细、很聪明。商人必须变化以适应交换（市场）的需要，为了畅销其货物，他们必须鼓励制造货物的工艺创新。而农的生活方式是顺乎自然的，他们的世界很狭小，“两亩土地一头牛，老婆孩子热炕头”。古代中国的哲学家断言，在生活方式上农也比商高尚，“重利轻义”为中国的道德所不齿。

关于中西哲学的方法论，冯友兰先生引用并同意诺思罗普（Northrop）教授的观点。诺思罗普认为，古代中国重视用直觉得到的概念。古代希腊和近代工业革命的英国重视用假设得到的概念。他解释说：“用直觉得到的概念，是这样一种概念，它表示某种直接领悟的东西，它的全部意义是某种直接领悟的东西给予的。‘蓝’，作为感觉到的颜色，就是一个用直觉得到的概念。”“用假设得到的概念，是这样一种概念，它出现在某个演绎理论中，它的全部意义是由这个演绎理论的各个假设所指定的。……‘蓝’，在电磁理论中波长数目的意义上，就是一个用假设得到的概念。”

农所要对付的，例如田地和庄稼，一切都是他们直接领悟的。他们纯朴而天真，珍视他们如此直接领悟的东西。农的生活方式是顺乎自然的。他们赞美自然，谴责人为，于其纯朴天真之中，很容易满足。他们不想变化，也无从想象变化。和农一样，古代中国哲学家以对于事物的直接领悟作为他们哲学的出发点，中国古代的科技发明家也一样。

自孔子和老子的学说发展的几千年来的中华文明，我们可以看到这样的现象：我们的文明很早就深深地根植于现世生活中，不会由于理念的改变而使人们放弃生活本身。我们的文明不会为了脱离生命的信念而放弃生活。我们的文明具有以自己为中心、排异性强、同化力强的特点。我们太热爱生活了，凡是与日常生活有关的事情，我们早就做得很好，甚至最好。但是，由于我们的文化过于注重经验和实用，而忽视超验和非功利的理论，以致长期没有建立起严谨的西方式的理性思维体系。

中西古代哲学和文化反映到科技教育领域的影响自然是不同的。我们可以看出：

中国古代科学的特点是技术型和经验型，从整体把握复杂体系的规律。中国传统文化中缺乏希腊式的数理自然观，因此虽有许多重大发明和发现，却未把它们上升为系统的理论；我们的先人止步于技术的发明，而没有发展形而上的自然哲学；我们有机械的发明，而从未能建立抽象的动力学原则；我们的光学，有凹凸镜影之观察而未有物理光学类似光波之概念；我们的数学有应用性的代数而无逻辑演绎的几何学；我们知道“勾三、股四、弦五”，却没有去寻求证明它的“公理化”逻辑体系。我们有磁石的应用而从未达到定量的磁作用定律。中国古代科技的突出特点就是极强的实用性，一旦现实不提出直接的要求，它就没有了发展的动力。我们对“天象”做过人类历史上最悠长、最详尽的记述，却没有从中整理出“金、木、水、火、土”诸星的运行规律。我国的科学与发明，多系技术性、观察性、记录性、个别性，弱于抽象的、逻辑的、分析的、演绎的科学系统；偏重实用而大多不追究公理，缺乏希腊哲学的“公理化”知识传统。当然，这与其说是缺陷，不如说是中西科学文化的差异。但我国传统文化中“重术轻学”“实用至上”的偏颇是显而易见的。

中国的科学文化过于注重经验和实用，而忽视超验和非功利的理论，文化传统优于求“善”，缺乏求“真”。读书明理，但此理多半是伦理之理，情理之理。古代中国人大多习惯于沉醉在切近的事物的现实里，而不是抽象的理念。中国的教育讲求扎实的训练，强调规范、静思和谦逊，循序渐进；但重继承轻批判，最不愿冒犯先人。过于注重经验和实用与急功近利的影响至今仍然存在。

西方科学是从古希腊的哲学和科学继承下来的，它的特点是注重通过实验认识自然，用逻辑推理理解自然，把复杂体系分成基本单元，注重实验和认识自然。希腊人不讲实用，为理论而理论，重公理（公理济远），这就为科学的发展开辟了无限的空间。希腊人的数学和自然哲学时隔一千多年后仍然能推动欧洲科学的发展，充分显示出理论的力量，而实用科学眼光不够远大，为自己设定的发展空间是很小的。

当然，近代科学的出现并不是一件容易的事。关于近代科学的诞生。曾经有人问过爱因斯坦：为什么中国没有发展近代科学？爱因斯坦说，近代科学的发生需要许多条件同时成立，一是要有传统（特别是希腊文明的传统），另一是要有特殊人物或伟大人物（如伽利略、牛顿等），他们能够见人之未见。尽管在人类历史上，有许多相当发达的文明，但在这些文明中，实证精神与逻辑推理能力还相当薄弱，更不用谈到两者的结合了。

近代科学继承希腊哲学传统似乎是合理的，一方面是因为欧几里得几何学的发明或发现，以及活跃、严肃而又合乎逻辑的讨论。重要的是，还有亚里士多德关于逻辑的观念，他建立了一连串的假设，然后推导出结论的想法，是永垂不朽的。

关于中国古代有无科学的问题，可以说是李约瑟难题的延伸。中国科学院在2000年8月曾举行大规模的讨论会。正反双方展开了交锋。正方说，中国古代有演绎推理（据刘徽《九章算术注》），有农学，有归纳逻辑（说有易，说无难），有医学（黄帝内经），总之，有自己的科学体系。反方的立场是先从定义着手，解决什么是科学，再讨论中国古代是否有科学。反方说，中国古代天文学与古希腊天文学的目的和功能截然不同。正反双方都承认，中国古代是否有科学，取决于科学定义的宽窄，宽则有，窄则无。如果取窄的定义，中西方古代都没有科学，仅仅古希腊有。

实际，我们现在讲科学这一词语，最初的含义即SCINESE（科学），它在西方语境中的意义是：源自古希腊的关于物质世界的遵循因果律的定量化的知识体系。在近代，人们把科学定义为“近代科学”，即在近代欧洲诞生的那样一种看待自然、处理自然的知识形式和社会建制。它实际“正是希腊的科学传统和中国的技术传统在阿拉伯会合渐次传往欧洲，才诞生了我们今天所理解的现代科学”，即“逻辑推理、数学描述和实验检验相结合的自然科学，形成于17世纪的欧洲”。

中国古代有无科学的问题，实际并不是历史学的问题，而是一个哲学问题。我想，还是让自然科学史家去争论吧。但我的观点是同意田松先生的意见（他的意见既不同于反方，也不同于正方），即：“你们家那个“牛”（称为Science）的东西我们虽然没有，但是我们家有另外一种东西，跟你那个东西一样“牛”（另一种Science，跟你同样Science）”。[3]

研究科技史的西方专家认为，中国人是极端聪明智慧的技术专家。爱因斯坦曾经说过，中国的技术曾如此令人吃惊，但竟然没有几何学。希腊人的伟大成就是因为有几何学。但实际并非如此，古代中国学者有自己的一套思维方式。刘徽是公元3世纪的数学家，他为两大数学经典之一写下注解。他的关于圆周率的近似值、圆周长及圆面积的比值以及角锥体的体积，这可不是一般的平面方式可以得知的。中国早在古代，有天元术，它相当于解方程，也就是说有解方程的数学。这说明中国古代代数学是相当发达的。研究中国科技史的专家认为，在漫长的中国科学传统中，并不缺乏实验传统，也不缺乏数学传统。但是，正如李约瑟指出，由于中国关于技术的发明主要起于实用，往往知其然而不深究其所以然，缺少了西方科学史上的“形而上”精神，即长期而系统地通过数学化来探求宇宙的奥秘。所以中国史上虽有不少合乎科学原理的技术发明，但并未发展出一套体用兼备的系统科学。我们不得不承认，中国的古代科学，注重实用和征服自然，属于技术型和经验型，从整体把握复杂体系的规律，重实用（实用济近）。中国传统的技术大都是经验的技术，中国传统知识的主流并没有汇入到近代科学中去，特别是明代以后。

中国在自己的发展过程中，在人类文明的进程中，有自身的科学成就、科学方法、科学思想和科学精神。中国的文明（包括科学）本来就有自己独特的传统和独立的发展道路，如果不受外界有力的影响，按照它自身的逻辑，它是没有理由非走向近代西方文明，建立类似的西方近代科学不可的。或者说，中国的文明（包括科学）有可能从另一个方向，另一条途径走向近代文明（但它一定是汲取了古希腊的“公理化”逻辑体系和欧几里得的几何学）。但是，东西方的交流改变了这一切。先是传教士东来，西学东渐，后是坚船利炮打开了中国闭关自守的大门，于是不自觉地和自觉地开始了向西方的学习，开始了西方近代文明（首先是西方近代科学文化）在中国的传播。在这个过程中有激烈的冲撞，有艰难的移植，也有别具匠心的创造，最后导向中国的近代化以至今天现代化的历程。

三、结束语

我国的科技与教育有自己的特点和优秀的传统，我们也不要妄自菲薄。我国古代传统文化有许多是人类文明宝库的重要遗产。如古代教育的原则：“传道、授业、解惑”，在教育中一以贯之强调仁爱精神和社会伦理责任，对于现代学人的人格塑造也有借鉴作用。同样，在“四书”的《大学》中，也有接近科学的成分，如“格物致知”教导“对事物的原理加以穷究，对事物认识得非常彻底”。“参天化育”倡导把仁爱之心推及自然界，肯定人与自然的统一。特别是在《中庸》第 20 章中提出的“博学之，审问之，慎思之，明辨之，笃行之”；“有弗学，学之弗能，弗措也；有弗问，问之弗知，弗措也；有弗思，思之弗得，弗措也；有弗辨，辨之弗明，弗措也；有弗行，行之弗笃，弗措也”；“人一能之，己百之；人十能之，己千之。果能此道矣，虽愚必明，虽柔必强”；乃是古代治学方法的系统论述，可以说是中国传统文化的精华。它教导我们，一是做学问的基本步骤和方法，实际，这也是我们今天进行科学研究的途径。二是要严谨治学，学—问—思—辨—行，这五步，每一步都马虎不得，都要严肃认真地进行。三是做学问的关键在于一个“勤”字。这些教导直到今天还是有重要指导意义的。

应该指出，我国古代科学家在科学研究中，在对认识对象的直觉体悟和整体把握上，是远远超越于同时代的西方科学家的。爱因斯坦曾说过：“我相信直觉和灵感。”他依据自己亲身的科学创造实践一再强调，在科学发明创造过程中，从科学观察和实验到一种新颖见解的脱出之间，没有“逻辑”的桥梁，必须诉诸直觉和灵感。牛顿被认为是具有杰出直觉能力的物理学家，“他意识到的和感觉到的东西多于他能证明的东西，而证明往往也是后来补上的”。直到今天，我国科学家的长处是：“能通观全局地看问题，一下子就看到结果。”在对科学问题的整体把握上，我们的科学家丝毫不逊于西方科学家。

总之，中国的现代科技与教育需要中国的优秀文化作为自己发展的基础，也需要世界优秀文化的底蕴。祖国优秀的科学和文化传统是值得我们科技工作者去继承和发扬光大的。让我们汲取先进的哲学思想和理性思维，借鉴各国的先进经验，迎接未来更大的挑战。

参考文献

［1］朱清时．中西方文化的差异及其对科学发展的影响［R］．“中国科学教育问题”第一次研讨会报告．2000.

［2］冯友兰．《中国哲学简史》（第二章）［M］．北京：北京大学出版社，1996：14－26.

［3］田松．科学话语权的争夺及策略［J］．读书．2001（9）：31－39.

第三篇

怀念篇

高山仰止，心向往之*

——在清华大学纪念孟昭英院士百年华诞的讲话

“高山仰止，景行行止，虽不能至，心向往之。”

我并非孟昭英院士亲传的弟子，但我一生中最值得庆幸的是，我能在1980年秋天认识我一直仰慕的孟昭英老师。当时，中国科学技术协会代表团访问美国，孟老是代表团副团长，我是代表团的一名成员。在访美期间，我陪伴着孟老参观了许多世界一流实验室，会见了众多世界级科学家。从那时开始，结下了我们往来15年之师生缘。回国后，我常到他家中探望，亲聆先生的教诲，他视我为忘年交，我视他为人生导师，我们两个人经常无拘无束谈天说地。这15年的交往，对我来说，是极其珍贵的。孟老的一生就像一本教科书，每一件事都在教育我，使我感动。孟老虽然话不多，但宁静谦和，平易近人。他的为人集厚道和刚正、坚强和谦逊、无私和正直于一身，使人不得不折服和钦佩。

我今天能被邀请参加清华大学孟昭英院士百年华诞的纪念会，感到十分荣幸。关于孟老的学术成就和贡献，清华的学长和他的弟子们都有很深刻的体会和了解，远远超过我。我今天想谈谈孟老身上伟大的人格魅力，以及激励着我前进的高尚品德和精神。

一是他强烈的爱国心怀。孟老的一生深深爱着自己的祖国。祖国的强盛、人民的幸福在他的心中高于一切。在第二次世界大战中，孟老在美国以自己的发明“微波双工器”支援“二战”。“二战”结束后，当MIT辐射实验室解散时，美国名牌大学、联邦标准局及一些大企业纷纷出高薪争聘孟老，他一概拒绝。当时国内战局动荡，民不聊生，他毅然克服种种困难，不顾囊中乏款，自费采购MIT的珍贵科技资料和实验仪器，于1946

* 本文是2006年12月24日在清华大学纪念孟昭英先生百年华诞会议上的讲话。

年带回祖国。回国后，他在清华大学物理系建立了世界一流、国内独一无二的电子学实验室。即使在他受到无情打击和无辜迫害的时刻，他依然想的是国家和人民，特别是国家的科技教育事业。他一心盼望祖国复兴和富强，痴心不改，无怨无悔。

二是他的一身正气和硬骨头精神。20 世纪 50 年代初，我们年轻的共和国实行一边倒的政策，学习苏联，这并没有错。但无论是非、一切以苏联专家的意见是从、不同意专家的做法便上纲到“反苏”的做法是错误的。孟老是一位世界级的科学家，他在清华大学创建了国内第一个无线电电子系并任系主任，把 MIT 辐射实验室积累的世界最高水平的电子学科技移植到新中国，为新中国的电子学和微波科技事业奠定了基础。他当然看得出那些刚出道的年轻苏联专家的不恰当的甚至是谬误的意见，便进行了很温和的抵制。后来在“整风反右”中，这却成了他一条罪状，但他始终坚持自己的意见。他是一个刚正不阿的人，在他的身上，看不到一点点奴颜和屈膝。

三是他的坚强和向命运抗争的精神。虽然在“反右”和“文化大革命”的风暴中，国内有许多像孟老一样的世界级科学家在劫难逃，遭受迫害和打击，但连累自己两个儿子受到这样巨大的灾难的科学家还是不多的(一个自杀、一个发疯，都是学有成就的人，其中一位是中科院物理所的副所长)。当白发人送黑发人，而且又是受到自己的牵累，他内心的痛苦可想而知。但他是一个非常坚强的人，对人生执着的信念并没有丝毫改变。何谓坚强？在别人活不下去的环境中活着，又不丧失人生信念的高尚气节，真诚地对待人生和事业。孟老坚信黑暗一定会过去，光明一定会到来，而且他相信自己一定能看到这一天的到来。

四是他关爱青年学子的无私情怀。孟老出身于贫苦家庭，怀有一颗赤子之心，他非常热爱学生，始终关心着一些贫苦家庭的孩子们上学。无论在西南联大还是在清华，他总是倾自己所有帮助贫苦的大学生们，使他们能继续学习。他的一生，也始终关爱学有所成的学子们，为他们的成就而高兴，甘为人梯，竭尽全力帮助他们，提携他们。

五是他谦虚、严谨治学的态度。孟老对我说，一个科学家的声誉应该是建立在自己的科学研究上，只有严肃踏实的工作才能得到科学界的承认。一个科学家，为人要低调、务实、求真，用心血做学问，不要为虚名所累。他鼓励我在科学研究中走自己的路。正是在他的鼓励下，1993 年，我完成并出版了自己的专著《宽束电子光学》，受到了他的称赞。

六是他高尚的品德和宽广的胸怀。孟老常对我说，一个人要有人生奋斗的目标，走自己的路，不要为市侩和庸人的议论所左右，不因一己利益的得失而狂妄或消沉，不因前程、仕途或其他特别需要而扭曲自己，更要鄙视那种出卖别人、打击别人、不择手段想上爬的卑劣心态。要像一个真正的人一样活着，这才是最重要的。

每当我想起清华的校训“厚德载物，自强不息”时，我的脑海中便浮现孟老的形象。清华的学子是幸福的，因为他们有这样一位值得自豪、值得永远怀念的师长。

生命的历程还要继续向前，孟老虽然故去，但他的思想长在，精神永存。“高山仰止，景行行止，虽不能至，心向往之。”他是我心中的一杆标尺，是我永远学习的榜样。我衷心希望孟老爱国爱人民的高尚情怀、永不放弃的坚强精神及他对青年学子的热忱关爱，犹如生命力旺盛的种子，在一代又一代清华学子的心田里发芽、开花。

微波先驱，中华脊梁*

——纪念孟昭英院士诞生一百周年

“富贵不能淫，威武不能屈，贫贱不能移。此之谓大丈夫。”

在2005年8月28日《文汇报》虞昊、应兴国写的《“中国三杰”与雷达研制》一文中介绍了我国三位杰出的物理学家：“噪声女杰”王明贞、“微波先驱”孟昭英、“双奖华人”葛庭燧。在写这篇纪念文章前，我先把该文中有关孟老的一段摘录在下面，使大家特别是青年同志对孟昭英院士有一个简单的了解。

“微波先驱”孟昭英

孟昭英（1906—1995），1928年毕业于燕京大学，不久赴美留学，1936年获美国加州理工学院（CIT）博士学位，随后回国，先后在燕京大学和西南联大任教。1943年按清华大学规定，教授任职满5年可获学术休假一年，于是孟昭英应CIT之邀赴美任客座教授。次年，因他是电子学方面的专家，麻省理工学院（MIT）辐射实验室特邀他参加雷达研究工作，交给他的任务是解决雷达天线“一物二用”的难题。一般电子设备（如收音机、电视机）天线的作用只是接收来自太空的无线电信号，而雷达天线则身兼二任：既要把磁控管产生的微波作为雷达搜索的载波发射出去，又要接收来自飞机、军舰等目标对载波产生反射的回波。载波是大功率的（因为要辐射得远），而回波是很微弱的。用同一架天线作发射和接收时，如何防止大功率回波窜入接收线路将它烧坏，是一个伤脑筋的关键问题。孟昭英凭借他精湛的电子技术和极强的动手能力，发明了一个气体放电开关，当雷达在发射大功率载波脉冲时，这个开关发生气体放电，造成通向

* 本文为纪念中国科学院院士、清华大学孟昭英教授100周年华诞所作，2006年7月25日。

接收机里的电机短路，从而保护了接收机里的晶体检波器不被击穿，载波发出后，气体开关又接通，接收机开始工作，接收回波。孟昭英发明的这个气体放电开关命名为“微波双工器”。

1947 年出版的丛书《微波双工器》的第 14 卷序言中介绍了孟昭英的工作。MIT 辐射实验室解散时，美国名牌大学、联邦标准局及一些大企业纷纷出高薪争聘，他一概拒绝。当时国内战局动荡，民不聊生，他毅然克服种种困难，不顾囊中乏款，自费采购了 MIT 的珍贵科技资料和实验仪器，于 1946 年带回国内。回国后，他在清华大学物理系建立了世界一流、国内独一无二的电子学实验室。1952 年，他坚决抵制苏联专家的错误意见，在清华大学创建国内第一个无线电电子系并任系主任，把 MIT 辐射实验室积累的世界最高水平的电子学科技移植到新中国，为新中国的电子学和微波科技事业奠定了基础。1956—1967 全国科学技术发展远景规划的电子学部分，就全部由他制定。

1995 年 2 月 25 日凌晨 3 时，当我拿起电话，知道是孟师母——贺苇老师打来的，内心不由一惊。师母告诉我，孟昭英老师于凌晨 2 时离开我们了。我当时不敢相信这是真的。因为就在一周前，我还推着轮椅，与他谈心，记得我还告诉他我在“文化大革命”中遇到的一些狼狈事，当时他笑得非常开心。这么快，这样一个把国家民族前途看得比什么都重的人，一个在科学技术上做出巨大贡献的人，一个把自己的知识贡献研制雷达支援“二战”的人，我敬爱的人生导师与我永别了，我不禁热泪盈眶，感到深深的悲痛。

我认识孟昭英老师是在 1980 年秋天，当时，中国科学技术协会第二次组团访问美国，孟老师是代表团副团长，我是代表团的一名成员。这样，我便与我一直仰慕的电子学界的前辈认识了，由此结下了我们往来 15 年之师生缘。

在我认识孟老之前，他一直是我敬仰的前辈科学家。孟老是中国科学院学部委员（后为中国科学院院士），是电子学界全国闻名的权威和泰斗，全国科学技术发展远景规划制定者之一（电子学部分）。我当时听说过他的一些经历，特别是他在“整风反右”和“文化大革命”期间所受到的无情打击与残酷迫害以及他的两个儿子不幸遭遇（一个被迫害致死，一个被迫害致疯），其悲惨情状，骇人听闻，这可不是一般人所能承受的。他内心的痛苦和悲哀可想而知。访美期间，我一直伴随左右，然而丝毫没有察觉孟老的痛苦。虽然他已届古稀之年，但每天精神抖擞，参观访问会谈，不停地忙碌着。记得有一次参观贝尔实验室时，一位来自台湾的科学家问孟老，说中国政策老变，今天说改革开放，难道明天就不会变吗？孟老坚定地回答：中国改革开放政策不会变，也不可能变；因为中国接受了过去的教训，改革开放是使国家富强唯一的出路。孟老在改革开放的初期就有这样的认识，真是非常有远见的。他告诉我，这是他的心里话，你到国外看看，这些年，人家的科学技术进步这么快，而我们不仅没有进步，反而倒退了。他衷心拥护改革开放的政策，认为这是国家唯一的出路。

就在访美期间，孟老给了我许多关怀和爱护，使我深受感动。在分专业参观美国一些实验室时，孟老因为我的研究领域是电子光学，便要我作为中国物理学界的青年代表陪同他一起访问参观。他把我一一介绍给当时一些著名科学家如物理学家吴剑雄、诺贝尔奖金获得者杨振宁、查尔斯·汤斯等人，我真的有些受宠若惊。当时，我亲眼见到这些大师和学者们对孟老的亲切和崇敬之情。吴剑雄称孟老为大哥；杨振宁称孟老为先生，他还记得当年在西南联大孟老上课的情景。

与这些大师交谈，更使我受益匪浅。大师们待人之平和、诚恳和谦逊，给了我终生难忘的印象。

从那时起，就开始了我们之间的交往。他把我视为自己的学生和忘年交，有一些事也找我商量，想听听我的意见。虽然我并非他的入门弟子，但我把他当作自己最敬爱的师长，不仅是学业上，更主要是精神上，他是我的人生导师。今天想起来，他关爱我的事情之多，难以一一列举。例如，他帮我修改我出国宣读的论文，纠正我发音，告诉我要注意读准重音。他参加我的研究生学位论文答辩会，担任答辩委员会主席。他出席我组织的全国光电技术学术讨论会，并在会上做学术报告。他亲临我校的光学和电子学科建设的论证会、评议会，等等。鉴于他对北京理工大学的贡献，他被聘为我校的名誉教授。

孟老在我的学术生涯的许多关键时刻给了我许多关怀和指点，使我难以忘怀。1982 年，当院系领导要我带头申报军用光学博士点时，我当时是副教授，我不愿带这个头。当告诉孟老时，孟老批评我说，这不是你个人的事，是关系学校和系的大事，你怎么能退缩呢？我听从了孟老的意见。1983 年，我校军用光学博士点评上了，我也被批准为博士生导师。随后，军用光学博士点在1987年被评为国家重点学科，并得到了世界银行的支持，建立了颜色科学与工程国家专项实验室。大概也是在1983年，孟老专门给我写信，说他刚参加了北京市教育局组织的教授职称评审，感到我的材料和水平并不差于那些申报人，鼓励我申报教授职称。1984年，我被国家人事部和国家科委授予“国家级有突出贡献的中青年专家”称号，同年8月，我被国家教委特批为教授。这些，当然都与孟老热忱推荐有关。1993年，我的一部专著《宽束电子光学》出版前，把书稿给孟老看，请他写个序。孟老毫不犹豫地答应下来了。他写好后，序中对我充满鼓励和赞扬之词，还问我可否。后来我听到多位到孟老家探望他的人对我说，孟老给他们展示《宽束电子光学》一书，倍加赞扬。1995年2月，就在他逝世前几天，他要贺苇老师给我打电话，要我申报中国科学院院士，他愿作为提名人推荐我。因为我觉得自己水平有限，对是否申报正在犹豫中。贺苇老师告诉我：“你的院士事，孟老一直牵挂着。你不申报，老人家不高兴。”1999年11月，当我得知自己当选为中国工程院院士的第二天，我就上北京金山陵园孟老的墓地献花，告诉他我的当选事，以告慰天上的英灵。

我曾经听清华的老师诉说孟老在“文化大革命”中所受的惨状，不禁潸然泪下。所以我和他相处这些年，从来不问，他也绝口不谈自己在“反右”和“文化大革命”期间的遭遇，因为回忆“反右”和“文化大革命”的经历是一件十分痛苦的事。但我深深感受到，他是一个非常坚强的人。他在最困难时，坚信光明一定会到来，而且相信自己一定能看到这一天的到来。因之，他并没有被打垮；相反，他更坚定了，更勇敢面对降临的灾难。他对自己的死亡并不畏惧。有一天我们闲谈，他说，在送他走时，不要给他奏哀乐，而要奏贝多芬的第九交响乐（《胜利进行曲》）。“谁笑到最后，谁笑得最好”。他的确是无愧于祖国和人民离开这个世界的。

1957年以后，孟老无奈退出了学术界。依孟老的超一流的学识和才华，他可以做很多工作，无论在科学上，或是在人才培养上，他原本可以有很多贡献的。他想做，但不让他做。他没有事情可做，只能在家教他的孙子——他的疯儿子的孩子。等到允许他做了，他已经是古稀之年了，创造的年华已经逝去。这是作为一个世界级科学家的他最大的痛苦。

孟老出身于贫苦家庭，他始终对贫困家庭的子弟求学困难给予深深的同情。从20世纪30年代当教授起，他总是想着要帮助一些学习上进却上不起学的学生。北京理工大学郑联达教授、北京大学吴全德院士都给我讲过当年在西南联大孟老接济他们和其他同学的故事。直到逝世前，他还拿出自己仅有的积蓄设立助学金，以救助清华上学的困难学生。

虽然孟老的一生遇到了许多不幸，但他感到他的晚年还是幸福的。他亲眼看到“四人帮”的覆灭，许多不公正的事都被平反了，国家走上了改革开放的康庄大道。最主要的是，他告诉我，他幸有贺苇老师做伴，使他度过了一个幸福美满的晚年。贺苇老师也像孟老一样，给了我许多关爱和温暖。

这15年的交往，对我来说，是极其珍贵的。孟老的一生就像一本教科书，每一件事都在教育我，使我感动。孟老虽然话不多，但宁静谦和，平易近人。他的为人集厚道和刚正、坚强和谦逊、无私和正直于一身，使人不得不折服和钦佩。他为人之正直和为学之严谨是我永远学习的榜样，并且激励着我前进。

每一次去看望孟昭英先生，他从来都是鼓励我们青年一代要有志向，不要计较个人得失，不要图个人名利，要为民族大义尽到点点滴滴的努力。与他谈话，我都觉得学到了许多书本上学不到的知识，并得到一种无形的精神力量。他的伟大人格、思想和业绩，令人仰慕与仰望，我们做不到像他那样的高尚和伟大，不等于世间从未有过这样的理念和美德。

孟老走了，留给我是悲伤和怀念，想到他的一生，为国家和民族做了这么多的事，却受到这样不公正的待遇，心中觉得无限的悲凉。

孟老的一生，无论辉煌或坎坷，爱国爱民之心不变、为国为民之志不移。他一生过着低调的生活，淡泊名利，不提个人恩怨，从不标榜自己，不怨天尤人，不做违心事，不说假话、空话、套话，待人接物虚怀若谷。在祖国危难时，他拒绝高薪聘请，毅然回国，还尽自己囊中所有购买了珍贵科技资料和实验仪器，献给祖国；他一心盼望祖国富强，痴心不改，无怨无悔；在自己无辜遭受摧残时，面对迫害和打击，甚至丧子之痛，他坚守自己的信念和学术品格，始终屹立着。他在自己生活拮据和困难时，还始终想着贫困有为的青年学子，倾自己所有，希望他们的学习能继续下去。孟老的品德之高尚，意志之坚强、爱国之忠诚、热爱青年学子之热忱，哪怕只要有一小部分存在于中国今天的知识分子中间，中国就会面临一个比较光明的未来。他是一个无比坚强的人，一个真正的大写的人。古人云：“富贵不能淫，威武不能屈，贫贱不能移，此之谓大丈夫。”他确是这一时代中国知识分子中大丈夫的一个典范。无数像孟老这样的优秀知识分子构成了我们国家和民族的脊梁。

今年是孟老诞生100周年，他的一生无论成就或是挫折，给我们留下了一笔宝贵的遗产，值得我们总结。今天，纪念我国这位发明世上“最小电子管”和发明“微波双工器”支援“二战”、终生热爱自己祖国和人民、不屈不挠维护学术品格与尊严的世界一流科学家，具有特别的意义。他对发展祖国科学事业的虔诚之心，特别是他甘为人梯、对青年学人的提携和关爱的赤子之心，以及他对真理的无畏追求和向命运抗争永不屈服的精神，永远是我学习的榜样。他虽然离我们而去了，他那崇高的思想和品格，不屈不挠的精神和毅力，以及他宝贵的学术思想和成就将永远被世人铭记。

先生之风，山高水长*

——纪念王大珩院士逝世一周年

大珩先生是中国“创科学伟业，播光学种子，育一代英才，开一代风气”的人。

2011 年 7 月 21 日，王大珩先生因病逝世了，一个一生推动中国光学前进的人，永远和我们离别了。噩耗传来，我正在国外，想起我们失去了这位为中国光学工程事业献出一生的敬爱的老师，我的心里感到隐隐的阵痛。我立刻发了一封唁电给王森同志，临时凑了一副挽联：“辞权威，辞泰斗，辞光学之父，天地只今留正气。爱祖国，爱人民，爱光学事业，浩然千古有楷模”，表达自己对王老的敬慕景仰之情。

大珩先生是中国光学界一面高扬的旗帜，他是新中国光学工程事业的开拓者和奠基人。中国光学界幸有他把舵领航，才有光辉灿烂欣欣向荣的今天。我们深深敬爱他，感谢他。

1997 年以来，我有幸常受大珩先生的指导和教诲，得到了不少教益，终身难以忘怀。他那坦荡宽广的胸怀，正直刚毅的品德，博大精深的学问，卓越进取的精神，平易近人的作风，关爱青年的情感，以及对祖国和人民的热爱，为我们树立了一个标杆和旗帜。凡是与他接触相处过的人，无不受到他精神的感染，他是我们学习的光辉榜样。

与大珩先生相处这一段时间，无论在学术上和思想上获得的教益和收获，真是读多少年书也是学不到的。这里所写的是自己对大珩先生的治学和为人的一些认识和体会，但由于相处时间并不太长，对先生的认识和了解是很表面的，期望能得到大家的指正。

一、杰出的科学组织家

通常，从事科学研究的人员大致可分为两种类型：

---

* 本文原载《科学中国人》2012 年第 13 期总第 229 期。

一种是逻辑思维比较强的人，适合于从事某一领域的科学研究。这些人长期工作在第一线，有丰富的科研实践的经验，懂得科学发展规律。其中不少人终生在自己的科研领域勤奋耕耘，发明创造，著书立说。他们的科学成就打上了个人的标记，汇集在科学技术发展的历史长河中。

这一类型的科学家，可以称他们为科学专门家。如果按他们的思想方法分类，也可分为两类：一类是推测型的研究人员，他们的方法是运用想象和直觉来得到解决问题的办法，然后凭借实践和观察检验自己的假说；另一类是条理型的研究人员，他们一步步谨慎地推理，收集了大量材料和资料后才得出解决问题的方法。

另一种是想象力丰富、思想敏锐、判断果断、概括能力较强的人，适合于从事科学研究的组织领导工作。这些人不一定要亲自从事某一具体的科学研究，但有广博的知识和全面的组织才能，对本领域和科技发展的趋势有全面的了解。他们更善于分析问题，判断客观，思想开放，拥有全局观念，富有启发性，能在错综复杂、把握不定的环境中察觉事物的本质，并有决策能力；是“智多星”“舵手”型的人物。

在一个国家的科学发展初期或转折时期，后一类型的科学家往往是科学先行者。他们在科学园地披荆斩棘，给后来者开辟领域。他们往往并不直接从事耕耘，但把自己的智慧和才能，融合在别人的科研成果之中；他们能充分发挥研究人员的才能，弥补从事专业研究的人只具有深刻性，而缺乏系统性、广泛性的弱点；他们能引导各方面的专家围绕着同一课题或工程发挥作用，使每个人的不同才华得以充分发挥，共同为同一任务努力。他们有些像电影中的导演，也许他们本人并未担任某一具体的角色，但他们能导演出气势磅礴、令人赞叹的影片来。

这一类型的科学家，可以称他们为科学组织家，其中一部分往往成为战略科学家。他们中的大多数是由科学专门家转来，既经过科技实践的实际锻炼，了解科学技术发展规律及学科发展趋向，又确实有科学组织领导能力，且德识才学超乎常人。他们往往是大项目的总负责人、首席科学家或总设计师。

新中国成立以来，我国培养了成千上万的科学专门家，也涌现了不少优秀杰出的科学组织家和战略科学家。他们经验丰富、学识渊博、思想深刻、眼光远大，具有杰出的组织才能和决策能力。我所认识的“两弹一星”元勋之一——王大珩先生，就是后一类型科学家的杰出代表。20 世纪50年代初，王大珩先生自英国留学回国不久，便出任中国科学院长春光学精密机械研究所（简称“长春光机所”）所长，挑起了发展新中国光学事业的重任。在他主持中科院长春光机所期间：1958年，长春光机所以研制成功高精尖光学仪器的“八大件”而闻名全国科技界。1960年，国家向中科院长春光机所提出研制大型精密光学跟踪电影经纬仪——“150工程”的任务，用以测量中程导弹飞行弹道轨迹，评定制导系统的运行精度和获取成像电影记录。长春光机所在全国各兄弟单位大力协同下，经过5年不懈的努力，终于研制出超过原设计指标的我国第一台大型光测设备。1980年，长春光机所等研制的激光、红外、电视经纬仪及船体变形测量系统两项科学工程，出色地完成了我国向南太平洋发射远程运载火箭试验中的火箭载入段的跟踪测量任务。王大珩先生不仅是这些项目的领导者和组织者，而且又是研制者和实践者。他开拓方向，亲挑大梁，以他的智慧和才能，率领年轻学生们出色地完成了任务，使新中国的靶场光学装备迈入了国际先进的行列。

当年，中科院长春光机所接受“150工程”国防任务时，包括他在内，没有一个人有从事这样巨大工程任务的经验。“150工程”要求能对弹道轨迹进行跟踪、记录、测量角坐标，并同时摄取导弹姿态，通过二至三台经纬仪的同步测角交会以获得飞行目标的空间轨迹。有关作用距离、定位精度、测速精度等性能指标要求，远高于当时国内所有的同类型进口仪器。这是一项庞大的工程，是一台包括光学、精密机械、电子设备和自动控制等综合技术的大型光学精密测量装备，仪器总重量7 000公斤以上，难度是极大的。显然，无论从工程规模、技术水平还是研制力量上都超出当时长春光机所的能力。长春光机所当时正值从研制光学精密仪器向光、机、电、控仪器升级的转变初期，又没有国外大型仪器可供借鉴，只能参考国外文献中的一般描述和外形照片，其困难可想而知。

当时，大珩先生清楚知道项目的风险和前景：这是一个需要经过一番艰苦的努力和一系列创新才能实现的项目，对长春光机所的科技人员是一个极大的锻炼和考验，但可以依托这一任务在光学领域全面建立学科技术基础和培植自我开发能力。面对国防迫切需求的形势，大珩先生相信长春光机所的实力和技术水平，毅然承担了这项光荣而艰巨的任务。接受任务后，大珩先生等在党组织的支持下发动全所技术力量对设计方案进行反复论证，对一些关键机构，特别是跟踪系统，建立了试验模型，对材料和工艺进行预研试验，又到试验基地参观考察。他们又把工程分解为几十个专题，每一个专题都有专人负责。在精益求精的思想指导下，全所上下群策群力，再加上协作单位的大力支持，工程进展得十分顺利，这项参加人数多达600人、历时五年半之久、由几百个子项目组成的大型复杂的科研工程，从总体方案制定开始到理论分析、设计；从总装调试，到现场试验，都是一次成功。这真是一个奇迹，是一项足以值得国人自豪的伟大工程。经国家鉴定，其性能远胜于当时进口的同类仪器。“150工程”的研制成功，摆脱了对外国的依赖，争得了国防建设上导弹弹道轨迹光测技术的自立，开创了我国独立自主地从事大型精密光学装备研制和生产的先河，同时也培养了一大批专业技术人才。

在完成“150工程”和测量船光学设备等一系列国防重大任务过程中，大珩先生在长春光机所建立了全面的光学工程学科的技术基础，锻炼和培养了一批在光学工程领域里能综观全局、驾驭总体、理论联系实际、团结协作的科学专门家和科学组织家。他本人不但肩负全面领导组织工作，而且对多项技术难关提出了具体实施方案，均获得了成功。当他与我谈起“150工程”时，颇有感触地说，作为一位技术首席，面对一项重大的科研任务时，要有一种科学直觉——判断技术关键和任务完成可能性的直觉；在决定方案时，既要有勇进的胆识，又要有稳健的判断；而在付诸实施时，又需要致密的规划，甚至需要随着实际情况的变化，相应地变更一些计划。此中艰辛，局外人是很难体会的。

大珩先生学识渊博，具有正确评价各种技术方案和立即将关键问题阐述清晰的卓越才能。他那博学的才能、准确的判断和敏捷的思维，能一下子抓住事物的本质，使人豁然开朗。他以身作则，从早到晚投入工作；以满腔的热情、精确的计划、在行的评估去进行领导，鼓励科技工作者为国防事业献身。

大珩先生不但对所从事的专业领域科技发展以及对世界科技总体发展有超乎寻常的清醒认识；而且拥有一种不拘泥于现实事物的眼光，一种能对现实事物做超越性审视的眼光，能清晰地看到科技未来的发展趋势及它对国家、民族、社会的影响。他根据光学工程、仪器仪表、计量科学、遥感技术等学科和产业自身的特点和发展规律，在各个不同的历史时期，利用各种不同的场合，多次向国家和政府提出支持和加快发展的建议。这些建议得到了党和国家领导人的重视，许多意见被政府所采纳，对推动和加快我国这些领域的技术和产业的发展发挥了重要作用。

我认为，当我们今天回顾这位新中国光学工程事业奠基人当年走过的脚步，思考他开创我国的光学工程伟业，总结他的治学经验和创业历程，对于我国科学技术的发展是具有借鉴意义的。诚然，大珩先生的成功有时代赋予的机遇，是历史把他推上了发展新中国光学工程事业这一重任。但大珩先生的成就主要靠他自己，有深刻的个人因素。大珩先生既是一位科学组织家和战略科学家，又是一位科学专门家，是中国光学界公认的“领袖人才”。在他身上我们可以看到，一是博大精深的科学才能；二是卓越的领导和组织能力；三是思想品德高尚，胸怀宽广。三者缺一，就很难达到杰出的科学组织家和战略科学家的水平和境界。特别在今天，我们深深感到高水平的科学组织家和战略科学家的匮乏对于我国科技事业的影响。高技术呼唤着深谙科学发展规律又有奉献精神的科学组织家和战略科学家。如何创造条件使我国出现更多的科学界的“领袖人才”，大珩先生等“两弹一星”前辈科学家的榜样具有普遍意义，值得我们思考和学习。

二、魅力型的科学大家

作为一个科学权威，大珩先生无论在长春光机所或是在北京中科院高技术局工作，他对人和事物都有惊人的洞察力。当年，在承担“150 工程”时，他清楚明白所承担的任务面临的技术关键和问题的所在，也清晰了解他周围年轻科技人员甚至工人技师们的能力和才干；他总是给人鼓舞和指导，使他们的聪明才智充分地发挥出来，并在任务中协同一致。大珩先生具有热心提携青年、奖掖后学的美德及开放性的精神，他在性格上是幽默的、外向的、合群的。虽然他是中国光学界公认的科学大家，但他从不以权威或大师自居，坚决反对光学界的同仁和他的学生们称他为“权威”或“大师”。他像一棵常青大树，树根深深扎于肥沃的土壤之中。他十分重视科技人员的创造性的思想和构思，并能迅速抓住它，及时推动它付诸实施。他习惯于平等地与同事们和科技人员们包括他的学生广泛地讨论科学问题，并善于在讨论中抓住他们的思想闪光，尤其尊重他们的首创精神。与大珩先生一起工作过或相处过的人，受到深深感染的不仅是他的智慧、勤奋、执着及其宽广的学术视野，还有弥漫在他身上对外部世界的浓厚兴趣和沁人心脾的人文气息。他中西贯通、古今融通、文理会通，知识面宽，说古道今，妙语连珠。大珩先生是一位极有魅力的学者，与他讨论问题时，都感到“如沐春风”，而他给人的教育“润物无声”。他与集体水乳交融，所有的人都深深尊敬他、爱戴他，年轻的科学工作者把他当作学习的楷模。

大珩先生对当年在中科院长春光机所的青年科技专家的表现非常赞赏，念念不忘。他多次给我讲述当年所内一些青年科学家的杰出成就和贡献：如唐九华在“150 工程”的具体设计工作中的核心作用；如邓锡铭和王之江在 1961 年研制出在结构上有自己独特创新的我国第一台红宝石激光器（仅比美国梅曼的发明晚一年），他支持他们投书《科学通报》报道我国的成就，阐述激光问世的科学意义及其发展前景；如王乃弘在 20 世纪 60 年代初研制出红外变像管和三级串联像增强管的开创性贡献。还有林祥棣的贡献，等等。他不止一次对我说：他的成就主要靠大家共同努力，包括各级党组织的支持和党员的先锋模范作用，其中有许多是学生们的贡献，最重要的一条是充分发挥了青年人的作用。

正因为大珩先生的心中有明确的目标和方向，他善于使各方面的专家并肩前进，了解他们的特长和优势，发挥各方面从上到下的积极性，从而在长春光机所的科学群体中形成使命感和凝聚力。他积极创造促使创新思维产生的学术环境，使优秀人才和学术带头人脱颖而出。在大珩先生所创造和培育的学术氛围和环境下，长春光机所内群英荟萃、人才辈出，并造就了一支特别能战斗的、具有极强凝聚力能打硬仗的优秀科研队伍。在他们身上体现了中国知识分子和科技人员的浩然正气和革命精神，即热爱祖国、自力更生、艰苦奋斗、无私奉献的献身精神，崇尚科学、实事求是、脚踏实地、追求卓越的科学精神，刻苦钻研、追求一流、敢于创造、勇攀高峰的创新精神，大力协同、团结协作、讲求正气、提掖新人的团队精神。

几十年来，大珩先生不但使中科院长春光机所成为新中国光学事业的基地和摇篮，而且为国家培养和输送了大批光学科研骨干。值得提出的是，仅从长春光机所出身，通过一次又一次完成国家急需的科研任务，自力更生、艰苦拼搏、锻炼成长，到 2001 年就有 15 人先后被遴选为中国科学院院士或中国工程院院士。他们把个人理想与国家发展结合起来，把自己融入祖国的光学事业中去。毫无疑问，他们的成就有深刻的个人因素，但大珩先生本人以及他所创造的学术氛围和环境对他们的成长无疑有巨大影响的。由此可见，中国青年知识分子的优秀代表蒋筑英同志出自中科院长春光机所，他也是大珩先生的学生，这一切便不是偶然的了。

三、平凡而伟大的学者

早在青年时代，大珩先生就有远大的抱负，立志为祖国富强而奋斗。他曾对我说他为什么放弃攻读博士学位的机会，由英国谢菲尔德大学转到伯明翰昌司玻璃公司工作，为的是专攻光学玻璃的工艺研究，学习最先进的技术，以期回国后能更好地报效祖国。就在那时，大珩先生便显露了过人的才华。他是英国最早研究稀土光学玻璃的二人之一，曾获得发明专利；他发展了 V－棱镜精密折射率测定装置，并在英国制成商品仪器，他因这一成就获英国科学仪器协会第一届青年仪器发展奖。

他在全国解放前（1948 年）由英回国，先到上海，后辗转由香港经朝鲜到达刚解放不久的大连，参加创建大连大学并主持创建应用物理系。他决心回到满目疮痍、百废待兴的祖国，就是要为新中国的科技事业贡献自己的一切。1952 年，当他受命在长春组建科学院仪器馆（后为中科院长春光机所）时，他以巨大的热情投入到祖国的建设事业中去。

他以一颗赤忱之心报效祖国，几十年来，在科学研究中，无论遇到多大的困难和艰辛，他总是矢志不移、全力以赴，努力不懈地工作。在十年动乱的日子里，他与群众患难与共，对“四人帮”的倒行逆施进行抗争；群众也支持他，保护他。至今仍使他铭感肺腑的是，由于聂帅提出要保护一批科学家而使大珩先生也在被保护之列；而长春光机所由于承担着重要的国防任务而特别指示得到“军护”（是全国唯一的“军护”单位）。这使得长春光机所在纷乱的环境下在大珩先生周围凝聚着一股不顾个人安危的力量，坚持不懈地为国防建设而日夜奋战。他清楚地记得，当时的所党委书记贾力夫同志和大珩先生的助手龙射斗同志等，以党员的正义感在极端困难的条件下保护着他。他至今仍深深怀念那些不幸牺牲的同志如王子馨、刘正经、余杰等亲密战友。

1983 年他调到北京工作，主持中科院技术科学部学部工作。此后，他关心的面更宽了，工作更忙了。

20 世纪 80 年代中期，美国战略防御倡议（SDI）和西欧“尤里卡计划”等高技术计划纷纷出笼，在世界各国引起了巨大反应。大珩先生忧心忡忡，十分担心我国在未来的高技术竞争中落后挨打，认为我国也应采取适当的对策，否则我们多年来经过不懈努力，由两弹一星等尖端高技术所形成的举世瞩目的国威势难保持，从而影响我国的建设和国际地位。在国防科工委召开的座谈会上，大珩先生和与会专家们形成了这样一种见解：要以有限的目标，突出重点地进行高技术跟踪，所取得的成果还要有带动一片的作用。更为重要的是，我国多少年来通过国防尖端技术发展而锻炼出来的一支经验丰富、高水平的科技队伍（他们是国家的宝贵财富）不至于流散，并借以培养年轻一代，为21世纪祖国科技的发展铺设道路。1986年3月，由他发起并与王淦昌、陈芳允、杨嘉墀三位著名科学家联名向国家最高领导提出关于发展我国战略性高技术的建议。建议很快就得到了中共中央和邓小平同志的批准。此后，他的倡议经过一系列的高级会议和专家讨论，发展成为著名的“863计划”。这个计划的主要目的是在选定的生物、航天、信息、自动化、新材料、能源、激光等七个高技术领域内，跟踪世界先进水平，通过不断创造和实践，缩小同发达国家的差距。“863计划”的形成和实施现在已见实效，对我国科技发展有着深远的影响。后来，他对我国的“中长期科技发展规划”也十分关心，提出了许多建设性的意见和建议。

21世纪初，大珩先生在自述中写下了自己毕生的经历总结的十六字经验启示：“面向需求，务实求是；传承辟新，寻优勇进。”这十六个字，应该成为我们每一个科技工作者的座右铭。他告诉我们：科技一定要面向祖国四化建设的需求，要崇尚事实、实事求是，既要继承、又要创新，要寻找最优的路线和方法，勇敢地跨越前进。

大珩先生是一位朴实而杰出、平凡而伟大的学者。他的一生是有明确方向的，当他接受了建设中国光学事业的任务后，他一直坚定地向前进，没有任何犹豫和彷徨。在他身上，体现了我国老一代知识分子热爱祖国、献身科学的高尚情操。在七十高龄时，他作了一首词，表达了他献身祖国光学事业的自信和自豪：

七十咏怀

光阴流逝，岁月峥嵘七十。
多少事，有志愿参驰，为祖国振兴。
光学老又新，前程端似锦。
搞这般专业，很称心。

如果有下辈子，他仍然会选择光学。

大珩先生时时刻刻想的是祖国、人民和工作。虽然他年岁已高，但思维清晰，仍对外部世界有浓烈的兴趣，渴望知道祖国建设的成就。2003 年 10 月 15 日上午，我去探望他，正好电视中播出“神舟五号”上天，他不胜欣喜，给我看了他刚刚写就的一首诗：

祝贺我国航天载人飞行发射成功

倾力攻关二十年，为了空间人上天，念咱先人首探求，庆我今朝终实现。

举国上下齐昂扬，喜看国力益增强，宜将欢庆化动力，奋向全面奔小康。

他对我说，我国明朝的一位勇敢的火箭发明家（万户）最早就有上天的设想和尝试，今天我们终于实现了先人的理想。这是中国科学界的一件大喜事。

当神舟六号遨游太空回来后，他对我国航天界这一辉煌成就无比喜悦和高兴，非常激动，又赋诗一首，表达自己的心情：

祝贺神舟六号载人飞船计划圆满完成

十几年艰苦拼搏　只见那　精心策划　大力协同　全神贯注　确保无虑　唱一出　惊天动地　珠联璧合　节奏有度　丝丝入扣　登峰造极　载誉四海　的确是盖世好戏

亿万人纵情欢庆　又看到　科学发展　自主创新　以人为本　矢致小康　有多位　赤胆忠心　任重道远　人舟共济　步步攀登　凌驾太空　环绕全球　真可称航天英雄

大珩先生在我国光学界具有很高的威望。古代有凡事“折中于夫子”一说，而我们光学界当遇到一些疑难问题或意见不能统一时，往往都说找王先生，都愿意聆听他的意见和看法。为什么大珩先生这样受到人们的尊敬和爱戴呢？一个最主要的原因是，大珩先生是一个没有私心的人、一个高尚的人、一个公正的人。他对事物的分析总是那么透彻精辟，见解总是那么中肯正确，娓娓道来，合情合理，使我们每个人心悦诚服。他没有门户之见，无论对谁的成就，他都为之欢欣鼓舞；对振兴祖国建设的科学建议，他都会竭力支持；对不合理和不公正的事，他都会仗义执言。

四、高山仰止，心向往之

大珩先生是一个很尊重人的老先生，无论何时，他与人谈话都是客客气气，很尊重人的，从不以权威自居，而且认真听取人家的意见。但他对自己指导过的研究生或长春光机所和长春理工大学等老部下和亲密的人，要求是很严格的，即亲者严，不管他现在是教授、所长，还是校长、部长，凡做错了事或思想工作作风有问题，他批评得很严厉，毫不留情。他的秘书对我说，有一次听到王老对他弟子的批评之严，吓得他赶快躲开了。虽然这样，大珩先生的批评不是想把人家骂倒，而是要他觉醒并改正之；事后，先生在很多场合还是为他说好话的。他是一个亲者严、疏者宽的人。对不是他的学生或部下的人，或者不很熟悉的人，即使有意见，他的批评是很婉转缓和的，即疏者宽。以我而言，我与大珩先生相处10余年的日子，他一直对我非常客气和尊重，从不直呼我的名字，因为我不是他的嫡传弟子。有一次，他想到成都参加中科院光电技术研究所举办的先进光学制造国际会议，但医生和家属都不同意。他便找了我，要我作为他的代表到成都参加会议并祝贺会议的召开。我向王老推辞，因为正好那时北京市青少年科技俱乐部的孩子们在我系的科普活动结束，我要主持闭幕典礼。王老就对我说，你代表我到成都去，我代表你到你们系与小朋友会见。王老那次到我系，还讲了话，使小朋友们特别欢欣鼓舞。王老就是这样支持先进光学制造的学术活动和关怀青少年的成长的。还有一件我个人的事我想简单说一下。21世纪初，我在中国光学学会工作时，有一件事使我的自尊无端地受到了伤害，我非常生气，坚决要辞去中国光学学会常务理事和副理事长的职务，并且拒不参加常务理事会的活动。这件事我没有告诉大珩先生，怕增添他的烦恼。后来王老知道了，在中国光学学会全会选举第六届理事会及常务理事会的前夕，王老希望我去参加会议，请他的秘书转告我八个字："一人向隅，举座不欢！"这使我很惭愧，我自责自己太意气用事了，便在第二天去参加会议。那次会议他坐着轮椅也来了，看到我到会了，便与我亲切握手，十分高兴。

大珩先生非常谦虚，他曾多次对我提到学部委员（院士）龚祖同先生，我国光学事业先驱者之一，称道他的贡献，回忆与他一起炼出我国第一炉光学玻璃的情景。他说龚先生渊博的知识、严肃认真的工作作风及对培养后人不遗余力的精神，是他学习的榜样。他还经常提到叶企孙、吴有训、周培源、严济慈、钱临照、丁西林以及钱学森等老先生对他的帮助。他屡屡与我谈起，由于时代的需要，他很早就走上科技管理工作的岗位，他对科学贡献太少了。但我对他说，大珩先生这样的经历实在是中国光学之大幸。

通观大珩先生一生，以应用光学和光学工程为其专长，领域遍及激光技术、仪器仪表、计量科学和空间遥感，其成就贡献，并不限于领导“八大件”高精尖光学仪器及“两弹一星”中大型光学观测设备的研制。而他自领导中科院长春光机所始，带领一批青年学人在光学领域披荆斩棘，开拓方向，并使国内光学生根开花，至执掌中国科学院技术科学学部，到“863 计划”倡议的提出，以及近年来“大飞机计划”“中国光学科技馆”等倡议的提出，使中国科技特别是光学科技跟上时代潮流，影响深远，国人无不感念先生眼光远大。他晚年的科学活动不仅是考虑光学，仪器科学和计量技术等，他对祖国的航空、航天事业的发展和国家安全十分关心，从战略的高度也提出了许多宝贵的建议。

大珩先生执新中国光学之牛耳近六十年，尽瘁报国、求实创新、身体力行、爱才若渴，始终为祖国的科学事业奋斗不息，他不但使中科院长春光机所成为新中国光学事业的基地和摇篮，支援了上海、西安、合肥、成都和北京等地光机所和技物所的建设，并为国家培养和输送了大批光学科研骨干，造就了众多科学院和工程院院士。真可谓“创科学伟业，播光学种子，育一代英才，开一代风气”。我国光学界众多专家认为：中国光学，若无大珩先生，断不会有如此大发展。

大珩先生在我国光学工程领域是一位创业者、开拓者、组织者和奠基人。他的学问道德和科学实践给我国学界很多宝贵的启示。特别是在今天，我们都盼望我国的科学家创造世界第一流的科研成果，其中包括可以获得诺贝尔奖的成果，这是中国在世界复兴的需要。我想，我们首先需要探讨的是，应该造就什么样的学术带头人，应该创造什么样的学术氛围和环境，应该怎么样培养我国新一代的科学家。

从中科院长春光机所成长为新中国光学工程事业的基地和摇篮，人才辈出，硕果累累，可以清晰地看到大珩先生作为科学组织家、科学战略家的作用：他的博大精专、高深造诣的学术素养，他的一心为公、尽瘁报国的高尚思想，他的诚以待人、严以律己的宽广胸怀，他的虚怀若谷、平易近人的民主作风，他的身体力行、不畏艰难的奉献精神，他的关爱青年、提携人才的无私情感，他倡导的温馨宽松、团结合作的学术氛围和环境，无疑地影响和感染着周围的人，从而造就了一支特别能战斗、思想作风过硬、学问技术精湛的科研队伍和一大群优秀科技专家和学术领导人。因此，大珩先生的经历给我们的一个重要启示是，一个科研院所或高校包括重点实验室，若无优秀杰出的学术领导人，要想取得世界一流高水平的科学研究成果，几乎是不可能的。

大珩先生的一生给我国光学界乃至科学界树起了一面高扬的旗帜，一个光辉的榜样。“高山仰止，景行行止，虽不能至，心向往之。”他是我国光学工作者心中的一杆标尺。我们大家尊敬他、仿效他，要以他为榜样，像他那样赤忱地热爱祖国，无私地对待工作，真诚地对待同志。

在这里，我想起伟大的爱因斯坦评价居里夫人时所说的一番话：“第一流人物对于时代和历史进程的意义，在其道德方面，也许比单纯的才智成就方面还要大。即使是后者，它们取决于品格的程度，也远远超过通常认为的那样。”这番话说明了一位伟大科学家学术创造的人格特征，用到大珩先生身上，同样是当之无愧的。在严谨治学、博采众长，为人师表、严以律己、正直谦逊、平易近人，甘为人梯、关爱青年上，大珩先生是我们学习的典范。因此，我们需要学习和发扬光大的不仅是他的学术思想，更重要的是他为人的精神和风骨。大珩先生的思想和实践对于全国光学界乃至科学界都是极为宝贵的精神财富。

大珩先生既是一位能做学问的学人，又是一位最能办事、最有组织才能的领袖人物。他的精力、智慧过人，情感最有热力，为人热情奔放，同时又是一个条理清晰、有很强的遇事决断能力、干实事的人。人世间这些极为难得的品格聚集在他身上。他的一生为我们树立了一个光辉的榜样。

先生之风，山高水长。

大珩先生永远活在我们心中。

大爱无疆，人文情怀*

——忆大珩先生的博大胸襟

“面向需求、务实求是；传承辟新，寻优勇进。”——王大珩

王大珩先生是我们大家公认的科学专门家、科学组织家和战略科学家。我认为，在中国科学家中，他和钱学森先生一样，是属于思想家的人物。思想家是科学家中的最高层次。大家知道，研究科学，最关键的和最难的是出思想。而王老和钱老，都是出大思想、大主意的人物。王老在提出“863”“神光”“大飞机”等重大创议时，在组织科技攻关时，在审查重大科技专项时，总是能看出其中的科学问题，指出解决问题的关键所在，并出点子帮助解决。在科学技术上，他有最大胆的大刀阔斧本领，又能做最细密的绣花针功夫，他是一位做大学问的科学家。在这方面我就不展开谈了。

在今天纪念大珩先生百年华诞的座谈会上，我要谈的，是王老崇高的人文精神。我认为，王老之所以如此有人望，为大家所景仰、所怀念、所崇拜，不仅是他的科学智慧，更主要是他的人文品德和精神。我们大家都是深深地受到他的精神吸引和影响的。

我们常说人文精神，其核心是“以人为本”的思想。这就是：重视人的价值，尊重人的尊严和权利，关怀人的现实生活，追求人的自由、平等和解放。人文精神的内涵是对人的幸福和尊严的追求、对真理的追求、对生活意义的追求。

王老正是一位具有高尚的人文情怀和博大爱心的人，他热爱祖国和人民，热爱生活，热爱青年和儿童。他的一生所贯彻、所实行的就是“以人为本”的思想，他关怀人，尊重人，尊重人的价值，尊重精神的价值。他

* 本文为2015年2月26日在中国光学学会等为纪念大珩先生百年华诞所举行的座谈会上的发言。3月13日以《大珩百岁光永恒》为题刊登在《中国科学报》上。

决不把人视为“工具”，而是发挥每个人的创造性、主动性和积极性。他对于任何人，无论地位高低，富贵贫贱，都是一样尊重，平等对待的。记得有一次，他回长春光机所做报告时，回忆20世纪50年代初建光机所的艰苦岁月。他深情地回忆了与龚祖同先生一起炼光学玻璃的情景，回顾了亲自编教材给技术人员上课、培训技术人才的岁月，以及为研制“八大件”和“150工程”攻关做出贡献的科技人员的姓名和事迹。他甚至还说出那些做出贡献的老技工的姓名，而且说：“他们是做出大贡献的，没有他们的精细工艺，是达不到仪器精度要求的，他们是对长春光机所有功的。”说得那些老技工们热泪盈眶，他们说：“王老真伟大，还记得我们这些最平凡的工人们的贡献。”

长春理工大学原校长姜会林教授曾是大珩先生的博士生，他和我谈起王老时，我们一致的认识是，大珩先生是人间一位稀有的天才。

王老博览文史哲群书，一有空就学习，即使眼睛几乎失明，他还通过放大镜读报，看文件。他中西交融，文理兼通，写诗作词，才华横溢，他是一位多才多艺的人，还会自编自说表演快板和相声。

当神舟六号遨游太空回来时，我去探望他，他告诉我，对我国航天界这一辉煌成就无比喜悦和高兴，非常激动，一夜没睡着，赋了诗一首，题为《祝贺神舟六号载人飞船计划圆满完成》。他说，虽然眼睛看不清楚，但脑子还能用，他一整夜在琢磨诗中的词句。诗如下：

十几年艰苦拼搏　只见那　精心策划　大力协同　全神贯注　确保无虑　唱一出　惊天动地　珠联璧合　节奏有度　丝丝入扣　登峰造极　载誉四海　的确是盖世好戏

亿万人纵情欢庆　又看到　科学发展　自主创新　以人为本　矢致小康　有多位　赤胆忠心　任重道远　人舟共济　步步攀登　凌驾太空　环绕全球　真可称航天英雄

我问他诗中不用通常的“矢志小康”而用“矢致小康”的原因，他说：“前者说的是‘将来式’，想奔小康；而后者说的是‘正在进行式’，在奔小康。”王老对文章的遣字用句非常考究，一份稿件，他总是反复修改，直到满意才放手。

王老的记忆力最强，理解力最强，亲和力也最强，对人和事物有惊人的洞察力。在这点上，和敬爱的周总理极为相似。人们和他会见交谈后，都被他深深吸引而敬服他，他有极强的人格魅力。我实在为他的惊人记忆力而佩服。当我看了“最强大脑”电视节目后，我深信世上确有这样“过目不忘”的人。例如，他与人交往时，能精确回忆若干年前会面时的微小细节。他能说出他当年主持项目鉴定会、论文答辩会以及答辩人姓名和项目名称的种种细节。即使他到北京后，他也能清晰地说出长春光机所的每一位同事的特长和特点，以及他们的功绩，更不用说科学技术中的单位、量纲以及数量级了。新世纪初，我帮他整理《20 世纪中国光学工程的进展》一文时，南开大学召开国际光学圆桌会议，他要我到会代表他宣读该文。我在报告时，每一张投影图片就是照本宣科，一带而过，汇报显得干巴巴的；而他在长春做这个报告时，他能说出，每一台仪器的性能、特点和用途，是谁主持的，如何研究的，水平如何。对于他，每一张投影图片就是一段历史，一个故事，历史在他眼前复活了。

王老是一位最能办事、最有组织才干的天生领袖人物。在主持“150 工程”时，他清楚地明白所承担的任务面临的技术关键和问题的所在，清晰地了解他周围年轻科学家甚至工人技师们的能力和才干；他总是给人鼓舞和指导，使他们的聪明才智充分地发挥出来，并在任务中协同一致。

中科院长春光机所被称为中国光学工程的摇篮绝不是偶然的。长春光机所在大珩先生精心培育下，造就了一支特别能战斗、具有极强凝聚力、能打硬仗的优秀科研队伍。在他们身上体现了中国知识分子和科技人员的浩然正气和革命精神，即热爱祖国、自力更生、艰苦奋斗、无私奉献的献身精神，崇尚科学、实事求是、脚踏实地、追求卓越的科学精神，刻苦钻研、追求一流、敢于创造、勇攀高峰的创新精神，大力协同、团结协作、讲求正气、提掖新人的团队精神。大珩先生是在全国光学界乃至科学界“开一代风气”的人。

在和同事及学生相处时，王老的情感最有热力，他性格幽默、外向、合群，同时他又是一个温柔的、最富于理智的、最有条理的、可爱可亲的人。

王老具有热心提携青年、奖掖后学的美德及开放性的精神，他习惯于平等地与同事们和科学家们，包括他的学生广泛地讨论科学问题，并善于在讨论中抓住他们的思想闪光，尤其尊重他们的首创精神。王老是一位极有魅力的学者，和他一起讨论问题时，人们往往会感到“如沐春风”，而他给人的教育“润物无声”。所有的人都深深尊敬他，爱戴他，年轻的科学工作者把他当作学习的楷模。

王老是中国光学界公认的权威，但他从不以权威自居，他是一位最没有权威架子的大科学家。他坚决反对给他的“中国光学之父”的称谓。

王老屡屡与我谈起，由于时代的需要，他很早就走上科技管理工作的岗位，他对科学贡献太少了。但我和光学界的同事们一致认为，60 年来，光学工程及其事业有大珩先生把舵领航，实为中国光学界的大幸。

当王老辞世时，我曾敬献了一副挽联：

辞权威，辞泰斗，辞光学之父，天地只今留正气。
爱祖国，爱人民，爱光学事业，浩然千古有楷模。

敬爱的大珩先生，您永远活在我们心中！

献身科学，杰出人生*

——纪念我国电子光学的先行者西门纪业教授

西门纪业的好学、勤奋以及对科学的献身精神，是我们学习的榜样。

西门纪业教授走了，我国电子光学与像差理论的先行者、开拓者，一个一生在电子光学领域辛勤耕耘、卓有成就的学者，一个一辈子献身科学的人和我们永别了。我感到深深的悲痛。

1999 年 10 月初，我到深圳参观高新技术交易会和参加院士论坛，那时西门纪业教授正在病中，临行前我与他通了电话，传达了几位电子光学学术界同行对他的问候。到达深圳后不久，接到他逝世的消息，我真不敢相信这是真的。我和妻子在他病中多次去探望他，他总是告诉我们有所好转，安慰我们不要为他挂念，以致我想他会很快恢复健康的。就在前两个月，我从外地出差刚回家，他知道我在找他，便从病房打电话给我，要我不要忘了看电视台正在放映的中国人拍摄的《钢铁是怎样炼成的》的电视剧，他兴致勃勃地给我讲前几集的剧情。由保尔我们谈到自己在早年阅读奥斯特洛夫斯基所著《钢铁是怎样炼成的》一书的感受。因为保尔·柯察金是我们两人在青年时代的人生路标，保尔是一面旗帜，一根标杆，引导着我们前进。“像保尔一样，把自己的青春献给祖国”，是 20 世纪 50 年代我们这一辈人的座右铭，保尔的形象对我们来说比任何一位先辈青年英雄更为深刻。我与西门纪业是同龄人，但他接触革命思想比我早得多，觉悟也比我高，解放前在省立上海中学读书时他就参加了地下党组织，为上海的解放做出了自己的贡献，那时他不到 17 岁。他和我谈到，当年他也有他的“朱达莱（保尔的带路人）”给他讲革命道理。他和我通话的时间很长，全然忘了自己的病情。到了晚上，他又打电话给我，说电视中正在放映

* 本文作于 2000 年 12 月，曾在纪念西门纪业文集上刊登。

《钢铁是怎样炼成的》，要我赶快看。我真是为他的热情所感动。

我很早就知道西门纪业的名字，1958 年，我刚毕业，被派到北大无线电电子学系进修电子物理。那时，吴全德先生是教研室主任，西门纪业是青年教师。但不到 3 个月，学校就催我回校工作了，故我与西门纪业仅一面之识。“文化大革命”开始时，因他在北大已是很有才华崭露头角的青年教师，也被归入反动学术权威一类，虽然他是解放以前入党的老党员，也没有逃过这一劫。粉碎“四人帮”后不久，大约是 1977 年，我给他寄了一本自己编写的电子光学的教材，请他指正，从此开始了我们的友谊。那时，祖国经历了“文化大革命”的灾难后正在复苏，他和我都是 40 多岁的中年人了，“文化大革命”中他所受到的冲击比我大得多，他全然不顾这些，以更大的热情投身到电子光学的教学与科学研究上来。

关于电子光学研究，如果要论资排辈说起来，西门纪业是 20 世纪 50 年代初到北京大学教学的苏联专家谢曼的学生。谢曼当年在北大讲授电子光学理论基础课，并带出了一批学生，如童林夙、丁守谦、朱宜、蒋曼英等，他们可以说是我国电子光学界的第一代，后来都是我国电子物理学界的领军人物。我是在 1958 年才转入电子光学这一行，可以说是后生晚辈。记得那时我抱着谢曼的《电子光学理论基础》、德国学者格拉叟的俄文《电子光学基础》在啃，以及《物理学报》发表的电子光学学术论文，似懂非懂地读着。西门纪业的《复合浸没物镜的电子光学性质的像差理论》和朱宜的《电磁电子光学系统的五级像差理论》的论文给我的印象最为深刻。

20 世纪 80 年代初，我发现一位苏联学者在 60 年代的一篇文章，说西门于 1957 年发表在物理学报的论文《复合浸没物镜的电子光学性质的像差理论》有误，故他又重新推导了像差系数的公式。因为我对西门的这篇论文比较了解，一些细节我都研究推导过。但两篇文章，各执一词，到底谁对谁错，错在哪里必须弄清楚。经过详细推导与研究，我和研究生艾克聪、潘顺臣一起在 1983 年的《物理学报》上发表了一篇论文。一是说明苏联学者的出发点在实质上与西门纪业别无二致，只不过西门把像差方程展开了，而苏联学者并未展开而已。二是说明两篇文章推导的像差系数的表达式的差异，仅是形式上，实质上也是没有区别的。我们在推导的最后，把二者的像差系数一一对应，证明了西门公式之无误，而苏联学者的公式有笔误和系数上的遗漏，从而纠正了这一公案。对此，西门纪业和我都很高兴，我们两人后来又合作发表了一些文章。

西门纪业在1957年发表的上述这篇文章可以说是具有奠基性的和划时代意义的，因为在此之前只有德国学者的文章，但仅限于静电阴极透镜的情况。可以说，从这篇论文开始了他一生的学术生涯，他的大部分的理论电子光学工作是在像差理论上。不仅在电子光学成像系统上，而且在电磁偏转系统、电磁多极系统和离子光学系统上，都有他本人独特的贡献。他的研究不仅限于细束上，而且对宽束也有相当的研究，此外，还涉猎电子光学系统设计与计算等，所涉及的面是很宽的。1986年，西门在美国讲学期间，专门出版了自己的一部英文专著《Aberration Theory in Electron and Ion Optics（电子与离子光学的像差理论）》。这是中国人第一个向西方学术界系统介绍自己在电子光学领域的学术思想和学术研究的著作。西方的学者惊异中国在电子光学领域有如此高水平的研究工作，给予了很高的评价。我敢这样说，世界还没有第二个人在像差理论上有他这样多、这样深入和这样广泛的研究。在电子光学领域，研究三级像差理论就是一件十分艰难的事情，而他又把自己的研究延伸到五级甚至七级。20世纪90年代，他又发展了正则电子光学的理论。

西门的思维十分敏捷，加上他数理基础非常扎实又非常勤奋，他的工作作风是做什么事情都不拖拉，故他的电子光学研究论文一篇接着一篇发表。我和他的老同学童林夙、丁守谦教授谈起他，对他做什么事又快又好，都非常钦佩。我举两个例子。1985年，法国的著名电子光学学者、*Advances in Electronics and Electron Physics*（《电子学和电子物理的进展》）主编P. W. Hawkes博士愿意出版西门的电子光学英文专著，但希望西门自己翻译。西门只花了49天，就把自己的约30万字的著作译出来了，包括编辑和排版。1983年，我与他一起合作研究阴极透镜的变分理论，我们把原则商定后，因为公式非常复杂，我们从两条途径各自推导一套公式，最后进行核对，以便使公式正确无误。他大概不到2个月就得到了全部结果，而我却花了整整半年。

作为电子光学的同行和亲密好友，他一直对我的工作十分支持。我一则是不够勤奋，再加上忙，近几年发表像样的文章不多。他委婉地给我忠告，要我摆脱一些琐事，多做一些学问。我知道他的好意，真想像他那样，在研究上再有所建树。我总是身不由己，老是瞎忙，但一想起他，真不敢有所懈惰。无论如何，我还得努力去做。

西门虽然在研究学问上有很高的要求，但生活十分简朴，吃的可以说“粗茶淡饭”，工作却日以继夜。他不太注意自己的身体，就像一头老牛，吃的是干草，挤的是牛奶。虽然那个年代中国的知识分子都是这样，但我觉得，他实在太艰苦了，他太不注意自己的健康了。我真是为他的逝世感到悲痛，也为我们的电子光学科学界惋惜，他走得实在太早了。

西门纪业走了，他给我们在电子光学领域留下了一笔丰厚的遗产。无论对今人或是后人，他的理论是宝贵的财富。他的好学、勤奋以及对科学的献身精神，永远是我们学习的榜样。

西门纪业教授，安息吧！

缅怀马老，学习马老*

——在光电学院纪念马士修
教授半身塑像前的讲话

马士修：一位纯粹的学者，忠厚的长者。

马士修教授是我校光学工程学科的创始人，曾任工程光学系系主任。20世纪50年代初，进行院系调整时，北京工业学院（现北京理工大学）当时隶属兵器工业部，学科专业方向是为我国的兵器工业培养技术人才。北京工业学院开始设立仪器系时，专业范围很为广泛，包括雷达电子、光学仪器、自动控制（当时还没有电子计算机，但已有电解算器课程）等。1953年，仪器系正式设立军用光学仪器专业，随着时代的发展，后来命名为工程光学系、光电工程系，直到今天的光电学院。

1952年，马士修教授由我校物理教研室转到仪器系工作，主持军用光学仪器专业建设与教学工作。我是1953年考入北京工业学院，被分配学习军用光学仪器。建专业之初，马老便开设了一系列课程，其中给我班（8531班）开的《光学仪器理论》课就是他上的，我至今犹保存着马老讲授《光学仪器理论》课的学习笔记本。马老讲课的时候，先把讲授的内容往黑板上抄，抄完后他逐句解释其概念和细节。这样，学生在课堂上能完全记下他讲授的内容，课下认真复习便能深刻理解并掌握要领。这样的讲课方式很可能在现代青年人看来，觉得效率不高，但对当时学习的学生来说，学习时概念清楚，细节都不放过，因而基础打得十分扎实。

20世纪五六十年代，没有复印机，也没有打印机和打字机，电脑还没有问世，学生复习时一部分是用油印的讲义，大部分是靠课堂上的笔记。记笔记于是就成为那时大学生学习的一项基本功，这也养成了我一生记笔

---

* 时间是2013年12月7日，讲话曾在校刊和光电学院网站上登出。

记、做笔记的习惯。

1958 年，我校决定建设一批新专业，因为夜战在现代战争中的重要性，建设夜视技术专业成为一项非常迫切的任务。马老便带了一些青年教师转到新专业的建设上。我那时刚毕业留校，领导上便要我改行协助马老创建夜视技术新专业。我们几个年轻人一点也没有畏惧，在马老带领下热火朝天地建实验室、开专业课、带学生下厂实习等。1960 年，马老就为新专业的学生开出了电子光学课，我那时担任马老的助教，边学习，边辅导。我记得，每次他讲完课后，我立刻取来他的讲稿进行学习，晚上给学生们辅导答疑。那个年代，一切都是从零开始，因为师资缺乏，上一班同学留校便立刻对下一班的师弟同学进行辅导答疑、讲课、指导毕业设计等。

马老的青年时代，在法国留学长达 9 年之久，但他十分热爱自己的祖国，非常关心祖国的命运和前途。马老是一位极有民族气节的人。他是 20 世纪 20—30 年代在法国学习并获物理学博士学位和工程师学位。回国后，被中法大学聘为教授。当时，李麟玉教授（解放后曾任北京工业学院副院长，是一位爱国民主人士）十分欣赏马老的人品和才华，便把女儿李孟娟嫁给了他。在日本人和敌伪占领北平时期，中法大学被日本人勒令封闭，马老一直作为留守人员在学校照看守护实验室和学校资产。不管生活如何困难，甚至挨饿，他也不肯到北平的一些敌伪的大学里教书，更不愿出来为敌伪政权和日本人做事。那时，生活非常艰苦，马老起初仅靠香港中法大学寄来的一些看守费过日子，后来香港沦陷了，经济来源也中断了，他只能依靠变卖家中首饰旧物度日。就这样，他一直坚持到抗日战争的胜利，始终没有出来为敌伪政权做事，表现出了一个中国知识分子的凛然正气和骨气。不但如此，马老热爱自己的人民，愿把自己的知识和才华献给新中国。1948 年秋，北平和平解放前夕，马老接到法国母校的来函邀请他赴法任教。他本可以携家属离开北平回母校任教，那里有丰厚的待遇、良好的生活和工作条件，但他坚决留下，迎接新中国黎明的到来。

在新中国教育初创时期，马老以最大的热情投入我校军用光学仪器专业的建设中，他没有豪言壮语，总是踏踏实实地工作，而且是哪里需要他就到哪里去。1958 年，他光荣地加入中国共产党。

马老为我校光学工程专业的建设做出了杰出的贡献。20 世纪 50 年代初，高等学校最初设立光学专业就两家：在南方是浙江大学，在北方是北京工业学院，两校都是自力更生、从无到有地建设，成为在光学领域被称为“南有浙大，北有京工”的全国最著名的两座高校。马老呕心沥血，为我们开出了应用光学、光学仪器理论、电子光学等新课，编写了讲义和教材。由于他数理基础扎实，讲课简明扼要，概念清楚，以及他纯朴踏实的学风，从而奠定了北京理工大学光学工程专业扎实的学术基础。在他的带领和影响下，军用光学和光学仪器学科和专业一大批青年教师成长为学科带头人。

20 世纪 60 年代初，组织上派我到苏联留学，马老鼓励我好好学习国外先进技术，希望我回国后把夜视技术专业搞上去，特别嘱咐我要解决夜视中电子光学理论和系统设计的问题。后来我在苏联列宁格勒电工学院当研究生时，导师要我改方向从事超高频电子光学研究，我没有同意，是想到了我不能辜负马老的嘱咐，我一定要完成马老交给我的任务。因此，留苏期间，我是靠自己独立的研究通过了苏联数学物理副博士学位，由此开创了宽束电子光学新方向。

马老给人的印象是一位纯粹的学者、忠厚的长者，总是成天埋头钻研学术与教书，不愿过问政治。他为人正直朴实，从不随波逐流。记得在“大跃进”年代，学校里掀起了一场“教育革命”，一些激进的学生要马老写光学新教材，赶快交稿。马老在上班时，向学生交了一页约 800 字的稿纸。学生们非常不满，斥责马老，说现在是马克思所说的“一天等于 20 年”的时代，北大文学系的师生几天就写出一本几十万字的新书，你怎么只写这一点呢！马老回答说：“如果我能每天写出 800 个字，我就谢天谢地了。”他不善言谈，更不会随着时尚，讲那时人们惯常说的一些进步话语，但他思想感情十分丰富，讲话十分中肯，极富幽默感，当举例说明他的观点时，总是寥寥数语，恰中要害。

“文化大革命”一开始，马老也受到残酷的迫害、戴高帽等。但他深信，正义一定会胜利。可惜的是，后来他的眼睛几乎完全失明了。马老的生活十分俭朴，他逝世后，家属按照他的遗愿，把他几十年来节余的 2 万元（20 世纪 80 年代中期，2 万元可不是一笔小数目）捐出来设立了马士修工程光学奖学金，关爱从事光学工程研究学习的莘莘学子。

在光电学院建立 60 周年之际，在学院大楼内树立马士修先生的半身塑像，以纪念这位为光学工程教育事业做出杰出贡献的开创者，具有特别重要的意义。望着他的铜像，缅怀马老光辉的一生，不禁使我想起和他相处的日子，他纯朴正直的品德和勤奋求实的学风，总是激励着我前进。他对祖国教育事业的忠诚，他对青年一代的关爱，他一以贯之与人为善的诚恳态度，他那刻苦钻研、严谨求实的纯朴学风，始终是我学习的光辉榜样。

父母之恩，山高水深*

——怀念亲爱的父母亲

天大地大不如父母亲的恩情大。

我十分怀念自己的父母亲，特别是当自己越来越老时，一个最大变化是，近期的事、眼前的事，会忘得干干净净；而过去的事，儿时的事，却常如历历在目，每个细微点滴都会清晰地在眼前闪现着。

我的父母亲是极为平凡的人。父亲周吉民是一名切制中药片剂的普通工人，生于1904年，13岁时，因家境贫寒小学4年级就辍学到诸暨家乡的一个中药铺当学徒，16岁满师时，又在店铺内帮老板干了3年。旧社会的学徒，实际是老板家中的一个长工，店铺内的事、老板家的事，什么杂事都干，睡的是地铺，吃的是残羹冷饭，早晨起来就要生煤炉烧水、扫地、卸门牌，买早点，等等，直到深夜。此外，还要给老板娘当佣工，抱孩子当保姆。他当学徒时，挨打挨骂是家常便饭。父亲曾给我说过他挨打的一件事：有一天晚上药铺结账时，老板发现少了一块大洋，追问我的父亲，不但打了他，而且罚他跪在一幅赵公元帅的画像前，要他说出钱的下落。大概跪了一个小时，他才想起来是老板娘拿了柜台一块大洋，给儿子去买吃的了，而且当时老板在场。父亲告诉了老板，老板说："你何不早说"！又给了他一个巴掌。就这样，他在困苦的环境下磨炼成长。父亲19岁时，老板还想留他再干3年，他坚决不同意，就拿了一把阳伞、背了一个包袱和一个同乡一起闯上海了。

到上海后，父亲在上海东郊临青路的同德堂药店当店员，经友人介绍，与我母亲王桂英结婚。母亲是宁波象山人，1909年生，没有上过学，不识字，给人家当保姆。两个贫苦人，没有钱、没有住房，怎么结婚呢！那时，同德堂药店店主乐氏（我们称她为外婆）把她家的后楼让出来给我

---

* 本文作于2014年10月2日，以纪念父亲诞生110年、母亲诞生105年。

父亲做新房，上海大业印刷公司做事的同乡陈士鸿（我称他为士鸿叔）拿出一笔钱给我父亲办了喜事。父亲一辈子记住他们两位的恩德。后来，当日本人1937年侵占上海时，大业印刷公司被迫关闭，士鸿叔回到乡下，父亲汇钱给他，帮他渡过难关，直到1945年抗日战争胜利，父亲把他从乡下接出来回大业印刷公司工作；他的侄子到上海谋生也住在我家，和我们一起挤在不到10平方米的阁楼里，父亲也给他找了一家工厂当学徒做铜匠（钳工）。店主乐氏特别疼爱我，比我的亲外婆还亲，我在她身边长大，对我的影响很大。她给我讲很多有趣的故事，我在小学4年级时给她读小说《三国演义》，她讲解给我听，常带我母亲和我去虹口看绍兴戏（当时叫的笃班，后来称为越剧）。我至今犹记得她给我讲猪八戒为何变丑的故事，说猪八戒小时候并不丑，因为一次次错误他不改正，错一次便丑一次，故这样丑陋了。她告诫我，有错就要改，否则越来越丑了，长得像猪八戒一样，便讨不到老婆了。我小时候真信她的话，不敢犯错误，更不敢犯第二次错误。解放后，因她孤身一人，父亲就把她接到家中和我们一起生活，直到20世纪60年代初逝世。

我小时候，长得还可爱，常骑在父亲的脖子上，到他工作的作坊去玩。父亲的同事都叫我："周吉民的妮子（上海话，即儿子）"，喜欢抱我，要我拜他们做过房爷（即干爹），父亲坚决不同意，怕他们把自己的儿子抢去。直到我成年，到父亲的作坊去，一些老师傅不知道我的名字，依然叫我"周吉民的妮子"来了。那个年代，制药作坊很简陋，都是靠手工操作，劳动强度很大，师傅们都是光着膀子干活。父亲干活时，我就静静地坐在墙角里看小人书。因为父亲一天到晚拿着一把很特殊的刀切中药片，每天手舞动不下上万次，故母亲跟他开玩笑，叫他"杀千刀"（上海骂人的话），父亲笑笑，也不在意。

抗战胜利前夕，同德堂药店因经营不善而倒闭，父亲失业了，不得不摆地摊谋生，而他又不会做生意，家中生活非常困难，父母亲愁容满面。这时，有一位开印刷作坊叫方庆和的店主，他认识童涵春堂药店的账房先生（即经理），介绍父亲到童涵春堂药店做工，愿作为保人，这便使父亲有了一份稳定的工作，使我们全家免于饥饿。父亲对他万分感激。每逢过年过节时，父亲一定要探望方老先生，给方家送礼。春节时，他带着我和弟弟一起到方家拜年，一定要我们兄弟俩给方庆和老伯跪下叩头，以表示我们感激之情，并要我们一辈子不忘记方老先生的大恩大德。我成年后，方庆和老伯告诉我，他一辈子不下上百次给人介绍工作，敲图章，做担保人，被介绍的人很感激他，但没有一个人像我父亲那样记住人家的恩典而且念念不忘报答人家。他说我父亲为人真是太有情义了。

感恩和报恩、帮人和行善是父亲一生行事的准则，也是他给我最大的教育。当人家困难时或求助于他时，他总是尽心尽力，千方百计去帮助人。他为人的原则是：人家对我好，我要待人家更加好。父亲一生给我的启示是，帮助人，做好事和善事，是天经地义，不能炫耀的，这是他的人生哲学。但若受到人家帮助，就不可以忘记人家，要报答人家。我上大学时，每次我回家探亲，父亲从不问我学习成绩，总是问我，和老师和同学关系怎样，我告诉他对我好的一些老师和同学的名字，他居然都记住了。他总是叮嘱我尊敬老师，要报答老师，听老师的话，绝不做违背和伤害老师的事；后来，当我学有所成时，他更嘱咐我不要忘记那些曾经教过我、帮过我的前辈和老师们，要以实际行动来报答他们的恩情。

我清晰记得，每当我回上海探亲，父亲就敦促我去探望或电话问候以前的一些好友，例如张维良高级工程师，他是我 1951 年进华通电机厂时给予最大关怀和帮助的师兄；还有黄保麟研究员，他曾是上海电真空研究所所长，后任上海交通大学教授、HDTV 研究所所长，他是在我举办电子光学设计学习班时认识的。父亲常对我说：“黄保麟这个人最讲情义了，侬有好朋友弗要忘记。”我要是回到上海，因为偷懒了，或是不想惊动人家，没有去探望人家或打电话问候人家，他就不高兴，觉得自己的儿子太无情义了。

1961 年，学校想派我到苏联留学。校人事处告诉我，说我父亲解放前在童涵春堂药店参加了国民党，是集体加入的，事情倒不严重，也没有做什么坏事。但你周立伟作为家中长子，一定是知道的。你上大学时隐瞒了你父亲的这段历史，这是很严重的事，一定要老实交代。我对组织说，我确实不知道这件事，但我父亲文化程度低，不懂政治，也不问政治，他不会参加国民党的；他若参加，也一定会告诉我的。我便给父亲写了一封信，信中埋怨他对自己的儿子隐瞒了这段历史。父亲回答说：他绝没有参加国民党，无论是集体还是个人。他说：若参加国民党，一定要写个申请书吧，他没有写过；一定要填个表吧，他没有填过；一定要宣个誓吧，他没有宣过。即使这些都没有，一定会和店里的国民党员一起开个会或被布置个任务吧，这也没有。说他参加国民党完全是胡说八道。好在那时童涵春堂药店的国民党支部的负责人还活着，被关押在上海提篮桥的监狱中，可以审问他，便一清二楚了。后来，果真提审了这个人，证实了我父亲没有参加国民党。那个人说，周吉民是老好人，和所有人关系都很好，但他根本不懂政治，他们从来没有想发展他为国民党员。

父亲就是这样的人，解放前的国民党和解放后的共产党都不愿发展他为党员，因为他的“政治觉悟”太低了。1965 年我从苏联回国休假，上海童涵春堂药店要我谈谈苏联及“修正主义”的见闻。谈完后，支部书记给我说：你父亲出身成分以及为人都很好，工作也很积极，是个好人，支部曾想发展他入党。当组织上找父亲谈话时，说：“老周，你为什么工作这样积极，别人 8 点上班，你 7 点不到就上班了”。父亲的回答大大出乎他的意料，他说：“不瞒你说，解放前，我每天早晨 6 点就上班了。”支部书记说我父亲阶级觉悟、政治水平实在太低了，故没有发展他为共产党员。我父亲是一个普通老百姓，确实不懂政治为何物，什么阶级斗争、反修防修，无产阶级专政他都不懂。他也不看报，不会讲新社会时新的话。但父亲是拥护和爱戴共产党的，他老念叨着共产党好有两件事：生病有医保，年老有退休金，不用依靠子女了，也不用为自己年老生病发愁了。再加上他的最亲的人——两个儿子和一个女婿都是共产党员，是共产党培养成长的。他对党的感情是很朴素的，就像对方庆和老伯一样，认为党对我家是有恩的，要一辈子牢记的。

我父母亲虽然没有什么文化，也不会讲大道理，但他们对孩子的教育是很注意、很严格的，告诉我们的都是一些传统的做人的道理和日常的常识，如尊重长辈和老师，帮助他人；不偷不摸，无论多穷，穷要有志气，绝不拿人家的东西；不说谎话，老老实实做人；不接受人家的馈赠，除非得到父母的许可；学习要勤奋，做人要诚实，兄弟姐妹要相亲相爱；要珍惜粮食，吃饭时连一颗饭粒也不能留下，等等。特别是，父亲屡屡告诉我们要自立自强，要有独立生存的能力，自己能做的事，一定要自己去做，不要麻烦人家；自己能帮的事，一定尽心尽力去帮。在这方面，父亲的一生就是榜样，从我懂事的时候起，给我的印象是，他是一位有担当的男子汉，我亲眼在阳台上看见父亲背负着生病的祖母，在街上飞速奔跑到医院的情景。我也看到他肩上沉重的负担，特别是摆地摊的日子。他既要担负自己一家老小的生活，又要供养我乡下大伯一家，包括我的两位堂兄，从找工作到他们结婚，都是他一手操办的。无论生活多么困苦，他一声不吭地扛着。我少年时，就觉得父亲实在太苦了。弟弟13岁就当学徒了，我初中毕业时，也不想再念书了，我要工作帮助父亲养家糊口。父母亲不同意，他们认为，儿子喜欢读书，无论如何，也要让儿子上学。这也是我1948年不继续在高桥中学读高中而报考国立上海高机这个中等职业学校的原因。等到上海解放后，我们家庭的日子好了，他更愿意去帮助别人了。母亲对我说，我们家的钱都给你父亲散光了。

我从青少年起，养成了什么事情都自己去做的习惯，每每想起父亲告诫我“人情债还不起”这句话，不到万不得已，不去麻烦人家。我至今不愿学校给我配秘书，写文章都是自己动手，生活也是自己买菜烧饭。即使自己或家人有病痛我也不愿麻烦学生和同事。但遇到人家求我的事，我答应了就一定尽力去做；我若做不了或做不成，一定告诉人家，绝不背信弃义，当面一套、背后一套。这都是父母亲身教的影响，养成了很自然的习惯。

我弟弟周立法20世纪80年代在上海市第二轻工业局管外汇调配审批等事，他的官衔不大，大概是一个科处级办事员，但办的是“美差”。因为下属单位申请外汇以及出国考察等，都要通过他上报。我父亲知道这个差事的重要性，屡屡告诫他，要做事廉洁，切莫揩油捞好处。我问父亲关于弟弟的廉政情况，他说，还好，但当这个“官”好处还是有的，如厂里送他洗澡票、理发票等，偶尔人家还送西瓜、带鱼到家里来，东西也无法退回去。这在现在算是芝麻绿豆的小事，在80年代就算风气不正了。我弟弟的性格像我父亲，是个热心肠的人，也是一个对自己要求严格、很自律的人。他从事外事工作，有好几次机会可随同代表团出国考察访问，他都放弃了，把名额让给别人了。他说自己不会讲外语，也听不懂人家讲什么，坚决不愿意趁机到国外溜一圈。父亲还对我们两兄弟说，你们两人现在都小有权力了。但你们在用公家的钱时要像用自己的钱一样，不能大手大脚，浪费国家钱财。他的这番话，就像警钟一样，屡屡在我耳边响起。

回想往事，父亲的许多品德是我这个共产党员所不及的。“文化大革命”时，他快70岁了，有一天，他在我家附近南市福佑路（离上海老城隍庙不远）值班，拿着小红旗帮助警察维持交通。可是，突然他的后背被一辆飞速过来的三轮车撞了一下，他身子往前扑，双手撑在了地上。倒在地上的父亲立刻站了起来，当然双手鲜血直流，但他对那个人说：“没事！没事！我身体好。你今天运气好，撞了我；要是撞了我的同事叶先生，他身体极差，那就麻烦了。”父亲一句埋怨的话也没有，还安慰人家，说自己伤得不重。原来，那个人是上海南市区中小学的一名老师，当时被打成牛鬼蛇神，红卫兵罚他骑三轮车拉货。那位老师虽然会骑自行车，但不会骑三轮车，故掌握不了车的把手，骑着车歪歪斜斜地把管交通的父亲撞了。当时，人们立刻把父亲送到医院，对双手进行包扎医治，共花了 1 元 7 角钱的药费。后来，这个中小学的校长专门到我家表示慰问和道歉，说学校红卫兵要批斗这位教师，指责他心怀不满、故意撞击老工人、进行阶级报复等。我父亲对这位校长说，一是这位老师不会骑，你们强迫他骑三轮车拉货，就不对；二是他绝不是故意的，而且自己的手仅是受点皮外伤，没有什么事。父亲要学校千万不要为难这位老师。后来，这位老师亲自上门来对父亲千恩万谢。

“文化大革命”初期，父亲有一同事刚刑满释放，求我父亲帮助他。此人就是童涵春堂原国民党支部负责人吴某，上海解放后镇反时，他就被抓起来，被判了 17 年有期徒刑。出狱时，正好“文化大革命”刚开始，谁都不愿意沾他的边，怕连累了自己。最后他想到了我父亲，求助于父亲，父亲见到他，二话不说，立刻帮他找房子住，置办简单的家具，把他安顿下来，帮他找工作。我那时正好在上海，有人找我母亲，要她劝劝父亲莫沾那个人的边。我母亲知道父亲的脾气，说我父亲是头牛，劝不动的；后来也有人找我，要我劝劝父亲。我问了父亲。父亲说，此人当年在童涵春堂的职务就相当于现在药店的基层党支部书记，国民党时代也是很小的官，但他的叔叔吴开先是国民党的大官——上海社会局长。大概是这个原因，吴某被判了 17 年，是很重的刑罚。父亲说：“不管怎样，共产党已经给他惩罚了。现在他被释放了，他要生存，我当然要帮他，无论你们怎么说，我都不管。”父亲讲得很有道理，这是做人最基本的道理：一个人要有恻隐之心，人家危难时，帮人一把是没有错的，良心驱使他这样做。

我后来问我自己，如果是换了我，那时会帮助这个人吗？我想，我大概不会。因为“文化大革命”开始，我刚从苏联回国，很害怕会像我的老师那样被批斗，我一定会躲得远远的。那时，从国外回来的人都受到怀疑，红卫兵也很想找寻我可能是苏修特务或叛国投敌的证据；我若帮他，便会给我扣上立场不稳，同情阶级敌人的帽子，我也无法辩解。我虽然知道父亲这样做是对的，但我还是害怕别人抓我小辫子，患得患失，不会出手帮助人家。这就是我与父亲在品德上的差距。

我记得，当父亲逝世时，那是在1989年，在龙华殡仪馆举行追悼仪式，我租了很小的告别厅，仅能容纳30~50人，但那天实际到的有100多人，他们都是街坊邻居，大都站在厅外，漆黑的夜晚，天空下着小雨。仪式结束后，一个不认识的中年人与我握手，对我父亲逝世表示哀悼，他说了一句我未曾想到的话：如果我们的中央委员都像你父亲一样，那我们的国家就不得了了。当时我大吃一惊，因为我父亲既不是干部，又不是党员；他一辈子就是一个普普通通的工人，一个切制中药片剂的工人。我知道父亲的一生一直在帮助人，但他从不对我们说。记得，20世纪50年代时我的嫡亲堂兄被打成"右派"，从上海被发配到甘肃劳动，生活非常困苦，无力养家，父亲便一直寄钱给乡下的堂嫂，20余年从未间断。父亲病故后，许多人特别是住家附近的邻居对我说：你父亲为人实在太好了，他一辈子在做好事，不停地做好事。当然是一些极平凡的事，如帮邻居家倒垃圾，帮助和照顾孤儿上学，帮助老太老头买药、打水；凡有事，只要托他，他一定全力去办；他的钱都支援给人家了，里弄里有困难的人，看不起病的人，他总是对人说，侬去看病好了，医药费我出，等等。父亲觉得，这都是他应该做的，每天忙忙碌碌的，但从不告诉我们他在做什么。

说实话，我并不很了解自己的父亲，我们也很少谈心。我就记得他有一次问我，邓小平干得好好的，毛主席为什么要打倒他？我说我也不知道。我不敢告诉他我真实的想法，更不敢把党内斗争的事情告诉他，因为他不知道中国政治的可怕，但他相信自己的儿子，会把我的话到处散布。他去世后，里弄的人告诉我，说父亲会说书，常给大家讲故事，那是他每天晚上听电台广播学的。我大吃一惊，真想不到他有这般才能。我在外面受的委屈和苦闷，也从来没有想过要对父母亲说，家信从来是报喜不报忧的，不谈政治，也不发牢骚。我知道父亲特别想念我，等到见面时，他就一句话："喔，回来了！"转身就走了。中国人当然没有西方的习惯，搂搂抱抱的；心中想念，而嘴上当面绝不会说："我爱你！我想你！"父亲从来没有打过我，也很少责备我。我只记得有一次他生气了，那是在20世纪80年代初，我请朋友在家中吃饭，素芹在厨房做菜，做了菜后放在厨房外的桌上。那时，小女儿周莉在房间里念书，她见外面桌上有好吃的，一会儿出来捞一块吃，隔一会儿又出来捞一块吃，我告诉周莉要她不要吃，菜是要招待客人的，她也不听，我气不过，就轻轻地打了她一巴掌。因为我父亲在家，她就号啕大哭。我父亲很心疼孙女，非常生气地说我：“小孩捞两块菜吃，有什么了不得，你这样打她。亏你还是学校的老师、室主任，你教书也是这样打骂学生吗？你想想，我从没有打过你们姐弟三人。”在父亲责骂我时，我一声不吭，也不回嘴，这是我从小养成的习惯。后来，当大女儿周霞的户口从上海迁回北京时，父亲非常疼爱周霞，也知道我的急性子，怕我打她，便与我约法三章，要我保证不打孩子才放行。我承认，我对孩子的脾气不太好，觉得太令我失望了，偶尔动手打了她们，这实在是因为太爱她们了，但我从来没有打骂过学生。

在上海，城里极少有人拿扁担挑东西了，对于父亲，这是他的职业习惯，每年冬天，他拿扁担挑着锅和熬药工具等去顾客家中帮人家熬炼滋补身体的膏药，这是童涵春药店给他的任务。我母亲责怪父亲总给人家炼膏药，而不给自己的儿子吃点补药，以致我们兄弟俩长得如此瘦弱矮小。记得有一次，北京的一位好友想在上海买两张钢丝床，求我帮忙。我给父亲说了这件事，他便记在心上。父亲认为这是帮儿子的大事，他立刻到商店买了两张钢丝床。因为公共汽车不让上，坐三轮车他嫌贵，他便自己用扁担挑着，两头挂着钢丝床，走了十几里路回到家中。那时他已经 70 多岁了。妈妈为此事埋怨我，万一出些差错怎么办？我也十分后悔。我觉得，在父亲的眼中，我永远是个孩子，无论我年纪多大。20 世纪 80 年代初，我快 50 岁了，在国内已是小有名气的电子光学专家了。但每次从上海返回北京时，他都送我到北火车站，用扁担挑着我的行李，不让我拿。我告诉他，教研室的年轻人都在背后呼我周老头，你却把我当孩子，一件行李都不让我拿，别人会批评我的。他根本不听，他认准了的事情，谁也说不动他。

有一年我在上海过春节，大约是年初二，父亲一大早就上街了。傍晚快到吃饭的时候，他回来了，很兴奋地告诉我们一件事。原来他响应里弄积肥的号召，不知听谁说，烟头（上海人叫香烟屁股）也是肥料，因他退休后在里弄服务，也想做一点贡献。大年初二，他便上街去捡烟头了，还专门做了一个捡烟头的工具。一天下来，他路走了不少，但捡的并不多。他把捡来的烟头用报纸包好，叠的方方正正，塞在裤子后面的口袋里。他在上海，极少坐公交车，无论到哪里都是两条腿走路。但那天，他走得太远了，怕家人惦记，破例乘了无轨电车回家。但下车后发现放在屁兜里的那包烟头被扒手偷走了。他哈哈大笑地对我们说：“当小偷发现他偷的不是钞票，而是一包香烟屁股，一定会大呼倒霉，大骂我这个死老头了。”我母亲也笑我父亲，忙了一天，一无所得，做的是蚀本生意：即使那包烟头没有丢，也不值乘车的7分钱。

现在谈谈我母亲王桂英，她是个文盲，甚至连自己的名字也不会写，也不认识。但她是近视眼，戴了一副度数很深的眼镜，文雅秀气，举止谈吐就像一个高级知识分子。她晚年时，无论在北京或是上海，许多人对我说：你是教授，你妈一定也是教授！妈妈年轻时，我觉得特别漂亮。小时候，我看了一场电影，女主角特别像母亲。我心想：妈妈真坏，出去拍电影，也不带我。我就跟着你，看你跑到哪里去。后来一点动静也没有，原来她没有拍电影。我年幼时，住的街道里弄，都是平民老百姓，他们的娱乐就是打麻将、推牌九、玩纸牌等，输赢很小，特别热闹。我小小年纪，特别喜欢看人家打牌，很快就精通了。只要邻居或家中一打牌，我就没有心思读书了。赶我也赶不走，而且指手画脚，指点人家。妈妈看在眼里，心里特别着急：儿子这样爱玩，怎么劝也不听，长大后一定是个赌鬼，怎么办？有一天，妈妈把我带到市中心她的女友（我称呼她为祝家姆妈）家。她家也在打麻将，可是离麻将桌不远的床上，坐着一位青年，他聚精会神在读书，一点没有受影响。这位青年，比我大8岁，我称他为慕高大哥，他那时在上海交通大学建筑系学习。妈妈要我向他学习，用功读书，将来做一个有出息的人。我答应妈妈今后再也不看人家打牌了，也不和小朋友玩牌了（除非是春节初一到初三开禁的日子）。我真的做到了，好好学习，以慕高大哥为榜样。祝慕高大哥后来是我国著名的建筑专家，曾任兵器工业部建设局总工程师、六院副院长。我在20世纪50年代到北京上学时，慕高大哥和他的姐姐祝宋金一家一直照顾我，待我像自己的亲弟弟一样。

我小时候是一个比较文静的孩子，但有时候，也很淘气。大约8岁时的一天，爸爸和妈妈拌嘴，我在墙角旁站着，爸爸说：“我们男人那，养家糊口，多辛苦啊！你们女人那……”爸爸走后，我在墙角学着父亲的腔调，脚一颠一颠，阴阳怪气地说：“我们男人那，养家糊口，多辛苦啊！你们女人那……”当时把我母亲气坏了，她说：“老的说两句也就算了，侬这个小赤佬，也来气我。”就追着要揍我，我当然跑得快，一溜烟就逃了。到下午洗澡时，我完全忘了上午气母亲的事，当我全身脱光走进浴盆时，被母亲按住，狠狠地打了一顿。我哭着向母亲求饶，保证以后再也不气母亲了。我确实太淘气了，这样气母亲真是不应该，我非常后悔。我的一生就是挨了母亲这一次打，这件事我早忘了，还是后来当我脾气不好打孩子时，母亲告诉我的。

在我们姐弟三人中，父母亲是比较喜欢我的，一方面是当时的社会重男轻女，我是长子，另一方面是我的学习不用大人操心。家中虽然贫穷，但作为小孩子我并没有吃什么苦，苦难都是大人还有姐姐周月青承担了。妈妈是什么家务（洗碗、扫地、买菜）都不让我干，连袜子手帕都不让我洗。1946 年秋，我到高桥中学读初三，高桥在浦东，我家在浦西，要在十六铺码头乘船从黄浦江摆渡过去。妈妈把我送到高桥中学，给我的床铺支上蚊帐，还看了学校的伙食。下午，妈妈要回浦西了，我送妈妈到高桥码头，在妈妈要登上摆渡船的刹那，我突然跪下，抱住妈妈的双腿大哭，不让妈妈离开。这是我第一次离开自己的母亲，想起我将孤身一人，特别害怕。妈妈也掉下眼泪，她也舍不得儿子。她担心的是我那时特别挑食，这也不吃，那也不吃，生活上适应不了。她劝慰我好好读书，星期六下午就可以回家了。妈妈含着眼泪上船了。我在码头上抱住母亲的双腿不让她离开的刹那，就像电影镜头那样永远定格在我的脑海中。不久，我很快习惯了高桥的生活，高桥的海滨非常美丽，游泳、玩耍、踢球，好不快活，老师和同学待我特别好，以至于我“乐不思家”了，到星期六都不想回浦西了。

妈妈虽然没有什么文化，但她无论何时何地都表现了极高的修养和素养，很有名门闺秀的风范，不像一般的家庭妇女。她能想出带我到祝家教育我向慕高大哥学习这一招，足见她的智慧。我父亲打牌时，每逢臭牌时，就大呼“娘希匹”（这是我们浙江一带人习惯的口语）；而我母亲无论输赢，牌的好坏，都非常安静和大度，悲喜不形于色。母亲是一个典型的贤妻良母，父亲虽是工人，但一辈子从不做饭烧菜，家务都是母亲操心。父亲交友很广，经常留客吃饭，妈妈总是热情接待；父亲接济人家，寄钱送物，她从不阻拦。母亲还做得一手好菜，每当有客人时，她总是能变出很多菜肴去招待人家，我最喜欢就是她做的菜了，至今还怀念在母亲身边过的好日子。特别是母亲制作的什锦暖锅，色香味俱全，是我最喜欢吃的菜了。什锦暖锅一般是铜制作的，附有烧炭的炉膛，将加热与盛器的功能融合在一起。底下铺上各种各样的素菜、粉丝、豆腐，上面的蛋饺、鱼丸、肉丸、五花肉等。一层层、一排排、满满登登的，热气腾腾，一家人围炉而坐，真是开心。每逢过年过节，我就帮着母亲做蛋饺、磨糯米粉，做酒酿丸子，非常快乐。母亲对待媳妇和女婿，像对待自己的子女一样，非常和蔼亲密，从不指责、训斥她们。我老伴特别喜欢我母亲，俩人相处得像母女一样。因此，家中婆媳关系十分和睦。但母亲抽烟很厉害，每天要抽2包香烟，而且还是最便宜的飞马牌香烟。

解放后，我们的家境宽裕了，姐姐出嫁了，弟弟和我都工作了。母亲在家中没有事，就参加里弄工作，完全是尽义务。她到里弄后显现了她良好的组织和管理才能，她管里弄的卫生工作时，身上带了一个小图章，上面刻了她的名字。每当有事，她便口授一张条子，盖上她的私章，就把事情吩咐下去了，她讲话也条理清楚，简明扼要，很能体会上级意图，善于做思想工作。20世纪60年代初，家中孙女、孙子相继出生，母亲就回家照顾孩子，已退休的父亲便去替代母亲到里弄服务，但他就只会干一些具体的事，不会指挥人家干活，办事能力远不及我母亲。我有时想，母亲这样有潜质，她做家庭妇女真是可惜了，如果有文化的话，她真说不定是一个很有能力的干部了。

我有时不禁把父母亲这一代和我们这一代相比，他们这一代并没有什么知识和文化，但为人仗义，而且特别诚信友善，为人处世，有情有义。他们每天都干很重的体力活、家务活，劳动很累，但活得很舒坦、很快活。做事情一板一眼，从不拆烂污；对朋友讲义气，肝胆相照；人与人之间的关系单纯、友善和亲密。父亲和制药师傅们工作特别敬业，一丝不苟。中药炼制的一套程序特别复杂，都是祖祖辈辈传下来的，他们没有文化和知识，什么道理和原理都不知道，就知道自己干的都是良心活。一点也不敢马虎。记得"文化大革命"结束时，父亲的一个同事（我们称他为公公）的孙子在上海乡下插队，返城需要一大笔钱去打点，父亲就忙着给公公筹钱，他各处奔走，凑了一大笔钱，立刻送给公公了。我奇怪的是，他们都是劳动人民，并不是有钱人，但借钱或给钱都不打借条，十分自然，也没有听见有什么经济纠纷，更没有打官司之类的事了。到了我这一代，知识学问倒是长进不少，但活得很累，战战兢兢，唯恐有什么差错，不敢讲心里话，除非对绝对可靠的朋友。而且，从20世纪50年代至80年代，即使身为教授、副教授，更不用提普通助教了，每个家庭都十分拮据，连维持温饱生活都困难，更不用说请客吃饭了。借钱的事自然免谈，若要借钱，也要打借条，算利息，等等。那个年代，当政治运动一来，告密盛行，昔日的同窗兄弟，亲密朋友，转眼翻脸，像打落水狗一样毫不留情地揭发，“义气”二字早被抛到九霄云外了。我不知道，我们的社会为什么会变成这样。

我曾不止一次对人说，我的一生，父母亲对我的影响太大了。我的成功其实是多亏了我的父母亲，是他们遗传给我善良、感恩、诚信、敬业的基因，使我有较好的品德，能在社会上立足，并有所成就。父母亲从没有想过儿子能当教授、当科学家等，他们只想自己的儿子老老实实有一份工作，平平安安，能养家糊口，为社会做点事，就十分满意了。父亲逝世后，只给我母亲留下两张尚未贴满邮票的96元存单，没有遗嘱，也没有存款，我从父亲的遗物中挑了两把压纸的铜戒尺以作纪念，我们姐弟三人之间都很亲爱和睦，没有任何纠纷，父母亲的遗产只有上海的住房，自然留给弟弟一家，因为他们一直和父母亲生活在一起。

我觉得，一个人成长时，老师教的知识，绝大多数忘得干干净净了，但有些基本概念记住了，一些治学和思考的方法学会了。书本给我最大的影响是一些人物（如文天祥、岳飞、保尔、牛虻、方志敏等，还有巴金“家春秋”中的三兄弟等）和他们的格言，以及一些震动心灵的情节（如《悲惨世界》的冉阿让）。日常生活的影响就是父母亲和老师的教导，以及亲密好友的建议。我的父母亲都是处于社会最底层默默无闻的小人物，没有什么金钱或权力，但他们有一颗善良的心，当看到别人有难时，自己有能力帮助，绝不会袖手旁观，而是尽微薄之力，给别人温暖和援助。父母亲的身体力行告诉我：为人要“勿以善小而不为，勿以恶小而为之”。小善或许不能改变什么，小善就像微弱的烛光照不了多远，但可以给别人，给这个世界带来些许光明和温暖，也能使自己的生命更有价值。在“文化大革命”中，当我遇到一些事时，常会想起父母亲的教导，知道自己该怎么去做，能出手帮助时我绝不犹豫。我觉得，潜移默化的影响比任何力量都大。我不知道别人怎样想的，但我会常常想起我的父母亲，一些敬爱的先人、前辈和老师，他们的教导，他们的人格，时时刻刻在引导着我前进。

我一生感到特别幸福的是，父母亲不但养育了我，而且是我最好的人生导师。我为有这样的父母亲而骄傲。他们的恩情，比山高，比海深，愿他们在天国安息。

附录：我心爱的爸爸*

周　莉**

我一直想提笔写一下我的父亲——周立伟，北京理工大学教授、中国工程院院士。可是我离国多年，小时候中文的底子没有打好，到国外英文学得也不怎么样，这就搞得很尴尬，什么都写不好，最多写个应用文或者说明文而已，以应付工作，最后剩下的就是只能欣赏别人的美文了。可是作为爸爸心爱的小女儿，写下我对爸爸的感情是必需的。

我是爸的心肝宝贝，爸是我的前世情人

都说女儿是爸爸的小棉袄，我是不是爸爸的小棉袄还真是不好说，他确实是把我当作心肝宝贝，掌上明珠，甚至把振兴周氏家族光宗耀祖的希望都寄托在我的身上。他曾经感到遗憾的是，我和姐姐都是女孩，不是男孩。按中国的传统，爸的周氏一族到我和姐姐这一支便绝后了。虽然如此，我生下来以后，他很快就喜欢上我了，对我的未来抱以巨大的希望，期望我长大后成为一个比他还棒的科学人。因此，他对我又宠爱，又严厉，大概是怕我骄傲，总是说我不够的地方，一点表扬都不给。但我从小到大喜爱他，和他亲热得很，俩人打打闹闹，直到我出国留学。我为什么这样喜爱他，我敢肯定爸是我前世的情人。前些年回到国内，我和爸一起逛海淀书店时，在大街上我勾肩搭背，搂着爸的脖子前行。爸不愿意，怕人笑话，会误会自己带了一个小情人，而我不怕，让路人误会去吧，我高兴！我就要和爸这样亲热。尽管小时候爸经常动不动就打我，虽然是雷声大，雨点小，也是挺痛的；我也做了一些爸不喜欢的事，如“文化大革

* 这是周立伟的二女儿周莉阅读他父亲写的“父母之恩，山高水深”一文后写的，文章生动地叙述了一个女儿对父亲的感情。故附在下面，以飨读者。

** 周莉，女，1987 年北京大学无线电电子学系大学毕业，1991 年美国俄勒冈研究生院毕业，获博士学位。后在美国加州硅谷 TopMetrix、Therma – Wave 和 Schlumberger 等公司任研究员和负责市场开发，2000 年和朋友创建网络公司 BeyondWork 直到现在。

命”时，我放学回家对爸说，我要学黄帅，要造你们的反，把他气得不得了，狠狠地揍了我一顿。妈妈骂他：“出气到女儿身上，算什么英雄好汉！”我有时也反抗，你打我，我也打你。甚至在对打后，俩人抱头痛哭。我们两人对打架的事，或者记不住，或者不在意，我们对彼此的喜爱都不曾也不会受任何影响。

我和爸爸的关系很特别。我之所以这么说是因为现在回想起来我根本想不起任何一次小时候爸带我去公园的情景，小时候做的事情基本上都和妈妈有关，或者自己一个人来做，或者和小朋友在一起。小时候的成长好像和爸也没有什么关系。印象中的爸就是他太忙了，不是开会、读书、出差、和朋友谈工作，就是埋头趴在书桌前写东西，再就是打着呼噜睡午觉。还有，他爱我，内心觉得我不错，就不表扬我，老是表扬他的学生来气我。我呢！不表扬就不表扬，我也不求你表扬。我这倔犟的性格就是在和爸对抗的过程中培养出来的。这样说来，我和爸的感情照理来说应该很浅。可是这还真不是那么回事：我觉得我和爸就是有缘分，因为那么点珍贵的血缘关系，即使现在远隔千山万水，我每想起爸爸脸上都会笑眯眯的，心里充满了幸福。

爸和妈的爱情最浪漫，也最有缘分

上大学离家前，我和姐姐（周霞）总喜欢开爸爸妈妈玩笑，逗他们，问他们是怎样认识和恋爱的。那时我爸已经是教授、博导了，留学苏联，有博士学位，在学校里名气不小，还经常出国。妈妈没有上过大学，中专毕业，后来才拿到夜校大专的文凭。妈年轻时可漂亮了，爸是情人眼里出西施，总是说，比我和姐姐加起来都漂亮得多，以此来奚落我们。当年，妈在北京国营218厂工作，有一群追求她的大学生和技术员，她的厂长上司不支持她和爸谈恋爱，她的小姐妹也不看好她和爸的婚姻。她是怎么独具慧眼，拨开云雾，看上当时无论经济上或是相貌上一点也不起眼的爸爸呢？年轻时的爸，是一个穷小子，相貌一点也不帅，既瘦弱又矮小（1.62米身高，49公斤体重），可能是精神气质还好，绝不像他中年时英姿勃发、风华正茂，老年时满头银发、仪表堂堂。我们从心眼里佩服妈妈的眼力。这里有一段故事，说明爸和妈的相识真的是很浪漫，有缘分啊！1962年夏初，爸的老同学、北京国营218厂的朱叔叔，要给同班同学的爸爸和庄叔叔介绍厂里的两位姑娘，但除了名字外，没有告诉双方的底细，也没有给双方看相片。一天，朱叔叔问那一个姑娘，说今天若有空，可以和北京工业学院的周立伟见个面，她说没有空，而妈妈说她有空。这样，爸和妈在北海公园见面了。他们俩可以说一见钟情，爸好像是遇到了“天上掉下来一个林妹妹”，而妈觉得爸正是她一直寻找的可靠的人，这真是“天赐良缘”。妈对我们说，爸认识她后对她“穷追不舍”，甚至有一天，白天看3场电影，晚上还看话剧。40 年后，即 2002 年 6 月，爸有一首诗回忆他们在北海公园会面时的那一瞬间，可以看出他当年遇见妈时激动的心情。我把他的诗抄在下面：

他和她

他和她素未谋面，
直到北海公园见面时他俩才知道对方的名字。
他深深感受她女性的温柔和细腻，
还有那纯真的感情。

他和她会面了，
是上苍的安排使他俩相遇。
当他见到她的那一刻，
他深信，这是他一直寻找的爱。

他被她深深吸引，
好像早已认识似的。
他向她敞开胸怀，
诉说自己可笑的陈年往事。

他喜欢她，
不仅是由于她的美貌，
还由于她的可爱、温柔和善良；
更惊异她思想的单纯和真诚。

她秀外慧中，
干净的内心是她迷人的特质。

明亮的眼睛闪耀着光芒，
向往着幸福的未来。

她感觉到他的感情，
轻轻地呼唤他的名字。
他和她都知道，缘分将他们推近，
他俩都不愿放弃。

爸和妈的相识真是幸运，又是多么幸福啊！就在那一瞬，爱情降临到他们的头上。这个世界，有多少人，甚至盼了一生，也没有盼到那一瞬间。据妈妈讲，当时她和爸只认识三个月就决定结婚了，因为爸马上要去苏联留学。妈写信给沈阳的姥爷姥姥，告诉他们自己要结婚了。结果因为各种各样的原因，姥爷直到十几年之后才在沈阳火车站第一次见了我爸一面，那还是爸出差去长春路过。我和姐姐都大呼妈妈伟大，太有主意了，太能干了。在我们的穷追不舍的盘问下，妈总是说，就只觉得你爸人特别好，不浮躁，不滑头，是一个可以信赖的人。我觉得妈的眼光实在是独特，这个“好”字实在是对爸的性格最好的总结。妈对我们说爸这个人特别忠诚老实。她举了两个例子。1962 年 9 月，当他们俩从结婚登记处出来时，爸对妈说：“我有一件事要向你坦白！”妈心中一惊，想着她曾经担心的事终于来了。就说：“你大概是二婚吧！或者是你在上海老家有一个孩子。”“不管怎样，我们已经登记结为夫妻了。我不管你这些事。”爸说：“不是你说的那样，我要向你坦白的是，我在与你相识时，怕你嫌我年纪大，故对你少报了 1 岁。”妈叹口气说：“真是傻孩子。”

妈还对我们说：你爸是一个重诺的人，他为人处世，一辈子信守自己的承诺。“当年，我嫁给你爸时，曾对他有约法三章：一不许打我，二不许抛弃我，三家务事帮着做，衣服自己洗。”“这三点你爸答应了，而且都做到了。”“结婚 23 年，他的衣服都自己洗，直到 1985 年，家中买了个洗衣机为止。”

小时候我喜欢看书，而且知道妈妈在箱柜里藏了一些老书，像《安娜·卡列尼娜》之类的。我就去翻，结果有一次翻出来一个小本子，上面有爸当年写给妈的一束情书，有 11 封之多。那工整秀丽的小字，那优美的话语诗句，难怪妈会被他俘虏。后来爸的学生和同事也见到了，觉得这正反映20世纪五六十年代中国年轻一代的爱情，都鼓励他公开发表。爸总觉得她给妈写的信小布尔乔亚情调太重了，幸好是改革开放了，要在“文革”时被红卫兵发现那可不得了。

现在爸和妈都老了，尤其是妈妈，最近几年老得很快，爸就减少出差和开会的次数，并且把学校和学院所担任的一些职务都辞掉，仅保留一个基础教育学院名誉院长的虚衔，完全是名义上的①。他现在每天在家陪着妈，把家务事担当起来。妈幸亏姐和爸俩人在身边照顾，身体情况得以维持，我也可以在美国安心地抚养孩子。他们俩相濡以沫，携手同行，一家人之间的爱就这样波澜不惊中体现出来了。

爸是一个大善人

爸是一个大善人，人称“周善人”，这不是我吹的。“文化大革命”中北京工业学院许多人当面或背后都这样叫他。

爸由于他的出身好，父辈是工人，祖辈是贫农，本人是工农调干生，“文化大革命”开始时，他刚从苏联学成归国，不是当权派，也不是学术权威，红卫兵也找不到他有什么卑躬屈膝投降“苏修”的劣行。实际上，他在苏联留学时，是列宁格勒留学生总支委员，参与领导我国留学生的“反修”斗争，立场当然是站在自己国家这一边。因为找不到爸在政治和历史上有什么问题，加上他人缘好，故他在“文化大革命”中受的冲击较小，虽然也曾被抄家等，在当时都不算严重。在“文化大革命”中，当他看到有武斗或体罚，或殴打审查对象时，总忍不住要出来制止，劝说他们不要打人；看到有人被打伤，他也不避嫌疑，到药店买治伤的药给人医治，并安慰伤者。他心里十分同情那些被关在“牛棚”里的人，以及被批判、斗争的人，在力所能及的范围内帮助他们。他不明白，好好的世界怎么会变成这样。由于他的心善，一些极左的人批他没有阶级斗争观点，而一些学生和教师便在背后或当面叫他“周善人”。1968年，工宣队进校复课闹革命时，因为他精通专业，家庭出身和本人成分都没有问题，工宣队便要他当夜视技术教研室的头，而且让他进入了系的专案组。爸在那时便吸纳了一些同事包括那些被批斗的教师到他的教研室工作，其中有两位是学校内挨整得很厉害的头面人物，一位是四系的元老——系主任马老先

① 2016年初，北京理工大学把良乡校区的基础教育学院撤消了。

生，爸曾是他的助教，其“罪名”是开了一家“马家黑店”。意思是马老是黑店的老板，手下还有一群黑伙计——助教和教员等，忠实执行“修正主义教育路线”等，这当然造反派打击一大片知识分子的诬蔑。另一位是六系的朱伯伯，据说他曾在画有公鸡的铅笔盒的背面，写了“毛泽东先生”几个字。一些极左的和别有用心的人硬把公鸡和主席联系在一起，对朱伯伯无限上纲，诬蔑他恶毒攻击，以此想整倒朱伯伯。实际上，朱伯伯的学问和能力是非常强的，20 世纪 80 年代初，他当上了北京理工大学的校长。在“文化大革命”初期，马老和朱伯伯两人都是属于牛鬼蛇神一类的人物，谁都不敢接近他们，复课闹革命也不敢用他们。可是爸全然不顾这些，把他们俩请进了他的教研室。学校一些极左的人称爸的教研室为“牛鬼蛇神的避风港”。

爸曾经告诉我，在这样的非常时期，最容易考验一个人。他觉得自己不能像“反右”时那样明哲保身：该说的不敢说，该做的不敢做。1957 年“反右”时，爸不敢挺身而出为他的同学好友杜伯伯辩护，怕连累了自己，爸一直为此感到愧疚。他想，再也不要像以前“反右”后那样责备自己的懦弱了。因此，他尽自己的一切可能，在力所能及的范围内帮助或保护一些被冤诬的同事。例如，在系专案组时，他为一位被污蔑为攻击毛主席的青年教师洗清冤情；为一位向党组织袒露自己青年时的活思想反被诬为修正主义，将被定为敌我矛盾的青年教师写了 4 页纸的申辩信，交给工宣队，并在工宣队讨论定性时竭力为他辩护；为一位歌颂主席到重庆谈判的诗词反被说成为思想感情有问题而遭到猛烈批判的同事辩护，使他安然过关；等等。此外，在讨论解放系主任马老先生时，他向工宣队列举许多事实，说明马老是一位有民族气节、对祖国教育事业有贡献的老教授，工宣队便要他在全系大会上做报告解放马老，等等。总之，爸认为自己在“文化大革命”中比“反右”时成熟一些了，当见到一些不平的事时，他一定要把自己的意见表达出来。当然，他的话不一定管用，有效果，但他认为只有这样做了，才对得起自己的良心。

那时，爸所在的系里，一些极左的人恨他恨得牙痒痒，一直想找机会整治他，哪怕是羞辱他一下也好。有一年，全国夜视技术大会在北京召开，会议代表要到学校参观。系工宣队要我父亲出面接待，因为他那时在国内夜视界已小有名气，对夜视技术的发展是比较清楚的。就在代表们来学校的前一天晚上，一些极左的人认为羞辱我爸的机会到了，在四系 6 号楼的大厅为我爸出了一个大字报专栏。内容都是针对我爸的，说他同情和包庇坏人，满脑子修正主义思想，宣扬“你好我好大家好”的阶级调和论，是苏修培养的“修正主义苗子”，等等。大字报把整个大厅的墙都贴满了，但都是空洞的毫无实质性内容的陈词滥调。第二天早上，爸见到满大厅的大字报，他知道这是有人专门组织对他的围攻，但他一点也不害怕。无论哪方面，他都问心无愧，这不过是一场“闹剧”而已。系工宣队头头也不顾这些，依然要我爸主持这次参观活动。于是，出现这样一个很滑稽的场面，当代表们进入大厅时，爸和他们一一握手，表示欢迎。而他的身后就是“周立伟必须老实交代！”的横幅大标语。

在6号楼大厅里有一张大字报令人瞩目，大字报上写着：“周立伟，周‘善人’，对谁亲，对谁善，对阶级敌人亲，对阶级敌人善。周立伟……必须老实交代包庇坏人的罪行”，等等，都是吓唬人的口号。但是，第二天早晨，那张大字报上有了一条批语：“善人总比你们恶人好！”许多人见了哈哈大笑。从那天以后，一张针对我爸的大字报都没有了。

因为爸在“文化大革命”中帮助同事和仗义执言的事，大家觉得爸这个人心善，不整人，不“落井下石”，愿意帮助人，故开玩笑称他为周善人。本来只在很小的范围叫，有的是出于真心，有的是开玩笑，但那张大字报却把我爸在全校叫出名了。

1987年夏，我北大毕业，不久就来了美国，攻读博士学位。后来见到了一位访问学者，曾是我爸同一个系的同事，我叫他大车叔叔。他对我说，在“文化大革命”期间他曾和爸在一个教研室工作，他最佩服也最敬重的人就是我爸。大车叔叔给我讲“文化大革命”中发生的事。有一天，系工宣队老潘找我爸，说车有反毛泽东的思想和言论，他的好友在学习班上已经招认了。爸对潘说：“你不要相信那个人的话，他关在里面，想‘立功’，想出来，就胡编乱造，瞎咬人。”对爸的话，潘半信半疑，就回去了。爸一回到教研室，便告诉大车叔叔这件事，叫他快走，那时快到寒假了。大车叔叔立刻就跑回上海了。隔了2天，潘又找了我爸，说工宣队决定给车办学习班，问爸要人。爸说车回家探亲了。潘说，你怎么放他走呢？爸说，你又没有要我看住他。潘没有办法，只好要爸催他回来，爸当然不会催他回来。后来，寒假过后，形势变化了，一些被办学习班的人都放回了，爸便叫大车叔叔回校了。我听了大车叔叔的话也很感动，这就是我一直为之骄傲的爸爸。

1984年爸访问美国，途经亚利桑那州图森大学的光学中心访问。大车叔叔正好在那里进修，他见到我爸十分高兴。提起“文化大革命”中的这件事，爸都忘了。大车叔叔非常感激我爸，把一件很新的花格子大衣送给我爸作为纪念。这件大衣很漂亮，爸很喜欢，就收下了，穿了30年，至今还穿着。

爸把喜爱读书的基因传给我

爸每次到美国探亲时，就打听何处是图书馆和书店。我便带他到 书店以及San Jose图书馆和Cupertino图书馆看书，回家时又借了不少书，都是文史哲和科技类的图书。因为平时我要上班，只有周末我才带他和妈一起到外面转转，他便一个人上图书馆看书，书便成为他消磨和打发时间最好的伙伴。

爸到美国后，我才发现，他是一个最不喜欢逛商店的人。有一次，爸妈公婆和我们全家一起逛Cupertino很大的Mall（购物中心），里面有各种各样新奇的东西。爸对逛商店一点兴趣也没有，甚至不愿进店内去看一看，怎么劝也劝不动，大家觉得很奇怪。爸说没有我需要的东西，有什么好看的。妈说这是你爸一贯的怪脾气，他对商品没有兴趣，只对图书有兴趣。妈给我说一件事，大概在1973年，我7岁时，妈到王府井为我买一件冬天披在外面挡寒的斗篷，爸陪妈一起去，妈走了四五家商店，比价格（也就是6. 20元上下），比质量（都是国营制服厂做的大路货），东挑西拣，就是下不了决心买。爸开始时还好，后来就不耐烦了，索性站在商店门口不动了。妈很生气，以后购物再也不要爸陪了，或者是俩人到了王府井，妈逛百货商店，爸逛新华书店和外文书店。

爸是一个搞技术、理工科出身的人，但对文史百家、科技哲学、天文地理都感兴趣，可谓是博览群书。爸从我很小的时候起就鼓励我多读书，读好书，要我把读书形成一种生活方式。爸认为，阅读是一个人进步的基石，一个人有书读就幸福，而读到一本好书是最快乐的事。书不仅让人增进知识，而且给人思想活力、启发智慧。爸学习时还有一个习惯，就是记笔记，把好的内容记下来。每天读完报刊后，爸就把一些文章剪下来，贴在本子上，这样，几十年下来，家中的剪报本就数不清，储藏柜和箱子里都是他的剪报本。

我的身上肯定有爸喜爱阅读的遗传因子，在爸的影响下，我从小就养成喜欢读书的习惯，一天到晚连吃饭时都捧着一本书，被许多人说成是“小书呆子”。我在美国获得博士学位后，更知道学习的重要性，不但自学各种知识，还参加各种各样学习班，以扩大我的知识面，提高我的软实力。学习和阅读使我的生活丰富多彩，扩展了视野，提高了能力。总之，我认为，我们学理工科的人更应该博览群书，扩大眼界，不循规蹈矩，不固步自封，在人生的道路上闯出一条新路来。

爸到“五七干校”接受再教育

1971年，学校动员爸去“五七干校”，它是“文化大革命”中兴起的对知识分子和干部进行劳动改造、思想教育的场所。当时我仅5岁，妈又远在前门珠市口218厂上班，家中确实很困难。爸因为20世纪60年代初到苏联留学，四清等社会主义教育运动都没有参与，在校内，他自然地被认为是受过苏联“修正主义”教育影响、极需要劳动改造的人。尽管家中困难很大，但干校他是不能不去的，何况爸是一个积极要求进步、愿意改造自己的人。

当我长大时，爸给我描述他到河南驻马店北京工业学院“五七干校”的故事。在去干校时，爸带了两本小词典：英汉词典和俄华辞典。他想，自己是搞科技的，外语是研究学问的武器，可不要把英俄词汇都忘了。他到干校后，一有空闲，就背辞典中的单词，当然是偷偷的，不让人知道的。后来被发现了，干校的头头找我爸谈话，说他不安心在农村改造，没有一辈子在农村扎根的思想。爸心中想，难道你有一辈子在农村扎根的打算吗！爸说：“我是搞技术的，到苏联留学也是希望我在科学技术上对国家有所贡献，我确实没有在农村一辈子务农的思想，因为我不是学农的。我在空闲时学习一下外语为什么不可以呀！”实际，爸在干校和插队时的表现是不错的，得到了干校群众的认可和贫下中农的赞扬。干校曾经选拔了一些表现积极的同志回学校汇报，爸是被提名人中的一个。

爸说，他在干校时，劳动是很积极的，虽然他是一个五谷不分，也不大会干农活的人，但态度诚恳，愿意吃苦，积极改造自己。当干校派他到驻马店塘坊庄插队时，爸一点也没有犹豫，他告诉我，插队是很艰苦的，无论吃和睡，都不如在干校，往往是天没亮就起来干活，劳动强度很大，但他咬着牙坚持下来了。爸在插队时，睡眠没有问题，虽然是睡在草席垫上，他倒下就睡着；但吃饭是大问题，他插队时吃的是派饭，即轮流到贫下中农家中去吃（交粮票和钱），贫下中农对我爸很好，很热情，有的早晨还炸油条给爸吃。爸从小就是一个吃饭挑食的人，特别害怕吃豆类的食物，一遇到菜中或稀饭中有豆，就会呕吐，这真是要了他的命，但又不能不吃啊！这是爸在插队时最难过的一关！

爸在河南驻马店仅待了半年，后来干校迁址到北京大兴庞各庄，他也回到了北京。新建的干校好像挨着天堂河劳改农场。爸对我说两件事。一是爸随干校的学员一起到水泥厂拉砖装车，虽然劳动强度很大，但大家嘻嘻哈哈，互相开玩笑，也不觉得累，中午就倒在水泥地上睡大觉。农民们说，看这帮劳改犯，还挺高兴！他们真以为劳动的人都是从天堂河劳改农场出来的呢。因为劳动，干校的学员们都穿得破破烂烂的，无怪乎学校的知识分子都被看成劳改犯了。二是，大约是1971年年底，爸从干校回家了，劳动任务是积肥。爸挺高兴，因为在学校可以和家人团聚了。大年初一晚，爸和教物理光学的同事范伯伯一起到校内厕所淘粪，虽然很臭，但大“丰收”，他们高兴得很。每天清晨，他们俩骑着自行车，车后装着篓筐和铲子、提着扫把，一起到学校附近马路上捡粪。他们两位还交流何处马粪多的经验，真是知识分子劳动化了，一点也没有难为情的感觉。但不久，因为尼克松总统要访华，怕记者看到中国知识分子在大街上扫粪的形象，影响不好，干校便终止了学员在大街上积肥的事。

爸给我讲了大跃进时代河南省首先大刮共产风，搞人民公社对农村的摧残。他说，真没有想到解放20余年来，农村依然这么穷、农民依然这么苦。爸以前一直对自己二十年不涨工资很有意见，但从农村插队回校后，他再也不提了。

爸对我说，不能说到五七干校劳动锻炼一点没有收获。至少对于他来说，一是亲身感受到中国农村的贫穷、农民的艰苦，老百姓在农村生活是多么艰难。二是经过农村劳动锻炼，他的体魄强健了。他在插队时甚至背负过60公斤的粮食，跨过沟沟洼洼，走一两里地，这在以前是不能想象的。但爸对所谓走“五七道路”总体上是否定的，因为得远大于失。他说，社会上每个人都有自己的本职工作，他的本分就是教书、搞科学研究。“五七干校”把大批知识分子和干部赶到农村去，根本解决不了当时社会生产力和生产关系的矛盾，除了折腾以外，很难说有什么成效；更为不幸的是，专业荒废了，书不教了，学问不研究了，科技停滞了，人都变得浑浑噩噩了，国家的科技教育事业受到了莫大的损失。

爸还对我说，“文化大革命”出台的一些政策和举措，如青年学生“上山下乡”、知识分子“五七道路”等，打的都是“无产阶级继续革命”的旗号，但违反社会发展规律以及人性和人情的常理，给国家、家庭、个人都增加了巨大的负担，引起了民众极大的反感，虽然一时轰轰烈烈，但终究是不能继续下去的，最后只能偃旗息鼓消失了。

爸害怕中国的“政治”

我爸年幼时亲眼见到日本侵略者的暴行，还有国民党统治上海期间物价飞涨、民不聊生、官员“五子登科”贪污腐败的丑行，他对旧社会非常痛恨。1949年5月上海解放后，当他看到社会上赌、毒、黄被清除了，污泥浊水被荡涤了，非常热爱新社会，积极要求进步，成为第一批中国新民主主义青年团团员，后来报名参军，因体质太差，未被录取。1951年7月，他国立上海高机（现上海理工大学）中专毕业，被分配到公私合营上海华通电机厂，工作非常积极，努力钻研业务。进厂不到一年，他便发明了一部“扁平线圈绕线车”，提高工效7.5倍，那时他不到20岁。上海《劳动报》1952年6月18日报道了他的事迹，他的技术职称因此连升了3级。1953年秋，他作为工农调干生考上了北京工业学院，学习军用光学仪器。他和班上的同学，都是热爱祖国、努力学习、积极要求进步、愿意献身新中国的青年。但是，1957年“反右”时，他目睹了朝夕相处的11位同班同学被打成右派，其中有他最要好的学兄——解放前入党的地下党员杜伯伯被打成极右，并被赶出了课堂。此外，班上还有12位同学（其中包括我爸）受到党团籍处分。从那时起，爸便烧毁了自己的日记和思想笔记等，下决心钻研业务，再也不过问“政治”了。

虽然如此，在中国，尤其在“文化大革命”中，谁也离不开“政治”，何况他不是只会读书的书呆子。那时，“运动”一来，什么都停下来了，课不上了，生产停顿了，“革命”第一，“运动”第一，大批判压倒一切，其他都是次要的。“文化大革命”10年，一会儿打到刘少奇，一会儿打到林彪，后来又是批林批孔批周公，最后是批邓、反击右倾翻案风，搞得天怒人怨，等等。在那个年代，每个单位都是以“派”分敌我友，一天到晚打“派”仗。“文化大革命”刚开始时，爸刚从苏联留学回来，他的思想很单纯，积极参与运动，他还和教师们一起到南方大串连，以为这是反对修正主义，保证社会主义江山永不变色。但他后来看到红卫兵胡来，两派武斗，生产停滞，社会动乱，许多无辜的人被迫害致死了。特别是他喜爱的老舍、傅雷先生等都自杀了，他们都是热爱新社会的好作家啊！他异常悲痛，开始对这场所谓的“革命”产生怀疑了。1968 年学校发生武斗，他立刻“逃”往上海，“躲”到家中去了，他不想卷入这场毫无意义的政治运动了。他每天到上海图书馆看书，翻译自己在苏联写的博士学位论文。后来工宣队进校，两派大联合，复课闹革命，他便回校了。

爸尽管害怕政治，但在“文化大革命”中，他还是很关心国家大事。那个年代，告密盛行，很多人是不可信的。人们在公开场合和私下讲的话都是不一样的。爸在“文化大革命”时有几个极要好的朋友，互通信息，无话不谈。我知道的有两位。一位是我们的邻居——陈伯伯，他是一位化学家，他和他的夫人都是印尼归国华侨，人非常老实和正直，但在“文化大革命”中，被冤枉为刻印反动传单而被隔离审查，后来证明完全是一个冤案。陈伯伯非常渴望了解外部世界，爸总是到他家把一些小道消息捅给他，给他分析形势，并安慰他。还有一位是 1953 年和爸一起到北京上学，在中央民族学院工作的吕伯伯，他是一位哲学家，后来当上中国社会科学院荣誉学部委员。他和爸是无话不谈、生死之交的兄弟。我们两家 4 个大人，4 个女孩，十分亲密，经常在一起吃饭、聊天。因为中央民族学院和北京工业学院挨得很近，他们俩总是聚在一起，讨论运动形势，分析国内外发生的大事，评论激烈的党内斗争等，往往一谈就到半夜。爸告诉我，吕伯伯那时对形势的分析非常精辟和深刻，给了爸很多启发和鼓舞。

我小时候最喜欢听大人说话，虽然听不太懂，但是喜欢听，他们一般也不回避我。我知道爸爸和陈伯伯、吕伯伯都是忧国忧民的知识分子，他们关心和担忧的是国家和民族的命运，虽然他们没有一点能力来挽救国家几乎崩溃的局面。那时，生活上的贫苦可以忍受，但国家的经济状况和政治局面使他们十分忧虑，内心特别痛苦。可是，报纸和广播上还说什么“到处莺歌燕舞”，真是昏聩到极点了。我知道，爸爸和伯伯们说的话我不能到外面传，但我相信他们。他们热爱周总理，赞扬邓小平，痛恨江青、张春桥等极左派。所以从小时候起我就接触到中国的“政治”。

1976 年 1 月 8 日周总理逝世，爸特别悲痛，在课堂上泣不成声。4 月 4 日清明那天，爸骑自行车带着我和妈一起去天安门悼念总理。天安门人山人海，都是悼念总理的花圈和大字报，还有人在演说。妈抄了好些哀悼总理的诗词，她一边抄，一边大声问爸：“这什么意思？这指的是谁？”不久，妈被一名便衣盯上了，爸一看苗头不对，我们三人立刻撤退到中山公园。当时真的好害怕，妈差一点吓死了。后来上面追查到天安门悼念之事，爸和妈都说没有去过。妈怕抄我们家，她舍不得销毁所抄的诗词，便把它缝在棉被里。

总的来说，我爸是一个害怕“政治”的人。80 年代初，当我和姐姐要上大学时，我在爸的熏陶下，数理基础比较好，喜欢物理与电子学，故我报考了北京大学无线电电子学系，这当然是符合他的愿望的。我姐是一个具有文艺天分的人，唱歌跳舞样样入门，13 岁时，上海芭蕾学校甚至愿意接受她，后来一些文工团也要她，她本人想考电影学院或读文科，所有这些，都遭到爸坚决的反对。有一次，他当着我们的面，冒出来一句话——一句连他自己都解释不清的话：“你们若要学文，将来死无葬身之地。”虽然是随口而出，但反映了他的“活思想”，他的确是被中国朝三暮四的“政治”吓怕了。后来，他给我们解释：一个人若有一门技术，或教书，或做工，有一技之长，将来总有一口饭吃。而学文、学政治（搞意识形态）在中国是有风险的。他目睹不少有独立见解的人被打成反革命，家破人亡，害怕我们不懂事闯大祸。爸特别庆幸自己学习理工，因为理工这一领域任他驰骋，不会有碍于“政治”。

1986 年春，当爸知道北大同学为悼念胡耀邦同志逝世发起游行时，他怕我被北大的学潮卷了进去，便把我从北大叫回家，不让我出门。后来，我偷偷地溜了出去，也参加了游行。但那次游行很平静，没有出什么事，爸才放心。爸告诉我说，你们年轻人，把握不好政治的分寸，多少人由于自己的一时冲动，贻害了自己的终身。爸实在是被当年“反右”的经历吓怕了，害怕我们这一代青年人重蹈 1957 年的覆辙。

爸最喜爱小猫“黑黑”

大概在 20 世纪 80 年代中期，爸的朋友送来一只出生不久的雄性小猫，全身黑亮有光，神采奕奕，爸给它取名为“黑黑”。我家从来没有养过宠物，开始有点犹豫，特别是妈，因为每天要处理猫的尿和屎，还要准备它的伙食，负担是不轻的。但不久，爸就喜爱上它了，因为它十分懂事。爸告诉“黑黑”，浴缸的何处是它撒尿的地方，何处是它拉屎的地方，它居然都明白，当拉屎撒尿时，它跳入浴缸，一一照着爸的指示做。当然，由于生理上的原因，“黑黑”四肢的爪需要经常磨砺，它把家中的沙发和家具都抓破了。妈心疼，但爸一点也不心疼。

“黑黑”的可爱在于，特别会拍马屁。每当爸回家将到门口时，它的耳朵特别灵敏，知道爸要回来了，就在门后守候着爸。爸一进门，“黑黑”就在地上打滚，欢迎爸归来，并把四脚朝天，让爸的脚触摸它的肚子。当爸休息时，它用身子蹭爸的腿，把脖儿伸出来要求给抓痒，要爸抱起来玩；当爸工作时，它就坐在爸的双腿上；当爸睡觉时，它就睡在爸的脚后。这样，在家里，“黑黑”就成为爸的最好的、也是须臾不离的好伙伴了。

那时，姐姐在外地上学，我在北大上学。妈妈也上班工作，爸爸很寂寞，“黑黑”成为他的好朋友是很自然的。更主要的是，爸觉得姐和我都不听话，不如“黑黑”可爱和忠实，他把爱全部倾洒到“黑黑”身上，对它无微不至地关怀。爸每周给它洗几次澡，经常到菜市场购买杂鱼或小鱼，和馒头搭在一起，为“黑黑”做精细的猫食。当看到“黑黑”胃口不好时，就买猪肝和鱼干喂它。我从小不吃零食，爸从来不买猪肝和鱼干等好吃的零食给我吃，他自己也舍不得买，但对“黑黑”一点也不吝啬。最可气的是，有一次从国外回来，他把国家发的零用钱全部买了国外的“猫食罐头”了，为的是他最爱的“黑黑”，把妈气坏了。

“黑黑”是一个童男子，爸和妈很想为它找个女朋友。但是，每次给它相亲，它的胆子特别小，就躲在床底下不出来。来相亲的对象追它，它就逃跑，好像躲避瘟神似的。试了多次，终不见效，只能作罢。

20 世纪 90 年代初，爸开始与俄罗斯院校的友人们交往。一些俄罗斯朋友访问学校时，爸请他们到家中做客。那时，我和姐都不在家中，“黑黑”就是一个可爱的亲善大使，它和每个俄罗斯朋友都很友好。家中有一张照片，是“黑黑”与俄罗斯国立萨马拉航天大学校长的夫人维多利亚的合影，照片中“黑黑”和维多利亚的眼睛，都是绿绿的，闪闪发光，非常漂亮。后来，爸到俄罗斯访问时，那些俄国朋友都问他：“黑黑”怎样？“黑黑”好吗？

“黑黑”是在 20 世纪 90 年代末去世的。它在我家生活了 15 年，相当于人类的 75 岁，因之，它也算是高龄了。它生病时，爸和妈多次跑宠物医院为它治病。爸对宠物医院的大夫十分不满，因为他们根本不仔细给它治疗，给“黑黑”打针时动作很粗暴，一点没有怜悯之心。“黑黑”虽然有病，行走不便，但拉屎撒尿依然爬到浴缸里，使爸十分感动。“黑黑”走的那天早晨，爸要上班，它缠着爸爸，爸就把它抱在怀里安慰它。不久，妈发现“黑黑”断气了，它是死在爸的怀抱里，爸痛哭不已，难过了好几天。

21 世纪初，我们家搬到新房子住。友人们劝我爸再养一只小猫，但爸不敢再养了，因为“黑黑”的死使他太伤悲了。

爸是我精神上的带路人

爸常对我说，他最钦佩的人是爷爷，虽然爷爷只有小学四年级的文化，但其为人品德是他远远及不上的。爷爷一辈子帮助人，善待他人，却从不期望人家报答。爷爷一直教育爸要感恩，永远不要忘记教过他的老师和给过他恩惠的人，绝不做背信弃义的人，恩将仇报的人，欺师灭祖的人。爷爷在生前，从不向我们提他做了哪些好事，甚至奶奶也不知道，也没有留下任何书写的记录。直到他逝世后，一些认识的和不认识的人见到我们，诉说爷爷的事迹，才觉得爷爷真是十分伟大。

爸告诉我，感恩、报恩、帮人、行善，是爷爷留给我们家族的精神财富，也是爸一生为人行事的座右铭。爸还告诉我，他做的很多事情中都有爷爷的影子，如爷爷曾告诫他：“在用公家的钱时要像用自己的钱一样，不能大手大脚，浪费国家钱财。”故爸出差坐飞机时总是买经济舱，坐高铁时总是买二等座；尽管他的级别可以坐头等舱和一等座。爸经常感到，爷爷奶奶在天上注视着我们，关怀着我们，保佑着我们，他一点也不敢放纵和怠惰。

我从小就感受到，爸为人善良、正直、诚实和守信，这是爷爷传给他的。爸对爷爷奶奶非常亲热孝顺，我亲眼看到，当爷爷责备他时，他一声不吭地低着头聆听爷爷的教诲，检讨自己的过失；当奶奶在北京时，爸下班回家，就拥抱奶奶，给她请安和捶背。爸绝不允许小辈对爷爷奶奶有任何不敬之处。当我身为人母时，更深深体会到，一个怎样的父母亲，给孩子的影响会成为他生命的一部分。爸希望把爷爷优良的品德传给我们，总是告诉我们，做人要善良，要有恻隐之心、仁爱之心，看到别人有难，要尽微薄之力去帮助人家，给人家温暖。我们都是平凡的普通人，没有力量改变什么，只能行一些小善。小善就像一支蜡烛的光芒，虽然照不了多远，但可以给别人，给这个世界带来些许温暖、光亮和希望。

认识我和我姐姐的人常夸奖我们，说我们为人热情，乐于助人，有良好的家教和诚实的品德。如果我们真如他们所说的那么好，那完全缘于我善良的父母亲。

爸奉行“穷则独善其身，达则兼济天下”

我小时候，身体很瘦弱，那是先天不足、后天没有很好补养的缘故。我记得，每次吃饭，爸就塞一大碗饭给我，而且强迫我吃下去。那时，有肉有鱼的菜很少，爸和妈想给我补养，便不止一次到菜市场买大猪头。回家后，爸当屠夫，斧斩刀劈，妈当厨师，猪头肉做菜，特别好吃，骨头熬汤，特别滋补。汤上面漂着一层白白的油，这样，汤可以下面条，做菜的油也有了。爸有时心中想想自己很可悲，对家庭很惭愧，连孩子每天想喝半磅奶都没有钱订。一个留洋的博士，连四口之家的温饱都解决不了。可是，想想周围的人，比我们境遇差的大有人在，也就像阿 Q 那样安慰自己了。

我记得，我在北大上学是 1983 年，已经不是“文化大革命”时期了。我回家，爸说，家中实在没有钱了，先问我要、后问我借 5 元钱。他说我老回家蹭饭，不掏一分钱，也应该还给家中一些钱。我对爸说，你这么抠门，给我每月 25 元钱，我是北大学生中最穷的，你现在还想问我要回去 5 元钱，没门。我就不给，也不借。现在想想我挺惭愧的，我只想自己了，一点也不想爸妈的困难了。

20 世纪 80 年代初，爸和妈的工资要供我姐和我上大学，姐在沈阳上学，每月给 35 元，我在北大上学，每月给 25 元。他们每月还要给爷爷奶奶、姥姥姥爷寄一些钱。爸和妈最怕是有客人来，因为实在是没有钱招待人家。那时候，爸已经是博士生导师、国务院学位委员会学科评议组成员、教研室主任、校学术委员会委员、系学术委员会主任等，算是学术地位较高的人了。但我们的家，确实什么也没有，没有像样的家具，没有洗衣机，也没有电冰箱。记得在 1978 年底，一位英国专家和夫人到学校访问，一下飞机，就向严副院长提出，要到我家访问。但我家住房面积仅 16 平方米，放了 4 张床，连一张桌子都没有，怎么接待客人呢？后来，借了工人邻居二室一厅算是我家，把外宾访问对付过去了。1979 年，爷爷卖掉了乡下的老房子，给了爸 500 元，爸用 400 元买了一台西湖牌黑白电视机，100 元买了一台飞跃牌收音机。家中就这两件最值钱的东西，那还是爷爷给的。1983 年，爸在学校已工作 25 年了，但他的收入比他 30 年前在工厂当技术员时还少。爸对我说，我们家的情况在学校还是处于中等偏上的水平，因为爸是调干生，工资比一般教师高一级，另外，学校内极少人像爸那样经常出国，还有一些补贴等。那时中国的知识分子都很贫苦，但工作依然积极努力，真是“价廉物美，经久耐用”啊！

我们家的经济状况是在1984年夏开始好转的。1984年5月，爸在美国参加国际会议后回到北京。下飞机时，学校迎接他的人告诉他被评上国家级有突出贡献中青年专家，技术级别升了3级，工资由89元升到148元。这样，我家才真正开始“脱贫”了。7月，他被国家教委特批为教授。1985年，我家添了个洗衣机，从此，爸再也不洗自己的衣服了；1986年，家中添了个电冰箱。那时，爸已经是54岁了。1988年，我托人从美国带了一个21吋彩电给家，算是还了女儿的一个心愿。

我觉得，无论是爷爷或是爸爸，他们都不是把钱看得很重的人。奶奶说爷爷，家中的钱都被他散光了，接济人家了。爸是一个受儒家传统教育很深的人，“穷则独善其身，达则兼济天下”是他为人处世和教导我们的准则。他希望我们，当有余力时，一定要像爷爷那样，帮助有困难的人。他一直有一个心愿，要把工资额外所得的如奖金、版税等捐给学校和社会。

1991年，爸获得光华科技基金奖一等奖的荣誉，得了5 000元奖金，这在那时不是一笔小数目，而且家中也不是很富裕，但他立刻把这笔奖金捐给了徐特立奖学金和马士修工程光学奖学金。1995年，爸的专著《宽束电子光学》获得国家图书奖提名奖、中国图书奖和中国优秀科技图书奖一等奖，得了3 000元奖金，他也立刻捐给了马士修工程光学奖学金。其他一些奖项，如他所获得的国家科技进步奖，他也把自己名下所得的部分奖金捐了出来。1999年11月，他当上了工程院院士，收入又多了不少，我们家进入小康行列了。前些年，国内发生多次大地震时，爸捐款的数目是全校最多的一个，以表示他和妈一点微薄的心意。2012年，爸和妈拿出积蓄的50万元捐给学校基金会，成立了吉民助学金和立伟奖学金，以帮助和奖励学校的青年学子们。

爸在做这些事时，妈都是支持的。但妈对爸说：“你要考虑，背后说什么话都有。”爸觉得他做的都是应该的、理所当然的：“这都是按我内心的驱使做的，无论褒贬，我是不管的。”

爸带我回老家——诸暨藏绿寻根

2015年春节我回到了北京，这是我1987年离国28年之后第一次回国过春节。年轻的时候对过春节没有什么特别的感受，就是一个节日罢了。在美国工作忙，春节时从来不放假，后来又有了孩子，更是脱不开身。但是父母亲年纪大了，身体越来越不好，和他们一起过春节就变得一天比一天迫在眉睫了。回到北京，尽量天天在家陪伴他们，我陪了妈妈去紫竹院、颐和园，真是不知道下次会是什么时候。大年三十姐姐忙着做饭，上供桌，给爷爷奶奶，姥姥姥爷拜拜，我们一家四口，安安静静，真好。初一一早全家启程去上海。上一次去上海过春节是在哪一年，完全不记得了。只觉得小时候下了火车，冒着严寒到上海南市大境路旧仓街 172 号爷爷奶奶家，捧上一碗酒酿丸子汤，热热的，寒气立刻就没了。现在爷爷奶奶都过世了，我们就去姑姑家，姑姑家的孩子孝顺极了，三表哥和表姐，都住得离姑姑很近，陪她打麻将、旅游等。妈一到上海就高兴，毕竟这里热闹，整天打麻将，一点也不糊涂。爸爸呢，他最大的愿望是让我和他一起回浙江诸暨老家寻根，好让我不忘记自己的祖先。说实话，我这个人在美国自由自在惯了，对光宗耀祖的事毫无兴趣，追求雁过不留名的人生性格，回不回老家无所谓，可是陪爸爸回去就不一样了。而爸特别看重家族的根，他要我们不忘自己的祖先。于是，大年初二，爸爸、叔叔、堂哥和我四个人一起回到了故乡——浙江诸暨藏绿。我们一起拜谒参观了祖先的祠堂，其匾额“周氏宗祠”四个大字还是我爸题的。在周氏宗祠里，爸给我介绍了我们周家的祖先。那是在明正德年间（1505—1521），宋周敦颐 24 世孙周廷琮（世称清三公）偕友人游浙江诸暨五泄、苎萝，行至五泄某地，发现了一处美丽的山村，乃名为藏绿，后全家遂由余姚浒山迁居于此。居数年，家人欲迁回原地，廷琮公乃口吟止之曰：“何处来春色？烟霞此地多；相携入海去，孰与听樵歌？”于是，周姓族人世代繁衍于这个“万绿藏一坞”的山村，至今近 500 年矣。我仔仔细细参观了祠堂，了解了自己的根。原来我也是名门之后——中国理学开山鼻祖之一、《爱莲说》的作者周敦颐（濂溪）的 38 世孙，与敬爱的周总理是同宗（据周恩来之侄周尔鎏《我的七爸周恩来》一书介绍，周恩来是周敦颐的 33 世孙），颇有自豪的感觉，激起了我也要带孩子回国拜祖寻根的欲望。

后来回到上海走亲访友，有一个瞬间我拉着爸爸的手走在上海的里弄里，突然意识到这是我第一次和爸爸在上海逛街，一时间感动得不能自已。

爸也为我骄傲和自豪过

我在京工附小上学时，成绩很优秀。爸给我的小学考试成绩定了一条自己的分数线：95 分算及格，99 分才是优秀，100 分他才真正的满意。每门考试，只要低于 95 分，他的脸色就不好看了。因此，我成为一个“高分迷”，完全是爸逼出来的。

我现在讲几件爸为我骄傲和自豪的事。第一件事，我在京工附中上学时，成绩名列前茅。大概是我意识到，如果自己在京工附中读高中学下去，很难再进步了，因为没有追赶的动力。京工附中仅是区重点，北大附中、人大附中才是市重点。故我向爸提出，高中考最好的学校——北大附中。爸听了后很高兴，很鼓励我。在中考发榜的那天，我在沈阳度假，我要爸去看考分。爸后来对我说：“清早，我骑着车往北大附中跑，一路上的感觉，天昏沉沉的，乌云满天。一路想着，莉不知考得如何，非常沉闷。等到我得知你考上北大附中高级班（高中仅读 2 年便毕业），骑车返程回校时，天还是那个昏沉沉的天，但我觉得，天大放光明了，心情好得不得了。这是你带给我最大的快乐。”

上北大附中时，我第一学期的成绩不是太好，班里学习好的优秀同学太多了，我有点沮丧。爸说很好，这比在京工附中得第一强；第二学期考试，我的成绩不错，排名也比较靠前，爸也没有太高兴，他知道那是因为班上那些男孩不用功的缘故；第三学期，班上男孩用功了，我的成绩又降到中等。爸说，这是我在班上的真实水平。最后，全班 50 名同学都考上重点大学，其中百分之九十同学考上北大、清华、协和医学院。我考上北大无线电电子学系，爸觉得我太争气了，真为我高兴。

第二件事，爸鼓励我在大三考托福。那时我好辛苦，上午在北大上课，下午回家吃一点饭，就上托福补习班了，晚上回家后还要做作业，第二天赶回北大上课。但是在等托福考试成绩时，一直没有收到，我急死了，估计是丢失了或是被别人拿走了。爸只能到邮局汇 5 美元到美国，请人家重发。等到美方的录取通知书寄到家时，我一个人躲在小屋里拆。突然，我从小屋出来搂住爸爸、妈妈和奶奶，说考了 600 分，这是 1987 年很高的托福高分。我看到爸的眼睛湿润了，这是爸最高兴的时刻。

第三件事，我在美国 1991 年拿到博士学位后，到 TopMetrix 公司工作，主要是从事扫描隧道电子显微镜（STM）的开发。公司不大，但很精干，我是公司一名主要研究人员，很受重用，去后不久，我就发表文章和申请专利。20 世纪 90 年代初，扫描隧道电子显微镜还是一个新东西，那时，白春礼（现中国科学院院长）在美国也在研究，我和他在国际会议上有一面之识。我回国探亲时，复旦大学、北京大学、北京理工大学都邀请我做有关 STM 的学术报告。在北京做报告时，西门纪业教授（我公公）和爸爸为我压阵。爸对我说：你比我强，我还没有到北大、复旦做过学术报告呢！看来，他为我挺感自豪的呢！

爸几经波折当上了工程院院士

1999 年爸和妈到美国来看望我的时候，北美正在互联网的泡沫里翻腾着。我和先生还没有小孩，整天与狐朋狗友上蹿下跳地玩，同时也在折腾着创业，搞我们的互联网公司。爸爸妈妈一来，也就带着他们去各处游玩。可是我还是能看出爸闷闷不乐，就找个机会问他。原来，清华大学著名教授孟昭英院士，我国电子学界的元老，是最欣赏爸的人，竭力鼓励爸申请中国科学院院士，并愿作为提名人。不幸的是，1995 年 2 月，孟昭英院士逝世。到遴选科学院院士时，选举到最后一轮，没有人为爸说话，爸很可惜被刷了下来。之前，工程院也是在最后一轮把他刷下了。1997 年院士选举时，他和学校在申报工程院院士还是科学院院士的问题上犹豫不定，又是在中国工程院选举的最后一轮落选了。当爸知道选举结果后，立刻打了退休报告，并把教研室和实验室的担子一一移交给他的弟子们。但学校觉得爸的院士申请还是有希望的，要他再拼搏一下，故未同意他退休。我感觉爸的神情有点沮丧，当然是冠冕堂皇地劝他：这些都是身外之物，不要太在意，不当院士，也有好处，晚年的生活会过得更好。我当然知道，对于爸来说，成为院士不光是一个荣誉和待遇的问题，而是对他一生孜孜不倦的科学研究和贡献的肯定。爸两次没有评上院士，觉得自己太辜负孟老的期望了。1999 年 11 月，当爸听到自己当选为工程院院士时，第二天就到北京金山陵园孟老的墓地献花，告诉自己的当选事，以告慰天上的英灵。

在爸当选院士后，妈对爸说出了一句富有哲理和很有水平的话："你在工程院不是太差的，但外面有很多人比你强。"爸一直记住她的话，战战兢兢，不敢有一丝一毫的骄傲。

爸的"数独"水平远不及我

2011 年爸爸和妈妈来美国游玩，那时候他快 80 岁了。我当时沉迷于玩 Sudoku（数独），一种源起于日本的逻辑数字游戏。爸一看也开始学着玩，这一开始就不可收拾。从简单的玩到复杂的，我给他买了好几本册子，让他玩个够。后来我回国，发现他做北京青年报上的每天数独题，一个也不拉下，做了上千道。大概是他觉得报上数独题太简单了，老人家下载了 iPad 数独软件，在 iPad 上玩起来了，而且玩的是最高水平大师级的数独题。晚上睡觉前玩，上着厕所也玩，反正老人家把这个游戏当作休息和锻炼脑子的方法。我自认为玩得很溜，所以他一开始玩，我就站在后面指指点点，告诉他下一个数，嘴里还不饶他，说你看，这个数你就没想到吧，等等。爸已经是资深院士了，所有人都对他恭恭敬敬，只有我这个小女儿有事没事拿他开个玩笑，他也只是笑一笑，不说什么。但我知道，爸心中并不服我，觉得几年下来，数独的水平不一定比我差。他很想和我比试比试，便把 iPad 给我，要我也做大师级的数独题。我随便做了几道交给他，他一看我做的结果，就不言语了，再也不提比试的事了。原来，他几年来做大师级的数独题的最好结果是 18 分钟，7 万多分；而我随随便便做的结果是 12. 47 分钟，80 019 分。这一次，他是心服口服，不得不服了。

爸，一个优点很多但缺点也不少的人

常言道，知女莫若父，因为女儿在爸爸身边长大，女儿的优缺点爸爸看得最清楚。但我认为，也可以这样说：知父莫若女，因为我和爸生活在一起 21 年，虽然大学毕业后离开了他，但父女之间的交流从未间断过。我自问对他的优缺点也看得比较清楚。

爸好学、谦恭、礼貌、诚实和专注，一个成功人士的优点，在他身上表现得十分明显。他手不释卷，学习古今中外人类优秀的文化遗产。同时，他总是觉得他钦佩的人（如我的爷爷、孟昭英、王大珩院士等）以及书上人物的优点，是值得自己学习的，而且是身体力行去学习。他小学时学过《孟子》，初一时学过《圣经》——使徒行传，后来又留学苏联，虽然出生于贫苦家庭，但他是一个受到儒家文化和西方文化熏陶的人，父母亲的爱以及他受到的教育，都教导他要成为一个高尚的人，一个对社会有益的人。好学不仅使他进步，而且使他的人格更为完美。他谦恭、礼貌，虚心听取长者和朋友的意见，真诚地对待他人，使他在国内外获得了很多的朋友。诚实和专注，是一个科学人最宝贵的品格。他无论对人、对事和对待科学，都是真诚和专心致志的，绝不允许有半点虚情假意。他孜孜不倦研究科学问题，向着既定的目标，坚持自己的激情，绝不半途而废。爸虽然是搞技术，理工科出身的人，他对天文地理，文史百家都很有兴趣，一天到晚捧着书，可谓是博览群书。受他的影响，我也是这样，从小就喜欢看书，手不释卷。我认为，学理工科的人更应该博览群书，扩大眼界，不循规蹈矩，不固步自封，在人生的道路上闯出一条新路来。

但是，爸不是十全十美的人，也是一个有不少缺点的人。我知道，爷爷对爸不满意的地方主要有两点：一是中国字（书法）写得太差，还不如他小学4年文化的人写得好；二是脾气太坏，动不动就打孩子，他生怕爸对学生和部下不好。实际上，爸在同事和学生中的口碑是不错的。作为爸的女儿，在写他的缺点时，心中很嘀咕。按中国的传统，“子不言父过”和“为尊者讳”，分析一下父亲的缺点虽不能说大逆不道，但至少是对老人家有点不敬。我少见寡闻，还没有看到一个孩子诉说父亲缺点的文章，我怀疑自己这样做，是否有一点“冒天下之大不韪”。但是，我爸是一个开明的人，他说我赞扬他太多了，应该让人家知道他的缺点。

我的感觉，爸的缺点是和优点相伴而生。爸是一个自尊、自信、自立、重情、心善的人。这大概是优秀人士身上常有的品德。但表现在他身上，常常过了。他过于自尊，受不了人家半点挖苦和讽刺，往往是小不忍则乱大谋；他过于自信，脾气急躁，欲速则不达，意志和愿望往往落空；他过于自立，事无巨细都自己去做，时间和精力都浪费在细枝末节中；他过于重情，常会在情义和原则之间纠结，感到痛苦和内疚；他过于心善，极易轻信人家，受人欺蒙，竟毫无戒备之心。具体的例子我就不举了，免得人家说我不孝，这样数落自己的父亲。但作为他的女儿，我还是要说，爸本质上是一名书生，政治上是“幼稚”的，万千世界的事他很多没有参透，以自己的心度他人之心，结果常事与愿违，内心亦很痛苦。幸好他是一名学者和科学家，人们往往原谅他，或者只见到他好的一面，见不到他的缺点。此外，我要说的，爸一生没有当领导（官员）实在是他最大的幸运，他自己也这样认为。

以上写的，就是我心爱的爸爸，也是一个女儿对爸爸很粗浅的认识。我爱他，因为他是我心爱的爸爸，我心中的偶像；我爱他，因为他不仅是我的爸爸，而且是一个高尚正直、有担当的男子汉。他一生怀着远大理想，探索科学未知，追求社会公平、公正和正义，同情弱势群体，关怀青少年成长。

祝爸爸健康长寿，永葆青春。

难忘国立上海高机的如歌岁月*

——纪念国立上海高机60周年华诞

回味在国立高机那段日子，真是青春年少，阳光灿烂，岁月不知愁啊！

我的母校——国立上海高级机械职业学校（简称国立高机，已并入上海理工大学），今年60周年华诞，也是上海理工大学百年华诞。在这大喜的日子里，当我回忆在国立高机的美好岁月，心情无比激动。因为她抚育培养我成长，使我由一个不懂事的少年有了一些觉悟，知道自己应该怎样活着，去报效社会，献身祖国。

国立高机是1946年上海唯一培养中级专业技术人才的一所国立职业学校。在这所职业学校学习，学生免交学杂费、住宿费、伙食费等，这对我们这些贫穷的孩子很有吸引力。抗战胜利后，日子依然像从前那样，物价飞涨，接收大员五子登科，贪污腐败，民不聊生。在药店打工的父亲仅有一点微薄的薪水，养家也很困难，更难供我们姐弟三人上学了。我的姐姐小学毕业后就不上学了，弟弟在13岁时就到西药房当学徒了。虽然我喜欢读书，但我懂得，如果我这样读到高中毕业，家中绝无能力继续供我上大学，而且毕业即失业，父亲的负担将更重了。那时我没有什么宏大的志向，只想早些工作，学一门技术帮父亲养家糊口。于是，1948年夏，我离开高桥中学投考国立上海高级机械职业学校。

1948年这一届，报考国立高机的人很多，竞争非常激烈，据说是40人中录取1个。我是在高桥中学念了高一去报考的。记得当时的语文考题为《论忧患兴国，逸豫亡身》。我用半文半白的文字胡答了一通。后来有幸被录取了，我们全家都很高兴，庆幸上学不用交学杂费、膳宿费了。父亲用家中仅有的一块值钱的手表换了钱给我买了一身校服。

* 本文为纪念母校国立上海高机60周年华诞而作，时间是2006年10月21日。

国立高机那时并没有细致的专业划分，仅设有机械科与动力科，所学课程则五花八门，范氏大代数、Hall - Knight 三角学、机构学、机械原理、机械制图、金工学等均有涉猎。相当于简化过的大学课程，偏重实用知识和工程实践。那时，教学质量是全市中等专业学校中最高的。主要是，任课教师的水平高，我记得，机械科主任何国森老师精通四国语言。他教我们机构学，他后来任上海大学自动化系教授，他教书热情奔放，充满活力。不久前我见到他，依然像个老顽童似的，十分活泼，思维敏捷。他一直用英文记笔记，使我特别佩服。在国立高机，我学习还专心，成绩也不错，但喜欢玩，与同学遛马路、看足球和看电影，政治觉悟不高。我也阅读一些进步书籍，主要是巴金的《家》《春》《秋》，茅盾的《子夜》等，鲁迅的书是解放后才大量读的。上海解放前夕，地下党员刘训时同学曾给我看一些油印的地下进步报刊，启发我的觉悟。那时，我也跟着同学参加一些学生活动，但懵懵懂懂，不知革命为何物。记得闹学潮时，一些同学高唱："我们的队伍来了，浩浩荡荡过了长江……""解放区的天是明朗的天，解放区的人民好喜欢……"我也跟着唱，但不明白歌词是什么意思，便问同学，大家都笑我幼稚，我也感到很难为情。那时，训导主任于某是国民党大主教于斌的侄子，就过来警告同学们不要唱这些歌曲，否则要被抓起来。但那时上海已临近解放了，革命潮流不可阻挡。

1949 年 5 月上海解放，由于我亲身经历了上海沦陷日本人侵占时期和国民党统治时期的黑暗年代，对新、旧社会翻天覆地的变化有强烈的感受。我对共产党进入上海以来领导人民荡涤一切污泥浊水是非常高兴和拥护的。工人农民翻身当了国家的主人，赌场、妓院和投机倒把的证券交易所都被取缔了，物价稳定了，我每天来往的街头再也见不到临街拉客的妓女了。共产党一心一意为人民使我的觉悟和认识有很大的提高。1949 年 11 月，我光荣成为第一批中国新民主主义青年团团员之一，并成为学生会的一名干部。1950 年，当号召参加军干校和抗美援朝时，我觉得自己应该出来保卫祖国，保卫人民政权，即使牺牲了，也是值得的。父母亲虽然很爱我，但他们很理解我，并不阻拦。可惜我那时体质很差，加上鼻子大出血，没有被录取。

今天，我很高兴能参加国立高机 60 周年华诞庆典，回忆在国立高机的同学少年青春时光，心情无比激动。

首先，我以满怀感恩的心情纪念母校国立高机 60 周年华诞。我衷心感谢母校给了我智慧、勇气和力量。国立高机的学生生活，无论在思想上或是在学识上，给我一生的工作打下了坚实的基础。在为学上，国立高机严格的校风和严谨的学风，很高的教学质量，在社会上是很出名的，使我打下较好的理论基础和动手能力，形成了严谨的处事准则。在为人上，母校的爱国主义的教育，理想和信念的教育，使我有了一个较为正确的人生观和价值观。特别是思想，虽然那时我还很幼稚，但到我毕业时，我的心中有了一个比较明确的目标：我要为祖国做出自己微薄的贡献；要像我的同学们那样，当祖国需要时，站出来让祖国挑选。我自国立高机毕业后，正是因为有这样的信念，无论在什么环境我都能坚持下去，克服困难，而没有畏惧之心。1952 年，我在工厂工作时，研制出了一种绕扁平线圈的绕线车，工效提高了 7.5 倍。上海《劳动报》为此专门做了报道。我在大学学习时成绩名列前茅，在留学苏联时，获得了数学物理副博士学位。毕业后，我在北京理工大学创建了新的国防专业，我从事的国防科学研究，也做出了一些贡献，我写的书也荣获国家图书大奖。这主要得益于国立高机时期打下坚实的基础。饮水思源，我要感谢母校对我的培育之恩情，我的成长、我今天的成就，离不开母校和师长们的教育。

其次，我也十分怀念在国立高机如歌的学生岁月。1948 年我进入国立高机学习的年代，祖国大地风雨飘摇，然而，同学们团结友爱，互勉上进，立下报效祖国的誓愿；老师们循循善诱，身体力行，对待我们如同自己的子弟。国立高机这一段当年同学如歌的友情，老师亲切的教诲，这是多么让人留恋的年月，又有多少让我思念的人和难以忘怀的事。当年，有一些政治觉悟高、思想进步的同学，如刘训时、陈名绚等同学，他们在思想上给了我很多帮助和关怀，是我的领路人。还有我最要好的同学沈兴良、俞容若等，我和他们朝夕相处，一起读书、相伴游玩。当我回味那段日子，真是青春年少，阳光灿烂，岁月不知愁啊！后来，我上大学、出国留学，国内外政治形势的变幻，人际关系之复杂，我有时思想很痛苦，再也没有国立高机那一段快活日子了。

因此，今天在纪念国立高机 60 周年华诞时，我怀着感恩的心情感谢母校的师长们，我也要感谢我的同学们，他们对祖国深沉的爱，对社会主义事业的奉献，对我亲如手足的情谊，使我深深感动，也是我前进的动力。

现在，我和同学们都是古稀之年的人了，我们把青春都奉献给伟大的祖国，看到今天母校的兴旺发达，祖国的欣欣向荣，我们都无比欣慰。借此机会，我衷心祝愿我的老师们和同学们健康长寿。

下面是我在2002年秋冬之际，在上海国立高机之红楼会见诸同学后所写的几首打油诗，表达自己对母校和同学们怀念之情，作为这篇短文的结尾。

忆高机诸友（三首）

（一）忆红楼聚会

2002年10月17日，我在上海主持亚洲光子学（Photonics Asia）国际会议之际，偶得空闲，与同学聚会于昔日读书的母校——上海复兴中路国立上海高级机械职业学校之红楼。人间沧桑，红楼依旧雄伟屹立，然我等离别高机已50余年矣。回首往事，不胜感慨系之。

匆匆离别五十年，红楼聚会忆旧谊。
少年难忘弱国恨，同胞疾苦岂无闻？
谈今论古求真理，誓将丹心献汗青。
相逢白发谈往事，碧海蓝天挚友情。

（二）怀念兴良、容若

沈兴良、俞容若兄系我在国立高机上学时志趣相投之好友。读书游玩，相处谈心，无一日不在一起，亲若手足兄弟。顷接容若、兴良来函来电，道及国立高机同窗诸兄往事及人生艰难历程。感慨之余，赋诗一首，以作纪念。

青春少年热似火，晚年相见鬓如霜。
当日相依立大志，誓将青春献神州。
相逢细数前尘事，无怨无愧报中华。
莫逆友情比天长，一片丹心映红楼。

（三）赠名绚

陈名绚兄系我在上海国立高机上学时的同班同学。解放前，余那时年幼，虽对日本侵略者横行霸道，旧社会贪污腐败，极为痛恨，但觉悟甚低。名绚兄思想进步，屡给予启发，对我关怀备至。上海解放后，1949年

11 月，我光荣成为第一批中国新民主主义青年团团员，名绚兄是我入团介绍人。1950 年，名绚兄带头参军，在空军历任师政委等职，功勋卓著。退休后，热情不减，一如当年，北京老同学聚会均由他一手操劳，实为吾等楷模。

忆昔青春少年时，君年十八意奋发。
思想进步热情高，见识深远志向大。
关爱同学犹兄弟，道义争担事争先。
投笔从戎何顾家，壮志凌云振中华。

一台扁平线圈绕线车的诞生*

——创新钟情热烈追求的人

“一个人只要一生中体验过一次科学创造的欢乐，就会终生难忘。”（克鲁特泡金语）

2011年3月，上海图书馆帮我查到了1952年6月18日的《劳动报》，上面报道了我在上海公私合营华通电机厂技术革新时创造扁平线圈绕线车提高了工效7.5倍的消息。看到59年前《劳动报》的报道，我不禁感慨万分。现将我在华通电机厂电表车间时研制扁平线圈绕线车的情况回忆如下。

1951年7月，我19岁，由国立上海高级机械职业学校（简称国立高机，现上海理工大学）中专毕业，与丁冠杰、严文安两位同学一起分配到公私合营上海华通电机厂。解放初的上海，华通电机厂有技术员80余人，其中有一级工程师顾谷同、蒋公惠先生等人，实力是相当强的，算是上海的一个大厂呢！

裝一只繞線車
工作快七倍半

華通電機廠一一〇伏電壓表的電阻片，是扁平的單層線圈，一直用手工繞，十五分鐘才能繞一只。繞線組每天要五個人繞，才能供應上裝配小組需要。繞線組長樂生章老師傅和技術員周立偉研究，幷請電表工程師協助，經過三次研究試驗，終於創造了一只新的繞線車，二分鐘就可繞一只，比原來快七倍半。（陳虞椿、王興昌）

* 本文回忆1952年在上海华通电机厂电表车间研制扁平线圈绕线车的经历。

我在国立高机的学习成绩不错，在到工厂前，自我感觉很好。我是机械科的学生，那时许多课程是大学教材的简化，如机构学、机械设计、机械制图、金工学等都学过。我在班上的成绩名列前茅，内心是很自负的。我到工厂后，先被安排在各个车间进行实习，了解工厂生产的各个环节；后被分配到技术科，主要是当下手，帮工程师和技术员描图绘图。经过3个月的实习，我发现世界很大，能人很多，而自己在许多方面是浅薄无知的。例如，当时的工具车间的设备并不先进，但钳工师傅的手艺都很高，很多复杂精密的冲模零件是依靠手工抠出来的，不由你不佩服。当时的产品零件是有图纸的，但制作该零件的工装与钻模夹具没有工艺图纸，全靠工人师傅自己琢磨，看着零件图就做出一套套冲模、钻模夹具来。我当然没有工人师傅的手艺，但也没有他们丰富的想象力，这是我感到惭愧的。特别是当我到木模车间实习时，工人师傅制作翻砂木模时手中只有一张零件图，所要制作的阴阳木模的图纸（包括浇灌口和出气口）都在他们的脑子里。我看了半天零件图，脑海里就是想象不出要浇铸的阴阳模具的立体构造来。3个月的实习下来，我发现工厂有学问的人和技术高手很多，我决心向工人师傅和技术员好好学习。

实习结束后，我被分配到技术科工作。记得到技术科第一天上班，从美国西屋（Westinghouse）公司学习回来的吴履梯先生是技术科的负责人，他要我画一张图。我觉得这很容易，小菜一碟，一会儿就画好了。吴先生一看我的图，就发现了错误，并没有责备我，微微一笑说：“你画的图，正视图是英美画法，侧视图是苏联画法。”我当时脸一下子就红了，非常难为情。自命不凡的我，怎么会犯这样的低级错误呢！通过实践的教育，我认识到自己的知识太浅薄了，能力太弱了，只有加倍努力学习和工作，才能跟上时代的要求。因此，领导派我什么重活、累活都干，星期天也乐意到厂里加班。我感到工作给我带来知识和能力，也带来快乐，使生活更加充实。当时，我学习设计钻模和夹具，曾经买了一本英文书Jigs and Fixtures（夹具和卡具）来啃。我还记得被分派去搞发电机和电动机的sketch（测绘），也就是把电机的实物零件一一测绘下来，标上尺寸，制成图册。这工作既苦又累，有时要趴在地上测量，特别是电机的外壳，形状复杂，很难测绘和制图。但是，经过这样的锻炼，我的测绘和制图能力有了很大的提高。那时，我曾协助萧心副厂长画出了小马力电动机的全套图纸，包括装配图和零件图。后来，小马力电动机生产出来了，我很高兴。

我不久被调到电表车间当技术员，协助车间主任王传夔师傅管理整个车间。电表车间约有200个工人，就我们两个人管理，工作很杂，有技术上的事，也有管理上扯皮的事，一天忙到晚。好在我的背后有靠山——传燮师傅，他是技术高手，经验十分丰富，威望很高。我不懂的或不会的就问他。记得工人向我争工件的定额，因为工人干活超过定额是有奖金的。有的工人欺我年少且没有经验，要我让步，争得脸红耳赤，我说不服他们，便叫传燮师傅解决。凡有争执，只要传燮师傅一出面，事情就解决了，我非常佩服他。

现在回忆起来，解放初的上海，技术员和工人之间的关系很和谐，工厂管理上层非常愿意调动职工们的积极性，鼓励上上下下搞技术革新，提合理化建议等。工厂有一套奖励办法和制度，并有一个委员会专门审议。因之，厂里技术革新和合理化建议的活动热火朝天。

我进厂后，和张维良、陈启刚、丁银云以及顾美珍、何麟丽等技术员经常在一起，十分要好。他们都是大学毕业生，知识和能力比我强多了。他们视我为小弟弟，都唤我“小孩”（上海话的发音是“小弯”，因我长得矮小，像个孩子），我把他们看作哥哥和姐姐。和他们相处、工作学习、聊天游玩、非常快乐，学到不少东西。他们为人真诚友好，知识面广，业务能力强，是我学习的榜样。当时我常想，什么时候我有他们的知识和能力就好了。给我印象特别深刻的是，张维良兄对创造发明（那时我们叫技术革新，还没有创新的名词）非常投入，思想十分活跃。他那时在研制一种粘信封、贴邮票半自动的机器，我把它叫作“糨糊机”，信封或邮票一放到机器上，便一边向前滚动，一边粘上糨糊，不用手抹糨糊了。师哥和师姐们对业务这么钻研，带动了我，我也很想搞点技术革新试试。

我所管理的电表车间有一绕线组，专门制作各种电表上的线圈，其中绝大部分是旋转对称的圆柱线圈，可用绕线机绕。那时的绕圆柱线圈并没有全自动化，还是要靠人工摇动绕线机的手轮绕线的，但毕竟劳动强度不大，效率也比较高。可是，还有一些是扁平的单层线圈，用在110伏电压表的电阻片上，没法用绕线机绕，工人们便用手慢慢一圈一圈绕。因为没有机器辅助，全靠手工，效率很低，15分钟才能绕一只。绕线组每天要5个人绕，才能供得上装配组的需要。更主要的是，因为要求漆包线排列得紧密均匀，工人必须时刻观察所排的漆包线的密集度，一刻也不能放松，劳动强度大，视力也受到很大的伤害。那时，我的好奇心来了，心想，能否制作一个绕扁平线圈的绕线车，不仅提高效率，主要是使工人的眼睛免受伤害。

当时，车间主任传燮师傅告诉我，在现有的绕线车上进行扁平线圈绕线的尝试都失败了，因为无法使很细的漆包线一根一根紧密排列在一起。我在思考这个问题时，突然想到，为什么不用螺杆进动的原理呢？因为，转动螺杆使连接在螺杆上的物体前进或后退的运动，是机构学中最简单的原理。我想，完全可以利用螺杆螺旋的进动来排线。这就是说，利用螺杆的转动，把漆包线靠在螺杆的螺纹的牙上，螺杆转动时漆包线就随之进动，线就紧密排列起来了。至于漆包线排列均匀紧密的问题只要选择适当的螺距和螺杆转动的速度就可以了。

我相信利用螺杆进动排线的原理是可行的。这个创意得到了吴履梯先生、陈康德工程师和传燮师傅的支持，他们鼓励我进行试验。于是，我便尝试画扁平线圈绕线车的总装图。首先要解决装夹扁平线圈电阻片夹具的问题。我想，夹具内一定要装弹簧片，使扁平线圈电阻片既转动平稳，装得牢固，卸得容易。总的说来，装卸扁平线圈电阻片夹具的设计和制作并不十分困难。难的是什么样的螺杆能使靠在上面的漆包线进动，排列紧密。设计完毕后，因为这不是厂里计划内的任务，我便到各个车间找材料，请工人师傅帮忙给我额外加工。工人师傅听说我要搞扁平线圈绕线车，都伸出援助之手，帮我找材料、加工等。我先请师傅给我车了一根钢螺杆，后来发现钢的螺杆对漆包线有磨损，于是我选择一些较硬的木料请师傅车了几根不同螺距的螺杆来做试验。等到零件制作加工完成后，我便把绕线车的架子在底座上搭好，两端装上装卸夹具，并把螺杆与手轮以及齿轮等联上。我请绕线组组长乐生章师傅和我一起做试验。真想不到第一次作试验，就基本上成功了，说明我提出的原理和构想是可行的，我和车间的工人们都非常高兴。后来，根据提出的意见对扁平线圈绕线车进行了改进，又做了两次试验，都非常顺利。这样，我研制的扁平线圈绕线车很快就定型了，并推广到生产线上。试验表明，用新的绕线车绕一个扁平线圈，时间只需 2 分钟，这就是说，生产效率提高了 7.5 倍。原先要 5 个人绕线，现在只要 1 个人就足够了，而且质量比手工要好。因为机器排线整齐美观，而手工排线，有时松时密不均匀的问题。1952 年六七月间，上海《劳动报》等为此专门做了报道①，报道我创造扁平线圈绕线车的经过，工

① 我清楚记得，在《劳动报》1952 年 6 月 18 日报道不久，还有一篇更详细的报道，登在上海的某一报纸的第一版上。我曾将这一张报纸带到学校，给同班同学展示过。但这张报纸后来不知去向了。

效提高了7.5倍，那时我不到20岁。

这一技术革新大大拉近了我与工人之间的距离，提高了我在车间里的声誉，得到了厂领导的表扬。我后来在评定技术职称时连跳了3级，由二级助理技术员直接升到四级技术员。

当时，师哥、师姐们也对我大加称赞，说“小孩”良心好，当看到工人们手工绕扁平线圈时的辛苦和对眼睛的伤害，有同情和怜悯之心，才有这一技术上的革新。如果一个人心眼不好，无恻隐之心，或者认为事不关己，高高挂起，熟视无睹，听之任之，也就没有这样的创造了。当然，光是心眼好，而不在技术上努力，思考解决问题的途径，并亲身实践之，也是没有用的。

我现在和学生们讨论科技创新的问题时，经常讲，对科技创新，提出问题和找“切入点”是最重要的。首先，要提出“问题”，看看有无疑难的“问题”需要解决：车间内扁平线圈的绕制已经成为一个瓶颈问题，无论质量和数量都赶不上装配组的进度和需要。而且，手工绕线对工人的眼睛伤害很大。心中装有疑难的问题，然后去思考解决的途径，这便是创新的动力或者是创新的出发点。

有了疑难的问题，但解决这个问题从什么地方切入呢？需要深入思考。既然普通绕线车解决不了扁平线圈排线的问题，出现制作一个既提高工效、又保护眼睛的绕扁平线圈的绕线车的念头是很自然的。但突破口在什么地方呢？采用螺杆进动的创意来排线就是“切入点”和突破口，就是解决问题的关键。

当扁平线圈绕线车成功后，大家都觉得采用螺杆排线的创意很巧妙，构思很聪明，所研制的扁平线圈绕线车简单实用。众口称赞螺杆进动的创意，认为这是解决这个问题最好的方案。在扁平线圈绕线车没有出来之前，人们一筹莫展，不知如何是好；等研制出来后一看，仅用一根螺杆便解决了手工排线的问题，没有什么神奇的地方啊！如此简单的原理和机械结构，哪有什么稀奇啊！

是的，一点也不稀奇。众多的技术创新或发明专利都是这样。后来我读科学方法的书，才知道，我在这里实际采用了一种称为“简单类比”的方法。当螺母套在螺杆上，若转动螺杆，螺母便会左右移动，这是机构学中最简单的原理。当然，漆包线搁在螺母或者螺杆的齿上，转动螺杆，漆包线也可左右前进了。实际，我在工厂每天见到的车床，利用螺杆的进动，车刀切削零件，这是在做减法；同样，扁平线圈绕线车，也是利用螺杆的进动，将漆包线绕到线圈支架上，这是在做加法。这是一种最简单的类比，原理是一样的，只不过是用在不同的地方罢了，一拆穿，大家都明白了，原来是这样简单。创新，就是别人想不到的地方或者没有想到的地方，也许是最普通的地方，但你想到了，你提出来了，你实现了，因而你成功了。因此，创新并不神秘，也不一定复杂，有时就这么简单，关键在于是否专注和锲而不舍的努力。

扁平线圈绕线车诞生的例子说明，创新钟情有心的人，谁热烈追求，谁就可能成功。而那时的我，并没有高深的知识和学问，只有中专学历。由此可见，创新不论年龄大小，学问高下。创新，绝不是学历高、学问大的人的专利品，只有他们才有创新的资格，才能做出创新的成果。实际上，我们每个人都可以在自己的岗位上在现有文化的基础上发挥聪明才智，坚持不懈地探索，把想做的事情坚持做下去，就有可能有所发现，有所创造。当然，知识丰富、学问高深的人，思考的问题更深入，创新的成果会更大些，许多原创性的成果和科学成就都出自具有知识渊博的科学家和经验丰富的工程师之手。因此，想要创新的人，还是要多学习，多实践，使自己学问更多些，能力更强些，办法更多些。

我认为，无论哪一类层次的创新，作为个人，在创造时，都需要知识、智慧和能力，更需要有好奇心以及勇于进取的精神气质。回想一下扁平线圈绕线车诞生的过程，虽然这是一项极为普通的技术创新，但还是包含了创新所需要的诸要素：我在国立高机学的机构学关于螺杆的基本“知识”是基础，由此联想思考出螺杆使漆包线进动的创意并将它应用于实践是“智慧”，设计和制作扁平线圈绕线车便需要“能力”，好奇心、锲而不舍努力实践之是“精神”。知识—智慧—能力—精神，这就是作为个人进行科学创新时必须具备的四个基本要素，四者有机结合在一起，创新诞生了。

这当然是现在的认识，我当时并没有想很多。有人问我：你是怎么想出来的？我的确不知道怎么想出来的，反正我一直在思考扁平线圈绕线车的问题，一下子就想到螺杆进动的方案了。现在回想起来，那时我朝思暮想解决绕线排列紧密均匀的问题，在潜意识中很可能有车床切削物件的影子，受到了它的启发，提出了螺杆进动的创意。至于绕线车的设计方案，这是很具体的问题。我现在清楚记得，在我的脑海中浮现了我所想象的扁平线圈绕线车的结构：绕线车底座的左右有两个支架，支架间装有夹具，架上所绕的扁平线圈架；扁平线圈架底下有一根螺杆。螺杆的右端装有齿轮，它与要转动的扁平线圈的齿轮相联结，该齿轮与手轮相连。这样，摇动手轮，通过齿轮使漆包线随着扁平线圈架转动而进动，等等。我就是按脑海中的设想进行设计绘图的，把我学到的浅薄知识都用上了，努力实践，终于把想象的扁平线圈绕线车制作出来了，梦想成真了。

这是我在青年时代在科技道路上的第一次尝试，第一次体验到了科学创造的快乐，它是我终生难忘的一段经历。我很庆幸在华通厂的两年学到了令我终身受益的东西，使我在以后科学的道路上越走越宽广。

为了50年未曾忘却的纪念*

——献给8531班1957年受难的同学

往事并不如烟，历史不容湮没。

我一直想写一篇文章回忆50年前的学生时光，写一下1957年的教训和自己的感受，为了50年未曾忘却的纪念，也为了给我们的8531班正名。但迟迟不知如何下笔，几次动笔又都停下了，问题是：到底怎么写？写什么？我不愿粉饰历史，把当年我们班的灾难轻描淡写一笔带过；“前事不忘，后事之师”，往事并不如烟，历史不容湮没。当同学们决定今年10月聚会以纪念我们班毕业50周年后，重新燃起了我动笔的愿望。我这里回忆的仅仅是我个人在学生时代的片断，我经受的快乐和痛苦，我内心的彷徨和困惑，完全是从我个人的角度回顾我们的8531班。由于时隔50余年，手头又没有任何当年的资料，只能凭着自己的记忆，如果有与实际不符的地方，希望老同学指正。

1957年8531班的巨变，从一个全校最优秀的班级一下子跌到所谓走“白专道路”的典型，11位“右派”同学被逐出课堂，一大群同学受到党团纪律的处分，真是像晴天霹雳一样，把8531班击个粉碎。这场巨变，使受难同学苦旅半生，也给留在班上的同学心灵带来了巨大的创伤。

有人对我说：你是幸运的，你仅是受到延长预备党员预备期半年的最轻处分，你躲过了这一劫。而你现在又是著名学者，中国工程院院士，你有什么可抱怨的？我觉得，这不是个人抱怨不抱怨的问题，我是在毕业50年同学再聚首之际，向自己的老同学敞开心怀谈谈自己对1957年8531班“反右”的认识以及我的爱和憎。“知我者，谓我心忧；不知我者，谓我何求。”这篇文章是在自己的良心驱动下写的，无论褒贬，我是不在乎的。我承认，我是8531班中最幸运中的一个（8531班出了不少人才，但只有

---

* 本文写于2008年，为纪念8531班毕业50周年聚会而作，载“忆今昔——毕业50周年再聚首文集”44~57页。

我一个人幸运地成为中国工程院院士）。但只要一想起 1957 年的往事，顿时让我感到刻骨锥心，心灵上的创伤是任谁想抹都抹不去的。

诚然，这场运动是党中央发起的，中央对 1957 年“整风反右”事有了历史结论，并承担了错误的责任。现在我们 8531 班同学谁也没有、也不会追究 50 多年前的历史旧账，况且这笔账能算得清吗？但是，不少同学对我说，若把这笔账一股脑儿都推到中央身上，认为领导 8531 班“反右”运动的支部仅是忠诚的执行者而已，这对其他班级或许能说得过去，但对 8531 班是绝对说不过去的。我同意这个看法。

我已经是 76 岁的老人了，和老同学们一样，我们大家距离进入“八宝山”的日子不远了，实际已经有一些同学离我们先去了。我只是想探讨一下，这一切是怎样发生的，为什么 8531 班受打击的面这么大，它给我们带来的教训是什么？更重要的是，希望我们的后代不要重蹈 1957 年的悲剧。

（一）

8531 是北京工业学院（现北京理工大学）1953 年入校学习光学仪器专业（称为 8 专业）的第 1 班的简称。不知从什么时候起，8531 被认为是全校学习上最优秀的班级，虽然我觉得这样的称谓有点过，但绝不是我们自封的。当时一个传闻是，当年考生进入北京工业学院分班时，8531 班是考分最高同学的集合。但实际情况好像也不是这样，因为班上还是有一些学习比较吃力的同学，但学习优秀的同学不少是事实。在大三之前，班上有为数不少的同学期末考试大都是优秀，成绩在全校是最好的。1955 年的期终考试，班上有 1/3 同学门门功课都是 5 分。在考试制度十分严格的当年，这是极不容易的。这样的成绩在学校当时是独一无二，恐怕也是后无来者。大概是这两个原因，使 8531 班在全校被刮目相看。不过，1957 年以后，说起 8531 班学习优秀往往是贬义词，后面就会接上一句：“它是我校走白专道路的典型，出了 11 个右派”，以教育入校的青年学生们。8531 的声誉被糟蹋了、玷污了。

当我进入 8531 班时，同学们都是青春年少，风华正茂，个个抱着报国的理想。学校的军工性质并没有使同学们退却，反而使我们觉得有直接报效祖国的机会，保卫祖国是我们神圣的责任，上这样的大学无上光荣。我记得自己当年在填报考志愿时，本来是想到上海交通大学攻读电机专业，因为我在上海华通电机厂工作时就协助工程师设计过电动机。可是，招生的同志动员我报考北京工业学院，因为他知道我当年在国立上海高机读书时参军未成，便对我说，参军是拿起武器，保卫祖国；上北京工业学院学习是制造武器，保卫祖国，也可以实现自己的人生理想。我想对啊！我立即把北京工业学院填为第一志愿。父母亲当然舍不得我离开上海，但他们都是深明大义的人，最后也同意我去北京上学。班上其他同学考北京工业学院的缘由和我差不多，因为，按照当年的入学考试成绩，8531 班不少同学考入北大、清华、复旦、交大等大学是没有问题的。

20 世纪 50 年代的青年思想很纯洁、单纯，8531 班同学之间的关系很融洽，就像兄弟姐妹一样，共同的理想使我们学习在一起、生活在一起。对新中国、共产党、毛主席的热爱，对新生政权的拥护和对共和国美好前途的向往，成为我们学习上进的动力。因为我是调干生，津贴比一般同学多一倍，又没有家庭负担，我的生活很好，我喜欢学习，无忧无虑，感觉很快乐。

我刚进大学时，自我感觉挺好，觉得学习并不吃力。但很快就发现，班上强手如林，许多同学理解问题比我快，思考比我深入，而且有一套很好的学习方法，我得更加努力才能赶上他们。我和大家一样，学习都很用功，星期天也极少休息。

20 世纪 50 年代初是一个朝气蓬勃的年代，就像早上刚刚升起的太阳，校园氛围充满着生机和朝气，使我们这些努力汲取知识的青年受到了良好的熏陶。8531 班的学风是很正的。班上有 4 名同学——老战、老杜、瑞云和运元在上大学之前就是共产党员。同学们思想进步，要求参加中国共产党的同学不少。1956 年以前，先有 3 位同学入党了，后来成为 8531 支部领导。1956 年初，邦益、琳玉、一鹤、金堂和我 5 人先后被批准为中共预备党员。

对我们那一年代的同学们说来，保尔・柯察金是我们青年时代的人生路标，保尔是一面旗帜，一根标杆，引导着我们前进。我们都会背诵保尔关于生命的名句："人，最宝贵的就是生命。生命对于我们每一个人来说只有一次。一个人的生命应当这样度过：当他回首往事的时候，他不致因虚度年华而悔恨，也不致因碌碌无为而羞愧……"像保尔一样，把自己的青春献给祖国是 20 世纪 50 年代初我们这一辈人的座右铭。《钢铁是怎样炼成的》和《牛虻》是我们喜爱阅读的小说，书里的主人公是我们学习的楷模。不管今天的青年如何看待保尔，看待我们，但要像保尔一样献身于祖国伟大的事业，是我们那时的主导思想。

20世纪50年代初的大学生活以现代眼光看来是非常单调、枯燥和乏味的，每天都是“三点（教室——食堂——寝室）一线”，但我们还是很快乐的。班上的文娱体育活动开展得丰富多彩。我们班人才济济，邦益的歌唱得好，他的一曲“我站在高山巅上，望黄河滚滚奔向东方……”有专业水平；辉洲的表演天才使我惊叹不已，他的《拉兹之歌》再加上他的滑稽动作，他在小品中扮演的“自命不凡的小高”，把我肚子都笑痛了。燕梅喜欢唱歌跳舞，她是班上的文娱委员，几乎每周都组织我们学习新歌。我大概是班上最笨的一个，既不会唱歌，也不会跳舞，又没有什么特长。不过，班上教我唱的不少苏联和进步歌曲，我至今没有忘记，现在每天早晨起来我那五音不全的嗓子哼哼的还是学生时代学会的歌曲。体育活动是开源的拿手戏，他是班上的体育委员，他那时的100米跑出11.2秒，是二级专业运动员水平。我那时的体育课成绩最差，记得劳卫制（准备劳动与保卫祖国体育制度）跑100米，大概就剩下我一个人过不了关，后来是同学们前呼后叫、敲锣打鼓、晚起表早卡表，把我混过关了。我们班经常在下午一起踢足球，我喜欢足球，但踢得不好，跑来跑去，跟着大家起哄，大叫：“球是圆的，球是软的。”

当时，班上的党员同学中，我最佩服瑞云，而和我最要好的是老杜。

瑞云进校时就是共产党员，她是在上中学时入党的。她朝气蓬勃，工作积极，以身作则，无论说话、做事和帮助人不是居高临下、虚伪做作，而是满腔热情、亲切诚恳。我想，如果我当共产党员，一定要像瑞云那样。她后来因为共青团工作的需要被调到校团委，早在1957年之前就离开8531班了。我记得，当年瑞云因弟弟的事被认为泄漏肃反机密受牵连，党总支开会批判并要给予党籍处分时，我当时也在会场，特别紧张，涨红了脸，生怕她被开除党籍。

老杜和我感情很好是有历史渊源的。当年，我们俩从上海复旦大学干部补习班作为工农调干生考上北京工业学院，因为他比我年长，又是革命胜利前入党的地下党员，阶级觉悟和思想认识都比我高，1956年他和运元一起介绍我入党。我一直把他视为我的兄长，无话不谈，在学习上我帮助他多些，在政治上他帮助我多些，经常开导我。因为我上大学前，在高桥中学、国立高机上学时，在华通电机厂工作时，所遇到的人都对我特别好，在我的脑海里，世界多美好，人们多善良，未来像天空一样蔚蓝、明朗。老杜便笑我天真幼稚，总是你好我好大家好，不知人世之复杂。

老杜是四川人，有着四川人的硬朗和执着。作为工农干部上大学，基础较差，但他学一个物理概念或数学概念，一定非弄清楚不可，不抠明白誓不罢休。我记得在学微积分时，我们俩为极限概念争论不休。我有时觉得他太钻牛角尖了，他觉得我浅尝辄止，并没有真弄明白。那时，他老是觉得学习时间不够，社会活动和会议太多，太占学习时间了。开始时，由于他的资格老，他自然成为党支部委员，但他的心思在学习而不在社会工作上。后来，他大概嫌会议和社会活动太多，太影响自己学习了，便辞去了这些职务，一心一意投入到学习中。他有坚强的意志，养成了长时间超负荷学习的习惯，他是班上学习最用功的人。当然，他也有当年老资格革命干部的特点，如说话有时口无遮拦、骂骂咧咧的。

我记得，老杜曾经和我进行过一次类似“煮酒论英雄”式的谈话。他说，8531 班要论聪明智慧排座次的话，依他看来，邦益、辉洲、琳玉是最优的，传基也很聪明。前两位是全面型人才，前途不可限量。琳玉是技术型人才，科技上会有大出息，他特别看好琳玉的未来。班上还有不少同学也是佼佼者。但和邦益、辉洲、琳玉三位要差一个档次。他说我属于第二档次，但人慈心软，优柔寡断，不适宜当领导，也是一个技术型人才。我很同意他的看法，包括对我的评价。老杜没有说他自己，我觉得他是很自负的，雄心勃勃，舍我其谁。那时，老杜和我对班上的优秀同学没有嫉妒心，只有上进心，想要赶上他们的劲头是有的。

从 1953 年入学到 1956 年，我们班就是在这样和谐的氛围中平平安安度过了 3 年。当然，班上不可能没有矛盾，磕磕碰碰的事总是有的。1954 年胡风事件后，肃反运动中班上个别同学也被审查，后来发现查无实据，就很快纠正了。那时的肃反在很小的范围内进行，影响并不大。同学之间的关系很友好，但多半是志趣相投的人聚在一起。可以这样说，团结和谐、努力学习、奋发向上是 8531 班的主旋律。我觉得自己生活在这个集体中是幸福快乐的，我们大家都爱这个集体。可是，谁都没有想到，一场大祸即将降临了。

（二）

我们的学习进入 1957 年——永生难忘的 1957 年。1957 年初，我们班长途跋涉由北京到云南昆明，路途走了 7 天 6 夜，到达昆明海口国营 298 厂实习。一个月的实习，我学到不少东西，满满登登记录了两本实习笔记。如今它被作为文物陈列在学校校史馆展览，成为教育入学新生的材料。1957 年 4 月，我们回校后不久，整风运动轰轰烈烈开始了。谁也不曾想到，这会是 8531 班遭大罪的一年，8531 成为全校遭受灾难最严重的班。

因为整风是党中央和毛主席的号召，报纸上连篇累牍的“鸣放”文章，以及北大、人大校园大字报的传闻，对我们的学习有一定的冲击。但 8531 班的同学们更多关心的是自己的学习，加上我们是理工科学生，思想没有文科学生活跃，小道消息和内部传闻的来源很少，要我们“鸣放”，实在是“鸣放”不出什么来。我苦思冥想也回忆不出我们的同学中有谁在校园里贴了大字报，或者提了很尖锐的意见，更谈不上有什么像北大谭天荣、人大林希翎那样出头露面的“学生领袖人物”了。同学们回忆，那时 8531 班没有一个同学在校园内贴大字报。总之，8531 班在“鸣放”期间，没有出什么爆炸性新闻和敢提意见的拔尖人物，在校园里的表现是平静的，很一般的，一点名气也没有。“反右”后，8531 班支部大肆宣传“8531 班右派在整风期间向党猖狂进攻”，与实际情况完全不符，可以说是诬陷，无非想证明他们斗争之坚决，整人之正确。应该说，班上同学在整风期间对党支部和某些党员是有意见的，主要是党员干部鼓动大家“鸣放”，而她们自己不带头“鸣放”，以身作则不够等。

我现在还比较清楚地记得“整风反右”期间的三件事。

1. 关于支持“鸣放”的稿子到京工广播电台广播事

整风开始后，不知是班上哪一位同学，起草了一份支持“鸣放”的稿子，部分同学想以 8531 班的名义到校广播电台广播，这便引起了争论。有赞成，也有反对，于是在班上进行了表决。第一次表决，我对这事不感兴趣，没有举手，但有的党员举手了。党支部当即召集党员们开会统一思想。第二次表决，其他党员都没有举手，我反而举了手（我不知为什么，大概是逆反心理，觉得“鸣放”是中央的号召，支持“鸣放”没有什么错）。最后这件事没有得到统一的意见，不了了之，稿件也没有上学校广播台。我事后有点忧心忡忡，想我要挨批了，因为我没有按照组织的要求去做。我的表现当然是被记录了下来。最后，大概是这件事，还有我的表现不够积极等，对我的组织处理的结论是整风期间思想右倾、温情，被延长党员预备期半年。事后，有人对我说，“按你那天的表现，取消你的预备期也并不委屈你，可能是你的工农出身帮了你，另外，大概你的人缘还好，对你手软了”。我也是这样想的。

2. 关于老杜所谓反党反社会主义问题

老杜不当8531班党支部领导后，与后任党支书可能有一些矛盾。矛盾激化到什么程度，我不清楚。支部在班上召开鸣放会的那天，老杜和我坐在最前排，他正在画图，制图板放在课桌上。投影几何的点线关系把他弄得头昏脑涨，画面也是东擦西擦，很不干净。鸣放会由8531班党支书主持。会议开始后有好几分钟沉默，支书一再鼓动大家发言，但没有一个人说话，于是她就敦促老杜发言，说：“老杜，你说几句吧!”。老杜一直在想着制图中几何投影的问题，丝毫没有发言的准备，见支书催他，他迟疑了一下，放下笔，站起来说了一句：“说就说。”他说了以下两句话，两句使他付出沉重代价、苦难长达22年的话：

1. 老开会，老开会，开会能开出共产主义吗?
2. 一些老干部进城后把自己乡下的老婆抛弃了。

这两句话我一直没有忘记，绝对不会错的。当然，第二句话后面可能还有批评这些老干部忘本之类的话，具体我就记不清楚了。老杜的发言完全是随意而发的，第一句话是由于开会太多影响了他的学习，他很不满，便信口开河发了一句牢骚；第二句话是他给我讲过某些老干部进城后喜新厌旧的现象，把乡下的结发妻子抛弃了。他很不满，认为是忘本，也随口骂了一句。他这个人就是这样，既然要他讲，要他“鸣放”，便站起来说一通，想到哪里就说到哪里，一点也没有坏心，但说的都是他见到的事实，而且是泛指的；他那次发言没有批评或攻击党组织和支部任何人。但是，就这两句话，在组织批判他之前，支部和总支把他的话上纲到配合社会上右派向党进攻。真想不到，他们会如此诬陷自己的同志—— 一个解放前入党的老共产党员。我后来觉得，老杜那次讲话是有分寸的，没有责骂党内任何人；可见他知道这样的会是很严肃的，不能毫无顾忌地瞎说一通。讲完后，又坐下接着画自己的图了。当时班上也没有什么反应，后面是谁起来发言，我都记不得了。

反右开始后，支部在组织批判老杜前，老战作为总支领导找我进行谈话。因为他、老杜和我是班上仅有的三名工农调干生，年龄都比一般同学大，他的学习较为吃力，但同学们都很尊敬老杜和老战，在学习上给予他们很多的帮助。我当时的印象老战是一个和气诚恳的人，没有看出他为人厉害无情的另一面。他找我谈话的用意是，党支部已定调要批判老杜，怕我站在老杜一边，要我站稳立场，和党支部站在一起。直到现在，我还是认为，老战那天的谈话是在帮我，不希望我牵累进去。当他告诉我老杜是站在右派的立场上蓄意攻击党，是右派，支部要组织批判他时，我惊呆了。我对他说，老杜不可能是右派，他很早就参加共产党，是一个老革命。老杜从没有对我讲过反党的话。我给他重复老杜在班鸣放会上讲的两句话，他是随口说的，怎么能算是右派言论、蓄意攻击党呢？我还说，老杜的动机是好的，是在帮党整风，是在主持人再三动员下说的；而且，老杜那天在制图，一点没有思想准备，他是随意放炮的。老战说，现在是不管他的动机如何，其效果是，老杜是站在右派的立场上和右派一起攻击党，给党和人民带来了损失，他就是右派。你是预备党员，要站稳立场，不要与他站在一起。他的潜台词是，你得和我们站在一起，否则，你预备党员还想当不想当了？

在批判老杜的会议上，我并没有站出来为他辩解，我的沉默显示了我的怯懦，在强大的政治压力下，为了保自己，我害怕了，我屈服了。

3. 关于老张写的快板书“听我言”的事

老张是班上同学中最最最老实的人。我在老实前加三个“最”字，是想说明，在我的印象中，无论过去或是现在，8531 班的男同学中再也找不到比他更老实的人了。一张忠厚长者的面容，沉默寡言的举止，与世无争的人生态度，直到前些日子我们一起聚会，他还是那样，安安静静地坐着，一声不吭听着大家讲话。老张当时写《听我言》快板书的原由我至今不清楚。他大概是太不满意我班某些党员对于“鸣放”的态度了，以至这个老实人突然发起狠来想写一首快板书讽刺一下。我记得《听我言》快板书中有讽刺党员像木偶一样“拨一拨，动一动”等较为夸大的词句。那个时候，我们都年轻，人都有激动的时候，但有谁会想到会有这么严重的后果呢？老实人老张激动了，他一辈子最激动的时候大概就这一次，讽刺了一下我们班的党员和支部，而且是泛指的。他的快板书绝对没有针对党总支或党委，更不用说党中央了。后来，出来一种理论，反对党员干部个人，小到支书，大到党组织的某个领导，就是反对中国共产党的领导。因为党是由具体的人组成的，右派分子就是通过反对具体某个人来反对党、否定党的领导的。这个逻辑的推论是，不仅是对党中央有意见、对单位党委有意见是反党，甚至对党支部、党支书有意见都是反党了。可是，老张的快板也没有针对党支部书记，但讽刺支部和党员也不行，也被上纲到恶毒攻击党。一点意见，一句牢骚，一个讽刺，都无限上纲为反党反社会主义，在支部某些人看来，都是天大的罪。我觉得，支部领导这样的思维逻辑，可能是8531班反右打击面如此大的一个主要原因。

老张“在劫难逃”，他留下了所谓攻击党的白纸黑字。如果现在看他《听我言》快板书，觉得没有什么问题，他讽刺了基层党组织在整风中无所作为的表现，无非就是夸张一些，讽刺强烈一些。而在当时，被认为是最恶毒地攻击党、丑化党，是天大的罪，因为支部某些人的思维逻辑是，8531支部代表党，你讽刺支部就是攻击党。在这场反右运动中，在当时的气氛下，他是很难逃过这一劫的。可是，老张实实在在是一个老老实实、与世无争的人哪。他和我们一样，热爱党、热爱毛主席，愿意为国防兵工事业献身，他为这个班集体做了很多好事。可是，在那个气候下，这一切都不算，都是假的，“反党反社会主义才是你的真面目”，认倒霉吧！

事情并没有到此结束，老张的《听我言》快板书不但“害”了自己，还“害”了好些人。最倒霉的是班上的一位姓杨的女同学，她是一个聪慧文静、与世无争的姑娘，大概当时她是班上的宣传干事。她也被打成右派，她有什么罪过呢？她的罪名就是把《听我言》快板书抄在班的黑板报上。写快板书的因为讽刺了支部被打成右派好像还有一点点“道理”，抄黑板报的也打成右派有什么道理呢？真是太离奇、太荒唐了。后来我知道，倒霉的不止这位女同学，一些看过（不管是否同情或支持）老张《听我言》快板书的同学，同意《听我言》快板书抄到黑板报的团支委等，无不受到牵连而挨整，或被打成右派，或受到党团籍处分。8531班同学为老张《听我言》快板书这件事倒下一大批，多么可悲啊。

这是我清楚地记得的同学老杜和老张被打成右派的情况。其他9位同学被打成“右派”遭罪的“罪名”我记不太清楚了。但可以肯定的是，他们所谓的“罪名”一定比老杜、老张两人轻得多。因为，在班上的“右派”同学中，老杜和老张分别被支部认定是党内和党外“恶毒攻击”的“极右”，他们所谓的罪名就是我上面写的这些。由此可以看出当时所谓打击右派的荒唐了。

在支部组织对班上所谓“右派”的同学进行批判时，在反右斗争、保卫党保卫社会主义的大旗下，8531班同学被动员起来（包括我在内），今天支部布置要整谁，就召集同学们（其中，也包括将要被整的、但当时并不知道自己是即将倒霉的人）聚在一起帮着凑材料。明天就开会批判给她（他）上纲上线，不给她（他）任何分辩的机会。但那时，同学们和我有一种感觉，觉得批判总是从严的，处理一定会从宽的。我们当时一点也没有想到，所有被批判过的 11 位同学，无论情节轻重，后来一个个都定为反党反社会主义的“右派”，全都被赶出课堂了。

当一个个同学相继被作为“右派”被批判时，许多同学和我的心里都希望支部不要再“打”下去了，不要为了表现她们革命的坚定性，大整朝夕相处的同班同学了。班上的预备党员包括我在内都不敢出来劝说或制止，生怕“右派”或“右倾”的帽子落到自己头上。群众更不用说了，根本没有话语权。那时，党支书与系总支副书记同心协力，亲密联手，宁左勿右的思想主导着他们两位，一点没有想收手的意思。在支部准备明天组织批判第 12 位同学时，如果不是校党委郑干副书记出面制止（他大概也感觉到 8531 班打了 11 个“右派”还要继续打，太过分了），第 12 位“右派”就是支部内定批判的、外号为“小皮球”的女同学了。当许多同学听到郑干副书记的意见时，我想，他们一定和我一样，暗地里欢呼雀跃，不仅为“小皮球”高兴，也为自己高兴。否则，第 13 顶右派帽子说不定后天就会落到自己的头上。

这就是 8531 班在 1957 年反右时发生的悲剧，完完全全人为的悲剧。

（三）

1957 年反右时，8531 班批判了 11 位同学，主要是揭发和斗争他们的“右派言行”（或所谓“右派罪行”），但那时并没有将他们定为“右派”。一般说来，在运动中，人所共知的政策是“批判从严，处理从宽”。当班上批判右派的运动结束后，我们大家都认为，这些犯错误的同学被批判过了，提高了认识，在处理上最多受个处分就过去了，他们还是我们的同学，还是我们的同志，还和我们一起上课。但实际的处理完全出乎我们的意料。

我实在想不起来，这 11 位同学是什么时候、经过什么程序被定为“右派”的？我问了一些同学，问他们知道不知道定“右派”的事，回答是没有一个知道的。在批判“右派”言行阶段，党团员和群众都参加了，可是处理阶段呢？确定这 11 位同学为“右派”并上报党委，总得有一个过程或一个程序吧，总得认真核实一下 11 位同学的言行。当时的情况是，在整风期间，8531 班同学，在总支和支部一再鼓励鸣放的鼓动下，说了一些心里话，但也没有出格。仅仅就是：一句提问，“为什么政府新一届副总理中没有民主人士?”；一句埋怨，“某某同学在肃反中被无端审查实在是冤枉”；一篇抄写，“将《听我言》抄在 8531 班黑板报上”；一句玩笑，“党支部是‘老王卖瓜自卖自夸’”；以及后来批判老杜时的一句辩护话，“老杜背叛了自己的地主阶级家庭，而成为地下共产党员，并被派到大学来深造，几年来进步很大”；等等。这些话语，无论怎样上纲上线也够不上反党反社会主义的，完全可以不作为“右派”处理，便把他们解脱了。而且这样做，也没有否定总支和支部领导 8531 班反右斗争的“大方向”和他们反右的“功劳”。但实际并没有这样做。我不知道支部领导是如何向上面报“右派”的，但我们大家最后见到的就是，班上被批判的 11 位同学不管情节轻重都被铁定为反党反社会主义的“右派”，从而向全校证明了 8531 班党支部领导立场坚定，与班上的众多“右派”做了坚决的斗争。

由于这 11 位同学被铁定为“右派”，反右后期，他们都被逐出课堂，不再和我们一起上课学习了。像晴天霹雳一样，灾难落到这 11 位与我们朝夕相处的同学身上，这是我们都没有想到的。我不知道当时的 8531 党支部领导的心情（但愿她们意识到自己的残酷无情，会和我们一样感到难过），看到对这 11 位同学的处理会这么重，而且被迫离开了我们，我和同学们都很难过。特别是和我最要好的兄长老杜，他的离去使我非常难过。但有谁敢说一个不字，有谁敢公开同情他们？11 位同学中被认为“罪名”比较轻的有 4 位留在学校里，在校工厂劳动（如果当时 8531 班支部和系党总支有一点点慈悲心，这 4 位同学完全可以不划为右派，但她们是铁石心肠的人，不肯出来说一句话），其余 7 位被认为较重的，被发配到北京某工厂（当时不知道什么厂，后来才知道是北京综合仪器厂）。

反右后，班上的斗争并没有结束。崇尚斗争哲学的 8531 班支部领导，便对着那些他们认为是“老右”“中右”“立场不稳或立场错误”“旗帜不鲜明”等党内、团内同志下手了。于是，人人过关，当事人一遍又一遍地检讨，大会、小会无休止地批判，无论你怎样检查，都不会是深刻的。许多党团员被整得灰头土脸，头都抬不起来。我不想在这里一一诉说这些挨整的人所受的苦难了。但据统计，最后受到党团籍处分的人是 12 位（1 名正式党员和 5 名预备党员，6 名共青团员，这不包括被错划“右派”又被开除党籍或团籍的同学），比 11 位“右派”同学还多一位。这样，8531 在整风“反右”中光是犯“错误”受处分的人，超过当时全班人数（44 人）的 1/2。这不但在北京工业学院甚至在全国高校大概也是首屈一指了。后来我才知道，除上面的 23 人外，受牵累的还有当时未被处分的团员和非党团员的群众中被支部划为另类的同学。有好几位同学告诉我，他们到单位工作后，发现自己受到异样的对待，保密部门不让进，机密不让接触，人不被重用，有的被分配到技校教书等。那些受了党团籍处分的同学，被分配到工厂后，人不被重用就不用说了，有的依然被批斗；有的以犯过“政治错误”为由在婚姻恋爱上受到粗暴干涉；等等。所有这些，自然与人事档案中反右时期的结论材料有关，无疑是反右给 8531 班同学留下的后遗症。

当反右和党团籍处理的运动过去以后，支部在班上展开了“红专辩论”，即所谓“插红旗，拔白旗”，实质上把努力钻研和学习优秀的人批倒批臭。非常滑稽，不知是谁定的，我们班两位被公认成绩最突出、学习最优秀的同学，邦益被作为白专典型，琳玉被作为走粉红色道路的典型（所谓“粉红色”是外面涂是一层红色，里面还是白的）被批判，以“教育”同学们不要走他们的路。而政治上很“红”但学习实在很一般的那位党支书，想要树为红专典型了。我的书呆子性格又出来了，在讨论时，便顺口说了一句，她有 3 分，意思是有 3 分的同学怎么能说是又红又专呢？在 8531 班，考试时，同学们大都是 5 分，4 分较少，考 3 分是极少数。现在，成绩单有好几个 3 分而 5 分很少的人却成了又红又专的典型，简直是开玩笑。会后有的同学笑我的意见，不从政治上看，而是从分数上看，书生气十足。更可笑的是，党支部还强使邦益检查，要琳玉出来“现身说法”，以教育同学们不要走“粉红色”道路，简直太欺负人了。至今我一想起当年的这件事，犹感到恶心。

说实话，即使在“整风反右”中，我也没有意识到领导反右运动的 8531 班支部会有私心，认为她们不过是认识上太左了，革命性太强了，因此出手如此坚决，毫不留情。但看到支部在给 11 位同学定为“右派”如此不负责任和毫无同学情义，特别是经历了党团籍处理和红专辩论等阶段后，我对她们的为人品质开始产生怀疑，尤其是后来当我从学校广播中听到一本内容主要批判 8531 班走白专道路的小册子。当然反面典型是老杜，正面典型就是领导 8531 班“反右”运动的支书。我心中无比的愤怒。我想说："不、不，事实不是这样的。"可是我能跟谁说呢？

这一场无情的反右斗争，把8531班打个粉碎。阶级斗争要求无情揭发自己的同学，今天你揭发了我，当然明天我也照样揭发你；大家相互伤害，往日友谊荡然无存。即使反右过后，在所谓思想汇报的阴影下，人与人之间互相信任友爱的气氛没有了。你能相信谁呢？今天你讲了心里话，说不定明天便有人把你卖了。同学之间往日互助友爱、团结合作、互勉上进、亲密无间的关系消失了，代之以冷漠、疏远、猜疑甚至憎恨。班上大多数同学的学习不似过去那样努力了，成绩也不像过去那样看重了，我也是一样，想的是早点毕业到工厂工作算了。最后一学期，同学们草草地做完毕业设计，没有进行毕业答辩，指导老师给了我一个5分，就草草地结束了5年的学业，按照组织分配走向工作岗位。在离校前，8531班同学们没有欢聚一堂，互相留言，互道珍重，也没有拍毕业照，在凄凉无奈的气氛中各奔东西。

（四）

我毕业后留校，搞新专业，后来又到苏联留学，一直忙忙碌碌，留苏回校后就碰上"文化大革命"。随着时间的推移，8531班有些事被淡忘了，但心中还是挂念11位挨整的同窗同学。有时想到他们和我一样，都是热血青年，热爱祖国，立志报效自己的国家和人民，都是父母生的，为什么他们要遭受如此大的不幸呢？有时想到自己在他们倒霉时没有伸出手来援助，觉得很惭愧，特别是对老杜。

当所谓"右派"同学被逐出课堂变成异类后，他们留给班上大多数同学的主要是怀念和思考。怀念是隔不断的多年的同学情分，思考是这些同学无辜受冤，为他们抱不平。我留校后，在北京或出差中见到班上那些能交换意见的老同学时，可以说，人人都为这11位同学的遭遇感到难过、不平和遗憾，无不埋怨甚至责骂当年领导这场斗争的8531班支部和党总支某些人，都希望有朝一日我们班受难的同学能平反，还他们一个清白。

1979年，当我听到党中央为1957年右派改正的消息时，我真是非常高兴，心中高呼"乌拉"。8531班的11位被错划右派的同学全部得到改正。大概在1979年末或1980年初，8531班同学在分离22年后第一次大团聚，会面地点在沪生家。所有在京的同学除个别人外都到了，劫后重逢，大家都感慨万分。见到这些受难的同学身体和精神状态都还好，我很高兴。我原先想象，可能个别同学在聚会上会有埋怨或是责骂，毕竟他们受了22年无辜的冤屈，一个人的一生有几个22年啊！但实际上他们一个也没有埋怨，甚至没有牢骚，好像没有发生过1957年的事一样。我真是为他们的宽容大度所感动。我当然不敢问这些同学离开学校后到社会上所受的苦难、歧视和折磨，怕引起他们痛苦的回忆。使我高兴的是，他们很坚强，依旧那么有信念。他们用自己的实际行动说明，他们是祖国忠诚的儿女。这些同学本来就是班上学习的佼佼者，既聪明又能干，在工厂里，他们很快就成为专家或技术能手，得到人们的信任和领导的赏识。他们在工厂的处境还好，尽管有的人没有工资，只有极少的津贴，生活还是很艰苦的。应该指出，在那次聚会上，当年那位领导8531班反右运动的支书轻描淡写地说了几句，就算向大家道歉了，但大家都没有说什么，就过去了。

老杜在那天并没有到会。1980年我与他一起游紫竹院时，我的确是深感羞愧的，因为我眼睁睁看着他落难，没有站出来为他辩护，而且因为避嫌，怕被人家说我与右派藕断丝连，没有打听他在哪里，也不敢去看望他。他说不来找我的原因，是怕牵累我，他说："我自己倒霉就够了，何必挂上你呢！"老杜还是像当年一样，把我看成是他的老弟，一句埋怨的话都没有；他说他在厂内还好，拼命地工作，有时通宵加班，精神上没有受很大的苦难，领导很器重他。我们谈了一上午，他依然那样爽朗，那样健谈，那样自信。在1957年的事件中，老杜毕竟是一条硬汉子，既没有哭哭啼啼，也没有倒下求饶。他告诉我，他知道党内斗争的残酷，他认栽了，但他有坚强的意志和决心，在新的岗位上站起来。我感觉，他在厂里干得不错，若不是他的"右派"问题，他早当上总工程师了。

那天我对他谈了对8531班运动的看法。在11位"右派"同学被逐出课堂后，我一直在思考班上的问题。我觉得，老杜把8531班的支部领导权拱手让出去实在是他人生的一个最大失误，也是8531班的最大不幸。他实在太不了解支部内那位凶狠整他的那位"战友"以及他似兄长般关爱成长的8531班第一批入党的"党员"了，我直到现在也不明白支部为何对老杜整得这么狠的原因。老杜"鸣放"时说的两点，无论如何上纲上线也够不上反党反社会主义，但人家一出手，突然袭击，就把他打翻在地，让他永远不得翻身。当时，老战对我说，不管动机好坏，老杜发言的效果就是配合社会上的右派向党进攻。但他明明知道是党支书主持鸣放会（这是在1957年6月8日反击"右派"前）催着老杜，老杜才发言的，他说不出老杜哪一句话是向党进攻的，也说不出老杜是怎么配合社会上“右派”向党进攻的。总之，在那时，8531 班支部和系党总支主管学生反右的领导一旦定了你是“右派”，你就是右派；哪管你是老党员、老支委、老领导，老战友。我想，如果支部的领导权在老杜手中，党总支也有他的一个位置，他当然也会按照上级意见在 8531 班内打“右派”，但绝不会这样无情，这样不讲道理，不讲政策，我们班绝不会出那么多“右派”，不会有这么多人在反右后再受无情打击。

那次会面，老杜对我说要离开北京回老家重庆和家人团聚，但走后，我们之间一直失去联系，我和同学们都十分想念他。直到今年（2008 年）8 月 1 日，我忽然知道他的消息，便与他进行了长时间的通话。知道他曾在重庆矿山机械厂和重庆开关厂工作，而且还担任过两个厂的总工程师、重庆市人大代表等重要职务，老杜真是好样的。他自 20 世纪 90 年代初离休后，一直过着幸福的晚年，我真是为他高兴。

（五）

经过这场运动，我想了很多很多。我真没有想到，人世竟会如此险恶，人又是那样脆弱，讲几句“错话”（甚至根本不是错话）就倒下了。这些同学，有些我很熟悉（如老杜），有些不大熟悉，但他们大都是像老杜那样，响应党的号召、真诚直率讲心里话的人，并且大多数是很有才华的人。我庆幸自己躲过这一劫，我后来知道，如果不是我的工农出身，也是很难逃过这一劫的。我是一个喜欢思考的人，但此后我告诫自己，老老实实钻研业务，政治问题绝不要发言，也不要去想它，更不要提意见，多吃饭，少开口。我把上大学以来陆陆续续写的有关思想片断如日记类等笔头材料统统销毁了，以免引起麻烦；仅把学习笔记本、实习日记本保留下来了。我害怕的是，一旦被人家发现你写下的片言只语，上纲上线，认为是反动或反党言论，你能解释清楚吗？

在 11 位“右派”同学离开我们后，有好长时间，我精神集中不起来，思想恍惚，晚上经常做噩梦。一想起受难同学的遭遇，心中隐隐地作痛。我知道，我的学习退步了，考试也出现 4 分了，对人也有戒备之心了。不过，谁也没有看出来我的变化，我还是像过去一样努力学习和工作。通过这场风暴，我思考了不少，也成熟了一些。这场运动给我的正面和反面的教训都有。它给我个人的教训，一是多做事，少说话，千万谨慎，不要说错话；二是凡事要对得起自己的良心；三是不要太相信人了，人有时很凶残的，会翻脸无情的。不过我还是相信“善有善报，恶有恶报”的老话。

毕业几十年来，我和同学们之间感情是很好的。不少同学和我都有交往，我和一鹤两人的妻子都是耀升介绍的；我屡次出差昆明，有时就住瑞明、圭尧家，并且和邦益、运元、瑞明、圭尧四人经常相聚，圭尧来京有时也住我家，他的孩子晓瑞在京补习托福3个月期间一直和我们住在一起，我们把她当作自己的女儿。改革开放以来，8531班同学联系很密切，在京同学差不多年年聚会，欢聚畅谈；一遇到有同学生病，很多人便去探望。辉洲还专门组织在京的8531班同学畅游延庆，邦益来京出差时还专门设宴招待北京的同学们。

1978年，党的十一届三中全会的召开以及之后的一系列方针政策挽救了党、挽救了国家。特别是为蒙冤的“右派”改正并为他们“恢复政治名誉”的中央55号文件，彻底打破了套在8531班“右派”同学身上的精神枷锁，当年受党团籍处分的同学也得到了改正。这时已经是1979年，离1957年已有22年了，我们的同学大都是四十五六岁，接近50岁的年纪，但党中央解放思想、实事求是的思想路线和党的工作重点从阶级斗争向现代化建设转移的战略决策，大大鼓舞了8531班同学们，使同学们焕发了青春。尽管人生最好的年代已经过去，但8531班同学更加勤奋工作，努力把失去的时光追回来。在改革开放的年代，8531班的同学是好样的：邦益、辉洲、琳玉都当了大厂的厂长、总工程师；邦益还当上了省经委副主任；辉洲成为国内著名的医疗器械专家，金堂是我国第一台上天的胶片式航天相机的总设计师（王大珩先生在会上不止一次提到金堂的贡献，说他是吃第一个馒头的人）；瑞明、开源也当了厂长，耀升、周行等升为研究员，拱北当上了物理系系主任，老杜的贡献在前面已经说了，还有不少同学是研究所、工厂、高校的骨干或部门领导，在工作岗位上做出了自己的贡献。我有时想，如果没有1957年的打击，不少同学对国家的贡献会更大，因为他们比我聪明和优秀。无论如何，我们用自己的行动证明，8531班同学不愧是祖国的优秀儿女。

（六）

关于反右运动的教训在一些书刊文章中已有精辟的分析。我想在这里，谈谈自己对8531班“反右”失控的一些思考。近年来，当我向青年人叙说1957年8531班的事，他们都觉得很难想象，不可思议。他们问我，为什么支部的某些领导为所欲为，为什么同学们既没有异议，也不敢反抗，任人宰割？究竟是什么让人在这场运动中失去正常的理智？这也是我思索的问题。

我认为，撇开这场运动中的个人思想品质不谈，就8531班来说，这场运动，至少有四个教训值得记取。

一是驯服工具论使人们失去思考。

20世纪50年代的青年，有一个特点，就是听党的话，以表示对党和毛主席的尊敬、信任和热爱。这句话就像通常我们说的“听老师的话”“听父母亲的话”一样，人们相信党像相信自己的老师和父母亲一样爱我们而不会害我们，听他们的话没有错。但“听老师的话”“听父母亲的话”谁也不会绝对地去理解，不会百分之百听。然而，“听党的话”后来演化为听党支部的话，做党的驯服工具等，完完全全被利用和曲解了。其结果是，基层党员和群众都不要思考了，不要思想了，只要做驯服工具，老老实实听话，跟着走就好了。失去思考的人是多么可怕和可悲，被人牵着走还以为自己忠于党，听党的话。

二是缺乏民主使群众丧失话语权。

在“反右”运动中，头头拿着中央的尚方宝剑，右派是属于敌我矛盾，而对敌人是不能仁慈的。党支部代表党，执行的是党总支、校党委和党中央的指示。党支部与“右派”做坚决的斗争，以示他们对革命最坚决、最忠诚。但是，党支部若不讲民主或别有用心，群众（包括一般党员在内）便丧失了话语权。此时，支部和总支中某些人一合谋，定了想搞谁就搞谁，任何怀疑、否定、反对，都被指责为站到与党对立的立场上了，就是社会主义的敌人。在运动中，不但挨整对象被剥夺了申辩权，稍做解释，便被指责为态度有问题。而参与运动的群众也被剥夺了话语权，只能是看客，或者跟着墙倒众人推，不准为挨整者说句公道话，不然轻者被认为思想右倾，重者被认为是同伙照样挨整，甚至也被划为右派。若一个领导运动的支部及总支“左”得出奇，宁左勿右，不给群众话语权，打击面扩大是不可避免的。8531班是最典型的一个例子。

三是强大的政治压力使人性扭曲。

在运动中，党支部和党总支想整谁就整谁，群众（包括一般党团员）没有发言权，只有跟着走、收集材料、罗织罪名、帮助上纲上线的义务。

现在看来，这种批判方式太荒唐了，但那时我们想都不敢想，这样粗暴的批判是有问题的。在强大的政治压力下，谁也不敢与挨整的“右派”同学站在一起，若帮他们说话，辩解一下，自己就会有危险。不过，怀疑之心、感到不对头的心总是有的，因为被批判的所谓反党反社会主义都是一些鸡毛蒜皮的事，一句牢骚（如“老开会，老开会，开会能开出共产主义吗?”），一句怪话（如说支部领导“老王卖瓜，自卖自夸”），一个疑问（为什么政府新一届副总理中没有民主人士?）都提高到反党反社会主义的高度来认识，来批斗。难道我们当时都没有看出来批判过头了吗？我想不会，但谁也不敢说出来罢了。在反右中，人人（包括我在内）希望自己是积极分子，希望自己是和党站在一起的，更不希望下一个挨整对象是自己。人想自保，而自保的一个办法是努力跟着走，想不通也得通，若要表现“积极”，便一起对挨整对象“上纲上线”。这样，善良的人性被扭曲了。我一定是这样的思想状态：自己是工农子弟，又是预备党员，要跟着支部走，要当积极分子，努力参加反右派的斗争；还有，我在整风中“右倾”了，我不能在反右中落伍了。我的人性同样也被扭曲了，所幸的是，我还保存着父母亲留给我的一点天良。

四是蔑视人的价值和尊严，使人的仁爱、宽容之心丧失。

反右批判中最大的问题是蔑视人的价值和尊严，不把人当成人。昨天是同学，今天就被视为“敌人”了，任意侮辱，不容你分辩、申诉。人格上的不尊重对知识分子是最痛苦的事，但只能把苦水往肚子里咽。那时，无限上纲、胡编乱造、辱人整人都是可以的，而实事求是的原则早已抛到九霄云外了。刚学的一点唯物辩证法：“要全面地、辩证地看问题、看人”的一些基本原则都忘记了。最可怕的是一个人的仁爱、宽容之心丧失。看到同学受难，毫无恻隐之心，还要往死里打，连一丝怜悯同情心都没有，人性到如此地步，实在太可怕了。

1957 年的反右斗争把中国人素所崇尚的仁爱情怀、正义精神、诚信品德、善良人性都摧毁了，“文化大革命”又把我们民族的精神道德以及人性伤害到极致了。这是中华民族的悲哀，希望我们的后代再也不要犯这样的错误了。

结束语

在写上面的回忆时，我思考了很久，就像哈姆雷特那样：“活着或是死去，这是个问题”，对我来说：“沉默或是出声，这是个问题”。我觉得，若自己回忆1957年反右的事，沉默的一方面是承认1957年反右时发生的一切都是自然的，都是合理的，都是应该承受的，而且是不应该抱怨的；沉默的另一方面意味着自己1957年反右时见亲密的同学受难而不敢说一句话为他辩护，见同学被逐出课堂而不敢说一句同情话、公道话，也是自然的、合理的，因而也是心安理得的，没有什么可以羞愧的。我觉得不应该这样，因此，我选择了出声，写下了这篇回忆文章，不管它将来会给我带来什么。

1953年，我从上海来到北京工业学院（今北京理工大学），这里有我的青春，我的梦，我的回忆，也有无数对生活、对苍天的疑问。毕业50年过去了，逝水年华，人生如梦。回想我在8531班度过的5年青春，它给我带来知识和力量、友情和快乐、痛苦和无奈；无限感慨涌上心头。但我要对8531班同学们说，我感谢你们给我的爱和力量，愿你们晚年幸福，健康长寿！

往事并不如烟，历史不容湮没，愿后人记取这段历史的教训吧！

侠义仁心，桃李天下*

——恭贺杨振寰教授八十华诞

杨振寰教授，一位有仁爱之心和侠义之风的教育家兼科学家。

美籍华裔科学家、美国宾夕法尼亚州立大学电气工程系资深教授杨振寰（Francis T. S. Yu）先生是国际著名的光学信息处理专家。长期以来，他从事光学信号处理、全息术、信息光学、光学计算、神经网络、光折射光学、光纤传感器与光子器件等领域的研究，成绩斐然，无论在美国、中国或是国际光学界享有很高的声誉。10 年前，他已发表 500 余篇论文，其中被引用的论文达 300 余篇；独立或与他人合作出版著作 9 部，其中 6 部专著已被译为中、俄、日和韩文。真可谓是著作等身，成就卓著。他曾多次获得国际学术奖励，如 IEEE Donald G. Fink 奖论文奖和 SPIE Dennis Gabor 奖，并被一些大学，如台湾交通大学、南开大学、上海理工大学、北京理工大学等校聘为名誉教授或顾问教授。

我在 2001 年与第一次与他见面时，虽然他的大名早有所闻，因我的专业不是信息光学，故一直没有机会见面。那次会面我们两人一见如故，促膝交谈，从学术到人生。由于两个人在为学和为人方面的理念很是契合，故有相见恨晚的感觉。

那时，杨先生告诉我，他在中学时代，特别喜爱足球和篮球，进大学前，他曾是学校足球队的选手，后来因为胳膊和腿受伤不得不退出了足球、篮球界，从事教育和科学研究，在光学信息领域做出了自己的贡献。我对他说，我国著名作家冯骥才先生在年轻时也是一名优秀的篮球运动员，也是因为受伤退出了篮球界，后来从事文学写作，当上了中国文联副主席。我觉得，这说明不少人也许是有多方面才能的，而且十分可能具有

---

* 本文为庆贺美籍华裔科学家杨振寰教授 80 华诞而作，全文登载在 2013 年“科学中国人”第 7 期 22 – 25 页上。

某方面的潜能，不过是没有被发现，或者是被埋没了。但他们两人的才能都被发掘出来了，最后，一位成为著名的科学家，一位成为著名的文学家。

这些年来，我们一直有通信来往，交换意见和看法。他和他的夫人查露茜教授也曾多次来北京访问，我访问美国时也曾和他在圣地亚哥会见。记得2004年，杨振寰先生专门给我寄来《熵与信息光学》的专著，我觉得这是一部很独特的著作，就与金国藩、庄松林院士一起策划组织翻译，后在航天科工集团三院8358所支持下，由天津科技出版社出版。他还给我寄来一张“人类发展现代科学技术图”，图中显示光学与电子学对近代科技发展的影响，我立刻将它翻译成中文，在做科学报告时，都引用这张图，并介绍给同事们，它对我们从事光学和光子学的人鼓舞太大了。

因为我们两个人在中国和美国大学里执教，我对他说，大陆中国人现在十分看重诺贝尔奖，对一直没有得到诺贝尔物理学奖耿耿于怀。他认为，追逐诺贝尔奖浪费时间且毫无意义，如果我们鼓励年轻人为自己的兴趣和好奇心去学习和追求真理，不管是学文学、科学，还是音乐，去深造，发挥他们的智慧，而他们为了追求知识深造到一定程度，变成一个大文学家、大科学家或是大音乐家，那时也许有一两位学者会拿到诺贝尔奖。可是如果我们鼓励年轻人为了拿到诺贝尔奖去学科学，这出发点就不合现实。因为我们知道世界上很多大科学家、大文学家都拿不到诺贝尔奖。要年轻人一生去追求诺贝尔奖，其成功的概率几乎等于零。在交流指导研究生的经验时，我们两人都感到，现在的国内的青年学人大都是有知识、很聪明的人，其头脑灵活的程度是我们当年所不能及的。但可惜的是，有一些人聪明过头了，走向反面了。我便与他讨论起“聪明”的问题了。他给我寄来“学术经验谈”的心得体会，其中有一段：他说：聪明的人有两种：一种是建设性的聪明（Constructive intelligence），另一种是败坏性的聪明（Destructive intelligence）。今年4月22日《中国科学报》和北京理工大学校报发表了我的一篇文章《什么样的聪明最可贵》，就是在这一背景启发下写成的。

我在和杨先生这些年来的交往中，深深感到他不但有精深的学术造诣，而且有很强的人格魅力和很高的人文素质。他生在中国福建，4岁时随父亲去了菲律宾，长大后到美国学习与工作，1958年、1964年在密歇根大学获得电气工程硕士和博士学位，1980年任宾夕法尼亚州立大学电气工程系教授。他靠自己的努力奋斗，才有了今天。他虽然一直生活在美国，但心系祖国，对祖国的文化有深刻的了解，对自己的民族和人民怀有非常深厚的感情。他给我感觉是，待人特别仗义，就像我国古代的侠士一样，古道热肠，对朋友的事总是出手相助。

有一件事令我对他肃然起敬，感佩不已。杨先生在退休前一共指导了49名博士生，其中37名是中国留学生，32名是从中国大陆去的，5名是从中国香港和台湾去的。在招收博士生时，他特别关照来自中国大陆的留学生，这自然引起了学校一些人的非议。但杨先生不管人家怎么说，依然故我，就招中国人。20世纪80年代初，中国门户刚开放，青年庄松林到美国学习时，便被杨先生招为博士生，获得了博士学位；后当选为中国工程院院士。不但如此，自20世纪80年代以来，大陆和台湾以及欧洲到美国访问的中国学者，只要想到他的实验室访问学习的，他都热烈欢迎，竭诚相待。大陆的许多信息光学专家，包括原中国光学学会理事长母国光教授都到他的实验室进修过。原国际光学学会副主席、清华大学金国藩教授也到他的实验室访问过。他和他的夫人查露茜教授对中国留学生和访问学者的学习和生活关怀备至，给他们的学习和进修以指导和建议，尽自己的一切可能去帮助他们，甚至给予他们经济上的援助。我本人也曾在国外留过学，对于孤身一人在国外求学时的心境颇有一点体会。当自己遇到困难彷徨时，我是多么希望有人给予关怀和指导啊，哪怕是一句热情鼓励的话，就像雪中送炭一样，给予自己温暖和力量，使自己鼓起勇气去面对到来的困难。

已故的母国光院士曾有一次与我谈到20世纪80年代初在美国宾州大学进修的情况，说杨振寰先生经常在下班后到他和庄松林的宿舍，一起讨论科学问题直到深夜。杨振寰先生把帮助祖国的同胞看成自己的责任和义务，他希望通过他的努力使信息光学这门学科在中国大陆生根发芽。现在可以这样说，杨先生的努力已经使信息光学这门学科在中国大陆开花结果了。

大概在2004年他到北京访问时，我请他对北京理工大学的学生谈谈自己的“科学人生”。他当时讲了一些为学和为人的理念，很值得我们从事教育和科学的学人学习和思考。我这里列出一些我当时深受感动的一些段落。

当问及杨振寰教授教给学生最重要的东西是什么，他说：“指导研究生最重要的方面之一是使他们有独立研究的能力。在他们的研究过程中，学生在进行他们的研究应该起到一个非常重要的积极角色。过分依赖导师的指导，他们是不能独立的。”“在现实中，我也从学生那里学到了许多。总之，表面上看我是他们的导师，但同时他们也是我的老师。重要的一点是要让他们明白，我希望他们最终能够超过我，不然，我将会很失望。”

在杨振寰教授获得 SPIE Dennis Gabor 奖后，问起他的感受如何，他说：“当然，赢得这一具有巨大声望的奖项感觉非常好。但是仍有很多研究光学的科学家更有资格，更应当获得这一奖项。我只是非常幸运地获得了褒奖。正如我经常对我的学生说的，你所获得的是别人失去的，应该多考虑没有得奖的人的感受。”

当问及他的座右铭是什么，他说：“我们得到的每个东西都要付出代价，即使观察也是这样，关键在于你能否担负起这个代价。”

当问及他最喜欢和最不喜欢的事或人是什么，他说：“基本上没有最喜欢或最不喜欢的书（事、人），比较而言，我喜欢基础科学等方面的书和我的学生。有一个人我要特别提到，他是 Hugh K. Dunn 先生——贝尔实验室退休的一位科学家，60 年代我是学生的时候，他修改了我的第一本书及前面发表的几篇文章，我付他报酬的时候，他讲了一句话：‘你不要付我钱，将来你帮别人就等于报答我。’这个故事我告诉了我所有的学生，希望他们也帮助别人。”

当问及他的成功的经验和秘诀是什么，他说：“愿意帮助别人；不怕失败；信任别人；承认自己的缺点、限制。从做研究的观点看：要有思想，要有创新。”

当问他将自己的成功归功于什么，他说：“我将成功归功于所有我的学生，过去的还有现在的学生。他们不仅是我忠实的合作者，还是我的朋友。虽然我指导他们怎样去独立地研究，同时我又不经意地从他们那里学到了一些东西。总的来说，没有他们的努力与奉献，我们无法完成那些交给我和他们的任务。”

当问到他对将来有怎样的打算（计划，渴望，事业改变等），他说：“人非圣贤，科学家、工程师、教师也并非圣贤。我的基本哲学是人如果知道如何前进，也就应该知道如何后退。不然，就会变得笨拙、自私、阻碍后来者的成长。”“我已经老了。虽然我还可以继续做一些研究，但我应该为了这些年轻人放弃一些机会。他们会有更新更动态的研究思想和创意。同时，我会继续做演讲，参加研讨会，鼓舞新的学生们继续以光学/光子学领域作为他们的事业。”

杨振寰先生很小的时候就离开祖国，是在菲律宾和美国学习、生活成长的华人，接受的是西方教育，我很奇怪他为什么对中华文化是如此的熟悉和热爱。后来我明白了，他的夫人查露茜（Lucy Cha Yu）教授是名门望族出身，是清雍正年代文字狱受冤的、著名的浙江海宁查家查慎行、查嗣庭的后代，与查良镛（金庸）先生属于同宗，是道光进士查文经之嫡后。海宁查家“一门七进士，叔侄两翰林”闻名于世。然查嗣庭由于雍正年代的江西乡试中出了一道《维民所止》的考题，被诬为要砍雍正的头，从而造成清代一场大文字狱，查氏家族被下狱、流放、被迫自尽等，株连数百人。查露茜教授曾到北京孔庙观看清代进士的墓碑，还到浙江海宁故乡和黑龙江宁古塔考察查氏先人所受的苦难，了解海宁查氏的文化渊源，缅怀自己的祖先。因此，他们两人虽然生活在西方，但热爱祖国文化，中华民族传统的价值观：“仁义礼智信”及“己所不欲，勿施于人”已深深扎根在他们的心田中。

与杨先生相处，我深深感到他有一颗仁爱之心，为人古道热肠、心地坦荡、朴实真诚、乐于助人，淡泊名利。和他相处，他的积极向上、乐观豁达的人生态度，以及坚韧不拔、正直理性的人生品格，使我深受感染。我想，他能达到如此高的学术成就是与他的高尚品德和人文精神密切相关的。

在他已届耄耋之年之际，我谨代表金国藩院士、庄松林院士和我自己衷心祝愿亲爱的杨振寰教授—— 一位有仁爱之心和侠义之风的教育家兼科学家，松柏长青，幸福长寿。

诗三首

——献给光电工程系、北京奥林匹克等

诗言志，诗言情。

（一）

水调歌头[①]

——北京理工大学光电工程系成立五十周年述怀

光电工程系，创建五十春。
回首年华逝水，难忘始业艰。
幸有一代才俊，马于连李李严[②]，传承辟新路。
博学以求真，唯恒迎创新。

激光束，光机电，信息传。
光子方兴未艾，前程更无限。
科海漫漫求索，山外青山蓝天，高峰在召唤。
愿青年后生，写光电新篇。

① 诗作于2003年8月20日，以庆祝北京理工大学光电工程系成立50周年。

② 《马于连李李严》系指马士修、马志清、于美文、连铜淑、李德熊、李振沂、严沛然诸先生。系主任马士修教授为光电工程系创始人和奠基人；于美文、连铜淑、李德熊、严沛然为光电工程系著名教授、学术带头人；马志清、李振沂研究员先后担任系主任工作，他们对光电工程系的创建和发展做出了杰出的贡献，是光电工程系的奠基人和开拓者。

（二）

奥林匹克，您的名字是北京*

Olympic，your name will be Beijing

有人问我，奥林匹克的名字是什么？
我的回答是，她的名字不仅仅是世界运动大会，她有许多许多美好的名字。
在我心中，她的光辉名字是北京。

Someone asked me，what's the name of Olympic？ My answer is：
Her name is not only Olympic world games，she has a lot of beautiful names.
In my heart，her glorious name is Beijing：

奥林匹克，	Olympic，
您的名字是和平。	Your name is peace.
没有战争，	No war，
只有竞赛，	Only competition，
更高更快更强。	Higher，faster and stronger.

奥林匹克，	Olympic，
您的名字是友谊。	Your name is friendship.
没有仇恨，	No enmity，
只有友情，	Only good will，
四海之内皆兄弟。	All within the Four Seas are brothers.

奥林匹克，	Olympic，
您的名字是创造，	Your name is creation，

* 诗原载北京理工大学2001年7月12日校刊，诗名为："奥林匹克，明天的名字是北京"，正是决定国际奥林匹克运动会2008年主办权投票日（2001年7月13日）前夕。这个好兆头使我欣喜万分。7月13日晚，我应邀参加北京科技界晚会，当电视直播萨马兰奇主席宣布北京取得2008年奥林匹克主办权的那一刻，我提前了约0.1秒跳起来欢呼。不少人告诉我，中央电视台当晚报道时，我是银幕上第一个跳起来欢呼的人，一头白发，特别明显。2007年7月13日，重读该诗，并配上英文。

没有退却，	No shrink back,
只有拼搏，	Only strike,
向极限记录挑战。	Challenge to the limit record.
奥林匹克，	Olympic,
您的名字是希望，	Your name is hope,
没有失败，	No failure,
只有奋进，	Only advance,
迎接明天的辉煌。	Welcome tomorrow's brightness.
奥林匹克，	Olympic,
您的名字是北京，	Your name will be Beijing,
二〇〇八，	Two thousand eight,
只有微笑，	Only smile,
给世界带来惊喜。	Give the world a surprise.

（三）
我爱你，不光是因为你的美丽*

我爱你，
不光是因为你的美丽，
还有你的可爱。
你的可爱更显你的美丽，
使我心旷神怡。
和你在一起，
你不在乎我的样子，
我无拘无束，
扬起心中风帆。

* 诗作于2008年3月，献给素芹七十大寿。

我爱你，
不光是因为你的可爱，
还有你的温柔。
你的温柔增添你的可爱，
使我充满快乐。
和你在一起，
你常鼓励我的勇气，
我无畏无惧，
迎接风雨征程。

我爱你，
不光是因为你的温柔，
还有你的善良。
你的善良弥漫你的温柔，
使我敞开心怀。
和你在一起，
你能分享我的苦乐，
我无怨无悔，
贡献壮丽青春。

我爱你，
不光是因为你的善良，
还有你的真诚。
你的真诚浸透你的善良，
使我感受幸福。
和你在一起，
你不苛求我的缺点，
我自由自在，
享受美好人生。

我爱你，
因为你的光芒，

穿过我心田的旷野，
拨动我心灵的琴弦。
我轻轻地呼唤，
我爱你，
因为你是为我降生的，
而我是为你活着的。

怀念爱情[*]

——50年前一束写给素芹的信[**]

携子之手，与子同行。

➢ 第一封信

妳对我的信赞誉是过份(1)了。我是个既不善于写信，也懒于动笔的人。既然妳把它称作“唯一的使自己能在未来摆脱痛苦与寂寞的慰藉，追念昔日的回忆。”而回忆恰如一颗颗莹莹闪闪的珍珠，给人憧憬与希望。既然妳是这样看待，这样地喜欢它，那么就再写一些吧！

对于我来说，又何尝不喜欢追忆昔日的欢乐，但引起的却是感慨万端，最后终于很少去想它了。对于妳，好几次曾想借着这片片白纸抒写自己的胸怀，心灵上激荡之情。但我却是如此的笨拙，每一落笔，不知从何落笔。如乱麻一般，没个头绪可作纲领了。真是“欲吐则一字全无”，终究连一句话也写不出来了。

偶尔写成了，看看太糟糕了，就撕了。真是……

自认有一点还是可看的，那就是它是真诚地表白自己的心怀，在向妳诉(2)发自肺腑倾心之谈。

而现在只能信手写来，随着联想浮翩到那儿就到那儿(3)吧。

7. 30

---

* 这是素芹珍藏了50余年我写在笔记本上的一束信件，时间是1962年7月至8月。

** 1962年夏，我与吕素芹恋爱，俩人经常通信。信看过就丢失了，素芹于是希望我将信写在笔记本上，便于保存，经常翻阅。她把它称作在我出国期间“唯一的使自己能在未来摆脱痛苦与寂寞的慰藉，追念昔日的回忆”的信件。

幸运的是，50余年来，这册笔记本一直被素芹珍藏着，现收入本文集，使当代青年对上世纪60年代青年的恋爱状态和思想感情有所了解。

需要指出的是，登载在文集中的这11封信的文字无一字增减修正，甚至标点符号与错别字，悉照原样，不作更动，但在最后附上错别字更正。

妳对我的信赞誉是过份了。我是个既不善于写信，也懒于动笔的人。既然妳把它称作"唯一的使自己能在未来摆脱痛苦和寂寞的慰藉，追念昔日的回忆。"而回忆恰如一颗颗莹莹闪闪的珍珠，给人憧憬和希望。既然妳是这样看待，这样地喜欢它，那么就再写一些吧。

对于我来说，又何尝不喜欢追忆昔日的欢乐，但引起的却是感慨万端。为此终于很少去想它了。对于妳，好几次曾想借着这纯洁的白纸抒写自己的胸怀，心灵上激荡的情感。但我却是如此的笨拙，每一落笔，不知从何落笔，如乱麻一般，没个头绪可作纲领了。真是"欲吐则一字全无"，终竟连一句话也写不出来了。

偶而写成了，看看太糟糕了，就撕了。真是……

自认有一点还是可看的，那就是它是真诚地表白自己的心怀，在向妳诉发自肺腑倾心之谈。

而现在只能信手写来，随着联想之笔触到那儿就到那儿吧。

62.7.30.

➢ 第二封信

妳在昨夜又进入了我的梦乡，音容是那么的恍忽[4]，似乎是一种悒郁的情怀望着我，又好象[5]在说我。醒来时天已大白，把记得的匆匆地凑了一首，也是毫无诗味的诗：

昨夜频梦君，情亲见君意；
恍惚音容神，局促告常归。
明我长相忆，为伊人憔悴；
何时一叙首，重与细论情。

这不正是颐和园内柳树底下妳的一段告白吗？我笑了，“前天我们不是刚见过吗？”

“You are always in my mind.”（妳永远在我心中），我再补充了一句。

妳的眼睛里闪着光彩，嘴角上露出发自内心深处的微笑。妳没有说“не”，妳说了“Я не знаю”。

我是知道妳这句话的本意的。

7.31 晨

芹：妳几次在梦中出现，莫非知道我怀念的心情吗？

又记

你在昨夜又进入了我的梦乡。音容是那么的恍惚。似乎是一种悒郁的情怀望着我，又好象在说我。醒来时天已大白。把记得的零碎地凑了一首，这是毫无诗味的诗。

"昨夜频梦君，情亲见君意；
恍惚音容神，局促告辞归。
明我长相忆，为伊人憔悴，
何时一聚首，重与细论情。"

这不正是顺和因为想念你的一段告白吗？我笑了。"前天我们不是刚见过吗？"

"You are ablways in my mind"（你永远在我心中）。我再补充了一句。

你的眼睛里闪着光彩，嘴角上露出发自内心深处的微笑。你没有说"не"。

你说了"Я не знаю"。

我是知道你这句话的含意的。

62.7.31 晨

芹：

当你几次在梦中出现，莫非知道我怀念的心情吗？

文民。

➢ 第三封信

我是个热爱生活的人，充满着对于生活的激情。我爱未来。但我一直犹疑这爱情，爱情，我想我需要的是平静。当生活迎面扑向我时，激荡的心声在响着“拥抱生活吧”。却终于怯弱、害怕的心理躲避了，拒绝了。

谁能知道今天的欢乐的爱情不会在明天变为痛苦失意呢？

然而我却遇见了妳，才使我有所渴望，生活似乎有了另一层意义。妳是第一个打开我心灵之扉的姑娘，是共同的企求使我们结为知己。

我们的生活经历并不同，爱好与风格也有所差异，但都是党培养长成的青年，有一颗热爱生活、热爱祖国的心。妳是活泼、多情、单纯的姑娘，只是我书生意气、裘马轻狂，海阔天空，还不太知道艰难……

8.1

我是个热爱生活的人，充满着对于生活的激情。我爱未来。但我一直怀疑过爱情，爱情，我想我需要的是宁静。当生活迎面扑向我时，激荡的心声在响着"拥抱生活吧"，却终于被怯弱、害怕的心理躲避了，拒绝了。

谁能知道今天的欢乐的爱情不会在明天变为痛苦失意呢？

然而我却遇见了你，才使我有所渴望，生活似乎有了另一番意义。你是第一个打开我心灵窗的姑娘。是共同的追求使我们结为知己。

我们的生活经历并不同，爱好与风格也有所差异，但都是党培养长成的青年，有一颗热爱生活、热爱祖国的心。你是活泼、多情、单纯的姑娘，只是我书生意气，裘马清狂，海阔天空，还不太知道艰难……

8·1.

第四封信

关于妳所讲的C的那些轶事，我是那么想：那些以为别人受了自己愚弄，沾沾自喜，自以为高明的人，最后的结局却是愚弄自己，即使目下如何手段高明，巧于掩饰。“智者千虑，必有一失”，一切会象[6]肥皂泡似破灭的。

有时候我却为其可悲，不知道妳有什么感觉！出于憎恶的心情甚至不愿与之交往，大概妳也发现这点。

开始听到这些事，一下子颇难理解的。“怎么会有这些事”……别人还告诉我更甚于此者，我便明白了很多。

“把世事看穿些”，这并非颓唐之言。因为即使在我们这个灿烂光明的时代里，而思想却残留许多旧的，甚至是肮脏的，纷紊繁乱，什么也可能发生。至于自己，我想这句话可以是自己警惕一些，不至于陷入痛苦与烦恼的深渊，从而忘却自己的责任和自己的未来。

因之，我即使有烦恼，也转瞬即逝。

一个心地高尚的人的光采[7]会掩瑜其外貌的不扬。而内心丑恶、外表即使美貌的人却会使人感到是一条蛇，一条咬人的蛇。我们的方向当然是前者。

我喜欢像妳那样的绝顶聪明，那样顾盼多姿的风采，却又愿妳不随俗浮沉，不带过多感伤悒憂[8]的情调。

8.2

关於你所讲的c的那些轶事，我是那么想：那些以为别人受了自己愚弄，沾沾自喜，自以为高明的人最后的结局却是愚弄自己。即使目下如何手段高明，巧於掩饰，"智者千虑，必有一失"一切会象肥皂泡似破灭的。

有时候我却为其可悲，不知道你有什么感觉？出于憎恶的心情甚至不愿与之交往，大概你也发现这点。

刚开始听到这些事，一下子颇难理会的。"怎么会有这些事"……别人还告诉我更有甚於此者……我便明白了好多。"把世事看穿些"这并非颓唐之言。因为即使在我们这个灿烂光明的时代里，而思想却残留许多旧的，甚至是肮脏的，纷繁杂乱，什么也可能发生。至於自己，我想这句话可以使自己警惕一些，不至於堕入痛苦与烦恼的深渊，从而忘却自己的责任和自己的未来。

因之，我即使有苦恼，也转瞬即逝。

一个心地高尚的人的光采会掩瑜其外貌上的不扬，而内心丑恶，外表即使美貌的人却会使人感到是一条蛇，一条咬人的蛇。我们努力方向当然是前者。

我喜欢像你那样的绝顶聪明，那样顾盼多姿的风采，却又愿你不随俗浮沉，不带着过多感伤恋爱的情调。

8.2.

➢ 第五封信

我不是一个很“冷”的人。

自问还是一个对生活充满激情、认真思考生活的人。

记得还是在大学时代，曾有人批评我“把人看得太好了。”这个批评有一半道理。但我绝不会可笑（不是可笑，而是可鄙）把自己周围的同志都看成坏人，看作对于我们社会憎恨，而又处心积累[9]破坏别人幸福的人。如果我们的时代也是这样，那世界不是太可悲吗?

我们的周围绝不会像他所想象的那样。

道理很明显，如果人是那样的可鄙，那么就没有今天。

尽管有人欺吾“忠厚”，当我“瘟生”，而我毕竟也受了几次骗，上了当。人也学了乖了一些。但那点看法我是至死不变的。

人活着没有个动力，没有对人生有明确的看法，没有感情，没有信任，……那么活着就似行尸走肉，又有什么意义呢?

我不知道将来我会变成怎么样?是好，是坏，还要看未来的发展。我身上现在的一切并不都是积极的。

我觉得在进步的道路上，最可怕的是浑浑噩噩，浮浮沉沉，小注即满，油滑自喜。

希望妳不是那样的姑娘。

愿与妳共勉之。

8.3

我不是一个很"冷的人。
自問还是一个对生活充满激情，認真思考生活的人。
記得还在大学時代，曾有人批評我"把人看得太好了"。这个批評有一点道理。但我绝不会可笑（不是可笑，而是可鄙）把自己周圍的同志都看作坏人，看作对于我们社会憎恨，而又处心積累破坏别人幸福的人。如果在我们的時代也是這樣，那世界不是太可悲吗？
我们周圍的绝不会像他所想象的那樣。
道理很明显，如果人是那樣的可鄙，那么就没有今天。
經常有人欺吾"老厚，当我痴生"。而我畢竟也受了几次騙，上当了多，人也学乖了一些。但那类看法我是至死不变的。
人活着没有个动力，没有对人生有明确的看法，没有感情、没有信任……那么活着就似行屍走肉，又有什么意義呢？
我不知道将来我会变成怎么樣？是好，是坏还要看未来的发展。我身上现在的一切並不都是積极的。
我觉得在进步的道路上，最可怕的是渾渾噩噩、浮浮沉沉，小注即满，沾沾自喜。
希望你不是那樣的姑娘。
願你好自勉之。

8.3.

第六封信

为了妳的缘故，这些日子来，书念得少了，效率也不如过去那么高了，我有些害怕……

我为这件事跑去求教一长者。他却反而狠狠地批评我。说在爱情上也应该有傻劲，甚至要求超过，看来这位长者当年一定是个风流种子。

说老实话，我并没有觉得光阴虚度，相反认为这是一生中颇有意义的瞬间。

妳是个热情奔放的姑娘，无论从谈吐，或是从信中妳坦率表露了诚挚的爱情。Я тоже（我也一样）。真是奇怪，我怎么会爱上蓬着头，翘着鼻子，声音像小黄莺那样吱喳不停的妳呢？这是上帝的安排，看来我这个不信神的人真要“阿们”(10)了。但愿上帝与妳同在。

妳说得很对，“爱情不是施舍(11)，怜悯与同情”。自然她更不是买卖。但目下很多姑娘，譬如C，不是把自己的身子与对方的金钱，地位，未来……在秤上衡量吗？于是乎，高贵的爱情就成为交易了，就不禁使人不寒而栗了。这样的结合也很少会美满的。因为出发点不一致，最后女的色衰，男的在社会上也无什么地位，而终于破灭，便愈走愈远了。

这并不是说希望自己爱人没前途，不美貌，问题在于出发点（着眼点，先决条件）……如果这样也可悲了。

芹，不知妳作如何想？

8.4

为了你的缘故，这些日子来，书念得少了。效率也不如过去那么高了。我有些害怕…

我为这件事请教一长者。他却反而狠狠地批评我。说在爱情上也应该有行动。甚至还要我走过这。看来这位长者当年一定是个风流种子。

说老实话，我并没有觉得虚度，相反认为这是一生中最有意义的瞬间。

你是个热情奔放的姑娘。无论从谈吐，或是从信中你都坦率表露了诚挚的爱情。I make（我也一样）。真是奇怪，我怎么会爱上蓬着头，翘着鼻子，声音哝哝，黄莺那样叽叽喳喳不停的你呢？这是上帝的安排。看来我这个不信神的人真要"阿们"了。但愿上帝与你同在。

你说的很对"爱情不是施舍，怜悯与同情"。自然也更不是买卖。但目下很多姑娘，譬如C.不是把自己的身子与对方的金钱地位，未来……在天平上衡量吗？于是乎高贵的爱情就成为交易了。就不禁使人不寒而栗了。这样的结合也很少会美满的。因为出发点不一致，其后女的色衰，男的在社会上也无什么地位，而终于破灭，便就走全毁了。

这并不是说希望自己爱人没前途，不关心，问题在于出发点（着眼点，先决条件）……如果这样太可悲了。

苹，不知你作如何想？

8·4

第七封信

不知为什么，是那么想见到妳，把妳写给我的信又翻覆[12]地看了一遍。

人生，短暂的人生，而爱情，有时像转瞬即逝的露珠，一闪即过去了，而有些却一辈子永远永远相爱着。

我们俩是如此的相爱着，我非常珍惜这段时间，真是早一些相识是多好呀。为了妳，我甚至不想出国学习，最好明年出去。这是我第一次萌露在学习上不愿上进的表现，是很不对头的呀，可是又有什么办法呢？

每当自己安静下来，就想起了妳。有时想到自己对妳的态度不好，刺妳，是很羞愧的。妳是始终如一地待我。一直谅介[13]我。不知何时我那既骄又娇的毛病可根除完了呢？

对于妳上大学，我是非常赞成的。我希望妳好念书，提高自己的文化素养及科学水平。但我不知道如何帮助妳才好。一个人不应庸庸碌碌度过自己的一生。我们的能力、才智都无过人的地方，但应该在现有的基础上好好努力。天才出于勤奋，是会对社会有所贡献的。

妳那天表露出来竭力想考取大学，好好念书的心情我实是很高兴的，说明妳是一个力求上进的姑娘。虽则今后妳学习忙，见面机会少了，我想，我不但不会拖后腿，而且会帮助妳的。

8.8

不知為什么，是那么想见到你，把你写给我的信又翻覆地看了一遍。

人生，短暂的人生，而爱情，有时象草叶梢即逝的露珠，一闪即过去了，而有些却一辈子永远永远相爱着。

我们俩是如此的相爱着，我非常珍惜这段时间，真是早一些相識是多好呀。為了你，我甚至不想出国学习，最好明年出去。这是我第一次萌露在学习上不顧上进的表现，是很不对头的呀。可是又有什么法子呢？

每当自己安静下来，就想起了你，有时想到自己对你的态度不好，对你，是很羞愧的。你是始终如一地待我，一直諒解我。不知何时我那既驕又嬌的毛病可根除完了呢？

对于你上大学，我是非常赞成的。我希望你好好念书，提高自己文化素养及科学水平。但我不知道如何帮助你才好。一个人不应庸庸碌碌度过自己的一生。我们的能力、才智都有过人的地方，但应該在现有的基础上好好努力。只要苦干勤奋，是会对社会有所贡献的。

你那天表露出来端正想考大学，好好念书的心情，我实是很高兴的，説明你是一个力求上进的姑娘。否则今后你学习忙，見面机会少了。我想，我不但不会拖后腿，而且会帮助你的。

8.8

第八封信

我是一个死心眼的人，我在干什么事情都比较专一。我讨厌那些惹花拈草的人，嘴上甜言密语[14]，心里盘祘[15]万千。也许我太过分，太看重这些事。真的，讲一句话我都不愿意。

一个对自己行动不负责的人是懦夫，小人，而始乱终弃是最可卑的行为。

我觉得我们俩人是信任的，妳对爱情是忠诚的。虽则父母亲、领导上出于一片好意提了一些意见，而妳仍毅然决然地决定了，这是妳胜过一般世俗女子的地方。

从我们这方面来看，应该更和睦、更关切。无论家庭今后的生活或是工作更应有条理，思想更往前进。让那些想看妳笑话的人瞧吧？我们要以更和睦的相处来回答他们。

爱情的花朵是需要两个人一起来培植的，必须相互谦让，相互尊重。我记得第一次小矛盾时心里很不快乐。但仔细想想，又觉得妳待我是挺好的。虽则不高兴，却写了一封信给父母亲报告我认识了一位美丽聪明的姑娘，表明自己看得还是清楚的。

可并不是所有时候都如此。有时没有道理却很气……，却原来我是一个气很短的人。我太任性了。

这就使我想起了为什么有些夫妇相处不很融洽的原因。朝夕相处却象冤家实是很可悲的。这无非是小矛盾到大摩擦，终至感情破裂，这时弥补已晚了。

但愿我们俩人都珍惜彼此的爱情。

8.15

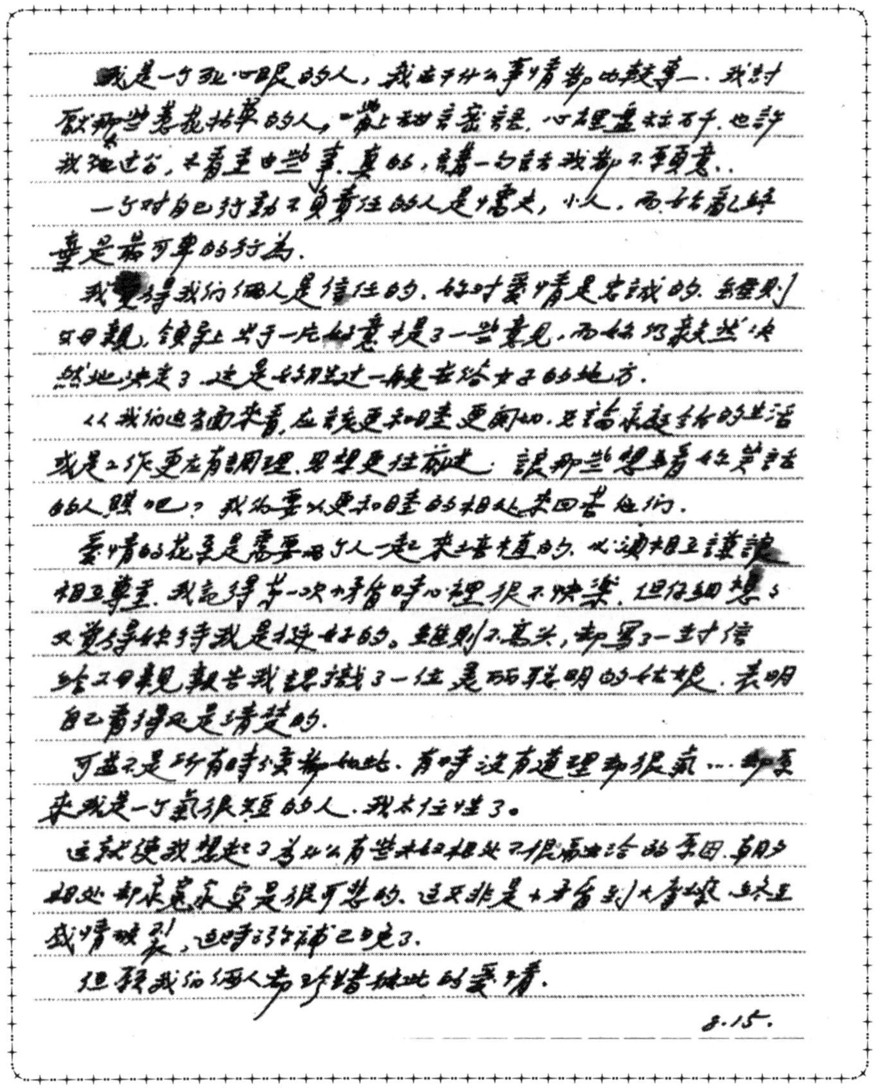
我是一个死心眼的人，我对于什么事情都比较专一。我讨厌那些惹花拈草的人，嘴上甜言蜜语，心里盘算不干。也许我说过分，不看重由些事。真的，讲一句话我都不愿意。

一个对自己行动不负责任的人是懦夫，小人。而始乱终弃是最可卑的行为。

我觉得我们俩人是信任的。你对爱情是忠诚的。虽则父母亲，领导上对于一点小意提了一些意见，而你仍毅然决然地决定了。这是你胜过一般姑娘女子的地方。

从我们这方面来看，应该更和睦更亲切。无论家庭的生活或是工作更应有调理，思想更往前进。让那些想看你笑话的人瞧吧？我们要以更和睦的相处来回答他们。

爱情的花朵是需要两个人一起来培植的，必须相互谦让相互尊重。我记得第一次吵架时心里很不快乐。但仔细想想又觉得你待我是极好的。虽则不高兴，却写了一封信给父母亲报告我认识了一位美丽聪明的姑娘。表明自己看得还是清楚的。

可并不是所有时候都如此。有时没有道理都很气……本来我是一个气很短的人。我太任性了。

这就使我想起了为什么有些夫妇相处不很融洽的原因。朝夕相处却不宽容实是很可悲的。这不非是十分到大吵架，终至感情破裂，这时后悔已晚了。

但愿我们俩人都珍惜彼此的爱情。

8.15.

第九封信

又是一个万籁无声、寂静的夜晚。哲学，看得我脑袋直发胀。杜林的话，贝克莱不知所云，只有上帝才知道的语言像催眠剂一样，叫人发困。

我早知道今晚上看不进书，因此打电话约妳。妳既不愿意，我也没办法，只好看书吧……可是那些晦涩难懂的词句真叫人捉摸不透，字愈变愈小了，以至书面上一片模糊……

还是给你写一些吧！

此刻我想得很多，似乎有太多太长太深的怀念于妳。不知道今晚妳是如何度过的，大概情绪没有像我那样悒忧吧？

妳知道我前些日子不快乐的原因么？第一，觉得妳不太了解我。第二，我在高兴时，却有那些莫名其妙的念头侵袭我。也许今天的喜剧是明朝悲剧的开端……这完全是唯心主义的情调。这绝不是我在后悔，而是想得太多了。

前二天[16]晚上的见面，以及妳对于我的深情厚意[17]，愿意把一切托付给我。我是感到无限的幸福，因为有这样一个多情的姑娘爱着我，而我也是如此的爱她。

前几日我还是“愁肠百结，万思不得其解”，现在结被妳解开了。今后我们的生活要好好安排一下。

而我，却象[18]一个天涯漂泊的游子，今天才找到了自己的归宿。

我们的新生活快闬[19]始了。幸福之神不是在向我们找手[20]吗！

8.17

又是一个下雨天，安静的夜晚。哲学看得我脑袋直发胀。杜林的话、贝克莱不知所云，又有上帝才知道的语言像催眠剂一般，叫人发困。

我早知道今晚上看不进书，因此打电话约你。你不愿意，我也没办法，只好看书吧……可是那些晦涩难懂的词句真叫人捉摸不透，实在支撑不了。索性书丢一边，精神模糊……

还是给你写一些吧：

此刻我想得很多，似乎有太多太长的话要对你说。不知今晚你是如何度过的，大概情绪就有像我那样忧伤吧。

你知道我前些日子不快乐的原因么？第一，觉得你不太了解我。第二，我在高兴时，却有那些莫明其妙的念头侵袭我。也许今天的喜剧是明朝悲剧的前奏……这完全是唯心主义的情调。这绝不是我在后悔，而是想得太多了。

前天晚上的见面，以及你对于我的深情厚意，甚至要把一切都交付给我，我是感到无限的幸福，因为有这样一个多情的姑娘爱着我，而我也是如此的爱她。

前几日我还是"愁肠百结，百思不得其解"，现在这结被你解开了。今后我们的生活要好好安排一下。

而我，却像一个天涯飘泊的游子，今天才找到了自己的归宿。

我们的新生活快开始了。幸福之神不是在向我们招手吗？

8.17

➢ 第十封信

我们俩人有许多一致的地方，虽然还说不上情投意合，但还是比较融洽的。此外，也还有不一致的地方。从性格上说来，我是趋向于静的，而妳是性情活泼，趋向于动的姑娘。自然，这是性格，怪不了谁。可是今后生活在一起如何办呢？而我又是倔强性格，不肯迁就（实际，这是坏脾气）。就以昨天的舞会来说，我本应陪你去的。但我确实不愿意，就拒绝了。俩人因此还不太痛快。

今后类似这些事情尚会发生。我想不出办法解决。在我，天之骄子，不愿做……实在说，为了妳，我也应该学会跳舞的。

关于这种不一致在俩人感情比较好，隐蔽一些。那是由于爱情的关系，甚至把缺点也看作优点，相互也就谅介(13)这种不一致。然而往往在日后的生活这却会鲜明地表露出来，甚至俩人不能相处下去……这是很可怕的事。

重要的是，应该略小取大，多想想未来。相互是尊重、信任的，爱情是真挚的。虽然在前进的道路还会有乌云，甚至雷雨，但天一定会晴朗的。

立伟　8. 22

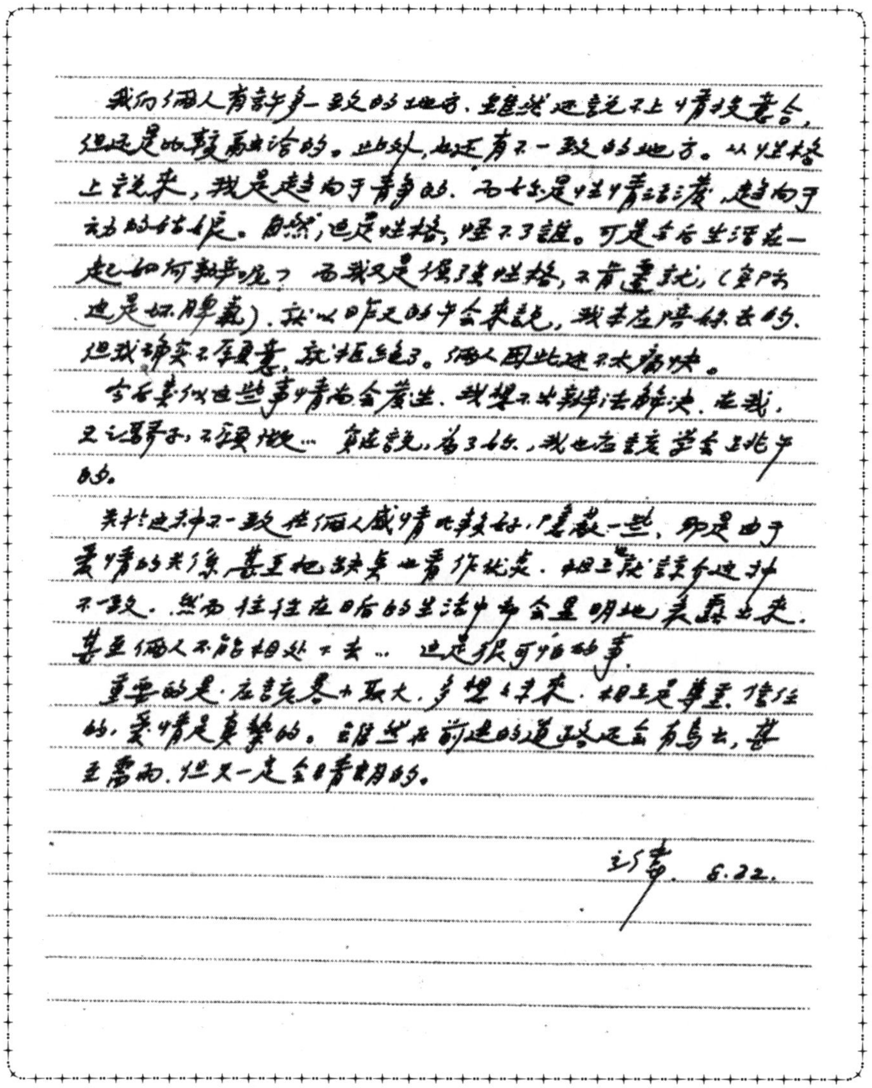

我们俩人有许多一致的地方，虽然还说不上情投意合，但还是比较融洽的。此外，也还有不一致的地方。从性格上说来，我是趋向于静的，而你是性情活泼，趋向于动的性格。自然，这是性格，怪不了谁。可是今后生活在一起如何协调呢？而我又是倔强性格，不肯让步，（这方面你也是如此脾气）。拿以昨天的事来说，我本应陪你去的，但我确实不愿意，就拒绝了。俩人因此还不太痛快。

今后类似这些事情尚会发生，我想可以协调解决。在我，又记着了，不要固执……就这说，为了你，我也应该学会让步的。

关于这种不一致性俩人感情比较好，隐蔽一些，那是由于爱情的关系，甚至把缺点也看作优点，相互就谈不上这种不一致。然而往往在日后的生活中都会显明地表露出来，甚至俩人不能相处下去……这是很可怕的事。

重要的是，应该求同存异，多想未来，相互是尊重、信任的，爱情是真挚的。虽然在前进的道路还会有乌云，甚至雷雨，但又一定会晴朗的。

立青　8.22.

第十一封信

和妳肯定关系，也许是仓卒[21]了些，但并不是贸贸然。

我把我的想法告诉了妳，我确是很激动的。因为这关系到我的终身大事。我想还是了解妳的。

下面谈谈对妳的意见。妳的优点很多，否则我就不会爱妳。但这次着重谈妳不注意的地方，不要生气。

一是上进心，事业心。这方面妳表现出不强，或者不够。总觉得自己工作可以应付，也不错，别人也夸奖。是厂内头面上的人物。但离开党的要求，自己想得少。人活着应有动力，每个人能力有大小，但一定要努力，以便将来做得更多些。

我不敢说，我没有骄傲情绪。我时刻警惕它的冒头。自己对自己目前有一个正确的估计。实际自己浮得很，还差得远呢?

妳学习的时间少，条件也不好，环境又是这样。要坚持，又要努力，实在不是容易的事。思想上是应该有准备，不要感情用事，也不要为学习而学习。

其次，思想政治方面，也要求不够，我也帮助不够。

我不反对我们有个幸福的小家庭，也许物质的要求我比妳还高些。但是夫妇间感情的基础是什么？仅仅是爱慕么，那么爱慕的基础又是什么？那便是思想志趣的一致。没有这个，即使家庭布置得如何美……幸福也照样会幻灭的。

妳是一个很聪颖的姑娘，确实应该使自己更有文化素养，不要使自己很俗。庸俗会使得即使很美的姑娘变丑，而且可笑。

二是意志心。这是妳的性格使然，也不能过于苛求的。“不好意思”那是什么问题呢？对别人不好意思，对爱人好意思，又说明什么呢?

对于我来说，自问认识妳以后，处处把妳当做自己最亲爱的人看待。我有许多地方变了。真是……。但我不是懦夫，我不需要别人的同情、怜悯。有时我太感情了，可一个真正的青年是应该为自己的行动负责的。名誉要从小时候做起，这句话我永远忘不了。因此，我不会有始乱终弃的事，这是妳可以放心的。

对于妳，我是信任的。妳是在周围并不十分同意与我好，而且还有压力，虽则这些人大部分出于好心，仍然毅然决然与我好。我非常珍惜妳对我的感情，也非常感谢妳。

但是，未来会如何呢？从那天的问题产生后，使我苦恼了半天，才在一个晚上写出了一封长信。我知道妳以后的话是对于我的安慰，我又不是小孩子。

以后的事情只有上帝知道？不是说我一定如何如何？若是我丧失警惕，缺乏对于爱情忠诚的意志，甚而至於[22]，资产阶级思想的影响，也会变的。我一定不使这个可能性变为现实。

对妳和我，我们的父母亲、领导、朋友、同事都寄予很大的希望。但也有人要看我们俩出洋相。“毋为亲厚者所痛，而为见雠[23]者所快”这二句话，怕是值得我们永远记得的警句吧？

8.23

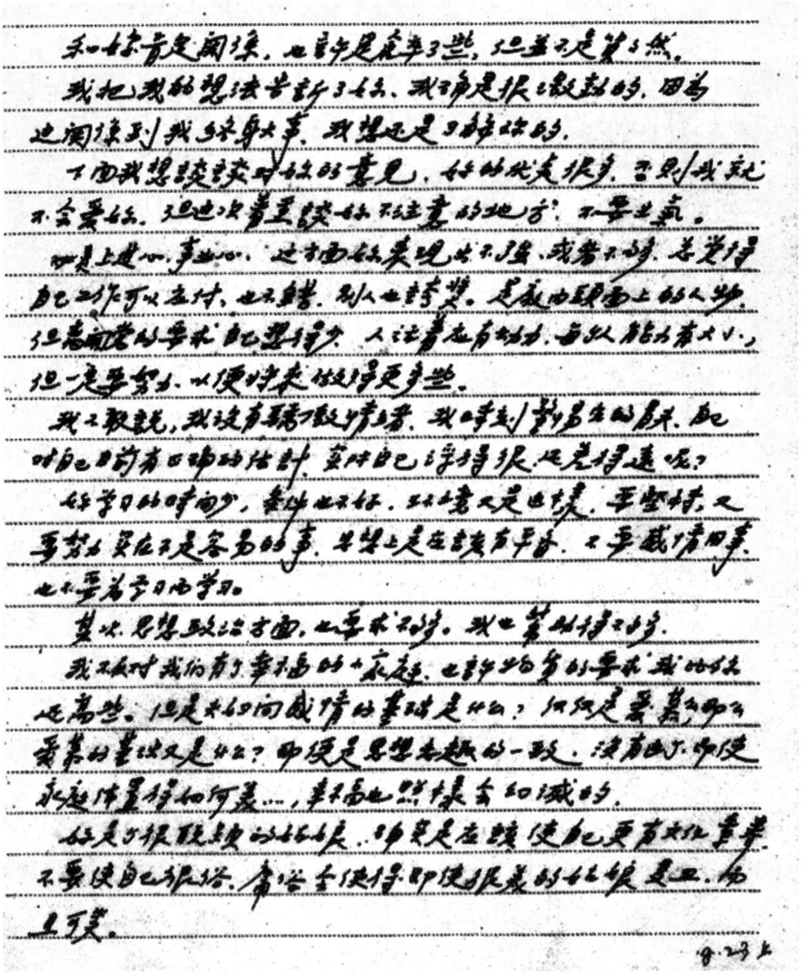

和妹妹肯定阅读。也许是走掉了些，但並不是茫然。

我把我的想法告诉了妹妹，我确是很诚恳的。因为这关系到我终身大事，我想还是要谈谈的。

下面我想谈谈对妹妹的意见，好的地方是很多，否则我就不会爱妹妹。这里只着重谈妹妹不注意的地方，不要生气。

妹是上进心、事业心、这方面妹妹表现出不错，成绩不少。总觉得自己工作可以应付，也不错，别人也夸奖，是被当领导上的人物，但离开党的要求自己还差得多，人往高处走，所以能力有大小，但一定要努力，以便将来做得更多些。

我不敢说，我该有骄傲情绪，我觉得到自身有缺点，自己对自己目前有正确的估计，要对自己评得很，还差得远呢？

妹妹学习的时间少，条件也不好，环境又是困难，要坚持，又要努力，实在不是容易的事，但学习是应该有计划。不要感情用事，也不要为学习而学习。

其次，思想政治方面，也要求不够，我也算做得不好。

我不反对我们有了幸福的小家庭，也许妹妹对我的要求我做得还高些。但是夫妇间感情的基础是什么？仅仅是爱慕吗？爱慕的基础又是什么？那便是思想志趣的一致，没有这个，即使家庭布置得如何美……，幸福也终将会幻灭的。

妹是个很聪敏的妹妹，好是是应该使自己更有文化素养，不要使自己很俗，庸俗会使得即使很美的妹妹变丑，而且可笑。

9.23 上

漫无责任心，这是你的性格使然，也不能过于苛求的。"不好意思"

那是什么问题呢？害怕人不好意思，对爱人好意思又说明什么呢？

对于我来说，自问我认识你以后，处处把你当做自己最亲爱的人看待，我有许多地方变了，真是……！但我不是懦夫，我不需要别人的同情、怜悯。有时我太感情了，可一个真正的青年是应该为自己的行动负责的。"大事要从小事做起"，这句话我永远忘不了。因此，我不会有什么乱七八糟的事，这是你可以放心的。

对于你，我是信任的。你是在周围并不十分同意你我好，而且还有反对，虽则这些人大部分出于好心，但你终是毅然决然与我好。我非常珍惜你对我的感情，也非常感谢你。

但是，未来会如何呢？从那天的问题产生后，使我苦恼了半天，才在一个晚上写出了一封长信。我知道你以后的话是对于我的安慰，我又不是小孩子。

以后的事情只有上帝知道？不是说我一定如何如何，当是我最大希望，也是对于爱情忠诚的看法。甚而至于，当在忧伤思想的影响，也会变的。我一定不使这个可能性变为现实。对你和我，我们的父母亲、领导、朋友、同事都寄予很大的希望，但也有人要看我们俩出洋相。"为亲者所痛，为仇者所快"这二句话，恐是值得我们永远记得的警句吧？

8.23下

附错别字更正：

(1) 过份——过分

(2) 诉发自内心——诉说发自内心

(3) 到那儿就到那儿吧！——到哪儿就到哪儿吧！

(4) 恍忽——恍惚

(5) 好象——好像

(6) 一切会象——一切会像

(7) 光采——光彩

(8) 悒憂——悒郁

(9) 处心积累——处心积虑

(10) “阿们”——“阿门”

(11) 施捨——施舍

(12) 翻覆地看了一遍——反复地看了一遍

(13) 谅介——谅解

(14) 甜言密语——甜言蜜语

(15) 盘祘——盘算

(16) 前二天——前两天

(17) 深情厚意——深情厚谊

(18) 象一个天涯漂泊的游子——像一个天涯漂泊的游子

(19) 闹始——开始

(20) 找手——招手

(21) 仓卒——仓猝

(22) 甚而至於——甚至至于

(23) 见雠者——见仇者

藏绿斋札记■感悟人文

第四篇

通信篇

愿梦想成真*

——给北京理工大学同学的一封信

不要放弃自己的梦和梦想，总有一天，梦想成真。

××同学：

很高兴你给我写信。你的信让我看到了一个热爱科学并想在科学上有所作为、有所贡献的青年。

一个人，有梦，有梦想，这是很宝贵的，不要放弃自己的梦和梦想，不放弃，总有一天，梦想成真。你的梦想也是你的理想。永远怀抱这个理想，往这个方向努力吧！

作为老师，我能给你建议的是，你现在最主要的，就是把你的专业——软件学好，软件是一门最能发挥人的才能的学问，也是一门最能磨炼人的学问。我说的磨炼有时甚或是折磨，有时会让人很痛苦，因此没有智慧不行，没有耐心更不行，因为学无止境。

你希望自己研究能源，搞“太阳能聚光电池”，我并不反对。你在业余时间可以参加一些活动，了解这方面的知识，如果可能，做这方面的实验。

今年暑假期间，我校张忠廉教授邀请我参加一个活动，许多国家的青年学生云集北京，他们跨国组成一个个小组，提出一个个方案试图解决北京城市的能源问题。我听了每个小组的方案汇报和论证及叙述，每个方案都有自己的特点或优点。通过这样的活动，他们增加了对科学研究的兴趣，这对他们的成长很有利。我并不认为，他们的方案就能解决北京的能源问题。但我热烈祝贺他们。我重视的是过程，而不是结果。我看到了他们的遐想，有的是奇思妙想，有的是胡思乱想，都非常好，我真的很高兴。他们的探索是他们在人生道路上的第一次探索，我鼓励他们，祝贺他

* 这封信刊登在2010年11月16日北京理工大学校刊副刊上。

们。我想，他们将会有第二次，第三次……直到真正的成功。

现在，我说一点对你的期望，我希望你结合自己的软件专业，做一点科学研究，这是你的特长。不要放弃你的特长，去搞远离自己专业、弄自己一点不熟悉的东西，因为困难太大，而将来失败的打击，并不是每个人都能承受的。

作为老师，我不鼓励，也不鼓动学生们放下学习去搞科研，搞所谓创业。尽管有的学生甚至老师会说周老师思想保守，等等。这是我的建议。你现在是一个学生，知识和经验都不多，有梦想可以，但解决一个世界难题需要许多物质条件，不是任何人想干就能干的。因此，首先要脚踏实地，一步一步去做，才能成功。

你可能知道，我们国家的许许多多产品，不是“硬件”不行，而是“软件”不行。现在的世界，先进的、尖端的，全靠的是软件。因此，你要好好学，掌握这门学科的主要知识，才能举一反三。学校里能结合软件的研究太多了。

我就写这些，供你参考！

祝你在学习上取得更大的进步。

周立伟

2010 年 10 月 18 日

北京理工大学校报副刊编者按： 近期，周立伟院士收到了软件学院一名本科生同学的来信。信中这位同学向周院士请教了“怎么样选择研究方向”“怎样坚持自己的理想”等问题。周院士看到信后给这位同学回了下面的这封信。周院士的这封回信亲切自然、循循善诱，字里行间渗透着他对同学们的关心、爱护和期望。这封信对于指导大学生如何端正专业学习态度、如何规划大学生生活乃至人生之路都很有指导意义。几经辗转，校报编辑部收到了这封信，现予以转发，希望全校教职员工见贤思齐，学习周院士关心关爱学生的崇高精神；希望同学们聆听教诲，从信中受到启发，努力学习，学有所成！

愿现代青年个个成为敢于担当的人*

——给武警警官学院同学的一封信

当学生离开学校时，带走的不仅是知识，更重要的是对理想的追求和健全的人格。

××同学：

你好！作为武警警官学院的荣誉教授，我很高兴收到你的来信，并回答你的问题。在答复你的问题之前，我想先谈谈对武警警官学院的认识。

3年前，当我知道我浙江诸暨藏绿老家周氏家族的子弟考入武警警官学院时，我由衷地为他高兴，认为这是青年人上学的最好选择。学生在学院4年能文能武的学习与磨炼与对于他的成长，成为一个心智和体魄健全的人，一个真正对社会有益的人是大有好处的。

目前国内的多数大学，他们对学生的管理大都采取“自由”和“自律”的原则。其好处就是学生思想开放，自己管理自己；坏处就是放任自流，很少约束。因此，一般的大学，校园里两极分化的现象很严重。

我们当教师的都希望学生茁壮成长，将来成为一棵参天大树。但幼苗成长时，需要滋润的甘泉，需要呵护，也需要修剪。我是倾向于对学生严格要求和管理的，因为毕竟他们都很年轻。人在做一件事时，总有道德、法规和底线约束着，当管理和纪律成为习惯时，人们就会自律自己，严格要求自己，努力去做好每一件事，甚至将不可能变为可能。大学是一个青年人成长的真正开始，起步阶段走得踏实了，对一生都有好处。

在大学阶段，知识的学习是很重要的一部分，因为知识是从事专业工作、服务社会、科技创新以及人文修养等必需的智力资源。但我的体会是，在大学，知识的传授并不是最主要的，学会做人（做一个真正的人、大写的人）才是最主要的。当学生离开学校时，带走的不仅是知识，更重

* 2014年4月，我被聘为武警警官学院的荣誉教授，这是给该院一位同学的回信。

要是对理想的追求和健全的人格。

我曾对我校的学生说，国家培养你们的目的是什么呢？当然是希望你们成才（合格的或杰出的人才和将才），为国家和社会做贡献。那么，大学生究竟要锻炼（或者具备）哪些品质（能力）呢？依我看来，作为人才或是将才，从思想层面上说，他（她）应该是一个德才兼备、全面发展的人：热爱祖国，愿为祖国效力和献身；有充分的自信心；有强烈的探求真理的欲望与好奇心；有明确的自觉性与坚定的意志，不怕挫折，勇敢前进。

习近平总书记最近在北京大学“五四”讲话号召广大青年“勤学、修德、明辨、笃实”8 字以实践社会主义核心价值观是非常正确和及时的，为青年人指明了明确的方向，我们要努力去实践它。武警警官学院就是学习和实践社会主义核心价值观最好的地方。学院 4 年的意志品格的锻炼和学习将使你们有一个健康向上的价值观、人生观。当你们将来步入壮年时，回忆在学院这 4 年的岁月，就会觉得太值得了，收获太大了。

下面我回答你的问题。

1. 问：“如果在大学时期读的是自己不感兴趣的学科，我们该如何选择?”

首先，我认为，无论是学习或是工作，兴趣或者说热情，是很重要的。我曾对我的研究生说：“没有科学的激情比没有科学的能力更可怕。”科学（女神）需要热烈的感情去拥抱她，也许你的真诚感动了她，她会为你开启科学的大门。但是，兴趣或感情是可以培养的。以我自己为例，我在中专时学的是机械，到工厂也是搞机械，不到 20 岁时，我就设计研制成功了扁平线圈绕线车，机械设计是我的强项，既有兴趣，也有能力。因此上大学时，我很想学机械制造——坦克、大炮等专业。可是入学时被分配学光学专业。光学也很重要啊！若没有光学仪器，就看不见敌人，如何打仗啊！思想想通了，学习一深入也就有兴趣了，成绩也很优秀。但当我大学一毕业，领导立刻要我改行搞夜视，研究电子光学，从工科转到理科，许多电子物理学课程都没有学过，一些术语都没有听说过，拐弯实在太大了。但那时，我的思想一点也没有犹豫，想着国家需要夜视，我一定要好好学去攻克这一难关。我努力学习，很快感到兴趣，就深入进去了。我的经历说明两点：兴趣是可以转移的，兴趣是可以培养的。

我回忆我们 20 世纪 50 年代时的大学生，那时我们把学习当成战斗，学科就是任务，课程就是堡垒，一定要攻破它。国家需要，就没有个人兴趣不兴趣的问题，有兴趣要学，没有兴趣也要学。我们都自觉地培养兴趣，从而爱上所学习的专业，并把它学好！

这是时代的要求，现在这样强制要求学生可能就不太合适了。现在上大学，录取时尽可能照顾学生的志愿。志愿是学习的最好动力，它鼓舞着自己向着目标奋勇前进。无论志愿是什么？大学4年本科的公共课如数学、物理、化学、外语、计算机等，都是最基础的知识，是必须掌握的。专业基础课和专业课，也许不是你所志愿学习的学科，但讲的也都是一些基本的知识，对你的将来可能也会有用的，多学一些没有坏处。我觉得，当代的中国大学，学习条件比过去好多了，学校和老师也鼓励学生在课余时间自学或到实验室参加科学研究，或参加挑战杯等感兴趣的项目。你不妨也在课余参加一些你感兴趣的科目学习和研究。

2. 问："您怎么看待青年时代的恋爱？"

我认为，青年时代的恋爱是很正常的。如果你和一个姑娘相亲相爱，这是很美好的事。但我建议，不要妨碍学习，更不要在上学期间结婚，毕竟你们都很年轻。我衷心希望青年人能正确处理恋爱与学习的关系。

60年前，当我19、20岁时，那时提倡早婚，我的不少少年伙伴都结婚生子了。母亲经常在我耳边絮叨，鼓励我找对象结婚。我不是一个没有感情的人，我也渴望爱和被爱，但我不愿沉湎于爱情。我那时在工厂工作，目睹我师兄失恋的痛苦，甚至错误认定，爱情与学习是矛盾的，不愿意在事业未成前年纪轻轻就忙着找对象谈恋爱结婚。后来我报考北京的院校，离开上海，父母亲过分的关爱也是其中的一个原因。在大学期间，我坚持不谈恋爱，直到30岁我出国留学前，我很幸运找到了一个美丽善良的姑娘，我们非常幸福，相濡以沫，两年前我们庆祝了50年金婚。当然，像我这样死脑筋，认定学习与恋爱是矛盾的看法，是不足为训的，并不要求同学们仿效我。

如果你在家乡有一个女友，你们相亲相爱，有人爱和被人爱是很幸福的事，首先你要忠诚地保持爱情，你才能要求你的女朋友等待你。你现在还是要把全部精力投入到学习中去。等你毕业后，你能自立时就结婚，那时你既有事业，又有家庭，你会感到，生活多么幸福美好啊！

3. 问："您对现代青年有何希望和寄语？"

我对现代青年的希望和寄语是："希望现代青年个个都成为有担当的人。"现代青年应该有天塌下来我担当着的志气和勇气。特别是作为武警警官学院的学员的你们，担负着国家内部安全保卫以及和平时期保卫人民的任务，是祖国和人民最可信赖的人，我更期盼于你们。

我曾到过“两弹一星”的基地。那里有一条标语：“干惊天动地事，做隐姓埋名人。”基地的科研人员们战斗在戈壁滩里，把自己的青春献给祖国，无怨无悔，为国家富强奋斗是他们的心愿。今天祖国的强大，是因为我们有无数这样敢于担当的无名英雄支撑着。他们是现代青年学习的榜样。

如果问我，当代青年身上缺少些什么呢？我总觉得，不少现代青年，一事当先，总是先考虑一个“利”字，男的似乎缺少阳刚担当之精气神，女的似乎缺少坚毅优雅之真善美。我不是说他（她）们的外貌和体型，他（她）们的外貌、体型和身高都比我们那一代漂亮多了，健美多了，高大多了。但意志的坚定、敢于担当的精气神便未必了。不少现代青年，我不客气讲，一娇二骄，缺失血性，丧失了骨气、勇气和豪气。这是因为，当前的教育文化太功利主义了，以至于培养了不少人，虽然聪明但自私。聪明当然是好事，但聪明过头就不好了。过于聪明的人，善于玩弄小聪明的人，心中盘算着利益，嘴上唱的是高调，凡事总为个人着想。但这样的人，不见得会走得很远。我说得太直率了，不一定准确，但这是我的心里话，愿事实不像我说的那样。

我衷心希望，从武警警官学院出来的人个个都是有本事、有灵魂、有血性，有品德的革命军人，也是具有大志气的人，敢于担当的人。最后，我将先哲孟子讲过的一段话送给你们：“天将降大任于斯人也，必先苦其心志，劳其筋骨，饿其体肤，空乏其身，行拂乱其所为也，所以动心忍性，增益其所不能。”与大家共勉。

周立伟

2014 年 5 月 12 日

自尊尊人，自爱爱人*

——致《现代光学进展》学位课的同学的一封信

“千学万学，学会做人；千教万教，教会做人。”

2011年度《现代光学进展》学位课的博士生同学们：

大家好！

在最近我教的这9堂博士生学位课上，绝大多数同学们都认真听讲，我很高兴。因为讲课内容多，速度快，故我把自己做的PPT都发给大家，并不要求大家记笔记，但有的同学还是记了。例如，我讲“学问思辨行”5个字和“志勤识恒法创”治学六字时，我看到许多同学拿出笔来记了。使我感动的是，当我讲完9节课后，同学们还起立鼓掌。实际，这完全是不必要的，老师给学生讲课是应该的。不过，我还是很高兴的，并把它看成学生对老师的一种敬重和鼓励。

但是，有一个现象我要给各位说一说。虽然我上面讲的，同学们在上课时是努力听讲的，我发现，还是有个别同学在上课时一直在捣鼓自己的计算机。我站在高处，看得很明显。一般说来，学生不愿听课时，偷偷做些自己私密的事情，都是不让老师知道的。但这位同学的做法，一点也不考虑讲课老师的“感受”。

当我和一位同事就这件事交换意见时，他说：“这有什么？上课还有蒙着头睡大觉的呢！”他的意思是，现在大学里，这是普遍现象，不必大惊小怪。我听后大惑不解。

我本来不想讲这件事的，因为学生上课时听不听确实是他本人的事，他也没有扰乱上课秩序。但我这次不说，以后继续上课的老师大概也不会

* 这是2011年3月18日给北京理工大学光电学院博士生同学的一封信。

说，因为他们一般只讲一次，而且他们比我更客气。我是这门学位课的主持人，我不希望在今后老师讲课时有这么不尊重老师劳动的现象。我有责任提醒你们，我更不希望这种现象蔓延。

因为各位都是读博士学位的学生，是我们期望的祖国未来的科技栋梁。你们被社会大众尊重为有文化、有知识的人。我希望在你们身上能处处体现中国博士生优秀的气质和形象。

尊师爱生是中国教育的优秀传统。人与人之间本来就应该相互尊重，没有上下、贵贱之分，何况师生之间呢？尊重——这是人与人和谐相处最基本的道理。老师讲课时，学生认真听讲，这是对老师劳动最起码的尊重；作为老师，要把自己的学识传授给学生，也要尊重学生，关爱学生，维护学生的尊严。

我教了 50 多年的书，应该如何讲课，都是跟着我的老师学的。每次上课前，都要努力备课，弄清讲授的问题；并在上课前夕休息好，以便有充沛的精力。上课前的准备工作包括上厕所也都要做好，而且提前 10 分钟到。当然还有注意自己的衣着整齐等。这样做，是对学生的尊重和对教师职业的敬重。

当我看到这位同学不安心听讲捣鼓计算机时，我没有当着大家的面指出他的不是，也没有在休息时到他的座位去说他，更没有去打听或记下他的名字，我觉得我应该给他留一点“面子”。这也是我对他的一种“尊重”。从另一方面来说，他并没有违反纪律，也没有影响其他同学学习，没有大的过错，只不过是不好好听讲而已，他是按照自己的想法去做的。学习，归根结底还是要靠自己学，靠自觉性，别人是强迫不得的。这位同学上课时干点别的事，他自然有自己的想法，我不便妄猜。他这样做，对老师并没有什么恶意，仅是对这门课不感兴趣而已。

我这封信绝不是计较一位博士生对我上课的态度。如果这样认为，便太小看我了。当前，在大学里，学生上课不好好听讲是一个普遍现象，而且上上下下都把这种现象看作司空见惯，听之任之，但我认为这是教育上的一种失职。试想，将来学生考试不及格，拿不到学位后悔时，他们便会埋怨学校的领导和教书的老师不提醒他（她）好好学习，我们能回避这个责任吗？因此，我今天是向各位严肃提出学习态度即学风的问题。我期望各位博士生，在学习上应该有一个好学不倦的态度，不应该放任自己。

我不希望以后有这样的事情发生。在我讲完前 9 堂课后，将有 14 位教授还要继续给各位讲课，他们的课都是把自己最精华的研究成果总结后奉献给大家，我希望同学们好好听，一定会有很大的收获。更主要的是，希望同学们学会尊重，尊重老师们的劳动。我不愿意听到他们下课后向我反映同样的事情。

“千学万学，学会做人；千教万教，教会做人。”你们今后的路还长，愿大家永远记住这朴实的16个字。

祝大家在学习上取得更大的进步。

周立伟

2011年3月18日

后　记

在写本集的后记时，恰有一学生问我，青年学人当前应如何对待功利或名利。因为这也是关系到人文精神感悟的问题。借此机会，我想谈谈自己的看法，以此作为本集的后记。

关于功利一说，古代社会，儒家学说提倡“修身齐家治国平天下”，也就是说为人要有抱负，有凌云之志，兼济天下等。古代的读书人大都有忠君报国、建功立业的思想。当然，那时生产力的水平低下，陶渊明式的人物尚能生存。当前社会，市场经济是我们生活的大环境，它不但是一种生产方式，而且是一种价值系统和意识形态。市场经济的力量是不可抗拒的，决定了人要活在当今世界，不可能离开“功利”二字。实际上，为国家建“功”立业，为人民谋“利”，为家庭谋“利”——能过上有尊严和较为体面的生活，是一种驱动的力量，并成为社会进步的一种动力。

改革开放前，在科教界，社会是反对任何突出个人的行为，把一切正当的功利都抹杀了，发表文章不允许署个人名字，其理由是：这将鼓励科学人“成名成家”，走“白专道路”，恢复资产阶级法权，让人民再次吃苦受难等。这种浑话居然盛行，但你不相信也得执行。这实际是社会进步的一种反动。结果是，祖国科教事业肃杀萧条，甚至连大学都停办了，科学人连温饱的日子都难以为继，更不用说尊严或体面的生活了。

当今社会，功利是难以回避的，追求正当的功利，也是促进社会进步的动力。但“功利”的追求是受到人的良知约束的。特别对于科学人，要防止急功近利的心态，更要反对追名逐利的行为。因为这将关系到浮躁学风的泛起，弄虚作假、抄袭剽窃等学术不端行为的滋生，甚至触犯道德或法律的底线，使自己走入歧途。

我认为，当某一科学人有学术不端行为时，例如，在涂改与伪造实验数据时，在抄袭和剽窃他人著作时，他自己难道不知道这是触犯知识产权、科学规范和学术道德的底线吗？他明明是知道的，但他为了“名和利”而抹杀了自己的良知。可是，在当今中国社会，这些人中的大多数逃过了惩罚，即使有惩罚，也是很轻微的，而他们利用社会流行的潜规则得到了好处。于是，社会世风日下，良知遭到了嘲笑。

20世纪60年代，我在俄罗斯留学时，曾看到一份报道，令我十分感动。说的是俄罗斯一位研究生在学位论文开题收集材料时，从一位科学家的遗孀家的废旧书堆中，发现了一篇从未发表的手稿，其内容正是他想研究的课题。原来，在苏联大清洗的20世纪30年代，一位俄罗斯科学家完成了这一课题的研究，但未及发表，便被错误镇压了。这位研究生便把这篇发现的手稿整理成文，署上已故科学家的名字，在科学期刊上发表。在论文作者一栏，他没有挂上自己的名字。他认为，著作权应该完全属于这位已故的科学家，自己仅是起了整理的作用。故在后记里，仅写上他是该文的整理者。

这位研究生如果昧着良心的话完全可以把它占为己有，从而名利双收。因为谁都不知道有这件事，科学家早在30年前已亡故了，其遗孀已垂垂老矣，而她根本不知道她丈夫的往事。但这位研究生没有这样做，他的良知使他采取了诚信的态度，闪耀着人性的光辉。他博得了俄罗斯科学界的高度赞扬。

这里，我顺便讲一个反面的例子。前几年，有一位退休教授告诉我，她退休后，她的著作的封面被后继者一撕，内容仅作微小变动，80%～90%还是原来的文字，便挂上后继者的大名重新印刷出版了，作为他的成果了。这是当着原作者的面弄虚作假，剽窃他人成果，但脸不红，心不跳，理直气壮得很。这种情况，在改革开放以前并不是罕见的，那时，国内科教界对维护知识产权的无知和对学术规范的漠视，很多讲义或教材是你抄我抄大家抄，已成为流行的潜规则了。但现在已是21世纪了，还敢这样做，我只能用利欲熏心、追逐名利来解释了。

尊重知识产权，遵守学术道德和规范，不为“名利”所惑，这是从事科学的人最基本的品质和操守，思想上不能有丝毫的动摇。爱因斯坦是20世纪最伟大的物理学家，他把人文精神看得比第一流的科学发现还要重要。他说：“光有知识与科技，并不能使人类过上幸福而优裕的生活。人类有充分的理由把高尚的道德准则和价值观念置于客观真理发现之上，人类从佛陀、耶稣这些伟人身上得到的教益，对我来说比所有的研究成果更为重要。”这就是说，一个人没有人文精神的涵养，即使学富五车，在精神境界上也未必远离禽犊。因此，科学人除了对自然的敬畏外，更需要对良知的敬畏，人的内心要对是非、善恶有一个正确认识和判断，遵从自己的良心，使之不迷失方向。

我衷心希望中国的科学人在名利面前坚持良知，别将名利看得太重，浮华过后最终都是过眼云烟。重要的是，在科学上真正做出成绩来，为祖国和民族做出自己的一份贡献。